Nur schwer kann Mila diesen vorwurfsvollen Blick von Justin Timberlake ertragen, der sie von dem Poster über ihrem Bett aus anstarrt. Auf eine nicht sehr charmante Art hat sie nach dem Schulabschluss alle Brücken hinter sich abgebrochen. Aber anstatt Karriere zu machen, wohnt sie wieder bei ihrer Mutter und muss auf ihr Klassentreffen gehen. Dort trifft sie auch auf ihren Ex-Freund Noah. Irgendwie übersteht Mila den Abend. Aber am nächsten Tag erwartet sie eine böse Überraschung: Sie wacht auf dem Schulgelände auf und wo eigentlich die Zeitkapsel sein sollte, in der sie und ihre Freunde ihre Geheimnisse gesammelt haben, ist nur ein großes Loch – und nun schaut Noah sie vorwurfsvoll an …

Marie Kronemann, Jahrgang 1997, wurde in der Nähe von Frankfurt am Main geboren, lebt aber seit einigen Jahren in Berlin. Schon als Kind schrieb sie Geschichten, und das Schreiben ist bis heute ihre größte Leidenschaft. Wenn sie nicht an ihren Romanen arbeitet, ist sie als Lektorin tätig oder begeistert sich für neue Hobbys.

Weitere Informationen finden Sie auf www.fischerverlage.de

MARIE KRONEMANN

Liebe ist nicht von gestern

Roman

FISCHER TASCHENBUCH

MIX
Papier | Fördert
gute Waldnutzung
FSC® C014496

Originalausgabe
Erschienen bei FISCHER Taschenbuch

Redaktion: Christiane Branscheid
Vignetten: freepik
Typografie und Layout: Tobias Wantzen, Bremen
Druck und Bindung: GGP Media GmbH, Pößneck
ISBN 978-3-596-71117-8

Kontaktadresse nach EU-Produktsicherheitsverordnung:
produktsicherheit@fischerverlage.de

Kapitel 1

Mila Ehlers wusste in diesem Moment ziemlich wenig. Aber eine Sache wusste sie ganz genau: Selbst Justin Timberlake war von ihr enttäuscht.

Er starrte auf sie herab. Seine Haare umrahmten in kleinen, blonden Löckchen sein Gesicht, das so viel jünger war als in echt. Er grinste. Und trotzdem war sie sich sicher, dass ein Vorwurf in seinem Blick lag.

Er sah sie an und erkannte, dass sie gescheitert war. Auf jeder Ebene.

Sie konnte nicht länger Blickkontakt mit ihm halten und wandte sich ab. Was sie auf der anderen Seite ihres Zimmers entdeckte, munterte sie aber auch nicht gerade auf.

Sie war dreiunddreißig Jahre alt und stand in ihrem Kinderzimmer im Haus ihrer Mutter, das diese in den fünfzehn Jahren nach Milas Auszug kein bisschen verändert hatte. Milas Kindheit war zwischen diesen vier Wänden konserviert worden. Das NSYNC-Poster über ihrem Bett, die verstaubte Nähmaschine in der Ecke unter dem selbst genähten Vorhang, den sie mit zwölf gefertigt hatte und dessen pinke Farbe von der Sonne ausgeblichen und an manchen Stellen in altrosa verwandelt worden war, waren noch hier. Genauso wie die vielen Fotos, die sie an einer Korkwand über ihrem Schreibtisch fixiert hatte. Sie traute sich nicht, näher heranzutreten und sich den Erinnerungen zu stellen, die dort festgehalten waren.

Dieser Ort, der in der Zeit stehen geblieben war, während vor dem Fenster das Leben weitergegangen war, hätte etwas Nostalgisches oder Schönes an sich haben können, wenn Mila nur zu Besuch wäre.

Doch während sie zwei Koffer neben sich abstellte, in denen sich alles befand, was sie noch besaß, fühlte sich dieser Raum wie ein Gefängnis an. Denn sie war nicht zu Besuch. Sie zog wieder ein.

Nur vorübergehend, sagte sie sich in Gedanken. Das tat sie schon seit Tagen, obwohl es nicht half. *Nur vorübergehend. Es wird sich etwas ergeben.*

»Mila, ich hab uns Tee gemacht.«

Sogar die Stimme ihrer Mutter hatte den gleichen Klang wie damals, als sie von unten aus der Küche in den ersten Stock hinaufrief, wie sie es früher immer getan hatte.

Mila schloss kurz die Augen, wünschte sich an einen anderen Ort und musste zu ihrem Unbehagen feststellen, dass sie sich noch immer an derselben Stelle befand, als sie sie wieder öffnete. In ihrem Kinderzimmer. Im Haus ihrer Mutter. In der Stadt, die sie mit wehenden Fahnen und mit dem Versprechen, es besser zu machen als alle anderen, hinter sich gelassen hatte.

»Mila«, rief ihre Mutter erneut.

Früher hätte sie ihren CD-Spieler angemacht und laut irgendwelche Pop-Songs gehört, nur, um ihre Mutter nicht verstehen zu können – und um diese in den Wahnsinn zu treiben. Ein kleines Grinsen legte sich auf ihr Gesicht.

Heute ließ sie den CD-Spieler aus – wer wusste, ob der überhaupt noch funktionierte. Außerdem war sie nicht mehr achtzehn, traurig und verzweifelt.

Dafür bin ich dreiunddreißig, wütend und verbittert, dachte sie und verdrehte sofort über sich selbst die Augen. Sie ermahnte sich, nicht zu dramatisch zu sein. Diese Attitüde hatte ihr vielleicht vor fünfzehn Jahren gestanden, aber nun sicherlich nicht mehr. Genauso wie die Jeans aus ihrer Schulzeit würde sie dieses Verhalten im Schrank hängen lassen und nicht wieder anprobieren.

Bevor ihre Mutter sie ein drittes Mal rufen konnte, lief sie hinab.

Auch im Rest des Hauses hatte sich nur wenig verändert. An den Wänden hingen die gleichen Familienfotos. Sie zeigten alle nur Mila und ihre Mutter und taten – genauso wie Milas Mutter – so, als hätte es ihren Vater nie gegeben. Früher hatte Mila immer gedacht, ihre Mutter führe sich auf, als wäre sie die Jungfrau Maria persönlich und als hätte sie Mila ohne die Hilfe eines Mannes empfangen.

Gilda Ehlers vermittelte gern den Eindruck, als bräuchte sie bei nichts die Hilfe anderer – schon gar nicht die eines Mannes.

Als Mila im Erdgeschoss ankam, saß Gilda auf einem Hocker an der Kücheninsel, hinter ihr die Küchenschränke aus dunklem Holz und die Fliesen mit dem gelben Muster, das schon unmodern gewesen war, als sie vor dreißig Jahren in dieses Haus gezogen war.

Ihre früher braunen Locken waren leicht ergraut und

nicht mehr so voll. Um ihre Augen waren mehr Falten hinzugekommen, um ihren Mund nicht so viele.

Mila betrachtete ihre Mutter so aufmerksam, als hätte sie sie tatsächlich fünfzehn Jahre nicht gesehen, obwohl das nicht stimmte. Gilda hatte sie zweimal im Jahr in Hamburg besucht. Aber in der großen Stadt hatte sie irgendwie anders gewirkt als in diesem Haus, in das Mila seit ihrem Schulabschluss nicht zurückgekehrt war.

»Hier«, meinte ihre Mutter und schob ihr eine dampfende Tasse schwarzen Tee hin. Milch und Süßstoff waren schon drin, wie immer.

»Danke.«

Danach herrschte Stille. Das war auch wie früher. Mila und Gilda hatten sich nie besonders viel zu sagen gehabt. Vermutlich, weil Gilda sich weigerte über die Dinge zu reden, die Mila wirklich wissen wollte. Früher hatte sie das gestört. Heute akzeptierte sie die bekannte Stille.

»Gehst du zum Klassentreffen?«, fragte ihre Mutter nach zehn Minuten, in denen sie ruhig ihren Tee getrunken hatten.

»Nein«, antwortete Mila knapp. Sie konnte sich den anderen nicht stellen, wenn sie eben wieder in ihr Kinderzimmer gezogen war. Lieber verkroch sie sich für immer dort, ließ sich von einem jungen Justin Timberlake anstarren und hörte alte CDs, als sich diese Blöße zu geben.

Als ihr Zug im Bahnhof mit nur zwei Gleisen angekommen war, war sie direkt ins Auto ihrer Mutter gesprungen. Am liebsten hätte sie sie vorher angerufen und angewiesen, den Motor laufen zu lassen, als wäre Gilda ihre Fluchtfahrerin und als hätte sie selbst eine Bank ausgeraubt.

Wie ironisch, dachte sie sich. Sie hatte die Stadt lautstark verlassen und kehrte jetzt so leise wie möglich zurück.

»Ich würde uns was kochen«, meinte ihre Mutter. »Dann machen wir uns einen schönen Abend.«

Kochen bedeutete für sie fertigen Pizzateig auszurollen, ihn mit dem zu belegen, was zufällig noch im Kühlschrank war – das meiste bereits abgelaufen – und die Pizza dann im Ofen zu vergessen, bis die Ecken steinhart waren.

»Das klingt gut«, sagte Mila trotzdem.

»Könntest du noch den fertigen Pizzateig vom Supermarkt holen?«

Sie wollte reflexartig mit Nein antworten, weil, sobald sie das Haus verließ, die Chance bestand, dass sie Menschen traf, denen sie unter keinen Umständen begegnen wollte. Aber noch im gleichen Moment fühlte sie sich feige. Während sie darauf wartete, dass Firmen auf ihre Bewerbung reagierten, konnte sie sich vielleicht in ihrem Kinderzimmer verstecken, aber sollte sie die nächsten Wochen nicht einmal den Fuß vor die Tür setzen, würde sie endgültig die Achtung vor sich selbst verlieren.

»Okay«, murmelte sie und zwang sich, direkt aufzustehen. Sie konnte das Pflaster auch jetzt abreißen. Also holte sie sich ihre Handtasche und ging wortlos zur Tür. Zögerlich trat sie über die Schwelle.

Ihre Mutter lebte in einem Wohngebiet ungefähr zehn Minuten mit dem Auto vom Stadtzentrum entfernt, was in dieser Stadt schon eine halbe Weltreise war. Die Häuser hatten meist nur ein Stockwerk, höchstens zwei. Die Vorgärten waren gepflegt, die Autos frisch geputzt, doch nicht besonders teuer oder groß. Die Hausnummern hingen in geschwungenen Zahlen aus Messing über den Türen.

Das Haus hatte Gilda mit dem Erbe, das ihr Vater ihr hinterlassen hatte, gekauft. Im selben Jahr den Vater zu verlieren, die Mutter ins Altenheim bringen zu müssen und eine Scheidung durchzustehen, war viel. Doch Gilda hatte auf ihre ruhige, unaufgeregte Art das Beste daraus gemacht. Dieses Haus war der Beweis dafür. So oft sich Mila auch über ihre Mutter aufregen konnte, sie musste zugeben, dass sie mehr Durchhaltevermögen und einen gestählteren Willen hatte als sie.

Zielstrebig stieg sie die Stufen hinab und ging zügig die Straße entlang. Eine Ehlers-Frau versteckte sich nicht.

Obwohl schon Anfang Juni war, ließ der Sommer auf sich warten. Ein kühler Wind pfiff durch die Straßen und Mila zog ihre Jacke vor ihrer Brust zusammen. Ihren Kopf hielt sie gesenkt, obwohl sie sich doch als überhebliche Achtzehnjährige geschworen hatte, ihn immer hocherhoben zu halten.

Nach fünf Minuten Fußmarsch durch einen hübschen, gut gepflegten kleinen Park erreichte sie den Supermarkt, kaufte schnell ein und bezahlte ein bisschen zu hektisch, um sich Gelassenheit vorgaukeln zu können.

Auf dem Parkplatz vorm Supermarkt holte sie ihr Handy heraus – mal wieder. Und schrieb eine Nachricht an Derya.

»Hier ist es noch langweiliger, als ich es in Erinnerung hatte«, tippte Mila und schickte es ab. Die Nachricht gesellte sich zu vielen anderen, die sie in den letzten Tagen an ihre Freundin geschrieben hatte. Nie erhielt sie eine Antwort.

Sie ist beschäftigt und einfach im Stress, versuchte Mila

sich zu beruhigen. Aber eigentlich wusste sie, dass diese Stille mehr bedeutete, als sie wahrhaben wollte.

Schnell steckte sie das Smartphone wieder weg, bevor sie sich auch noch darüber den Kopf zerbrechen konnte. Die Liste war auch so schon viel zu lang.

Sobald sie den Park erreichte, war in ihrem Kopf sowieso kein Platz mehr für Derya. Sie war sofort auf der Hut. Andere Menschen liefen gemächlich über die gepflegten Wege. Mila scannte die Gesichter. Sie war dabei so gründlich, dass sie sich ein bisschen wie eine Agentin fühlte, die sichergehen musste, dass der Feind ihr nicht auf den Fersen war. Das mit dem Nicht-dramatisch-sein klappte ja richtig gut.

Sie wollte sich schon ermahnen, als sie aus dem Augenwinkel eine Person wahrnahm, die weit oben auf ihrer Liste der Menschen stand, denen sie auf gar keinen Fall begegnet wollte – auf Platz zwei, um genau zu sein.

Milas Herz begann zu rasen, während sie sich hektisch nach einer Fluchtmöglichkeit umsah.

Reflexartig drückte sie sich hinter einen Baum. Doch er war zu schmal. Ihre Arme guckten an den Seiten hervor. Und wie seltsam musste das wohl aussehen?

Bevor sie sich klarmachen konnte, wie albern sie sich aufführte, hatte sie sich auch schon hinter einem Busch auf alle viere fallen lassen.

Nun war sie nicht mehr nur im übertragenen Sinne, sondern auch wortwörtlich tief gesunken. Sie hätte über sich selbst gelacht, wenn das Geräusch ihr Versteck nicht verraten hätte.

Sie verharrte und atmete flach. Je länger sie auf ihren

Knien blieb, desto armseliger kam sie sich vor. Und irgendwann hielt selbst sie dieses Gefühl nicht mehr aus.

Mühsam kam sie wieder auf die Füße. Die Grasflecke auf ihrer hellen Hose machten ihr deutlich, dass sie in Stresssituationen wirklich nicht in der Lage war, gute Entscheidungen zu treffen.

»Mila Ehlers.«

Sie stieß ein überraschtes Geräusch aus und vollführte einen wenig eleganten Hopser zur Seite. Dann fuhr sie herum und sah in braune Augen, die ihr auch nach all den Jahren immer noch viel zu vertraut waren.

Ihr Herz zog sich schmerzhaft und irgendwie auch sehnsuchtsvoll zusammen, als sie ihre ehemalige beste Freundin Helena betrachtete. Während sich in Milas Kopf das Bild der leicht pausbäckigen Achtzehnjährigen gehalten hatte, hatte Helena sich in Wirklichkeit verändert. Natürlich war sie älter geworden, genau wie Mila selbst. Trotzdem überraschte sie der Anblick.

Helenas Gesicht war nicht mehr pausbäckig, sondern kantiger. Sie hatte abgenommen. Statt weiten Bandshirts trug sie eine tailliert geschnittene Bluse. Sie war so *erwachsen*. Aber vielleicht kam das Mila nur so vor, weil sie selbst sich gerade kein bisschen so fühlte.

Das Echo ihres letzten Streits hallte in ihrem Kopf nach.

Du wirst es nie hier rausschaffen.

Du wirst unglücklich, wenn du ihn heiratest.

Du bist genauso verbittert wie deine Mutter.

Ein Kloß aus Schuldgefühlen bildete sich in ihrem Hals.

Helena strahlte sie an, doch Mila sah nur ihr tränenüberströmtes Gesicht von damals vor sich.

»Helena Stein«, brachte Mila mit ein paar Sekunden Verzögerung heraus.

»Jungermann«, berichtigte Helena sie.

Mila war überrascht von dem Stich, den ihr das versetzte. Stimmt. Helena hatte fast direkt nach dem Schulabschluss geheiratet. Und Mila war nicht eingeladen gewesen.

»Was hast du auf dem Boden gemacht?«, fragte Helena.

»Ich habe meine Kontaktlinse gesucht«, log Mila unbeholfen.

»Und du wolltest sie dann dreckig wieder reinmachen? Das ist aber nicht gut fürs Auge«, meinte Helena auf diese fachmännische Art, mit der sie ihr auch immer die Chemiehausaufgaben erklärt hatte.

»Danke für den Tipp«, erwiderte Mila genauso trocken wie früher.

Sie fragte sich, ob Helena den Tonfall auch erkannte und an tausend gemeinsame Momente denken musste. Doch sie ließ sich nichts anmerken.

»Wie schön dich zu sehen«, sagte Helena, aber Mila war sich sicher, dass sie es nur sagte, weil man von erwachsenen Frauen eben ein gewisses Maß an Höflichkeit erwartete. »Dann bist du doch fürs Klassentreffen hergekommen.«

Mila wusste nicht, was sie darauf antworten sollte. Bevor sie sich etwas überlegen konnte, lief noch jemand auf sie zu. Neben Helena kam er zum Stehen und schlang ihr einen Arm um die Taille.

Tommy Jungermann, Helenas Freund. Jetzt *Ehemann*, musste sich Mila erinnern.

»Mila«, entfuhr es Tommy, und ihm gelang nicht das unbefangene Lächeln, das seine Frau so ausgezeichnet meisterte. Er hatte Mila nie besonders gemocht. Dass sie ihn bei ihrem Abiball als Versager bezeichnet hatte, hatte ihr Verhältnis nicht gerade verbessert.

Damit wäre auch Person drei auf ihrer Liste anwesend. Wundervoll.

Früher hatten Helena und Mila nächtelang nicht geschlafen, weil sie sich so viel erzählen mussten. Nun herrschte angespannte Stille zwischen ihnen.

»Wie geht es dir?«, fragte Helena, die viel souveräner war als Tommy und Mila. »Wir haben so lange nichts mehr voneinander gehört.«

Vor vierzehn Jahren hatte Mila sie angerufen, um ihr zu der Geburt ihrer Tochter zu gratulieren. Helena hatte sich bedankt. Und dann wieder aufgelegt. Das tiefe Piepen der toten Leitung war das letzte, was Mila je von ihr gehört hatte.

»Mir geht's super«, log sie erneut ganz automatisch.

»Das freut mich.« Helena log genauso gut, befand Mila. »Bist du verheiratet?«

Tommys und Helenas Eheringe blitzten im Sonnenlicht. Bei Mila blitzte nichts.

»Nein, ich bin einer dieser Menschen, die mit ihrer Arbeit verheiratet sind«, scherzte Mila. Das entsprach der Wahrheit.

Hatte der Wahrheit entsprochen.

»Du warst ja schon immer so ehrgeizig«, sagte Helena, immer noch lächelnd. Doch langsam wirkte es ein bisschen verkrampfter und nicht mehr ganz so locker wie vor einer Minute noch.

Tommy machte sich keine Mühe, seine Abneigung zu verstecken. Er lächelte nicht und beäugte sie kritisch. Aber während Mila mit ihrem Erfolg log und Helena mit ihrer Freundlichkeit, war es irgendwie erleichternd, dass wenigstens ein Anwesender dieses Theater nicht für nötig hielt.

»Also läuft die Arbeit gut?«

»Hervorragend«, antwortete Mila, während ihre Mundwinkel von ihrem eigenen gespielten Lächeln allmählich schmerzten. »Ich habe eine Führungsposition in einer großen Werbeagentur.«

War es wirklich so eine große Lüge, wenn sie nur die falsche Zeitform benutzte?

»Wie beeindruckend«, sagte Helena.

»Wie geht es euch?«, erkundigte sich Mila, obwohl das bedeutete, dass dieser fürchterliche Moment noch länger anhalten würde.

»Hervorragend«, wiederholte Helena Milas Antwort. »Melanie, unsere Tochter, ist jetzt ein Teenager. Keine einfache Zeit.« Sie lachte gekünstelt. Wenn Helena früher richtig gelacht hatte, hatte sie gegrunzt wie ein Ferkelchen, was Mila dazu gebracht hatte, noch heftiger zu lachen, bis sie rücklings auf dem Boden lag und sich den schmerzenden Bauch hielt.

Nun schmerzte ihr auch der Bauch, jedoch auf ganz andere Art und leider war dafür kein alberner Lachanfall verantwortlich.

»Wir sollten auch mal weiter«, meinte Tommy tonlos, der wohl keine Geduld mehr hatte. »Und du am besten auch. Um solche Flecken muss man sich schnell kümmern, sonst wird man sie nie mehr los.« Er betonte es so dringlich, als würde er über den Countdown einer Bombe sprechen, die Mila dringend rechtzeitig entschärfen musste.

Helena lachte erneut gekünstelt, weil ihr vermutlich nichts Besseres einfiel.

»Danke für den Hinweis«, brachte Mila hervor. »Man sieht sich.«

Damit drehte sie sich um und wollte auf den Ausgang des Parks zusteuern, als Helena ihr nachrief: »Wir sehen dich doch beim Klassentreffen, oder?«

Mila wusste nicht, welche Antwort Helena sich erhoffte. Doch bevor sie sich aufhalten konnte, waren die nächsten Worte auch schon draußen: »Natürlich. Das würde ich mir um nichts auf der Welt entgehen lassen.«

Und das war wohl die größte Lüge, die sie an diesem Tag erzählt hatte.

Kapitel 2

Mila strich immer wieder ihre Lieblingsbluse glatt. Das half ihr allerdings auch nicht dabei, sich wohler in ihrer Haut zu fühlen.

Vor ihr erhob sich ihr altes Schulgebäude. Warum musste alles genauso aussehen wie in ihren Erinnerungen? Noch immer stand da dieser graue Kasten, der sie an einen vom Regen aufgeweichten Schuhkarton erinnerte. Irgendwann einmal war die Fassade bestimmt weiß gewesen, aber das lag vermutlich so lang zurück wie die Schulzeit ihrer Mutter. Nun zogen sich schmutzige Schlieren die Wände herunter.

Das Tor bestand aus schwarzen Gitterstäben, und Mila glaubte immer noch, dass sich der Architekt einen Spaß erlaubt hatte, denn die Assoziation mit einem Gefängnis war einfach zu offensichtlich, um nur Zufall zu sein.

Adrett hergerichtete Erwachsene strömten auf den Eingang zu, und Mila beobachtete sie für einen Moment.

Diesen Abend hatte sie sich sehr oft und in tausend Farben ausgemalt. Immer hatte sie in einem schicken Designeroutfit gesteckt. Ihren Arm hatte sie bei einem Mann untergehakt, der sehr offensichtliche Ähnlichkeiten zu Justin Timberlake aufwies. Sie hatte einen beeindruckenden Job gehabt. In ihren bescheideneren Träumen war sie die Chefin ihres eigenen Modelabels gewesen. In den weniger bescheideneren die Bundeskanzlerin.

Sie wollte lieber nicht zu gründlich darüber nachdenken, wie anders die Realität nun aussah.

Die Dämmerung hatte schon eingesetzt. Sie zog ihre Jacke ein bisschen enger um ihren Körper, während der Wind ihr durch die Haare fuhr. Einige Gesichter erkannte sie schon aus der Ferne.

Mila wäre am liebsten in einem Loch im Erdboden verschwunden. Doch sie schob ihre Schultern zurück, atmete einmal tief durch und lief dann mit entschlossenen Schritten auf die große Eingangstür zu und trat ein.

Ihre High Heels hinterließen ein selbstbewusstes Klacken auf dem Linoleumboden, der immer dreckig aussah, selbst wenn er von seiner letzten Reinigung noch feucht war.

Das Schwarze Brett war inzwischen von einem modernen Bildschirm ersetzt worden. Die Uhr war keine mehr mit Blatt und Zeigern, sondern mit rot leuchtenden Digitalziffern.

Aber die Aula sah noch immer düster aus durch die mit dunklem Holz vertäfelten Wände und zu kleinen Fenster. Und auf der Bühne stand dasselbe in die Jahre gekommene DJ-Pult wie früher. Ein Jugendlicher hatte sich dahinter platziert und spielte Lieder an, die für ihn Oldies waren, Mila jedoch an ihre eigene Jugend erinnerten. Die Musik zog sie zurück in eine längst vergangene Zeit. Sofort hatte sie wieder das blinkende, bunte Licht vor Augen, das über den schmutzigen Boden getanzt war. Sie hatten alle in schicker Kleidung gesteckt und ungeniert Alkohol getrunken. Ihre Abschlüsse hatten sie schon in der Tasche gehabt, die Lehrer hatten ihnen für den Alkohol kein Nachsitzen mehr aufbrummen können.

Und inmitten all dem hatte sie gestanden. Das Gesicht von Tränen benetzt, während sie wütend ihre Rede hielt, in die sich bestimmt auch ein paar gelallte Worte eingeschlichen hatten.

Dann war sie davon gestürmt. Die achtzehnjährige Mila hatte gewusst, wie man einen großen Auftritt hinlegte – und einen noch dramatischeren Abgang.

Sie presste die Augen zusammen und als sie sie wieder öffnete, war sie zurück im Hier und Jetzt und fühlte sich furchtbar jung und furchtbar alt zugleich.

Die Jugendlichen, die sie jetzt im Saal hin und her laufen sah, trugen Jeans, Sneaker, Hemden mit Aufdruck und lächerlichen Fliegen. Sie bewegten sich durch die Menge und verteilten Sektflöten.

Wie lange musste sie bleiben, ohne zu wirken, als hätte sie etwas zu verbergen? Welche Zeitspanne war lang genug, dass die anderen ihr frühes Gehen nur als Arroganz und nicht als Flucht bewerteten? Eine Stunde? Zwei? Das würde sie ja wohl irgendwie über die Bühne bringen.

Sie wäre nicht so erfolgreich in einer Werbeagentur geworden, wenn sie nicht in der Lage wäre, einen selbstbewussten Auftritt zu faken. Sie setzte das Lächeln auf, mit dem sie auch große Kunden an Land gezogen hatte, und lief direkt hinein in die Menge, obwohl sich alles in ihr dagegen sträubte.

Ihre Abschlussklasse hatte aus fünfundsechzig Menschen bestanden. Und die Aula war voll, was wohl bedeutete, dass fast jeder gekommen war – inklusive aller Partner und Kinder.

Natürlich machte sie Helena und Tommy wieder als Erstes aus. Sie standen nebeneinander. Helena trug ein schwarzes Kleid mit hohem Kragen. Tommy hatte ein Sakko über sein Hemd gezogen. Eine Hand lag auf der Schulter eines jungen Mädchens. Das musste ihre Tochter sein, wurde Mila klar, und aus irgendeinem Grund traten ihr Tränen in die Augen, während sie Helenas Tochter musterte, die ihrer Mutter wie aus dem Gesicht geschnitten war.

Sie war schon so groß. Natürlich hatte Mila gewusst, dass das Kind der beiden vierzehn Jahre alt sein musste, weil sie Helena vor vierzehn Jahren zur Geburt gratuliert hatte. Das war schließlich eine sehr simple Rechnung, die selbst Mila bewerkstelligen konnte, obwohl sie im Matheunterricht lieber alles andere gemacht hatte, anstatt zuzuhören. Aber dieses Gesicht zu sehen, das schon so erwachsen wirkte, machte diese Fakten so viel realer. Helena war Mutter. Und Mila hatte sie in dieser Rolle nie kennengelernt.

Sie wandte den Kopf ab, bevor sie jemand beim Starren erwischte, und blinzelte die Tränen energisch fort.

Aus dem Augenwinkel bemerkte sie Yara Al-Said und Jessica Schulte. Yara arbeitete inzwischen im Rathaus, Jessica war Lehrerin an dieser Schule, das hatte Milas Mutter ihr erzählt. Sie hatte ihr ganz ungefragt alles von jedem in dieser Stadt erzählt. Außer von einer Person …

Yara und Jessica steckten die Köpfe zusammen. Ganz automatisch wurde Milas Haltung noch gerader. Die beiden hatten sich wohl nicht besonders verändert, wenn sie immer noch gemeinsam lästerten. Mila schaffte es nicht einmal, sich darüber aufzuregen, dass sich das auch nach fünfzehn Jahren nicht geändert hatte. Da sie wieder in ihrem neunzig Zentimeter breiten Kinderbett schlief, konnte sie schließlich auch nicht beweisen, dass sie sich zum Guten gewandelt hatte.

Weil sie so tun wollte, als würden ihr die vielsagenden Seitenblicke nicht auffallen, schlenderte sie weiter durch die Menge. Sie machte auch den ehemaligen Schuldirektor und Mathelehrer Herrn Heckermann aus. Seine Anwesenheit überraschte sie. Seit einem unvorteilhaften Vorfall mit einem Ventilator und seinem davonfliegenden Toupet während einer wichtigen Rede hatte er ihren Jahrgang gehasst. Mila ganz besonders – ebenfalls wegen des besagten Vorfalls. Schnell lief sie weiter, bevor er sie entdecken und – was noch viel schlimmer wäre – ansprechen konnte.

Sie lief auf eine Wand zu, vor der sich eine Menschentraube gebildet hatte. Als sie erkannte, was dort auf sie wartete, hielt sie inne. Egal, wohin sie sich wandte, überall wartete etwas auf sie, vor dem sie sich am liebsten versteckt hätte.

Jemand hatte eine riesige Collage mit alten Fotos angefertigt. Schon die aus ihrem Kinderzimmer hatte sie nicht ansehen wollen. Diese waren auch nicht besser. Aber nun war es zu spät und sie schaffte es auch nicht, ihren Blick wieder loszureißen.

Natürlich fand sie sich sofort. Wie sie neben einer Person mit tiefgrünen Augen und schiefem Grinsen stand. Der Person, die ihre Mutter nie erwähnt hatte, als würde sie gar nicht mehr existieren.

Die beiden Menschen auf diesem Foto wussten noch nicht,

dass all ihre gemeinsamen Pläne den Schulabschluss nicht überleben würden. Diese beiden Menschen waren einfach nur auf eine fast schon alberne, naive Weise ineinander verliebt gewesen. Der zynischen Frau, zu der Mila inzwischen geworden war, wäre das wohl peinlich gewesen, wenn sie nicht immer noch in ihrer Brust spüren könnte, wie echt sich all das angefühlt hatte.

Diese tiefgrünen Augen ...

Sie wandte sich ab, bevor sie in ihnen versinken konnte. Und erblickte ihn.

Da stand er. Nur zehn Meter von ihr entfernt. Der Mensch, dem sie unter keinen Umständen hatte begegnen wollen.

Er unterhielt sich mit ein paar ehemaligen Mitschülern. Sie lachten. Er war schließlich nicht im schlechten mit allen auseinandergegangen. Nur mit ihr.

Ich will nicht mit dir gehen.

Kurz fragte sich Mila, ob sie die Worte laut gesagt hatte, denn in dem Moment, als sie sie dachte, drehte Noah seinen Kopf – und ihre Blicke begegneten sich. Das tiefe Grün dieser Augen war in der Realität noch so viel hypnotisierender als die Kopie auf dem Foto.

Was für ein Klischee, schoss es ihr durch den Kopf. Sie kam zum Klassentreffen und über die ganze Menge hinweg sah sie ihrem Ex-Freund, ihrer Jugendliebe, ihrer ersten Liebe, und wenn sie ganz ehrlich war, auch der einzigen, in die Augen und erstarrte. Hätte sie sich in einem originelleren Moment wiedergefunden, hätte sie ihn besser ertragen. Das redete sie sich ein, um nicht einsehen zu müssen, dass es ganz andere Gründe für ihr wild schlagendes Herz gab.

Noahs Grinsen war noch immer schief, bemerkte sie,

bevor es ihm aus dem Gesicht fiel, als er sie erkannte. Seine Augenbrauen waren buschig, seine Nase groß – er hatte immer behauptet zu groß, doch sie hatte diese Einschätzung nie geteilt – und seine Haare wild durcheinander, als verstünde er einfach nicht, wozu andere Menschen einen Kamm benutzten.

Seine Mimik schien jetzt eingefroren. Mit Freudensprüngen hatte Mila nicht gerechnet, aber dass er sie mit dieser Grabesmiene musterte, fand sie nun doch übertrieben – und auch nicht gerechtfertigt, wenn man bedachte, was zwischen ihnen vorgefallen war.

Du kannst das, dachte sie sich und lief zu ihm hinüber.

»Hey«, sagte sie in die Gruppe aus alten Klassenkameraden hinein. Ihr Tonfall ließ nicht erkennen, dass sie diese bei ihrem letzten Treffen beleidigt hatte. Und ihre Gesichtsausdrücke verrieten es auch nicht. Dass alle dazu in der Lage waren, sich wie richtige Erwachsene zu benehmen, zeigte Mila nur, wie spektakulär sie in den vergangenen Monaten gescheitert war.

Amir Hosseini, Noahs bester Freund seit der Grundschule, legte ihm eine Hand auf die Schulter. Mila spürte, dass es eine unauffällige Geste sein sollte, aber ihr fiel sie trotzdem sofort auf. Musste man jetzt also schon getröstet werden, wenn man ihr gegenüberstand? Amir und Noah waren Freunde geblieben, wie es aussah. Laut Gilda war Amir der neue Schulleiter.

Doch jetzt war es nicht er, der die Leitung über die Unterhaltung übernahm.

»Mila«, begrüßte sie Sofia Petrova, jetzt Zilinsky, mit der sie früher manchmal hinter den Mülleimern vor der

Wand mit den hässlichen Graffitis eine Zigarette geteilt hatte. Sie trug einen Bleistiftrock mit einem Jackett, was sie gleichzeitig wie eine alte Frau und wie ein Kind aussehen ließ, das sich mit den Klamotten seiner Mutter verkleidet hatte.

Auch über sie hatte Gilda die passenden Informationen parat gehabt. Sofia war in die Lokalpolitik gegangen und kandidierte wohl bei der nächsten Wahl um den Posten der Bürgermeisterin. Es war seltsam, so viel über diese Menschen zu wissen und sich ihnen trotzdem so fremd zu fühlen.

»Sofia«, begrüßte Mila diese und lächelte, obwohl es schon wieder in ihren Mundwinkeln schmerzte.

»Ich wusste gar nicht, dass du kommst. Deine Zusage muss wohl bei der Post untergegangen sein.«

Natürlich hatte sie alles organisiert. Sie hatte vielleicht heimlich mit Mila geraucht – und auch einmal auf der Abschlussfahrt gekifft –, trotzdem war sie die Jahrgangs- und später auch Schulsprecherin gewesen, die es sich natürlich nicht nehmen ließ, auch das Wiedersehen nach fünfzehn Jahren zu planen. Alte Gewohnheiten ließen sich so schlecht loswerden. Und dem leichten Rauchgeruch nach zu urteilen, der von ihren Haaren ausging, galt das wohl auch für andere Angewohnheiten.

»Muss so gewesen sein«, meinte Mila, obwohl sie keine Zusage versendet hatte. Als sie die Einladung erhalten hatte – einen Tag nach ihrer Kündigung, wahrscheinlich, weil sich das Universum einen Spaß mit ihr erlauben wollte –, hatte sie diese verbrannt und in ihren Mülleimer geworfen. Natürlich war das überdramatisch gewesen, aber dazu schien Mila in letzter Zeit leider zu neigen.

»Das ist mein Ehemann, Jeff«, stellte Sofia jetzt den hochgewachsenen Mann neben sich vor – mit ein bisschen zu stolzem Unterton.

Mila unterdrückte ein Seufzen. Sie wäre schließlich auch gern mit einem vorzeigbaren Mann hier aufgetaucht. Dann würden ihre Blicke vielleicht auch nicht die ganze Zeit hektisch zu Noah hinüberwandern. »Er arbeitet in der Werbebranche. Du doch auch, oder? Deine Mutter hat es mal meiner Mutter erzählt.«

Sofort brach bei Mila kalter Schweiß aus. Sie ergriff Jeffs Hand, die dieser ihr selbstbewusst entgegenstreckte. Und leider erkannte sie ihn sofort wieder. Bei einer großen Awardfeier ihrer Branche waren sie sich schon mal vorgestellt worden.

»Bei welcher Firma arbeiten Sie denn?«, fragte er höflich, während er ihre Hand kräftig schüttelte. »Sind wir uns schon mal begegnet?«

Mila entspannte sich ein bisschen. Wenn er sie nicht erkannte, war ja alles gut.

Alles ist in Ordnung, sprach sie sich selbst gut zu.

»Sie kommen mir bekannt vor.«

Der Schweiß war zurück.

»Das höre ich tatsächlich öfter.« Was überhaupt nicht stimmte. Mila hatte ein sehr rundes Gesicht, viele Sommersprossen und einen großen Leberfleck über ihrer rechten Augenbraue. Sie war nie so schön gewesen wie ihre Modelmutter, aber sie hatte *Wiedererkennungswert*, wie Gilda es immer genannt hatte. Mila hatte nie gewusst, was sie mit dieser Aussage anfangen sollte. Nun hoffte sie nur, dass es nicht dazu führte, dass Jeff ihre Lüge, erfolgreich zu sein, direkt auffliegen ließ. Nur zehn Minuten nach ihrer Ankunft. Das wäre dann doch ein bisschen zu erbärmlich. Selbst für Mila.

»Und heute wollen wir doch nicht über die Arbeit reden«, scherzte sie, und alle lachten, obwohl es gar nicht lustig gewesen war.

»Mein Ehemann neigt dazu, immer über die Arbeit zu sprechen«, sagte Sofia liebevoll tadelnd. Vielleicht kam es Mila nur so vor, aber sie betonte das Wort *Ehemann* auf eine Weise, als wäre es ein Preis, den sie gewonnen hatte. »Die anderen kennst du ja noch alle«, fügte Sofia dann noch hinzu, ganz die professionelle Gastgeberin.

Mila begrüßte alle, bis sie schließlich Noah gegenüberstand. Die beiden zögerten kurz, starrten sich an, verharrten voreinander. Den anderen musste es auffallen.

Mila wollte schon den ersten Schritt auf ihn zugehen, da zuckte Noahs Blick zur Seite. Seine Augen weiteten sich, als hätte er einen Geist gesehen. Dann wandte er sich ohne ein weiteres Wort von ihr ab und verschwand in der Menge. Perplex blieb Mila zurück, um ein gleichgültiges Lächeln bemüht. Die anderen taten es ihr gleich und kehrten nach ein paar holprigen Fragen zum sicheren Smalltalk zurück. Jemand scherzte, dass Herrn Heckermanns Ruhestand wirklich extrem langweilig sein musste, dass er sich tatsächlich dazu herabgelassen hatte, herzukommen.

Mila schaffte es nicht, sich ein Lachen abzuringen und starrte zu dem Punkt, an dem Noah gerade aus ihrem Blickfeld verschwunden war.

Wut breitete sich in ihrem Bauch aus. Er tat so, als wäre das, was vor fünfzehn Jahren passiert war, ihre Schuld. Dabei war das ausnahmsweise mal nicht der Fall.

Ein Jugendlicher mit roten, in alle Richtungen abstehenden Haaren, die ihn ein bisschen wie ein gerupftes Hühnchen aussehen ließen, kam mit einem Tablett an ihr vorbei. Sie schnappte sich direkt zwei Sektgläser. Gerade war es ihr egal, dass die anderen sehen konnten, wie sie den Inhalt von beiden direkt hintereinander exte. Sie brauchte den Alkohol, um sich zu beruhigen. Sie stellte die leeren Gläser zurück und nahm sich das nächste.

Mila wachte auf, weil ihr Kälte in die Glieder kroch – oder wohl eher Nässe. Sie blinzelte. Die Sonne schien ihr direkt ins Gesicht und blendete sie. Moment mal ... Ihr Kinderzimmer lag auf der Westseite. Da fiel morgens kein Licht hinein.

Und ihr Bett war auch nicht so nass.

Langsam öffnete sie die Augen. Bunte Schlieren tanzten durch ihr Blickfeld. Dann klarte es auf. Und ihr wurde bewusst, dass sie nicht in ihrem Zimmer lag, sondern draußen. Auf Gras, das mit Morgentau bedeckt war, der ihre Kleidung durchnässt hatte und nun ihre Haut benetzte.

Was zur Hölle?

»Was zur Hölle treibst du hier?«, wiederholte eine barsche Stimme ihre Gedanken.

Schritte näherten sich, und zwei Stiefel tauchten in ihrem

Sichtfeld auf. Mühsam kam sie auf die Unterarme, sah hinauf und blickte ausgerechnet in Noahs Augen.

Sie hatte keine Ahnung, wo sie sich befand oder wie sie hierhergekommen war. Wieso hatte sie hier geschlafen? Warum sah Noah so hektisch umher und immer wieder wütend auf sie herab?

Sie schaffte es endlich, sich genug aufzurichten, um sich gegen den Baum zu lehnen, den sie hinter sich ausmachte. Ihr Kopf brummte. Ihr Körper war vielleicht klamm, aber ihr Rachen war ausgetrocknet. Sie hatte getrunken. Sehr viel.

»Geht's dir gut?« Kurz klang Noah besorgt. Sie war immer noch zu benommen, um seine Anwesenheit richtig zu registrieren. In diesem Moment nahm sie ihn nur verschwommen wahr, gestern hatte sie ihn gestochen scharf gesehen. Deswegen hatte sie schließlich auch zu den Sektgläsern gegriffen.

Ein paar Erinnerungsbrocken kehrten zu ihr zurück. Sie war zum Klassentreffen gegangen. Sie hatte Noah gesehen, zu viel getrunken, und irgendwann war sie aus der Schule gestolpert. Dazwischen waren bestimmt noch viele andere Dinge passiert, aber sie war ihrem Gehirn richtig dankbar, dass es sie nicht daran erinnerte. Reichte es nicht, dass sie betrunken den Abiball ruiniert hatte? Hatte sie sich auf dem Klassentreffen nun genauso danebenbenommen?

Sie ließ den Blick schweifen. In der Ferne entdeckte sie die Schule. Sie war an der Grenze zwischen Schulgelände und Waldgebiet. Der begrünte Sportplatz erstreckte sich vor ihr.

Nun musterte sie auch Noah, der nicht mehr vor ihr aufragte, sondern hektisch den Boden absuchte, als wäre ihm irgendwas runtergefallen. Sie würde ihm gleich anbieten, beim Suchen zu helfen. Sobald sie sich ein bisschen weniger benommen fühlte.

Noah hatte einen Werkzeugkasten neben ihr abgestellt. Keine Ahnung, warum er den dabeihatte. Aber das war bei weitem nicht die wichtigste Frage, die ihr gerade durch den Kopf schoss, deswegen machte sie sich nicht die Mühe, sie zu stellen.

Er hatte sie gestern einfach stehen lassen. Er hatte sie nicht einmal begrüßt. Er war gegangen.

Genauso wie damals.

Dieser Gedanke machte ihren Kater nicht gerade erträglicher.

»Was tust du da?«, fragte sie ungehalten, weil er immer noch umherlief.

»Was *ich* da tue?« Er hielt inne und sah zu ihr herüber. »Das habe ich dich gerade gefragt.«

»Ich bin offensichtlich betrunken unter diesem Baum eingeschlafen. Nicht das Peinlichste, was ich auf dem Gelände dieser Schule je gemacht habe«, sagte sie so würdevoll sie konnte, während sie mit Gras- und Dreckflecken auf der hellen Bluse auf dem Boden hockte und zu ihm aufsah.

»Das meine ich nicht.« Er deutete auf einen Punkt vor seinen Füßen.

Erst jetzt realisierte Mila, dass dort kein Gras mehr war. Ein bisschen Erde türmte sich auf, und daneben war ein Loch.

Sie hatte absolut keine Ahnung, was ihr das verraten sollte.

Noah schnaubte. Sein Körper schien geradezu von unterdrückter Spannung zu vibrieren.

Er deutete auf ihren Schoß. Genauer gesagt auf ihre Hände.

Mila hielt sie sich vors Gesicht. Unter ihren Nägeln befand sich viel Dreck. Ein Nagel war eingerissen. Ihre Handflächen waren schmutzig. Sie hatte offensichtlich dieses kleine Loch gebuddelt. Warum auch immer. Aber ihr betrunkenes Ich hatte sie sowieso noch nie verstanden und Noah auch nicht, deswegen war ihr nicht klar, wieso er auf einmal versuchte, einen Sinn in ihren Taten zu finden, wenn er doch eigentlich wissen müsste, dass es den nicht gab.

»Die Zeitkapsel«, sagte er ungeduldig. »Wo ist sie?«

Mila sah wieder zu dem Loch, zu Noahs panischer Miene zurück und dann zu ihren Händen.

Alte Erinnerungen kehrten zurück und sie wirkten so, als hätte jemand einen Schwarz-Weiß-Filter über sie gelegt.

Sie saßen alle zusammen hier. Rund fünfzehn Mitschüler. Das Lagerfeuer knisterte, während sie über ihre Erfolge beim Abistreich sprachen. Und dann kam ein Vorschlag.

»Wir sollten unsere Geheimnisse aufschreiben und sie verbrennen. Um uns reinzuwaschen quasi«, sagte irgendjemand, dessen Stimme vom Alkohol schon ganz schwer war.

»Funktioniert das?«, rief jemand anderes.

Es war so dunkel, dass Mila nur die Leute sehen konnte, die direkt im Schein des Feuers saßen. Noah grinste sie frech von der Seite an, wie er es immer tat.

»Wir könnten es versuchen.«

»Ich finde begraben besser. Das ist irgendwie symbolischer.«

Viele lachten, irgendjemand hustete, weil der Wind drehte und der Rauch ihm in die Lunge stieg. Es wurde noch eine

Weile diskutiert, doch schließlich waren sich alle einig. Ein leeres Gewürzgurkenglas wurde als Zeitkapsel auserkoren, dessen Inhalt sie zum Wodka verzehrt hatten. Jeder kritzelte etwas auf die Seiten von Notizblöcken, die nach Ende der Schulzeit sowieso keine Funktion mehr hatten, und die sie gemeinsam mit ihren alten Mitschriften im Lagerfeuer verbrennen wollten. Dann stopften sie einer nach dem anderen ihre privaten Worte, festgehalten auf dünnem, kariertem Papier, in das nach Essig riechende Glas.

Jetzt sprang Mila auf die Füße und riss die Augen auf, die brannten, als wäre wieder Rauch hineingeweht, so wie damals an diesem gemeinsamen Abend. Hektisch sah sie sich um, obwohl sie noch nicht ganz sicher auf den Beinen war und ihr der Kopf schwirrte. Noah sagte nichts, während sie gemeinsam die Umgebung absuchten, und sie war ihm dankbar dafür. Sie hätte ohnehin nicht antworten können, während die Panik in ihrem Körper anstieg.

Schließlich hielten sie beide inne. Noah war genauso grün im Gesicht, wie sie sich fühlte.

»Sie ist weg«, stellte Mila überflüssigerweise fest.

»Du weißt nicht, wo sie ist?«, fragte Noah.

Sie schüttelte den Kopf.

Dann starrte sie ihn an, während ihr langsam so richtig bewusst wurde, was das bedeutete.

Sie hatte die Zeitkapsel ausgegraben, all ihre Geheimnisse.

Und jemand hatte sie gestohlen.

Ihr Herz schlug so schnell, dass es unangenehm auf ihren Magen drückte, der auch ohne das schon flau genug gewesen war.

Sie erinnerte sich an den Brief, den sie damals geschrieben hatte.

Sie konnte Noah nicht länger ansehen.

Er durfte ihn nicht lesen.

Niemals.

Kapitel 3

Mila wusste nicht genau, wie lange sie frierend vor Kälte und abflachendem Adrenalin an der Stelle stand und einfach nur das Gras anstarrte, weil sie Noah nicht in die Augen schauen wollte.

Ihr Puls beruhigte sich langsam ein wenig. Dafür wurde ihr übler. Wenn sie sich nicht bald auf den Weg machte, kotzte sie Noah noch vor die Füße. Na gut, wenn man bedachte, dass er sie unter einem Baum liegend vorgefunden hatte, machte das wohl nicht mehr so einen großen Unterschied. Und trotzdem war es Mila aus irgendeinem Grund wichtig, dieses kleine bisschen Würde zu wahren, das ihr noch geblieben war.

»Ich muss dann mal los«, sagte sie und kam abrupt in Bewegung.

»Ist das dein Ernst?«, rief Noah ihr nach. Sie blieb nicht stehen. Er aber auch nicht. Er sprintete ihr hinterher.

Sie hatte sich so oft gewünscht, er würde ihr nachlaufen. Und jetzt tat er es ausgerechnet in dem einen Moment, in dem sie darauf verzichten konnte.

Ihre Trennung war schon fünfzehn Jahre her. Lag es daran,

dass sie im Schatten ihres Schulgebäudes standen, dass ihr der Schmerz gerade so frisch erschien? Oder – und das wollte sie definitiv nicht hören – war die Wunde nur nie richtig geheilt?

»Ich habe draußen geschlafen, falls es dir nicht aufgefallen sein sollte. Das ist nicht gerade erholsam. Ich brauche eine Kopfschmerztablette, eine Flasche Wasser, eine Dusche, trockene Kleidung und mein Bett. In genau dieser Reihenfolge«, sagte sie, immer noch, ohne sich zu ihm umzudrehen.

»Du kannst doch jetzt nicht einfach gehen.«

»Was sollte ich stattdessen tun?«, fragte sie patzig.

Sie hatte das Schulgebäude fast erreicht. Der schnellste Weg zum Parkplatz war durch die Turnhalle und dann bei der Aula wieder raus.

Als sie nach der Tür griff, drückte Noah sie zu. Mila versuchte sie zu öffnen. Aber natürlich war Noah stärker.

»Wir sind keine Kinder mehr. Lass den Scheiß«, blaffte sie, obwohl ihr klar war, dass sie wirklich der letzte Mensch war, dem diese Argumentation zustand. Sie hatte in ihrer Abwesenheit vielleicht mehr Falten im Gesicht und Cellulite am Arsch bekommen, aber keinen Tag weiser war sie geworden.

»Die Zeitkapsel ist weg.« Noah betonte das so, als wüsste Mila das noch gar nicht. »Wir müssen sie finden.«

Ihr Puls beschleunigte sich wieder, als sie endlich aufsah und seinem verzweifelten Blick begegnete. Seine Augen sahen genauso aus wie das von Morgentau benetzte Gras.

»Wovor hast du solche Angst?«, fragte Mila und ignorierte ihre eigene, die ihr wieder auf den Magen schlug. »Was hast du damals aufgeschrieben?«

Er sah zuerst weg. Natürlich wuchs ihre Neugier. Hatte es etwas mit ihr zu tun? Mit ihrer plötzlichen Trennung? Würde sie Antworten auf Fragen erhalten, die sie sich nach ihrem Streit nie getraut hatte, laut zu stellen?

»Etwas, das niemanden etwas angeht«, erwiderte er so neutral, dass sich Mila verkrampfte.

Das hatte Noah schon immer gekonnt. Wenn ihm seine eigenen Emotionen zu viel wurden, versteckte er sie so gründlich, dass Mila manchmal fast geglaubt hatte, er hätte keine. Lange war sie sich nicht sicher gewesen, ob das Ende ihrer Beziehung ihm überhaupt etwas ausgemacht hatte. Sie hatte es ihm nicht anmerken können.

Doch Noah war wie ein Eisberg. Nur weil er an der Oberfläche kalt und abweisend wirkte, hieß das nicht, dass darunter nicht noch so viel mehr versteckt war, was er niemandem zeigte.

»Nicht mein Problem«, sagte sie, obwohl das überhaupt nicht stimmte. Aber was Noah konnte, konnte sie schon lange. Sich und anderen vorzumachen, dass ihr alles egal war, hatte ihr schon immer dabei geholfen, sich auch ein bisschen so zu fühlen. Und das brauchte sie gerade wieder – auch wenn die Wirkung nie lange anhielt.

»Du hast auch ein Geheimnis aufgeschrieben«, erinnerte Noah sie daran, warum es doch ihr Problem war.

Mila wusste das. Trotzdem war ihre erste Priorität erst einmal, von Noah wegzukommen. Um den Rest konnte sie sich Gedanken machen, wenn ihre klamme Kleidung nicht mehr an ihrem Körper klebte.

»Warum warst du eigentlich hier?«, fragte sie. »Vielleicht hast du ja die Zeitkapsel mitgehen lassen.«

»Ich wurde in die Schule gerufen, weil sich irgendjemand am Sicherungskasten zu schaffen gemacht hat.« Er deutete auf den Werkzeugkoffer, den er fünfzig Meter weiter neben dem Baum hatte stehen lassen.

Eine Erinnerung flackerte in Milas Gehirn auf. Dann schüttelte sie sich. Sie hatte wirklich keine Lust, hier noch eine weitere Sache zu thematisieren, die sie mal wieder versaut hatte.

»Willst du mich zwingen zu bleiben?«, fragte sie und deutete auf seine Hand, die immer noch die Tür blockierte.

Noah sah sie an, als wäre ihm gar nicht mehr bewusst gewesen, dass er sie dort hingelegt hatte. Abrupt ließ er sie sinken.

»Wie freundlich«, meinte Mila. Sie wollte kühl und überlegen klingen, aber dafür war ihr Rachen zu ausgetrocknet.

Sie wartete darauf, dass Noah noch etwas sagte. Aber darauf hatte sie schon einmal vergeblich gewartet. Auch heute blieb er still. Also ließ sie ihn stehen und verschwand.

Wieso wiederholten sie ihre gemeinsame Geschichte, wenn sie doch beide schon wussten, wie sie ausgehen würde?

So leise wie möglich drehte Mila den Schlüssel und trat in den Flur zum Haus ihrer Mutter. Ihre Schuhe zog sie schon auf der Fußmatte aus, um auf Zehenspitzen hineinschleichen zu können.

Sie zog die Tür vorsichtig hinter sich zu und zuckte zusammen, als sie doch quietschte. Dann hielt sie inne. Sie war eine erwachsene Frau, ermahnte sie sich. Nur, weil sie wieder – vorübergehend! – bei ihrer Mutter lebte, hieß das nicht, dass sie sich nach Hause schleichen musste wie ein Teenager, wenn sie über Nacht weggeblieben war.

»Wo warst du?«

Alles, was sie sich gerade hatte einreden wollen, vergaß sie, sobald ihre Mutter mit vorwurfsvollem Blick in den Flur trat. Sie hatte eine dampfende Tasse Kaffee in der Hand. Altmodische Lockenwickler waren noch in ihre Haare gedreht. Der Anblick war ihr auch viel zu vertraut. Was würde Mila dafür tun, dass endlich mal etwas passierte, was sie nicht schon einmal genauso erlebt hatte.

»Beim Klassentreffen«, sagte sie unschuldig und räusperte sich. Sie klang ertappt. Aber sie durfte so lange unterwegs sein, wie sie wollte. Sie durfte sogar betrunken unter einem Baum einschlafen, wenn sie das wollte. Davon würde sie in Zukunft jedoch absehen, da ihr Rücken schmerzte, sobald sie sich zu schnell bewegte.

»So lang?« Gilda Ehlers zog die Augenbrauen zusammen. Dass ihre Mimik so ausdrucksstark war, lag bestimmt an ihrer – wenn auch sehr kurzlebigen – Karriere als Model. Mila stellte sich vor, wie ein Fotograf aus dem Off rief: *Noch vorwurfsvoller. Noch vorwurfsvoller. Ja, so ist es perfekt. So sieht eine Mutter aus, die von ihrer Tochter enttäuscht ist.*

Mila zuckte nur mit den Schultern. Das hatte ihrer Mutter schon früher nicht als Erklärung ausgereicht. Genauso wie an der Inneneinrichtung dieses Hauses hatte sich auch nichts am Innenleben von Gilda Ehlers geändert.

»Wieso bist du nass? Und woher kommt der Riss in der Bluse?«

Mila sah an sich herunter. Der Riss war ihr noch gar nicht aufgefallen. Doch als sie sich so verdrehte, dass ihr Rücken wieder schmerzte, erkannte sie einen an der Seite. Das war ihre Lieblingsbluse, die sie vor über einem Jahrzehnt selbst genäht hatte – als sie sich noch Zeit für solche Hobbys genommen hatte.

»Fuck!«

»Solche Worte nicht in meinem Haus.«

Mila hatte noch nie verstanden, warum ihre Mutter so eine Abneigung gegen Schimpfworte hatte. Wenn in einem Film jemand fluchte, machte sie ihn aus. Und das passierte nicht unbedingt selten.

»Du riechst furchtbar. Hat dir jemand Sekt übergekippt?«

Mila roch an ihrer Bluse. Sie war davon ausgegangen, dass die Nässe vom Gras kam. Aber die Wahrscheinlichkeit, dass ihr gestern jemand Sekt über die Bluse gekippt hatte, war leider nicht so gering, wie sie vor Beginn der Feier gehofft hatte.

»Bitte kein Verhör, Mama. Ich muss schlafen.«

»Und duschen«, rief ihre Mutter ihr hinterher, während sie energielos die Stufen in den ersten Stock erklomm. »Du solltest deine Zeit besser darauf verwenden, Bewerbungen loszuschicken, statt dich bei deinem Klassentreffen abzuschießen.«

Mila blieb abrupt stehen. Sie könnte einfach hochgehen, duschen, schlafen, nicht diskutieren. Aber Mila war es schon immer schwergefallen, anderen das letzte Wort zu überlassen.

»Ich habe es dir doch schon erklärt. Ich habe mich überall beworben. Jetzt warte ich nur noch auf Rückmeldungen.«

»Und wie lange dauert das? Mila, du weißt doch, ich will nur das Beste für dich. Du sollst nicht in dieser Stadt stranden wie ich.«

Gilda meinte es nicht böse. Doch wenn sie das sagte, dachte Mila unweigerlich an das, was ihre Mutter in dieser Stadt hatte »stranden« lassen: Mila. Gilda hätte ihr Leben auf den Laufstegen der Welt verbracht, wäre sie nicht so jung schwanger geworden. Und egal, wie ihre Mutter diese Worte auch aussprach – und das tat sie oft – Mila hörte immer einen Vorwurf darin. Obwohl man Mila wirklich für vieles verantwortlich machen konnte, für ihre Geburt dann wohl doch nicht.

»Es dauert so lange, wie es dauert«, erwiderte sie ein bisschen ungehalten. »Ich konnte nichts dafür, dass ich gefeuert wurde. Ich hatte eben einen Scheißchef. Aber meine Talente sind branchenweit bekannt.«

Und hoffentlich wirklich nur diese.

Die Übelkeit war zurück, als sie an das Desaster dachte, was sie in Hamburg zurückgelassen hatte. Egal, wohin sie blickte, überall waren ihre Fehler gut sichtbar für alle aufgestellt.

Sie wartete keine Erwiderung ihrer Mutter ab, sondern sprintete ins Bad, ließ sich auf die Knie fallen und übergab sich ins Klo.

Zum Glück blieb Justin Timberlake dieser Anblick erspart.

Den Vormittag hatte Mila damit verbracht, sich zu fragen, ob es schlimmer war, sich zu Hause den prüfenden Blicken ihrer Mutter auszusetzen, oder in der Stadt denen aller anderen.

Als ihre Mutter mit der vierten Tasse Schwarztee des Tages an ihre Tür geklopft hatte, weil ihr auch in dreiunddreißig Jahren Mutterschaft keine bessere Weise eingefallen war, um sich zu entschuldigen – darauf, es auszusprechen, war sie nie gekommen –, hatte Mila schließlich die Flucht ergriffen.

Sie wäre vermutlich verrückt geworden, hätte sie wieder ihren Posteingang gecheckt und nur Spam-Mails über die Diät ihres Lebens vorgefunden statt eines neuen Jobangebots, ihrem Ticket raus aus dieser trostlosen Stadt.

Sie war den Weg bis zum Stadtzentrum gelaufen. Eine halbe Stunde hatte sie gebraucht. Doch noch immer spürte sie eine unruhige Energie in ihren Muskeln, die sich auch durch Bewegung nicht vertreiben ließ.

Der Stadtkern ihrer Heimat war ganz hübsch. Das musste sie trotz aller Abneigung zugeben. Er war alt. Um das Rathaus standen sogar noch ein paar Fachwerkhäuser und bildeten einen kleinen gemütlichen Marktplatz. Helena war in einem davon aufgewachsen. Mila hatte es geliebt, dort zu sein. Die Decken waren tiefer als in normalen Häusern und sie hatten als Kinder immer so getan, als wären sie Hexen in ihrem Hexenhäuschen.

Mila erlaubte sich nicht, vor Helenas Elternhaus zu verharren. Wenn sie sich vormachte, nicht sentimental zu sein, konnte sie es sich vielleicht irgendwann selbst glauben.

Das Kopfsteinpflaster war so uneben, dass sich hierher

niemals E-Roller verirren würden. Gilda hatte Mila viel ausführlicher als notwendig erzählt, dass der Bruder des Bürgermeisters in den Blumen von Frau Heinze gelandet war, als er einmal sein Glück versucht hatte. Und wer die Floristin kannte, wusste, dass sie eine süße alte Dame war –, bis es um ihre Blumen ging.

Sie grüßte Mila mit einem lieben Lächeln, und die winkte zurück.

Während sie durch ihre Vergangenheit flanierte, war sie erstaunt darüber, dass sie ihr noch passte. Sie hätte erwartet, dass hier zu sein sich anfühlen würde, wie ein Kleidungsstück anzuziehen, dem sie entwachsen war. Aber die Nähte rissen nicht. Für einen Moment konnte sie zurückkehren.

Doch dann rannte jemand so heftig in sie hinein, dass sie einen Schritt nach vorn stolperte und fast auf dem unebenen Boden landete.

»Hey!«, rief sie.

Der Junge war längst weitergerannt. Sie rieb sich die Stelle an ihrem Oberarm, wo sie kollidiert waren, und sah ihm nach. Zum Rathaus.

Sie stockte. Die pochende Stelle war vergessen, als sie die Menschentraube ausmachte, die sich am Rathaus bildete. Die Leute redeten wild durcheinander. Immer mehr kamen hinzu.

Gab es etwas umsonst?

Milas Herz begann schneller zu schlagen. Sie wusste nicht, warum ihr Körper schon jetzt reagierte, ohne dafür die notwendigen Informationen zu haben. Aber die schien er in letzter Zeit auch gar nicht mehr zu brauchen. Er steigerte sich schon mal vorsorglich in alles rein – nur um auf Nummer sicher zu gehen.

Mila lief auf die Menschentraube zu. Das Gespräch zweier alter Damen schnappte sie als Erstes im wilden Gemenge auf. Sie kannte die beiden nicht beim Namen, aber sie hatte sie früher schon immer zusammen durch die Stadt spazieren oder auf derselben Bank im Park sitzen sehen. Damals hatten sie noch keine Rollatoren gehabt. Doch sonst hatten sie sich nicht viel verändert. Die eine trug noch immer ein weißes und die andere ein rotes Tuch in ihren Haaren, weswegen ihre Mutter sie immer abschätzig – ihre Mutter sprach in der Regel erst mal abschätzig von Menschen, die sie nicht richtig kannte, man konnte ja nie wissen, ob sie es nicht vielleicht verdient hatten – Schneeweißchen und Rosenrot genannt hatte.

»Das sieht richtig alt aus«, sagte Schneeweißchen.

»Manche Buchstaben konnte ich nicht entziffern«, erwiderte Rosenrot.

»Wer sind die Leute, um die es geht?«

»Sofia, du weißt schon, die Tochter vom alten Schuster auf der Parkstraße.«

»Der letztes Jahr dicht gemacht hat?«

»Das war nicht letztes Jahr. Das war vor zehn.«

»Oh.«

Mila schob sich an den beiden vorbei.

Das Rathaus war ein altes und mehrmals dürftig renoviertes Gebäude.

Als Erstes entdeckte Mila eine kleine Gedenktafel, die Karl Baumgartner, dem ehemaligen Bürgermeister, gewidmet war, der vor dreizehn Jahren bei einem Unfall ums

Leben gekommen war. Mila spürte einen Kloß im Hals, obwohl sie Noahs Vater nie hatte leiden können.

Diese Tafel war es allerdings nicht, die so viel Aufmerksamkeit auf sich zog. Sie war vermutlich schon vor Ewigkeiten hier angebracht worden.

Stattdessen hing ein unscheinbar wirkender Zettel am Schwarzen Brett. Hinter der Scheibe. Und das war auch der Grund, warum Sofia ihn nicht wegreißen konnte, obwohl sie es immer wieder versuchte. Ihre Nägel kratzten über das Glas und das Geräusch bereitete Mila eine Gänsehaut. Trotzdem würde sie einen Teufel tun, sie darauf hinzuweisen, dass sie nicht auf einmal die Fähigkeit entwickeln würde, durch Glas hindurchzugreifen, und wenn sie es noch so sehr wollte. Denn Sofia sah so gestresst aus, dass Mila sich ihr nicht mehr nähern würde als unbedingt notwendig. Eine angezündete Kippe zitterte zwischen den Fingern ihrer anderen Hand. Der Rauch stieg über ihre Köpfe auf. Und irgendwie passte das außergewöhnlich gut zur Situation.

Mila traute sich, noch einen weiteren Schritt nach vorn zu machen und entdeckte Jessica, auf die Sofia gerade einredete. Die beiden waren zu Schulzeiten beste Freundinnen gewesen, jetzt allerdings musterten sie einander nicht unbedingt freundschaftlich.

»Jessica, das ist über fünfzehn Jahre her«, sagte Sofia.

Wütend schnaubte Jessica. Sie trug ihre schwarze Lockenpracht, für die Mila sie immer ein bisschen beneidet hatte, noch genauso üppig wie früher. Während Jessica ihre beste Freundin – oder ihrem Blick nach zu schließen eher ehemalige beste Freundin – anstarrte, hatte sie erstaunlich große Ähnlichkeiten mit einer Hexe aus einem Disneyfilm.

»Na und? Du hast mich hintergangen!«

Erst, als ihr das letzte Wort als Schrei entwich, schien Jessica zu realisieren, dass sie Publikum hatten. Sie starrte geschockt in die Menschenmenge, als wäre sie gerade von einer Sekunde auf die andere vor ihr aufgetaucht. Ihr Blick traf Milas. Fixierte sie einen Moment, wie damals, als sie Mila beim Spicken verpfiffen hatte. Dann wandte sie sich ab und verschwand schnellen Schrittes.

Sofia rannte ihr nach. Die Kippe ließ sie glimmend auf dem Boden liegen.

Mila trat sie aus, als sie sich nach vorn ans Glas stellte.

Der Zettel am Schwarzen Brett war sehr alt. Er war einmal zerknittert gewesen und dann glattgestrichen worden, Sofias perfekte Schrift – was sonst? – auf einem vergilbten Notizblockblatt.

Nun hatte Milas Herz endlich einen Grund, schnell zu schlagen.

Mila hatte den Zettel noch nie gesehen. Aber sie musste auch nicht genau *diesen* gesehen haben, um zu verstehen, woher er stammte.

Das Papier, auf das sie damals ihr eigenes Geheimnis geschrieben hatte, sah genauso aus. Sie hatte es sich schließlich von Sofia leihen müssen, wie so oft im Laufe ihrer Schulzeit.

Hastig überflog Mila die Zeilen, in denen Sofia beschrieb, wie schlecht sie sich gefühlt hatte, weil sie mit Leon M. geknutscht hatte, obwohl sie wusste, dass Jessica schon seit der achten Klasse unsterblich in ihn verliebt war. Es hatte sich im Jahrgang rumgesprochen, dass er mit einer Brünetten in seinem Auto gesehen worden war. Jessica hatte dieses Mädchen gesucht – keine Ahnung, was sie mit ihr hatte tun wollen, sobald sie sie gefunden hätte – und war nie darauf gekommen, dass die Braunhaarige ihre beste Freundin Sofia gewesen war.

Der Brief war hier am Rathaus aufgetaucht, als wäre er in der Zeit gereist. Mila hatte die Kapsel vielleicht ausgegraben.

Doch wer hatte dafür gesorgt, dass dieser Brief nun hier hing, wo ihn die ganze Stadt sehen konnte?

Mila blinzelte und sah in Gedanken kurz ihren eigenen Zettel mit ihrer wesentlich krakeligeren Schrift dort hängen. Sofort wurde ihr eiskalt.

Niemand durfte ihren Brief jemals lesen.

Das musste sie verhindern.

Koste es, was es wolle.

Kapitel 4

Milas Mutter stand schon mit dem fünften Schwarztee bereit, als sie zurückkam. Doch sie rannte einfach direkt ins erste Stockwerk. Erstaunlicherweise folgte Gilda ihr nicht. Trotzdem schlug sie vorsichtshalber ihre Zimmertür zu, sobald sie den Raum erreicht hatte, um klarzumachen, dass sie keine Gesellschaft wollte, und lehnte sich von innen dagegen. Als könnte sie sich hier tatsächlich vor dem verstecken, was dort draußen passierte.

Was immer das auch sein mochte.

Mila verstand noch nicht ganz, was vor sich ging. Aber sie verstand genug, um Angst zu spüren.

Es ist egal, versuchte sie sich einzureden. Bald würde sie eine Jobzusage bekommen, ihre Sachen packen und diesem Kaff wieder den Rücken kehren.

Aber was, wenn nicht …

»So darf ich nicht denken«, sagte sie laut, weil es zu denken nicht reichte, um sich zu beruhigen. Es laut auszusprechen, hatte jedoch auch nicht die erwünschte Wirkung. Einem Gefühl folgend, rief sie ihre Freundin Derya an. Das Freizeichen dröhnte mit jedem Mal lauter in ihrem Ohr.

Bitte geh ran, flehte sie in Gedanken.

»Hallo, hier ist Derya …«

»O mein Gott, ich bin ja so erleichtert, dass du …«

»Leider kann ich gerade nicht ans Handy gehen, aber hinterlass …«

Mila legte auf und schmiss das Smartphone aufs Bett. Gar kein Problem. Derya hatte viel zu tun und sie bald auch wieder. Und dann war das alles egal. Nur eine Anekdote, die sie ihren Freunden in Hamburg erzählte, und über die sie alle herzlich lachten. Genau, eines Tages würde sie über die letzten Wochen lachen.

Der schrille Ton der Haustürklingel ließ sie so heftig zusammenzucken, dass es sie nicht wundern würde, würde sie morgen mit einem Hexenschuss aufwachen.

Mila setzte sich auf ihr Bett, vergrub das Gesicht in den Händen. Und zuckte erneut zusammen, als es an ihrer Tür klopfte.

»Mila, du hast Besuch«, sagte ihre Mutter in diesem tadelnden Tonfall, den sie früher immer benutzt hatte, wenn Noah vorbeigekommen war. *Du hast Herrenbesuch!*, hatte sie ihn immer angekündigt und Mila diesen Blick zugeworfen, der eine Warnung davor war, nicht das gleiche Schicksal zu erleiden wie Gilda selbst: Mutterschaft. Mila schnaubte in Erinnerung daran.

Doch erst als die Tür aufschwang, wurde Mila der Grund für diesen Tonfall klar: Noah betrat ihr Kinderzimmer.

Für eine Sekunde hatte Mila das Gefühl, ihr müsse das Herz stehen bleiben. Dann sprang sie gehetzt von ihrem Bett auf.

»Ich lass euch dann mal allein«, sagte Gilda säuerlich.

Natürlich schloss sie die Tür nicht hinter sich, sondern ließ sie angelehnt. Genau wie früher. Noah griff hinter sich und drückte sie zu. Auch genau wie früher.

Noahs rechter Mundwinkel zuckte. War ihm das auch aufgefallen? Doch schon im nächsten Moment war der Ansatz eines Lächelns wieder verschwunden, so dass sie fast meinte, es sich nur eingebildet zu haben.

Einen Augenblick standen sie ungelenk voreinander. Noahs Blick fiel für den Bruchteil einer Sekunde auf ihr Bett. Bemerkte er, wie ungemacht es war? Oder musste er daran denken, dass er genau hier mit ihr zusammen sein erstes Mal gehabt hatte?

Sobald Mila dieser Gedanke gekommen war, konnte sie auf einmal an nichts anderes mehr denken.

Ihr Kinderzimmer war wirklich kein neutraler Ort, um Noah zu begegnen. An diesen Wänden hingen so viele Erinnerungen von ihnen. Manche als Fotos festgehalten. Manche waren in den Rissen in der Wand, in den Mustern der Bettwäsche oder in der Schnitzerei in Milas Schreibtisch konserviert worden. Dass Noah hier atmete, schien ihnen wieder Leben einzuhauchen.

»Was machst du hier?«, fragte Mila.

»Die Zeitkapsel«, sagte Noah nur.

»Ja?«, fragte Mila nach, weil ihr keine Erwiderung einfiel.

Noah schnaubte ungeduldig. »Der Zeitkapsel werden ja nicht auf einmal Beine gewachsen sein. Sie ist nicht von allein abgehauen. Jemand hat sie mitgenommen.«

»Das haben wir gestern schon festgestellt«, erwiderte Mila trotzig.

»Mila, dieser jemand hat nicht vor, die Geheimnisse für sich zu behalten«, sagte Noah scharf.

Jetzt konnte sie ihm ansehen, dass er kurz davor war, die Fassung zu verlieren. Und auch wenn sie wusste, dass sie sich gerade nicht fair verhielt, konnte sie doch nicht aus ihrer Haut.

Damals, bei der Trennung und später beim Abiball, war sie es gewesen, die ihre Emotionen gezeigt, sich verletzlich und angreifbar gemacht hatte.

Sie hatte ihn angeschrien – und zu allem Überfluss hatte sie auch noch diese fürchterliche Rede auf dem Abiball gehalten. Und das alles nur, weil er ihr das Herz gebrochen hatte.

Und was hatte er gemacht? Er hatte nicht einmal die Stimme erhoben. Seine Mimik war wie versteinert gewesen, unbeweglich wie die Züge einer Statue. Sie hatte ihn so sehr angefleht, endlich eine menschliche Regung zu zeigen, doch das hatte er nicht getan.

Nur dieses eine Mal wollte sie die Rollen tauschen. Fünfzehn Jahre waren eine lange Zeit. Eigentlich lang genug, um Schmerz verfliegen zu lassen. Doch Milas Schmerz hatte eine längere Halbwertszeit. Er strahlte noch immer von ihrem Herz in alle anderen Bereiche ihres Körpers aus.

»Sofia hat vor Ewigkeiten mit Leon B. rumgemacht. Wen interessiert's?«, sagte sie also kühl und gefasst, obwohl sie den Ernst der Lage schon längst erfasst hatte.

»Leon M.«, erwiderte Noah, als würde es tatsächlich eine Rolle spielen. »Und denkst du wirklich, nur dieser eine Brief wird seinen Weg in diesen Rathauskasten finden?«

Mila wurde wieder eiskalt, während sie sich vorstellte,

wie ihr Brief dort hing, wie Noah davor stand und ihn las, sich dann zu ihr umsah.

Nein, das durfte niemals passieren.

»Was schlägst du vor?«, fragte sie gespielt cool.

»Wir müssen die Zeitkapsel finden. Bevor unsere Geheimnisse nicht mehr geheim sind.«

Mila neigte den Kopf zur Seite und musterte Noah aufmerksam.

»Wenn du ausgerechnet mich um Hilfe bittest, muss es dir ja echt ernst sein. Was hast du damals in diesen Brief geschrieben?«

Diese Frage hatte er ihr auch am Vortag nicht beantwortet, also war sie nicht überrascht, als er auf einmal ihrem Blick auswich. Er musterte ihre alte Nähecke, als wäre sie so viel interessanter als ihr Gesicht. Er ließ seinen Finger über das Holz gleiten. Das Holz, aus dem er mit seinen eigenen Händen diesen Tisch gefertigt hatte. Für sie. Mila hatte seine Hände immer geliebt. Diesen Teil von ihm vermutlich als Erstes, vor dem ganzen Rest. Denn er konnte damit wunderschöne Dinge erschaffen.

Auch eine Gänsehaut auf Milas Körper.

Sie nahm sich vor, ihr Bett nicht einmal mehr aus den Augenwinkeln zu betrachten, solange Noah noch hier war.

»Das tut nichts zur Sache«, meinte er verspätet.

»Ach ja?«, hakte Mila nach.

Er sah wieder auf. Direkt in ihre Augen. Lag Bedauern in ihnen?

Als sie die Zeitkapsel am Tag des Abistreichs vergraben hatten, war noch alles in Ordnung gewesen. Sie hatten sich noch geliebt. Zumindest hatte Mila das geglaubt. Denn nur eine Woche später war es vorbei gewesen. Und bis heute hatte sie es nicht ganz verstanden.

Würde sie endlich damit abschließen können, wenn sie die Antworten auf die Fragen erhielt, die ihr manchmal noch heute schlaflose Nächte bereiteten, obwohl sie das schon längst nicht mehr tun sollten?

»Willst du mir denn erzählen, was du damals aufgeschrieben hast?«, fragte Noah herausfordernd.

Nur über meine Leiche, konnte sich Mila gerade noch so verkneifen auszusprechen.

Wissend lächelte Noah.

»Dachte ich mir.«

Er durchschaute sie. Noch immer.

»Also, wie lautet dein Plan?« Sie verschränkte demonstrativ die Arme vor der Brust.

»Wir finden den Dieb, bevor unsere Geheimnisse ans Licht kommen.«

»Und wie sollen wir das anstellen?«

»Es wissen nur die Leute von der Zeitkapsel, die selbst Zettel reingesteckt haben. Also so um die fünfzehn. Einer von ihnen muss es gewesen sein.« Er sagte das so, als wäre es ganz einfach.

»Und du willst bei denen zu Hause klingeln und sie zur Rede stellen? Das wird bestimmt auf viel Begeisterung stoßen.«

»Ich habe mir noch nicht alle Details überlegt«, stieß Noah hervor. »Das werde ich noch tun. Bist du dabei?«

Sie betrachtete ihn noch einmal und wünschte sich, er wäre der Mensch von damals. Sie wünschte vor allem, sie wäre noch die Person von damals.

Ihr ganzes Leben schien sich ihrer Kontrolle zu entziehen. Nichts funktionierte mehr. Sie saß in ihrem Kinderzimmer und wartete auf ein Jobangebot. Dabei hatten sich vor einem Jahr noch alle Firmen um sie gerissen. Eine Demütigung hatte sich in den letzten Wochen an die nächste gereiht. Noch eine würde sie nicht verkraften. Sie musste ihren Brief in die Hände bekommen, bevor er an einem Schwarzen Brett landete und es ihre Nägel waren, die vergeblich über die Scheibe kratzten.

Nein, so tief würde sie nicht sinken. Sie würde sie mit einem Stein einschlagen und ihr Geheimnis retten, auch wenn sie damit eine Anzeige wegen Sachbeschädigung riskierte. Trotzdem war es besser, auch diese Situation zu vermeiden.

»Ich bin dabei«, gab sie sich schließlich geschlagen.

Noah hielt ihr seine Hand hin, doch bevor sie einschlagen konnte, zog er sie noch einmal zurück. »Und wir erfahren nichts vom Geheimnis des anderen. Stellen keine Nachfragen. Das ist Teil des Deals.«

Mila zögerte eine Sekunde. Sie wollte wirklich wissen, was Noah damals aufgeschrieben hatte. Aber verhindern, dass er ihre Worte las, wollte sie noch ein bisschen mehr.

Also seufzte sie und ergriff seine Hand.

Sie war warm und kräftig und so vertraut. So schnell sie konnte, ohne dass es komisch wirkte, ließ sie ihn wieder los.

Sie sahen sich einen Moment verlegen an.

»Dann morgen bei mir?«, fragte er.

»Okay.«

Er wandte sich zur Tür. »Ich schicke dir die Adresse. Hast du noch die alte Nummer?«

Mila nickte. »Alles wie früher.«

Der Satz war so aufgeladen, dass sie ihn am liebsten wieder zurückgenommen hätte.

Noah lächelte leicht und sofort spürte sie, wie sehr sie diesen Anblick vermisst hatte. Das Lächeln verschwand. Das hatte sie nicht vermisst.

»Bis morgen«, sagte er und sah sie an, als würde er noch auf etwas warten.

»Bis morgen«, erwiderte sie und hielt seinem Blick stand, bis er sich abwandte und ohne ein weiteres Wort ging.

Auch Mila schwieg und vermutlich war es besser so. Ihre Worte hatten schon immer die Macht gehabt, aus einer schlechten Situation eine beschissene zu machen.

Kapitel 5

Die Musik war laut aufgedreht, doch hier in der Ecke, bei den Eingängen zur Turnhalle, klang sie ein bisschen gedämpfter. Oder vielleicht lag das auch nur an dem Alkohol, den Mila getrunken hatte. Er belegte ihre Stimme, also war es gar nicht so abwegig, dass er das auch bei ihren Ohren tat.

»Du bist vor mir weggelaufen«, sagte sie vorwurfsvoll. Sie lallte mehr, als sie befürchtet hatte.

»Bin ich gar nicht.« Noah klang wie ein kleines Kind, das mit seiner Mutter stritt. Aber vielleicht kam das Mila nur so vor, weil sie genau wusste, wie es sich anhörte, wenn er mit seiner Mutter stritt.

»Du hast mich gesehen und anstatt Hallo zu sagen, wie ein Erwachsener, hast du dich einfach umgedreht und bist weggerannt. Das ist unhöflich.« Jetzt hatte sie auch noch Schluckauf, der jedes zweite Wort unterbrach. Sie war in diesem Moment vieles – verletzt, überfordert, betrunken – aber sicherlich nicht würdevoll. Die Chance auf ein würdevolles Gespräch hatte sie erfolgreich in dem letzten Glas Sekt ertränkt, das sie hinuntergestürzt hatte.

»Das hatte nichts mit dir zu tun.«

»Mit wem denn sonst?«, entfuhr es ihr ein bisschen zu laut.

Irgendjemand drehte sich zu ihnen um. Doch Mila war egal, wer es war. In diesem Moment war ihr alles egal.

»Ich kann mich nicht mit dir unterhalten, wenn du so bist«, sagte Noah.

»Ich habe es schon immer gehasst, wenn du das sagst«, erwiderte Mila.

Sie schwiegen. Sie senkte den Blick auf ihre schwarzen Stiefel. »Ich habe dich nie vergessen.«

Mila riss sich von einer der vielen peinlichen Erinnerungen ans Klassentreffen los, die nach und nach zu ihr zurückkehrten. Während sie darauf wartete, dass Noah ihr die Tür zu seiner Wohnung aufmachte, versuchte sie sich selbst einzureden, dass sie überhaupt nicht, gar nicht, nicht einmal ansatzweise aufgeregt war. Natürlich war sie das nicht. Wieso sollte sie es sein? Es gab absolut keinen Grund dafür, jetzt nervös zu sein. Sie stand schließlich nur vor der Wohnungstür ihres Ex-Freundes. Was könnte da schon schiefgehen?

Als Noah die Tür endlich öffnete, stellte sie sich automatisch ein bisschen grader hin.

Die Spitzen seiner strubbeligen Haare waren noch nass. Er musste eben erst geduscht haben.

Sie räusperte sich, bevor sie sprach, weil sie sich sicher war, dass ihre Stimme heiser klang.

»Hast dir aber Zeit gelassen.«

»Das passiert, wenn man so überpünktlich ist«, entgegnete er.

»Ist doch eigentlich nichts Neues für dich.«

Sie standen weiterhin in der geöffneten Tür, und er

machte immer noch keine Anstalten, sie endlich in seine Wohnung zu bitten.

»Hast recht«, gab Noah vorsichtig lächelnd zu.

»Darf ich reinkommen?«, fragte Mila endlich, weil er noch immer wie festgefroren im Rahmen stand.

»O ja, klar, natürlich, selbstverständlich, komm rein.«

Mila senkte den Blick, damit er ihr Grinsen nicht sah, doch sobald sie seine Wohnung betreten hatte, sah sie unauffällig wieder auf. Damals hatte er noch bei seinen Eltern gelebt. Diese Wohnung kannte sie nicht. Und sofort suchte sie nach Hinweisen.

Hinweisen auf sie selbst.

Hinweisen auf sein altes Ich oder auf eine neue Freundin.

Sie fand weder noch. Und hatte keine Ahnung, ob sie erleichtert oder enttäuscht sein sollte.

Noahs Wohnung war minimalistisch eingerichtet, was sie nicht wunderte. Noah hatte keinen Sinn für unnötigen Krimskrams. Die Möbel waren schlicht und aus dunklem Holz. Mila ging davon aus, dass er sie alle selbst gefertigt hatte. Deswegen strich sie unauffällig mit den Fingerspitzen über eine hüfthohe Kommode. Die Gänsehaut, die das auslöste, konnte sie sich nicht erklären.

»Du bist Schreiner geworden?«, fragte sie, einfach um die Stille zu füllen.

»Hab's gelernt, ja.«

Mila unterdrückte ein genervtes Schnauben. Er machte es ihr nicht gerade leicht, wenn er sich jedes Wort aus der Nase ziehen ließ.

»Verkaufst du deine Möbel?«

»Nicht wirklich.«

»Hast du eine Werkstatt?«

»Nein.«

»Warum wurdest du als Schreiner zum Sicherungskasten in der Schule gerufen? Würde das nicht ein Elektriker machen?«

Noah zuckte nur mit den Achseln.

»Gesprächig heute?«, konnte sie sich dann doch nicht verkneifen zu fragen.

Sie drehte sich zu ihm um. Er stand am Esszimmertisch, neben dem Stuhl, hatte sich aber noch nicht gesetzt. Während sie seine Wohnung betrachtet hatte, schien er sie gemustert zu haben. Was hatte er wohl entdeckt? Suchte er auch in ihrer Gestik, ihrer Mimik, ihrem Auftreten Hinweise darauf, dass er ihr Leben mal maßgeblich geprägt hatte? Konnte er sich selbst in ihr erkennen? Sie konnte es. Noch immer zog sie den rechten Mundwinkel mehr hoch, wenn sie lächelte, weil dann das Grübchen hervorkam, das er früher so schön gefunden hatte. Noch immer band sie ihre Schnürsenkel wie ein kleines Kind, weil Noah es so getan und sie ihn damit aufgezogen hatte. Noch immer war *Im Dutzend Billiger* ihr Lieblings-Wohlfühlfilm, weil Noah ihn einmal pro Woche gucken konnte, ohne seiner überdrüssig zu werden. Aber diese Dinge konnte er ihr im Moment wohl nicht ansehen.

»Ist doch eigentlich nichts Neues für dich«, wiederholte er ihre Worte von eben.

Mila lächelte. Noahs Blick fiel auf ihr Grübchen.

»Hast recht«, erwiderte sie. Diesmal konnte sie nicht wegräuspern, wie heiser sie war.

Sie sahen sich einen Moment an, dann seufzte Noah

schwer. »Ich bin quasi das Mädchen für alles in der Stadt. Wenn was kaputt geht, egal was, rufen die Leute mich. So verdiene ich mein Geld. Meine Möbel …« Er verstummte und gab ihr damit deutlich zu verstehen, dass er ihr nicht mehr erzählen würde.

Ihr brannten so viele Fragen auf der Zunge, doch sie schluckte sie alle runter und fragte stattdessen: »Fangen wir an?«

»Klar.« Noah deutete auf den Tisch, als hätte ihn das Thema nie verlegen gemacht, und Mila setzte sich, als würde er sie nie verlegen machen. Er nahm ihr gegenüber Platz. Ungelenk zog sie sich die Jacke aus und hängte sie über den Stuhl.

»Wo fangen wir an?«

»Die Liste der Verdächtigen«, meinte Noah und schob ihr ein Blatt Papier entgegen, auf der in seiner Schrift, die so viel eleganter war als ihre, die Namen aller ehemaligen Mitschüler stand, die nach dem Abistreich die Zeitkapsel gefüllt und vergraben hatten. Insgesamt waren es vierzehn.

»Es gibt ein paar Leute, von denen ich nicht denke, dass sie es waren. Aber ich will mich nicht auf mein Bauchgefühl verlassen«, erklärte Noah.

»Wer denn zum Beispiel?«

»Amir«, sagte Noah, was Mila nicht überraschte. Schon zu Schulzeiten waren die beiden sehr gut befreundet gewesen und hatten sich vertraut. »Er ist ein sehr ehrlicher Mensch. Und als Schulleiter hat er definitiv Besseres zu tun. Aber trotzdem sollten wir alle im Kopf behalten.«

»Das sehe ich anders.« Mila ergriff den Stift, der neben der Liste lag, und strich einen Namen durch: Sofia Zilinsky.

»Sicher?«, fragte Noah.

»Denkst du wirklich, dass sie das freiwillig veröffentlicht hätte? Dass Leon F. kein CEO ist, stört sie bestimmt genug, um nicht mit ihm in Verbindung gebracht werden zu wollen.«

»Leon M. war es. Du musst nicht jedes Mal einen anderen Buchstaben hinter seinen Namen setzen, um uns allen zu beweisen, wie unwichtig dir dieses Kaff und deine Schulzeit sind, Miss Werbeagentur.«

Autsch. Mila reagierte nicht auf die Aussage.

»Und eigentlich fehlt ein Verdächtiger.«

»Ja?«

Sie schrieb einen Namen hin. Noah lachte auf, als sie ihm die Liste hinschob.

»Noah Baumgartner«, las er vor.

»Zum jetzigen Zeitpunkt der Ermittlungen können wir leider noch keine Verdächtigen ausschließen.«

»Und warum, denkst du, habe ich dich um Hilfe gebeten, um den Dieb zu finden, wenn ich es selbst bin?«, fragte Noah.

»Weil du eine Ausrede brauchst, um Zeit mit mir zu verbringen.«

Schon bevor sie den Satz ganz ausgesprochen hatte, merkte Mila, dass sie sich weiter aus dem Fenster gelehnt hatte, als sie sich wohlfühlte. Sie bekam Höhenangst von ihrer eigenen vorlauten Zunge.

»Aber fair ist fair«, sagte sie schnell, bevor er etwas erwidern konnte. Sie wollte nicht hören, wie egal sie ihm war.

Also schrieb sie noch einen Namen hinzu. Jetzt waren es sechzehn.

Noah grinste ein bisschen. »Mila Ehlers.«

»Vertraue niemandem«, meinte sie.

Wieder war das Schweigen drückend. Lag es vielleicht an der Akustik in dieser Wohnung?

»Aber sicher, dass es nur diese Leute sein können?«, fragte Mila schnell.

Die Suche könnte lange dauern, wenn jede Unterhaltung mit Noah so steif ablief wie diese.

»Wer sollte sonst von der Zeitkapsel wissen?«

»Vielleicht hat jemand geredet.«

»Du klingst wie ein Charakter in einem schlechten Krimi«, sagte Noah, der wirkte, als würde er überspielen, dass er es unterhaltsam fand. Zumindest etwas.

»Einer hat es einem Kumpel erzählt, der wieder einem Kumpel. Es ist nicht unwahrscheinlich, dass mehr Leute davon wissen, als beteiligt waren.«

»Aber was ist das Motiv?«

»Und du sagst *mir*, dass ich mich wie ein Charakter in einem Krimi anhöre?«, fragte Mila und zupfte am Saum ihres Shirts herum, um ihre nervösen Finger zu beschäftigen. Wenn es nur eine Art gäbe, das Gleiche mit ihrer nervösen Zunge zu machen, um sie davon abzuhalten, dass sie etwas Dummes oder Unüberlegtes sagte.

»Wer hat damals vorgeschlagen, die Zeitkapsel zu vergraben, statt die Briefe zu verbrennen?«, fragte sie.

»Denkst du, die Person hat damals schon geplant, sie fünfzehn Jahre später wieder auszugraben, um sich an uns allen zu rächen?« Er machte sich nicht gerade unauffällig über sie lustig.

»Es mag unwahrscheinlich klingen, aber wer weiß?«,

meinte Mila, allerdings nur weil sie stur war und noch nicht zugeben wollte, dass Noah definitiv recht hatte.

»Du warst es.«

»Fuck.«

Er lachte. Und es war ansteckend, also stimmte sie ein. Und sie lachte noch einmal, als er ihren Namen auf der Liste unterstrich.

»Dann überlegen wir uns jetzt vielleicht erst mal, bei wem wir anfangen«, sagte Mila.

Noah nickte. »Klingt nach einem Plan.«

Noahs Blick lag schon so lange vielsagend auf Milas Profil, dass sie nicht länger so tun konnte, als würde sie es nicht bemerken.

»Was?«, entfuhr es ihr vielleicht eine Spur unfreundlicher als notwendig. »Solltest du nicht lieber auf die Straße gucken, statt zu mir?«

Sie saßen in seinem Auto und waren sich darin so nah, dass sie die ganze Zeit fürchtete, seine Schulter zu streifen. Seine bloße Anwesenheit überforderte sie schon. Was würde dann Körperkontakt mit ihr anrichten?

»Ich bin mir immer noch nicht sicher, ob wir so anfangen sollten«, meinte Noah.

»Der ganze Scheiß war deine Idee«, erwiderte Mila, noch ein bisschen ungehaltener.

»Nicht, dass wir die Diebin suchen. Aber Yara …«

»Weil du in der achten Klasse in sie verliebt warst.«

»Ich war nicht …« Noah stockte und warf Mila einen

besonders vorwurfsvollen Blick zu, der ihre Wange kribbeln ließ, bevor er sich endlich wieder richtig auf die Straße konzentrierte. »Fangen wir wirklich schon wieder damit an?«

Mila wollte sich gern bockig stellen. Mit Noah über den Unsinn zu streiten, der für sie schon als pubertierender Teenager ein Thema gewesen war, fühlte sich leichter an, als über die Gegenwart oder ihr Beziehungsende zu reden. Aber selbst Mila konnte in diesem Moment einsehen, dass es wirklich albern war, darüber zu diskutieren, für wen Noah geschwärmt hatte, als sie fünfzehn Jahre alt gewesen waren.

»Nein«, gab Mila schließlich nach. »Wir müssen mit irgendjemandem anfangen. Wieso nicht mit ihr?«

Noah wich ihrem Blick aus, was das Misstrauen in Mila wieder wachsen ließ. Dabei konnte ihr ja egal sein, was im letzten Jahrzehnt zwischen Noah und Yara vorgefallen war.

»Es ist natürlich nur Zufall, dass wir mit der Person anfangen, die du nicht leiden konntest«, meinte er.

»Ich konnte niemanden leiden. Hast du das etwa vergessen?« Mila versuchte hinter ihrem zynischen Tonfall zu verstecken, dass es ihr weh tat, mit niemandem Kontakt gehalten zu haben. In ihrem neuen Leben war sie Menschen begegnet, die noch immer mit ihren Schulfreunden befreundet waren. Darum hatte sie sie immer beneidet.

»Das stimmt nicht«, sagte Noah.

Sofort hatte sie einen Kloß im Hals. Alle anderen hielten sie vielleicht für die gefühllose Zicke, die erleichtert gewesen war, all die Kleingeister zu Hause zurückgelassen zu haben. Doch Noah hatte es schon immer besser gewusst.

Zum Glück hatten sie ihr Ziel erreicht, und Noah parkte das Auto. Auf einmal war die Stille noch drückender.

»Natürlich fangen wir bei Yara an«, setzte sie fachmännisch an und versuchte ihre Freude darüber, endlich eine glaubhafte Ausrede gefunden zu haben, nicht zu stark raushängen zu lassen. »Sie ist doch die Sekretärin des Bürgermeisters. Damit hat sie einen Schlüssel für die Vitrine, in der Sofias Brief hing.«

Okay, der Triumph war ihr vielleicht ein bisschen zu deutlich anzuhören. Aber ein siegessicheres Grinsen konnte sie sich zumindest verkneifen.

Noah reagierte nicht. Er bedachte sie nur mit einem wissenden Blick.

»Fangen wir jetzt an, oder nicht?«, fragte Mila, als er einfach schwieg, statt auf ihre wundervolle Ausrede einzugehen.

»Ja«, antwortete Noah. »Aber nur, dass du es weißt: Ich durchschaue, dass du dir wünschst, sie wäre die Diebin.«

»Danke für die Information.«

»Gern geschehen.«

Früher hätten sie sich jetzt verschwörerisch angesehen. Heute stieg sie einfach aus dem Wagen.

Dass sie Yara nicht mochte, lag nicht nur daran, dass Noah sie mal gut gefunden hatte. Ihre Abneigung rührte vor allem daher, dass Yara mal einen bösen Kommentar über Milas Vater gemacht hatte. Und wenn jemand Mila einen Stich in eine Wunde versetzte, die nie ganz verheilt war, war sie nachtragend.

Ohne zu überprüfen, ob Noah ihr folgte, lief sie auf die Haustür zu.

Yara wohnte in der Altstadt, nur ein paar Gehminuten vom Rathaus entfernt. Hinter den gekippten Fenstern konnte Mila roséfarbene Vorhänge sehen, die sich sachte im Wind bewegten. Bestimmt roch es in ihrem Haus immer nach frischen Blumen.

Bevor Mila aus ihrer Wohnung in Hamburg ausziehen musste, hatte der Geruch nach Fertigpizza so hartnäckig in den Wänden gehangen, dass auch lüften nicht mehr viel dagegen hatte ausrichten können.

Sie wartete nicht, bis Noah neben ihr stand, und klingelte. Sie konnte zu Yara nett sein, wenn sie damit verhinderte, dass Noah jemals ihren Brief las. Das war doch nicht so schwer. Sie hatte schließlich ein gewisses Maß an Impulskontrolle.

Yara öffnete die Tür. Der Geruch nach frisch gebackenen Keksen strömte ihnen entgegen – natürlich, was sonst? Sie lächelte sie auf die Weise an, die Mila ihr schon in der Schulzeit nicht abgekauft hatte.

»Hallo, ihr zwei. Mila, geht's dir wieder besser? Beim Klassentreffen habe ich mir echt Sorgen um dich gemacht.«

Yara musterte Mila genauso, wie sie es früher schon getan hatte, wenn sie abfällige Kommentare über Milas selbstgeschneiderte Kleidung gemacht hatte.

Und es dauerte nur wenige Sekunden, bis Mila die ersten reifen Gedanken, die sie seit Wochen gehabt hatte, einfach wieder verwarf. Sie musste sich auf die Zunge beißen, um keinen unfreundlichen Kommentar von sich zu geben.

»Mir geht's gut«, meinte sie trocken.

»Ja, manche von uns sind vielleicht ein bisschen trinkfester als andere und können es besser wegstecken.«

Mila ermahnte sich, dass Leute einem in der Regel keine

ehrlichen Antworten auf Fragen gaben, wenn man sie vorher beleidigt hatte. Und in das eigene Heim baten sie einen schon gar nicht.

»Stören wir dich gerade, oder können wir reinkommen?«, fragte Noah. Sein charmanter Tonfall missfiel Mila. Aber sie knirschte nur mit den Zähnen, statt etwas dazu zu sagen.

»Klar«, meinte Yara sofort.

Mila atmete einmal tief durch, schluckte ihren irrationalen Ärger hinunter und betrat Yaras Haus.

»Sehr gutes Timing. Ich habe die Kekse gerade aus dem Ofen geholt«, verkündete Yara.

Noah folgte ihr so selbstverständlich ins Wohnzimmer, als wäre er schon häufiger hier gewesen und als Mila an einer Kommode im Flur vorbeikam, erkannte sie sofort, dass Noah sie gefertigt hatte.

»Kannst du noch Tassen aus der Küche holen? Du weißt ja, wo alles ist«, rief Yara zu Noah herüber, und er verschwand durch eine Tür.

Du weißt ja, wo alles ist.

Mila unterdrückte ein abfälliges Schnauben. Hier ging es um die Zeitkapsel. Nicht um Noahs Datingleben. Also folgte sie Yara, die ihr einen Platz auf dem Sofa anbot und sich selbst in einen der Sessel setzte. Bis Noah mit drei Tassen in der Hand ins gemütlich und heimelig eingerichtete Wohnzimmer trat, betrachtete Mila Yara unauffällig.

Wie schon bei ihren anderen ehemaligen Klassenkameraden, die sie in den letzten Tagen wiedergesehen hatte, verglich Mila die Yara, der sie jetzt gegenübersaß, mit der, die sie von früher kannte. Yara war immer noch adrett angezogen und hatte ihre dunkelbraunen Haare schön gestylt. Damals hatte sie fast jeden Tag eine neue Frisur gehabt, als wäre die Schule eine Gala, zu der sie auf keinen Fall zweimal im gleichen Outfit erscheinen durfte. Noah war nicht der Einzige gewesen, der für sie geschwärmt hatte.

Yara sah auch fünfzehn Jahre später noch sehr hübsch aus, während sie auf ihrem Sofa saß, von ihren hellrosa Vorhängen eingerahmt, die die dunkle Farbe ihrer Haare noch mehr betonte. Sie war wie sie alle älter geworden. Doch die Lachfältchen standen ihr, genauso wie die einzelnen grauen Strähnen, die eher aussahen, als hätte jemand Silberfäden in ihr Haar geflochten.

Mila wurde klar, dass sie Yara schon viel zu lange angestarrt hatte, schüttelte den Kopf und nahm die Tasse entgegen, die Noah ihr hinhielt.

»Was kann ich für euch tun?«, fragte Yara.

Sie hatte Kekse auf den kleinen Holztisch zwischen ihnen gestellt. Sie dufteten wirklich phantastisch, doch Mila war zu stur, um sich einen zu nehmen.

Noah setzte an, um Yara zu erklären, was sie hierhergeführt hatte. Vermutlich würde er einfach die Wahrheit sagen. Aber die Strategie erschien Mila falsch. Könnte er ihre Gedanken hören, würde er sie wieder darauf hinweisen, dass sie zu viele schlechte Krimis guckte – was stimmte. Trotzdem brauchten sie eine Ausrede für ihren Besuch. Sonst würden sie dem Dieb oder der Diebin viel zu früh offenlegen, was sie vorhatten. Und wenn Yara die Diebin war, würden sie mit Ehrlichkeit ihre Ermittlungen gefährden.

Okay, sie klang wirklich wie eine schlecht geschriebene Kommissarin. Aber an den Fakten änderte das auch nichts.

»Noah und ich wollen eine Zeitschrift über das Klassentreffen rausbringen«, sprach Mila das Erste aus, das ihr durch den Kopf schoss. »Damit wir uns alle in fünfzehn Jahren noch dran erinnern können.«

Noah warf ihr einen kurzen, unauffälligen und doch sehr vielsagenden Seitenblick zu.

So war das nicht abgesprochen, schien er ihr mitteilen zu wollen.

»Das klingt wundervoll«, erwiderte Yara sofort. »Aber …« Sie stockte kurz, suchte vermutlich nach taktvollen Worten, um ihre Gedanken auszudrücken. »Aber ihr beide macht das? Zusammen?«

Sie sah vor allem Mila an. Ihre Skepsis war berechtigt, deswegen konnte Mila sich nicht einmal über die hochgezogenen Augenbrauen aufregen.

»Genau«, sagte sie und imitierte Yaras überfreundlichen Tonfall. »Bist du bereit für das Interview?«

Yara zögerte noch einen Moment, dann lächelte sie. »Klar.«

Am liebsten hätte Mila sie direkt gefragt, wie lang sie bei der Feier gewesen war, um abzuschätzen, ob sie überhaupt Gelegenheit gehabt hatte, mitzubekommen, wie Mila die Kapsel ausgrub. Doch hier war Fingerspitzengefühl nötig. Sie sollte nicht mit der Tür ins Haus fallen. Also tat sie so, als würden sie die Antworten auf die folgenden Fragen tatsächlich interessieren.

»Was war für dich das Highlight beim Klassentreffen?«

»Was sollte das?«, wollte Noah wissen, kaum dass sie im Auto saßen. Das Zuschlagen der Türen hallte immer noch nach.

»Was meinst du?«, fragte Mila zuckersüß, was hervorragend zu den Keksen passte, die sie schließlich doch gegessen hatte und die leider köstlich geschmeckt hatten.

»Der Mist mit der Zeitschrift.«

»Wir hätten ja wohl kaum die Wahrheit sagen können. Wäre sie die Diebin, hätte sie das aufgeschreckt.«

Noah wollte ihr widersprechen, das konnte sie ihm ansehen, doch schließlich nickte er.

»Okay, das gebe ich zu. Aber die Ausrede war scheiße. Wer wird uns denn glauben, dass wir das zusammen machen? Freiwillig! Vor allem du.«

»Was soll das denn schon wieder heißen?«

»Dass du schon in der Schulzeit nicht eine Sache ehrenamtlich gemacht hast.«

»Das stimmt nicht.«

»Einmal hat dich Sofia gebeten, den Kuchenverkauf für eine Stunde zu leiten, du hast ihr den Mittelfinger gezeigt und danach hat dich nie wieder jemand um Hilfe gefragt.«

Okay, zu Milas Verteidigung: Das war eine sehr stark vereinfachte Darstellung der Geschehnisse. Mila hatte gesagt, sie habe keine Zeit. Sofia hatte das nicht gelten lassen wollen und sie weiter gedrängt, bis Mila der Kragen geplatzt war. Das konnte doch wohl jedem mal passieren. Sie hatte eben einen schlechten Tag gehabt.

»Es nützt nichts, Noah. Das ist jetzt unsere Coverstory, ob du willst oder nicht.«

Mila wartete auf Noahs Reaktion. Doch es kam keine. Er startete einfach den Motor und fuhr an.

»Aber noch haben wir nicht besonders viel herausgefunden«, sagte er, als sie die Altstadt hinter sich gelassen hatten.

Das stimmte leider. Irgendwann, nachdem Yara erzählt hatte, wie wunderschön es gewesen war, »so viele wundervolle Menschen« wiederzusehen – sie hatte das Präfix »wunder« an jedes Wort gesetzt, wo das auch nur ansatzweise passte –, hatte Mila sich getraut zu fragen, wann sie die Feier verlassen hatte. Yaras Aussagen zufolge war sie relativ früh gegangen. Lange bevor Mila betrunken aufs Gelände gestolpert war. Aber sagte sie die Wahrheit? Sie konnten Yara weder als Diebin überführen noch als Verdächtige ausschließen.

»Wir müssen mehr Leute befragen«, meinte Mila.

»Das Frühstück nächstes Wochenende wäre die perfekte Gelegenheit.«

»Welches Frühstück?«, fragte Mila verwirrt.

»Hättest du deine Zusage zum Klassentreffen wirklich abgeschickt, hättest du auch eine Einladung zum Frühstück bekommen.«

Ein Klassentreffen war Mila schon mehr als genug Zeit, um sich mit ihrer Vergangenheit auseinanderzusetzen. Warum sich Leute danach auch noch freiwillig zum Frühstücken trafen, um diese Qual zu verlängern, war ihr ein Rätsel.

»Da sind die meisten vom Klassentreffen auch da. Wir können uns weiter umhören.«

Mila rutschte unruhig auf dem Sitz herum. Das Leder

knirschte unter ihrem Hintern. Schon wieder eine Veranstaltung, bei der sie sich von ihrer schlechtesten Seite zeigen konnte – hervorragend.

»Bist du dann überhaupt noch hier?«, fragte Noah.

»Wie meinst du das?«

»Na ja, musst du nicht irgendwann zurück nach Hamburg? Zu deinem Job.«

Sofort saß ihr wieder der Schweiß im Nacken. Ihre Finger begannen zu zittern und sie schob sie unter ihre Oberschenkel, damit Noah es nicht bemerkte.

»Nächstes Wochenende bin ich noch hier«, sagte sie so entspannt, wie sie konnte.

»Okay, dann passt das ja«, meinte Noah und sah einfach wieder auf die Straße.

Ihm schien Milas Reaktion nicht aufgefallen zu sein. Für den Moment erleichterte sie das. Aber wie sollte sie es ihm und den anderen erklären, wenn sie auch die Woche danach noch hier war?

Dann werde ich nicht mehr hier sein, dachte sie mit Nachdruck, als würde ihr Glauben an einen positiven Ausgang ihres Dilemmas diesen wahrscheinlicher machen.

Kapitel 6

Milas Laptop gab ein verheißungsvolles Pling von sich. Ihr Puls beschleunigte sich. Sie warf einen Blick auf den Bildschirm.

Herzlichen Glückwunsch! Sie haben eine Millionen ...

Mila löschte die Mail sofort. Warum hatten eigentlich alle Phishingmail-Verteiler auf der Welt ihre E-Mail-Adresse?

»War das eine Jobzusage?«

Verlässlich wie immer steckte Gilda ihren Kopf ins Esszimmer. Mila hatte sich ins Erdgeschoss gewagt, obwohl dort ihre Mutter hinter jeder Ecke auf sie lauern konnte, weil sie Justin Timberlakes enttäuschten Blick nicht mehr ertragen hatte. Nun hatte sie sich mit ihrem Laptop ins Esszimmer gesetzt, um ... Ja, um was eigentlich zu tun?

Egal, was sie auch machte, es würde die Zuständigen auch nicht dazu bringen, ihre Bewerbungsunterlagen schneller zu lesen. Also hatte sie nach weiteren Jobangeboten geguckt, obwohl sie sich eigentlich schon bei jeder Firma beworben hatte, die in Frage kam. Doch es war ihr immer noch sinnvoller erschienen, als nichts zu tun und dabei langsam, aber sicher den Verstand zu verlieren.

»Leider nicht«, sagte Mila. Sofort war sie wieder wütend auf ihre Mutter, weil sie sie mit dieser Frage gezwungen hatte, sich ihre Niederlage einzugestehen. Das war unfair, das wusste Mila. Aber Gilda und sie hatten es schon immer sehr verlässlich geschafft, die Knöpfe der anderen zu drücken, die sie auf die Palme brachten. Auch Mila war dazu in der Lage, Gilda innerhalb von einer Millisekunde fuchsteufelswild zu machen.

»Schade«, meinte Gilda und sah ehrlich enttäuscht aus. Manchmal wünschte Mila sich wirklich, ihre Mutter würde mehr arbeiten, damit sie das Haus auch mal für sich allein hatte.

Seit Gilda vor vierunddreißig Jahren erfahren hatte, dass sie schwanger war und ihre Modelkarriere aufgegeben hatte, hatte sie in einer kleinen Boutique in der Fußgängerzone nahe dem Rathaus gearbeitet. Durch die Unterhaltszahlungen und ihr Erbe hatte sie nie viele Stunden machen müssen. Und auch nach Milas Auszug hatte sie nicht aufgestockt.

Wie konnte Mila sie dazu bringen, jetzt ein neues Hobby anzufangen, das sie auch mal einen halben Tag von hier wegbrachte? Wie wäre es mit einer Wandergruppe? Yoga? Buchclub? Häkelkreis? Doch leider wusste sie, dass sie ihre Mutter nicht davon überzeugen konnte. Ihre Mutter war eine Einzelgängerin. Und irgendwie war nach Milas Umzug nach Hamburg auch aus ihr eine geworden. Vielleicht war sie ihrer Mutter doch ähnlicher, als sie früher hatte wahrhaben wollen.

Gilda betrachtete Mila einen Moment. Sehr genau. Mila rutschte unruhig auf dem Holzstuhl hin und her, der so hart war, dass beide Pobacken quasi schon in der Sekunde eingeschlafen waren, in der sie sich gesetzt hatte.

»Was?«, fragte Mila, als ihre Mutter weiter nichts sagte und sie nur ansah. Sie fühlte sich wie ein Zootier.

»Ach nichts.«

Bullshit hätte Mila am liebsten laut ausgerufen, aber ihre Mutter hasste Schimpfworte. Und obwohl ihr Verhalten oft das Gegenteil nahelegte, hatte Mila kein Interesse daran, wieder zu der unausstehlichen Teenagerin von damals zu werden.

»Ich werde nicht hierbleiben«, sagte Mila, weil sie die Gedanken ihrer Mutter lesen konnte. »Ich werde hier nicht feststecken, keine Sorge.«

Gilda zog die Augenbrauen hoch, wie sie es immer tat, wenn sie Mila nicht glaubte.

»Du verbringst viel Zeit mit Noah, ist mir aufgefallen.«

Milas Gesicht wurde heiß, obwohl es nichts gab, für das sie sich schämen müsste.

»Na und?« Sie hasste es, wie defensiv sie klang. Trotzdem konnte sie den Tonfall nicht abstellen. Fast automatisch verschränkte sie auch noch abwehrend die Arme vor der Brust.

»Dein Vater und ich haben auch viel Zeit miteinander verbracht, obwohl ich die besser in meine Zukunft investiert hätte.«

Milas Wangen wurden noch heißer. Und sofort brannten ihr Tränen in den Augen. So reagierte ihr Körper immer, wenn ihre Mutter es einmal im Jahrzehnt schaffte, die Existenz von Milas Vater wenigstens zur Kenntnis zu nehmen.

»Wie geht es ihm?«, fragte Mila und fühlte sich ausnahmsweise mal so, als würde sie sich nicht in einen Teenager verwandeln, sondern in das kleine Mädchen mit den dauerverheulten Augen, das nicht verstand, warum ihr Vater ausgezogen war und nicht ans Telefon ging, wenn es ihn anrief.

Doch Gilda sah Mila an, als hätte sie sie gar nicht gehört. Und vielleicht stimmte das auch. Vielleicht war sie verbittert genug, dass ihr Körper einen Filter in ihr Trommelfell eingebaut hatte, der verhinderte, dass sie Informationen wahrnahm, die mit Milas Vater zu tun hatten.

»Bei mir hat es auch so *harmlos*«, sie zeichnete Gänsefüßchen in die Luft, »angefangen. Mach nicht die gleichen Fehler. Bleib nicht in diesem Kaff für einen *Mann.*« Dafür, dass sie sonst nie Schimpfwörter verwendete, ließ sie dieses eine Wort allerdings sehr danach klingen.

»Noah ist nicht wie mein Vater«, sagte Mila schwach. Auf einmal fühlte sie sich kraftlos.

Und ich bin nicht wie du, dachte sie, obwohl sie sich nicht mehr so sicher war, ob das stimmte.

»Sei nicht naiv.«

Und mit diesen stechenden Worten ließ Gilda sie wieder allein.

Mila atmete zittrig ein und aus. *Ehlers-Frauen waren nicht naiv. Sie waren nicht unterzukriegen.* Das hatte ihre Mutter ihr oft zugeflüstert. Sie hatte Mila damit aufbauen wollen. Doch Mila hatte dadurch nur gelernt, dass sie schon wieder an einer Erwartung ihrer Mutter gescheitert war.

Mila verharrte noch einen Moment im Esszimmer. Dann klappte sie ihren Laptop zu. Wem machte sie eigentlich was vor? Sie würde heute nichts mehr erreichen. Also schlich sie zurück in ihr Zimmer im ersten Stock.

Auf ihrem Schreibtisch lag ein Stapel frisch gewaschener Wäsche. Ihre Mutter hatte die Kleidungsstücke sogar fein säuberlich gefaltet. Wegen dieser kleinen Gesten – den gesüßten Tees, der frisch duftenden Wäsche – wusste Mila, dass ihre Mutter nichts, was sie sagte, böse meinte. Sie liebte Mila. Aber trotzdem fühlten sich Gespräche mit ihr manchmal wie ein kräftezehrender Kampf an, den Mila nur verlieren konnte.

Über ihren Stuhl hatte ihre Mutter ihre Lieblingsbluse gehängt, die Mila beim Klassentreffen getragen hatte. Gilda hatte sie gewaschen, aber nicht zusammengelegt, weil immer noch ein großes Loch in der Seite klaffte.

Mila nahm den Stoff in die Hand. Sie war so stolz auf sich gewesen, als sie diese Bluse fertiggestellt hatte. Der Stoff war so fein, dass er schwer zu verarbeiten gewesen war. Aber sie hatte es gemeistert. Das Loch, das nun darin klaffte wie eine Wunde, stimmte sie sogar ein bisschen traurig. Alles, worauf sie stolz gewesen war, alles, was sie erreicht hatte, ging in letzter Zeit kaputt.

Sie schüttelte energisch den Kopf. Schon wieder dieses verdammte Selbstmitleid. Es reichte. Sie hatte genug von sich selbst.

Also setzte sie sich kurzentschlossen an ihren Nähtisch und stellte ihre Nähmaschine an. Die Maschine war nicht staubig, obwohl Mila sie seit fünfzehn Jahren nicht mehr angerührt hatte. Ihre Mutter hatte immer vorsorglich in diesem Zimmer Staub gewischt. Wieder eine nonverbale

Art, ich liebe dich zu sagen, um die richtigen Worte nicht aussprechen zu müssen.

Mila fädelte die Fäden ein. Früher hätte sie das mit geschlossenen Augen beim ersten Versuch geschafft. Heute zitterten ihre Hände leicht. Aber schließlich hatte sie es geschafft.

Aufregung kribbelte ihr im Nacken. Das fühlte sich vertraut an. Und obwohl die alte Nähmaschine genauso wie sie selbst ein bisschen eingerostet war, erinnerten sie sich doch aneinander.

Dann erfüllte das vertraute Rattern den Raum. Und während das Geräusch sie beruhigte und der Faden das Loch in ihrer Lieblingsbluse schloss, glaubte sie wenigstens kurz, dass sie auch die anderen Löcher in ihrem Leben flicken konnte.

Als Mila wieder die Decke auf den Kopf fiel, machte sie sich mit einem sehr bestimmten Ziel auf den Weg in die Altstadt. Noah weihte sie nicht in ihren Plan ein, weil sie nicht wollte, dass er sie für komplett durchgeknallt erklärte – oder, was noch viel schlimmer wäre, für eifersüchtig.

Aber Mila konnte schließlich nicht die ganze Zeit nur untätig zu Hause herumsitzen. Also wollte sie die Ermittlung ein bisschen entschlossener angehen. Indem sie nämlich Yara observierte.

Sie konnte immer noch nicht ausschließen, dass Yara gelogen hatte, und die Wahrheit würde sie ihnen höchstwahrscheinlich nicht freiwillig verraten. Doch vielleicht konnte Mila sie ja anhand ihrer Taten überführen.

Sie war dankbar, dass niemand ihre Gedanken lesen konnte.

Vorsichtshalber zog sie sich eine schlichte Jeans und einen neutralen Pullover an, weil sie hoffte, so am wenigsten aufzufallen, und verließ das Haus ihrer Mutter. Sie hatte sogar noch eine Zeitung eingepackt. So konnte sie so tun, als würde sie diese lesen, wenn sie irgendwo warten musste und eine Tarnung brauchte.

Als sie auf der anderen Straßenseite von Yaras Haus hinter einem Auto kauerte und das offene Küchenfenster nicht aus den Augen ließ, redete sich Mila immer wieder vehement ein, dass das absolut nichts damit zu tun hatte, dass die Vertrautheit zwischen Noah und Yara sie irritiert hatte.

In ihrem Kopf führte sie eine sehr ausführliche Unterhaltung mit Noah, der ihr vorwarf, all das hier nur wegen ihrer persönlichen Abneigung gegenüber Yara zu tun.

Zum Glück wurde der Noah in ihren Gedanken mitten im Satz unterbrochen, als sich Yaras Haustür öffnete und sie sich auf den Weg in die Altstadt machte.

Mila schlich mit ein paar Metern Entfernung hinter ihr her. Immer wieder verspürte sie den Impuls, sich hinter die nächste Hausecke zu ducken, um sicherzugehen, dass Yara sie nicht entdeckte. Aber dieses seltsame Verhalten könnte wiederum anderen Menschen auffallen, also versuchte sie, sich so normal wie möglich zu bewegen, was ihr auf einmal unglaublich schwerfiel. Wo hatte sie normalerweise ihre Hände? Wie schlenderte sie, wenn sie eigentlich nur einen

Spaziergang machte? All diese Dinge vergaß sie, während sie mit wild pochendem Herzen hinter Yara her schlich, die ihren Wocheneinkäufen nachzukommen schien. Dabei lächelte sie so zufrieden, dass Mila sich nicht mehr einreden konnte, dass Yara tief in ihrem Inneren vielleicht doch sehr unglücklich war. Sie wirkte nicht wie eine bittere Person, die es für nötig hielt, ehemalige Schulkameraden mit ihren Geheimnissen von damals zu konfrontieren, um sich selbst besser zu fühlen.

Doch noch war sie nicht bereit, das einzusehen.

Als Erstes betrat Yara Frau Heinzes Blumenladen und kaufte einen hübschen bunten Strauß. Vermutlich standen in ihrem Esszimmer immer frische Blumen in einer schicken Vase. Gab es wirklich Erwachsene, die ihr Leben so gut unter Kontrolle hatten, fragte sich Mila. Sie hoffte, dass dem nicht so war. Denn wenn es allen anderen so leichtfiel, warum hatte sie dann so große Probleme mit jedem Schritt, den sie tat?

Während Yara in das Feinkostgeschäft weiterzog, versteckte Mila sich zwischen den Blumengestecken, um unauffällige Blicke durch das Schaufenster des Nachbargeschäfts mit den vielen Pralinenpackungen in der Auslage werfen zu können. Gerade griff Yara nach einer Pralinenschachtel in Herzform – wer kaufte solch eine Packung, wenn er nicht verliebt war? Sofort stellte Mila sich vor, dass Yara dabei an Noah dachte und fühlte, dass ihr Magen flau wurde. Dabei konnte ihr doch wirklich herzlich egal sein, von wem ihr Ex überteuerte Schokolade geschenkt bekam.

»Mila«, ertönte da Frau Heinzes überschwängliche Stimme hinter hier. Erschrocken zuckte Mila zusammen. »Was kann ich für dich tun?«

»Nichts. Ich war nur am Gucken und ...«

»Nur am Gucken?«, fragte Frau Heinze missbilligend. »Warum stehst du dann im Eingang und versperrst möglicher Kundschaft die Tür?«

»Ich ...«

»Das ist aber unhöflich, Kind. Das weißt du hoffentlich.«

Mit Mitte dreißig noch *Kind* genannt zu werden, erschien Mila in ihrer derzeitigen Lage fast schon als Beleidigung.

»Ich wollte doch nur ...«

»Meine kostbare Zeit stehlen?«

Irgendjemand musste heute ein Blumengesteck von Frau Heinze zerstört haben. Nur so konnte sich Mila ihre außergewöhnlich schlechte Laune erklären.

Während die Blumenhändlerin weiter zeterte, versuchte Mila, Yara nicht aus den Augen zu lassen, die das Feinkostgeschäft inzwischen hinter sich gelassen hatte und nun aufs Rathaus zusteuerte.

Obwohl Mila inzwischen einsah, wie kläglich ihr Versuch gewesen war, der Wahrheit näherzukommen, war sie noch nicht bereit, aufzugeben. Sie wollte wissen, wen Yara mit Blumen und Pralinen beschenkte, doch dafür musste sie ihr weiter folgen und durfte sie nicht aus den Augen verlieren.

»Ich nehme einen Strauß Tulpen«, sagte sie schnell zu Frau Heinze, um sie zu beschwichtigen und ihren Redefluss zu stoppen. Es funktionierte. Sie hielt mitten in ihrer Tirade inne und setzte ein so glückliches Lächeln auf, als wäre Mila eben erst zur Tür hereingekommen.

»Natürlich, sehr gerne.«

Mila gab ihr einen Schein und verzichtete auf das Rückgeld. Sie verabschiedete sich von Frau Heinze und lief so schnell und so unauffällig sie konnte aufs Rathaus zu.

Fast stolperte sie über ihre eigenen Füße. Denn dort erwartete sie genau die gleiche Situation wie vor wenigen Tagen. Eine Menschentraube hatte sich vorm Schwarzen Brett gebildet. Schneeweißchen und Rosenrot diskutierten angeregt. Milas Puls beschleunigte sich. Wer war heute an der Reihe? Würde es diesmal sie treffen?

Doch als sie sich durch den Pulk gedrängt hatte, erkannte sie, dass es Yaras Brief war, der dort ausgestellt wurde.

Im Gegensatz zu Sofia kratzte sie nicht verzweifelt über das Glas, sondern holte nur bestimmt – und mit leicht zitternden Händen – einen Schlüssel aus ihrer Jackentasche, schloss die Vitrine auf und holte den Brief heraus. Sie stopfte ihn in ihre Jackentasche und wandte sich an die Anwesenden. Ihr Gesichtsausdruck sollte wohl ausdrücken, dass sie über all dem hier stand. Doch ihr Atem ging zu schnell. Und ihre Stimme bebte leicht.

»Hier gibt es nichts zu sehen.«

Dann ging sie hocherhobenen Hauptes die unebenen Stufen zum Rathaus empor und verschwand im Gebäude.

Mila fragte sich sofort, was auf dem Papier gestanden hatte, das Yara nun höchstwahrscheinlich in einem professionellen Schredder entsorgen würde, bis ihr Geheimnis nur noch Konfetti war.

Doch sie musste die Frage gar nicht laut stellen. Schneeweißchen und Rosenrot beantworteten sie ihr einfach so.

»Geklaut hat sie. Hätte ich der kleinen Al-Said gar nicht zugetraut«, meinte Rosenrot.

Schneeweißchen nickte hektisch. »Immer adrett hat sie ausgesehen. Weißt du noch? Die Mutter war eine gute Anwältin. Hat meiner Nichte mit ihrem schrecklichen Vermieter geholfen. Erinnerst du dich noch?«

»Wie könnte ich das vergessen? Aber die brave Tochter hat Klamotten geklaut, nur um gut rüberzukommen.«

Bedauernd schüttelten die beiden Damen den Kopf und liefen auf ihre Rollatoren gestützt davon.

Mila konnte sich noch genau daran erinnern, wie Yara ihre selbst genähten Kleider kritisiert hatte. Sie hatte sie gefragt, ob sie darauf angewiesen war, weil sie sich richtige Kleidung nicht leisten konnte. Dabei war sie diejenige gewesen, die ihre Klamotten geklaut hatte.

Mila konnte sich ein schadenfrohes Grinsen nicht verkneifen, auch wenn das bedeutete, dass ihr Wunsch, dass Yara die Diebin war, nicht in Erfüllung gehen würde.

Als sie aufsah, bemerkte sie Jessicas stechenden Blick auf sich. Genau wie vor wenigen Tagen, als Sofias Brief hier gehangen hatte.

Jessica sah als Erste weg und ließ Mila wortlos stehen.

Die verharrte vor der leeren Vitrine, obwohl es dort nichts mehr zu sehen gab.

Heute hatte sie Glück gehabt und nicht ihren Brief dort vorgefunden. Aber wie lange würde ihr Glück anhalten?

Dass Noah so gelassen auf das Café zuging, nervte Mila ein bisschen. Leider spürte sie nicht nur Aufregung, sondern zeigte sie auch. Ihre Hände waren feucht und leicht zittrig.

Sie strich sich viel zu oft das Oberteil glatt – eine Angewohnheit, die Noah schon immer durchschaut hatte.

Und er lief einfach lässig neben ihr her, fuhr sich mit den unverschämt schönen Händen durch die strubbeligen Haare, wenn der Wind sie ihm ins Gesicht wehte, wobei es ihn überhaupt nicht kümmerte, dass sie noch strubbeliger wurden, und schien über nichts Weltbewegendes nachzudenken.

Aber ihn mochten ja auch alle. Da war es vermutlich einfach, ruhig zu bleiben.

Nostalgie schlug ihr entgegen, als Noah ihr die Tür aufhielt und sie das Café »Flussgold« betrat.

Hier roch es nach Zucker, Schokolade und Kaffee. In den Vitrinen lag das Gebäck, von dem Mila noch wusste, wie gut es schmeckte. Die Siebträgermaschine surrte, der Milchschäumer brodelte und hunderte Gespräche vermischten sich zu einem.

Mila blickte nach oben. Die Spiegel an der Decke hatte sie schon immer gemocht. Mit schlechten Einwegkameras hatten Helena und sie hier mehr als einmal Bilder von sich gemacht. Die nicht gerade vorteilhaft geworden waren. Aber die sie beide in ihre Zimmer gehängt hatten.

Die Erinnerungen, die sie mit diesem Ort verband, waren genauso süß wie die Eclairs, von denen sie damals nie genug bekommen hatte. Deswegen verspürte sie auch gar nicht das Bedürfnis, sich darüber lustig zu machen, dass es »Flussgold« hieß, obwohl am Gebäude nur ein mickriger Bach vorbeiplätscherte.

Noah lief zielstrebig weiter in einen Hinterraum des Cafés, der für große Gruppen reserviert war. Schon fast der halbe Jahrgang wartete dort, als auch Mila ihn betrat. Allerdings fehlten heute Ehepartner und Kinder, die beim offiziellen Klassentreffen ebenfalls eingeladen gewesen waren.

Die können doch nicht auch alle ihre Jobs verloren haben, dachte Mila sich. Warum sind sie noch hier? Woher nehmen sie die Zeit?

Die Antwort, die ihr einfiel, erschien ihr viel zu unwahrscheinlich: Sie wollten hier sein und hatten deshalb extra hierfür Urlaub genommen.

Für Mila war das kaum vorstellbar.

Sofia stand dem Eingang am nächsten, hatte ein Klemmbrett in der Hand – natürlich – und setzte einen Haken, als sie eintraten.

»Da muss deine Zusage wohl wieder bei der Post verloren gegangen sein«, sagte sie gespielt freundlich. Diesmal konnte man ihr jedoch deutlich anhören, dass sie genervt war. Dass ihr Geheimnis ans Licht gekommen war, schien sie genug zermürbt zu haben, dass sie die Rolle der perfekten Gastgeberin nicht mehr in aller Perfektion mimen konnte. So gefiel sie Mila besser. Auch in ihrer Schulzeit, beim Rauchen hinter den Mülleimern hatte Sofia manchmal ihre vollkommene Schulsprecherinnen-Fassade fallen lassen und ihr erzählt, wie sehr sie unter dem Druck litt, den ihre Eltern auf sie ausübten. In diesen Momenten hatte Mila sie gemocht, weil sie ehrlich zueinander gewesen waren. Und da hatte Mila erkannt, wie ähnlich sie einander waren, obwohl sie geglaubt hatte, nichts mit ihr gemeinsam zu haben.

»So muss es wohl gewesen sein«, sagte Mila jetzt, obwohl sie beide wussten, dass es eine Lüge war.

»Die meisten sind schon hier. Sucht euch einen Platz.«

Sofia machte eine hektische Geste, als wollte sie Mila verscheuchen wie eine lästige Fliege. Mila nahm es ihr nicht übel.

Die Stimmung im Raum war sehr seltsam. Alle lächelten. Aber es wirkte, als würde es ihnen in den Mundwinkeln schmerzen. Viele Gespräche wurden geführt, aber das folgende Gelächter stand in keinem Verhältnis zur Qualität des Witzes, der erzählt worden war.

Während Noah und Mila sich Frühstück am Buffet holten, wuselte Leon M. immer wieder um sie herum, füllte das Rührei auf oder kümmerte sich um die Getränkebestellungen. Er hatte direkt nach dem Schulabschluss angefangen, im »Flussgold« zu arbeiten und es vor einigen Jahren sogar übernommen. Das hatte Mila natürlich auch von ihrer Mutter erfahren. Leon M. wirkte ganz anders als früher. Damals war er der Klassenclown gewesen, der immer Witze machte, die niemand lustig fand. Nur selten hatte er seine Spaßvogel-Attitüde auch mal fallen lassen. Auf der Abschlussfahrt hatte er ihr betrunken gestanden, wie unsicher er sich ständig fühlte und dass er hoffte, es würde niemand merken, wenn er nur laut genug war. Mila hatte diese Erklärung viel besser verstanden, als ihr lieb war. Aber Leon M. schien das nicht mehr nötig zu haben. Aus dem unsicheren Jungen war ein selbstbewusster Mann geworden.

Innerlich schüttelte sie über sich selbst den Kopf. Warum nannte sie ihn noch immer Leon M.? Sein Namensvetter, den sie Leon V. genannt hatten, um Verwechslungen vorzubeugen, war gar nicht zum Klassentreffen gekommen.

Der Glückliche.

Gilda hatte Mila mal erzählt, was diese wiederum von

Leon V.s Mutter gehört hatte. Er war nach London gezogen, lebte in Mayfair und arbeitete als hohes Tier in irgendeiner Bank.

Und obwohl das eher Sofias Männergeschmack entsprach, konnte Mila aus dem Augenwinkel wahrnehmen, wie sie sich mit Leon – ohne M. – unterhielt und dabei sogar ein bisschen rot anlief. Vielleicht störte es sie ja doch nicht, dass er kein CEO war. Gut, dass ihr Mann nicht hier war, um die beiden beim Flirten zu erwischen.

Mit vollbeladenen Tellern setzten sich Noah und Mila zu den anderen. Noch stellten sie keine Fragen. Sie hörten einfach zu. Vielleicht erfuhren sie ja so etwas Neues.

Doch außer Sofia und Leon flirtete niemand und alle unterhielten sich nur über Belangloses, obwohl man spüren konnte, dass etwas in der Luft lag. Sie alle dachten an die Zeitkapsel. Allerdings wollte niemand der Erste sein, der sie ansprach.

Yara kam ein bisschen zu spät. Sie sah abgehetzt aus. Kurz wurde es still, als sie sich setzte.

Dann räusperte sie sich umständlich.

»Um den Elefanten im Raum anzusprechen«, fing sie direkt an. »Es wird euch alle beruhigen zu hören, dass wir das Schloss an der Vitrine zum Schwarzen Brett ausgetauscht haben. Niemand wird sich da mehr einen Spaß mit uns erlauben.«

Mila konnte die Welle der Erleichterung, die durch die Reihen ging, quasi körperlich spüren. Auch ihre Schultern entspannten sich ein bisschen. Bis Noah sich zu ihr beugte und ihr ins Ohr flüsterte.

»Als würde es daran scheitern«, meinte er. »Wenn jemand

die Geheimnisse öffentlich machen will, dann hängt er sie halt woanders hin.«

Er hatte leider recht. Verdammt, warum hatte Noah nur immer recht?

Das Frühstück nahm eine Weile seinen Lauf. Jessica setzte sich demonstrativ ans andere Ende des Tisches von Sofia, die sie ein bisschen sehnsüchtig betrachtete. Leon saß ganz entspannt in der Mitte. Ihn schien das alles kaltzulassen. Yara redete besonders viel und besonders laut und besonders locker, weswegen man ihr ihre Unbeschwertheit überhaupt nicht abkaufen konnte.

»Den Blazer habe ich selbst gekauft, ob ihr es glaubt oder nicht«, scherzte Yara gerade. Ihr Lachen war nicht laut genug, um die peinliche Stille, die darauf folgte, zu übertönen.

Mila war froh, dass sie gerade am Buffettisch stand, denn die Situation war ihr auch mit ein paar Metern Abstand unangenehm mitanzusehen.

Inzwischen schämte sie sich fast ein bisschen, dass sie sich gewünscht hatte, sie wäre die Übeltäterin. Sie war es offensichtlich nicht gewesen. Und Noah würde sie sicher nichts von ihrer Observierung erzählen. Es war ihr zu peinlich.

Yara stand fahrig auf, um sich Nachschub zu holen. Doch sobald sie neben Mila stand und das Rührei anstarrte, war klar, dass sie gar nichts mehr essen wollte, sondern nur die Flucht ergriffen hatte.

»Vielleicht haben sie den Witz nicht verstanden«, murmelte Yara vor sich hin. Mila war sich nicht sicher, ob ihr überhaupt bewusst war, dass sie sie hörte. »Natürlich habe ich den selbst gekauft.«

Mila verdrehte die Augen, sie konnte natürlich nicht anders. Und natürlich war das genau die Sekunde, in der Yara den Blickkontakt mit dem Rührei unterbrach.

»Was willst du mir damit sagen, Mila?«, blaffte Yara ein bisschen ungehalten. Ihre Fassung schien sich genauso aufzulösen wie die Frisur, die vorhin noch in perfekten Wellen um ihren Kopf gelegen hatte und nun in ein paar krausen Strähnen abstand, was Yaras gutem Aussehen natürlich keinen Abbruch tat.

»Nichts, Yara«, gab Mila zurück und tat sich noch einen Pancake auf den Teller. Sie schwiegen. Das Gespräch war beendet. Doch Mila konnte die Klappe mal wieder nicht halten. »Wen interessiert's?«

Yara sah sie geschockt an.

»Dann hast du eben als Teenager mal geklaut, weil deine Mutter dir diese Klamotten nicht kaufen wollte. Dann bist du eben nicht so perfekt, wie du vorgibst. Na und? Die meisten hier haben bestimmt viel schlimmere Leichen im Keller.«

Das war härter rausgekommen, als Mila beabsichtigt hatte. Doch zu ihrer Überraschung war Yaras Gesichtsausdruck nicht wütend, sondern irgendwie sogar erleichtert.

»Du hast recht«, meinte Yara, was sie sicherlich noch nie zu Mila gesagt hatte. »Du hast absolut recht.« Sie wiederholte es sogar. »Es spielt keine Rolle.«

Und mit ein bisschen leichteren Schritten kehrte sie zum Tisch zurück. Mila war sich nicht ganz sicher, was gerade passiert war. Aber mit ein paar Sekunden Verzögerung folgte sie ihr.

Noah war inzwischen dazu übergegangen, den anderen

Fragen zu stellen. Natürlich hatte sich bereits rumgesprochen, dass sie eine Zeitschrift fürs Klassentreffen zusammenstellen wollten. Wäre ja auch zu viel verlangt, wenn in diesem Ort mal jemand etwas für sich behalten könnte.

»Wie interessant«, sagte Emre, mit dem Mila in der Schule nur wenig zu tun gehabt hatte. »Seltsam, dass ihr mich nicht um Hilfe gebeten habt.«

»Wieso sollten wir?«, fragte Mila ehrlich überrascht.

Emre hatte schon in der Schulzeit eine Ausstrahlung gehabt, die sie nicht ganz einschätzen konnte. Er wirkte ruhig und gelassen. Aber wie damals hatte er einen stechenden Blick, der ihr das Gefühl vermittelte, dass er sie durchschaute. Was er durchschaute, keine Ahnung. Aber er durchschaute sie auf jeden Fall.

»Ich bin doch hier der Lokaljournalist.« Er steckte in einem schlichten marineblauen Pulli, der seinen Oberkörper gut betonte. Seine Augen und Haare hatten den gleichen dunkelbraunen Farbton. Hatte er schon in der Schulzeit so gut ausgesehen? Und war er auch da schon so ein Wichtigtuer gewesen, der sich in die Angelegenheiten anderer einmischte?

»Das wusste ich nicht«, log Mila. Ihre Mutter hatte ihr am Telefon sogar mal ungefragt einen Artikel von Emre über die Stadtratssitzung vorgelesen.

»Und du machst das wirklich freiwillig?« Er fragte sie das mit einem Tonfall, als wollte er, dass sie dreimal schnell blinzelte, um ihm zu verstehen zu geben, dass jemand sie dazu zwang. Dachte er, jemand hatte ihre Mutter gekidnappt und erpresste sie nun damit?

»Ausgerechnet du und Noah zusammen.«

Im Gegensatz zu den anderen war er leider nicht zu höflich, um nicht auszusprechen, was ohnehin alle dachten. Gefährlich. Das könnte für Mila, die so große Angst vor der Wahrheit hatte, zum Problem werden.

Zum Glück wurde das Gespräch von der Ankunft zwei weiterer Menschen unterbrochen. Milas Erleichterung hielt an, bis sie sich zu den Neuankömmlingen umdrehte. Es waren Helena und Tommy.

Helenas und ihr Blick trafen sich, und unwillkürlich verengten sich die Augen ihrer ehemals besten Freundin. Als hätte Mila seit ihrer letzten Begegnung irgendetwas falsch gemacht. Was ausnahmsweise mal nicht der Fall war.

Zumindest soweit sie sich erinnern konnte.

»Schön, euch alle zu sehen«, grüßte Helena mit einer Betonung, die sich in Milas Ohren so anhörte, als würde sie damit explizit jeden meinen außer ihr. Dann nahmen sie ebenfalls am Tisch Platz.

Helena und Tommy wurden herzlich willkommen geheißen. Helena ließ Mila die ganze Zeit nicht aus den Augen. Als könnte sie nur so verhindern, dass diese gleich wieder etwas Furchtbares tat.

Langweilige Gespräche wurden wieder aufgenommen. Doch Helena hörte einfach nicht auf, Mila in Grund und Boden zu starren, was dafür sorgte, dass Mila sich mehr und mehr anspannte. Doch bevor ihr der Kragen platzte und sie sich darüber beschweren konnte, ergriff Helena das Wort.

»Wollen wir wirklich nicht darüber reden, was hier vor sich geht?«, sagte sie so laut, dass alle Gespräche am Tisch abrupt verstummten. Ihr Blick ruhte immer noch unverwandt auf Mila. »Jemand hat die Zeitkapsel ausgegraben und macht sich einen Spaß daraus, uns mit unseren Geheimnissen zu quälen.«

Sofort fragte Mila sich, was ihre ehemals beste Freundin wohl auf ihren Zettel geschrieben hatte, dass auch sie diese Tatsache so nervös machte.

»Und ich bin mir ziemlich sicher zu wissen, wer dieser jemand ist.«

Sie musste Milas Namen nicht aussprechen. Ihr Blick sagte alles. Und auf einmal war es nicht mehr nur ihrer, der auf Mila ruhte, sondern auch die aller anderen.

Wie hatte sie es jetzt schon wieder geschafft, aus einer schlechten Situation eine beschissene zu machen?

Kapitel 7

»Entschuldigung?«, entfuhr es Mila überfordert.

»Du hast mich schon verstanden.« Kleine rote Flecken breiteten sich auf Helenas Gesicht und ihrem Hals aus. Sie erinnerten Mila an eine Landkarte.

»Wie kommst du darauf, dass ich es war?«, fragte Mila angriffslustig. Es gäbe bestimmt auch eine bessere, diplomatischere Methode, mit der sie die anderen endlich dazu bringen konnte, sie nicht mehr wie eine verurteilte Schwerverbrecherin anzusehen. Aber die fiel ihr natürlich nicht ein.

»Ich habe gesehen, wie du betrunken aufs Gelände gestolpert bist. In Richtung Wald.«

Jessica stieß einen entsetzten Seufzer aus, als wäre damit schon alles bewiesen.

»Ich war betrunken und wollte in Ruhe kotzen gehen, Helena.«

Mila hatte eigentlich nicht vorgehabt, dieses peinliche Detail mit ihrem halben Jahrgang zu teilen. Aber besser, sie dachten, sie hätte ihr Trinkverhalten nicht unter Kontrolle, als dass sie in ihr die Diebin sahen, die hinter allem steckte.

»Und danach wolltest du dich an uns allen rächen«, sagte Jessica fachmännisch.

Milas Haut begann zu kribbeln, während die Stimmung im gesamten Raum gegen sie zu kippen schien.

»Rächen wofür?«, fragte Mila. »Was habt ihr mir getan?«

»Nichts, aber das hat dich auch nicht davon abgehalten, uns den Abiball zu versauen«, meinte Helena.

Es nickten mehr Menschen, als Mila lieb war. Dass sie dieses leidige Thema bis jetzt umgangen hatten, war ohnehin ein Wunder. Milas Auftritt damals war zu groß gewesen, als dass man ihn jetzt einfach ignorieren konnte.

»Was war noch mal der Wortlaut? Ihr Kleingeister werdet hier versauern, weil ihr nicht einmal in der Lage seid, über euren eigenen Tellerrand zu gucken.« Helena war in Fahrt. Und etwas zog sich schmerzhaft in Milas Brust zusammen. Sie waren schon sehr lange keine Freundinnen mehr. Länger, als sie befreundet gewesen waren. Doch die Worte hätten weniger geschmerzt, hätte jemand anders sie gesagt.

Wenn Mila in den vergangenen Jahren an Helena gedacht hatte, waren ihr die Übernachtungspartys, die sie mit Bäuchen voller Süßigkeiten und den Gesichtern voller schlecht aufgetragener Schminke – sie hatten »Marie Antoinette« geliebt und immer versucht, sich wie die Charaktere im Film zu verkleiden –, verbracht hatten, in den Sinn gekommen. Helena hingegen hatte sich offensichtlich an Milas betrunken improvisierte Rede beim Abiball erinnert. Schön, so gut im Gedächtnis geblieben zu sein, dachte Mila bitter. Dass sie sich fünfzehn Jahre nicht getraut hatte, einen Fuß in diese Stadt zu setzen, schien also berechtigt gewesen zu sein.

»Ich glaube es war, euren Horizont zu erweitern«, ergänzte Emre.

War nie etwas Wichtigeres in seinem Leben passiert, dass er sich den Wortlaut ihrer Rede gemerkt hatte, an die sie sich selbst kaum noch erinnerte?

»Ich habe Besseres zu tun, als eure Geheimnisse ans Schwarze Brett am Rathaus zu hängen«, sagte Mila.

»Du hast ja offensichtlich auch nichts Besseres zu tun, als mit deinem Ex-Freund eine Zeitschrift fürs Klassentreffen zu erstellen«, erwiderte Emre.

Vor einer Stunde war sie ihm gegenüber noch sehr gleichgültig eingestellt gewesen. Nun wünschte sie sich, sie könnte ihn mit ihren Blicken erdolchen.

»Die Leute, die nie weggezogen sind, hätten sie schon vor Jahren ausgraben können. Du bist eine Woche wieder hier und alles geht zum Teufel. Zufall?« Ausgerechnet Tommy mischte sich jetzt ebenfalls ein. Auf diesen Moment hatte er bestimmt seit seinem Schulabschluss gewartet. Wenn nicht noch länger.

»Als die Geheimnisse am Schwarzen Brett am Rathaus hingen, habe ich Mila beide Male gesehen. Sie war am Tatort. Typisches Täterverhalten«, rief Jessica und wippte aufgeregt auf ihrem Stuhl auf und ab.

»Du guckst zu viele schlechte Krimis, Jessica«, sagte Mila trocken.

Sie fing Noahs Seitenblick auf. Aber er kommentierte nicht, dass sie sich diesen Spruch von ihm geklaut hatte. Er blieb einfach still und beobachtete das Geschehen.

Was Mila daran nervte, war nicht die Tatsache, dass er ihr nicht zur Seite stand. Diese Zeiten waren lange vorbei. Es ärgerte sie vielmehr, dass sie trotzdem darauf gehofft hatte, dass er wenigstens etwas zu ihrer Verteidigung sagte.

»Die Geschichte um die Zeitkapsel ist ja noch so viel interessanter, als ich ursprünglich gedacht hatte«, meinte Emre und holte tatsächlich seinen kleinen Notizblock und einen Stift aus seiner Jackentasche. Zum Glück konnte Mila in den Gesichtsausdrücken der anderen erkennen, dass es nicht nur ihr missfiel, dass der *Lokaljournalist* am Tisch mehr über die Zeitkapsel wissen wollte.

Obwohl ihre Erinnerungen neblig waren, wusste Mila von Noahs Liste, dass er damals dabei gewesen war. Er hatte auch ein Geheimnis in das leere Gurkenglas gestopft. War sein journalistisches Interesse nur gespielt, um seine Angst davor, er könnte als Nächstes dran sein, zu verstecken?

»Was wir wohl noch alles in den kommenden Tagen erfahren werden«, sagte er, nachdem er sich einige Notizen gemacht hatte. Der ganze Tisch hatte geschwiegen, während sich sein Stift über die Seite bewegte.

»Was wir vielleicht auch von dir erfahren«, konnte sich Mila nicht verkneifen zu sagen.

Emre lächelte selbstsicher. Viel zu selbstsicher.

»Ich habe nichts zu befürchten. Und ich denke, es ist gar nicht so schlecht, dass jetzt alles rauskommt. Ehrlichkeit ist immer besser als Geheimnisse.«

Mila schnaubte. »Leicht gesagt, wenn es nicht das eigene Geheimnis ist, das ans Licht kommt. Ich will sehen, wie gelassen du bleibst, sollte dein Brief als Nächstes irgendwo auftauchen.«

Emre entglitten nicht die Gesichtszüge, wie Mila es gehofft hatte. Er blieb ruhig, neutral. Als könnte ihn wirklich nichts aus der Fassung bringen. Aber Mila glaubte ihm noch immer nicht. Es gab keinen Menschen auf der Welt, der nicht irgendwas zu verbergen hatte. Davon war sie felsenfest überzeugt.

»Vielleicht warst es auch du, Emre.« Noah mischte sich zum ersten Mal ins Gespräch ein.

»Damit du etwas darüber schreiben kannst, jetzt im Sommerloch«, fügte Jessica hinzu.

Und sofort stürzten sich auch alle anderen auf den neuen möglichen Verdächtigen. Trotzdem war Mila klar, dass sie noch lange nicht vom Haken war. Aber sie war wenigstens nicht mehr die Einzige im Fokus.

Noah lehnte sich in seinem Stuhl zurück und fuhr sich mal wieder mit den schönen Händen durch die Haare. Er sah Mila nicht an. Allerdings schlug ihr Herz ein bisschen schneller. Er hatte sie doch in Schutz genommen – auf seine ganz eigene, unaufgeregte Art, die Mila oft in den Wahnsinn getrieben, aber meistens bessere Ergebnisse gebracht hatte als ihre »Kopf durch die Wand«-Mentalität.

Die Diskussion ging weiter, doch Mila konnte sich den Quatsch nicht mehr anhören. Sie stand unauffällig auf und verließ das Café. Sie wollte nur zurück nach Hause laufen und sich in ihrem Bett verkriechen.

Aber Rauchgeruch, der aus einer Nebengasse drang, ließ sie innehalten und sie lugte um die Straßenecke.

Dort stand Sofia. An die Wand gelehnt, den Kopf in den Nacken gelegt, die Augen geschlossen und die Kippe zwischen den Fingern. Mila war gar nicht aufgefallen, dass sie während der hitzigen Auseinandersetzung im Café gefehlt hatte.

Obwohl sie nicht genau wusste, was sie damit erreichen wollte, ging sie auf Sofia zu und nahm ihr die Kippe aus der Hand, bevor die sie erneut an ihren Mund führen konnte.

»Darf ich?«, fragte sie, da hatte sie selbst schon dran gezogen.

So hatte sich Sofia früher immer Kippen von Mila geschnorrt. Es war ihr zu riskant gewesen, eine Packung Zigaretten in ihrem Zimmer zu verstecken. Ihre Eltern waren extrem streng gewesen.

Sofias Mundwinkel zuckten. Sie nickte nur und zündete sich eine neue an.

Sie rauchten einen Moment schweigend. Es schmeckte Mila nicht mehr. Wenn sie ehrlich war, hatte es ihr auch damals nicht geschmeckt. Sie hatte sich nur cooler fühlen wollen. Diese Kippe würde auf jeden Fall ihre letzte sein.

»Du kennst Jessica«, sagte Mila, als sie die Zigarette unter ihrem Fuß ausdrückte. »Sie war schon immer eine Dramaqueen. Sie will sich gerade einfach nur aufregen, weil sie Freude daran hat. Aber sie wird sich wieder einkriegen.«

Sofia nickte nur langsam.

»Und ich habe die Zusagen nie verschickt.«

Da hob Sofia überrascht den Blick. Mila war von ihrer Ehrlichkeit ebenfalls überrascht. Aber wenigstens für einen kurzen Moment hatte sie den Impuls verspürt, niemandem etwas vorzuspielen.

Sofia grinste. Mila grinste. Und dann wandte sie sich ab und verließ die Gasse.

Kapitel 8

Milas Laune war im Keller, als sie Noahs Wohnung betrat. Sie grüßte ihn nicht, sondern ließ sich einfach auf einen Stuhl am Esszimmertisch fallen.

Nach dem desaströsen Frühstück hatte sie mehrere E-Mails an die Werbeagenturen geschickt, bei denen sie sich beworben hatte, und um eine Rückmeldung gebeten. Sie wollte endlich wieder aus dieser Stadt verschwinden, bevor sie von einer Meute mit erhobenen Mistgabeln vertrieben wurde. Doch sie hatte keine Antworten erhalten.

Sie steckte fest, wusste nicht, in welche Richtung sie noch ausweichen sollte. Zu Hause war ihre Mutter, die ihre Angst, für immer hier zu versauern, nicht gerade dämpfte. In der Stadt lauerten überall Menschen, die sie verdächtigten, die Diebin und Verräterin zu sein. Und in Noahs Wohnung ...

In Noahs Wohnung war eben Noah. Mit den wenigen Worten und den unauffälligen Taten, die ihr noch immer manchmal drohten, die Tränen in die Augen zu treiben.

So auch heute.

Noah sparte sich ebenfalls eine Begrüßung und tröstete sie auch nicht. Aber auf seinem Esszimmertisch stand ein einzelnes Stück Erdbeerkuchen. Es sah ein bisschen verloren aus auf der sonst so leeren Tischplatte.

Noah setzte sich Mila gegenüber, schwieg weiter und sah sie nur an. Erst nach einer Weile schob er ihr das Stück Kuchen langsam und ohne Worte entgegen.

Mila konnte nicht anders. Sie musste ein bisschen lächeln. Und ihre Nase kribbelte, weil Tränen aufstiegen.

Diese kleine Geste war schon fast zu viel.

Sie schob sich die erste Gabel in den Mund. Mila aß nicht viele Süßigkeiten, aber Erdbeerkuchen hatte sie nie widerstehen können. Und auch jetzt besänftigte sie der Geschmack direkt ein bisschen. Oder vielleicht war es auch einfach nur das Wissen, dass Noah nicht alles vergessen hatte.

Sie ließ den Blick das erste Mal an diesem Tag durch Noahs Wohnung schweifen und blieb an einer Wand hängen. Alles andere in dieser Wohnung war aufgeräumt. Nur an dieser Stelle herrschte pures Chaos. Mila stand auf und lief hinüber.

Noah hatte Bilder von ihren Klassenkameraden ausgedruckt, an die Wand gepinnt und dann sogar mit roten Fäden verbunden. Jetzt konnte Mila sich das Grinsen wirklich nicht mehr verkneifen und dabei hatte sie doch gedacht, heute dafür gar nicht in Stimmung zu sein.

»Und wer von uns ist jetzt der schlechte Krimiheld?«, fragte sie ihn.

»Ich wollte uns einen guten Überblick verschaffen«, verteidigte sich Noah automatisch.

»Woher hast du die Bilder?«, fragte Mila, als ihr auffiel, dass einige Fotos vom Klassentreffen stammten.

»Nachdem du beim Frühstück geflüchtet warst, wurde ich in eine Gruppe hinzugefügt, wo alle die Bilder vom Wochenende teilen. Ich dachte, die könnten uns helfen. Aber alle haben nur Selfies von sich und ihren Freunden gemacht.«

»Natürlich«, sagte Mila sarkastisch. Sie musterte weiter Noahs Wand, die sie wirklich an einen verrückten Kommissar denken ließ, der auf eigene Faust einen Cold Case aufklären wollte. Sie folgte den roten Fäden, die einige der Bilder und die dazwischen verteilten schriftlichen Notizen miteinander verbanden, doch sie erkannte keinen Sinn dahinter.

»Was sollen die roten Fäden?«

»Ich dachte mir, wenn ich es schon mache, dann richtig«, gab Noah verlegen zu.

Mila grinste die Wand noch ein bisschen breiter an, während sie sich für ihre gescheiterte Spionageaktion bezüglich Yara gar nicht mehr so schlecht fühlte. Noah war genauso überfordert wie sie. Was für ein beruhigender Gedanke.

»Ich hatte eine neue Idee«, sagte Noah. Vermutlich auch, um davon abzulenken, wie peinlich berührt er war.

»Ja?«, fragte Mila und setzte sich zurück an den Tisch, wo sie weiter ihren Kuchen aß, der jetzt noch ein bisschen besser schmeckte.

»Vielleicht geht es bei dem ganzen Chaos um dich.«

Obwohl sie die Aussage nicht verstand, drehte sich ihr Magen ein bisschen um.

»Wie meinst du das?«

»Vielleicht veröffentlicht jemand all diese Geheimnisse, um dich als Schuldige darzustellen, damit dich alle hassen.«

»Haben sie das nicht schon vorher getan?« Der scherzende Tonfall gelang ihr nicht ganz so überzeugend, wie sie gehofft hatte.

»Wir haben dich schon beim Klassentreffen nicht unbedingt herzlich empfangen, da schließe ich mich nicht aus, aber jetzt wo dich alle verdächtigen, wirst du noch schlechter behandelt, oder?«

»Mir ist egal, was sie von mir denken«, erwiderte Mila ganz automatisch.

Noah sparte sich einen Kommentar, aber sein Blick zeigte deutlich, dass er sie durchschaute.

»Findest du es so abwegig, dass jemand dir eins auswischen will?«

Mila dachte an das fürchterliche Frühstück zurück. Nein, abwegig war es leider nicht.

»Aber wäre es dann nicht einfacher, nur mein Geheimnis zu veröffentlichen?«

»Vielleicht kommt das noch. Aber nur solange es nicht veröffentlicht ist, bist du eine Verdächtige. Und nicht zu wissen, wann es rauskommt, empfinde ich als viel qualvoller.«

Wieder überlegte sie, von was er so sehr hoffte, dass es im Verborgenen blieb.

»Und du denkst, dass es jemanden gibt, der mir den Abiball noch übel genug nimmt, um sich die ganze Mühe zu machen?«, fragte Mila.

Sofort waren die Erinnerungen an Helena zurück, die weinend vor ihr stand, während sie sich anschrien.

»Du wirst unglücklich, wenn du ihn heiratest«, hatte Mila geschrien.

»Ich bin schwanger, Mila, was soll ich denn machen?«

»Es gibt Optionen.«

Beschützend hatte sie die Hände auf ihren Bauch gelegt, als würde Mila sie gleich angreifen. »Du bist genauso verbittert wie deine Mutter, Mila. Auch weglaufen wird an dieser Tatsache nichts ändern.«

Diese Worte hatten sich in Milas Gehirn gebrannt. Manchmal, wenn sie träumte, konnte sie sie noch hören. Und nicht so undeutlich, wie in einer alten Tonaufnahme auf den VHS-Kassetten, von denen ihre Mutter sich immer noch nicht trennen konnte, sondern gestochen scharf, als würde sie wieder vor der Aula stehen und ihre beste Freundin verlieren.

Nach ihrem Streit war Mila ins Gebäude gerannt, hatte Tommy angerempelt und ihn einen Versager genannt.

Mila riss sich von der Erinnerung los. Sofort spürte sie Scham. Sie war riesig und drückte sie herab. Sie machte das Atmen schwer. Es gab keine Entschuldigung für das, was sie damals getan hatte.

Hatte sie deswegen nie versucht, sich dafür zu entschuldigen? Weil ihr der Scherbenhaufen noch immer zu groß vorkam? Weil sie es ohnehin für aussichtslos hielt, jemals wieder gutzumachen, was sie damals zerstört hatte?

Nun empfand sie auch deswegen Scham. Wenn sie ehrlich war, hatte ihr immer nur ihr Stolz im Weg gestanden. Und sie war ein zu großer Feigling, um sich der Freundin zu stellen, bei der sie sich immer so zu Hause gefühlt hatte.

»Ich denke nicht an den Abiball«, sagte Noah. Seine Stimme half ihr nicht, in die Gegenwart zurückzukehren, weil sie sie vermutlich immer mehr mit ihrer Vergangenheit verbinden würde. Das dürfte erklären, warum es ihr so schwerfiel, diese abzuschließen. Er gehörte dazu. Und wie sollte sie jemals dazu in der Lage sein, ihn wirklich loszulassen?

»Woran dann?«, fragte Mila, räusperte sich und schob sich ein Stück Kuchen in den Mund, um den bitteren Geschmack auf ihrer Zunge zu vertreiben.

»Das Klassentreffen.«

Aus dem Stück weichen Sahnekuchens schien plötzlich trockener Staub zu werden. Sie konnte ihn kaum runterschlucken.

Sofort sah sie ihn wieder vorm Eingang zur Turnhalle stehen und hörte ihre eigenen Worte: *Ich habe dich nie vergessen.*

Wieso hatte sie so etwas unfassbar Leichtsinniges zu ihm gesagt?

Alkohol, dachte sie. Die Antwort war definitiv der Alkohol.

»Erklär das bitte«, sagte Mila, bevor sie weiter über diesen demütigenden Moment nachdenken konnte.

»Du warst ja beim Klassentreffen auch – angetrunken.«

Sturzbesoffen traf es wohl eher. »Und?«

»Auch diesmal hast du Dinge getan, die andere Leute – nicht so toll finden könnten.«

Drückte er sich gerade so unfassbar diplomatisch aus, um nicht auf ihren gemeinsamen Moment eingehen zu müssen?

»Kann sein«, sagte Mila ausweichend. Dass sie so viele Gedächtnislücken hatte, hatte sie sehr begrüßt. Wollte Noah jetzt wirklich, dass sie versuchte, sich an den ganzen Abend zu erinnern? Das war eine fast schon grausame Idee.

»Wen könntest du vor den Kopf gestoßen haben?«, fragte Noah.

Zu ihrem Ärger bewirkten seine Worte genau, was er gewollt hatte. Sie sah Szenen dieses Abends vor ihrem inneren Auge.

Mila stolperte betrunken und stieß mit Tommy zusammen. Der verzog genervt das Gesicht.

»Nimmst es mir wohl immer noch übel?«, lallte Mila. »Manche Leute sind wohl ein bisschen zu nachtragend, was?«

Bevor Sofia sich eine Sektflöte vom Tablett nehmen konnte, schnappte Mila sie ihr unter der Nase weg und fragte: »Wieso bist du so gestresst? Hast du immer noch dieses unstillbare Bedürfnis, dich zu beweisen?«

Mila stellte sich neben Emre, der gerade mit einigen Leuten über seine Arbeit sprach. Eigentlich wollte sie nur Noah ausweichen, der gerade in ihre Richtung gelaufen war. Doch als sie dem Gespräch mit halbem Ohr lauschte, konnte sie sich nicht verkneifen zu fragen: »Lokaljournalist? Wolltest du nicht mal zum Spiegel? Aus dem Traum ist wohl nichts geworden.«

Mila blinzelte und sah Noah wieder an.

»So spontan fällt mir da niemand ein«, log sie.

»Jessica hatte es beim Frühstück besonders auf dich abgesehen«, überlegte Noah laut und nahm die Liste mit den Verdächtigen zur Hand.

»Wenn sie wirklich die Diebin wäre, würde sie sich dann so offensichtlich verhalten?«, fragte Mila

»Sie war noch nie sonderlich subtil.«

Mila grinste. »Kaum zu fassen. Du hast mal was Böses über jemanden gesagt.«

»Habe ich gar nicht«, verteidigte sich Noah sofort.

»Tu ruhig so. Ich hab's genau gehört.«

Noah schnaubte und starrte wieder auf das Papier in seinen Händen. Das Zucken seines rechten Mundwinkels war ihr trotzdem nicht entgangen.

»Du denkst also nicht, dass es etwas mit dir zu tun hat?«, fragte Noah nach einem kurzen Moment, in dem sie geschwiegen hatten.

Mila dachte noch einmal darüber nach. »Würde sich wirklich jemand so viel Mühe machen und andere Leute in diesen Streit mit reinziehen, nur um mir eins auszuwischen? Wäre das nicht furchtbar kindisch?«

»Und die fünfzehn Jahre alten Geheimnisse ehemaliger Klassenkameraden ans Rathaus zu hängen ist nicht kindisch?«

»Touché«, gab sie zu und fummelte nervös an ihren Ärmeln herum. Der Gedanke, dass sich dieses ganze Chaos um sie drehte, gefiel ihr überhaupt nicht.

Sie blickte an sich herab. Sie trug heute dieselbe Bluse wie beim Klassentreffen, weil sie sich immer ein bisschen weniger beschissen fühlte, wenn sie deren Stoff auf der Haut spürte. Das Loch sah man gar nicht mehr. Sie hatte es sehr gekonnt geflickt, obwohl sie schon so lange keine Nähmaschine mehr benutzt hatte. Sie sah aus wie neu. Und roch auch nicht mehr nach Sekt. Erst jetzt fiel ihr dieses Detail wieder ein.

»Ich glaube, dass mir an dem Abend irgendjemand ein

Glas Sekt übergekippt hat«, überlegte Mila laut. »Meine Bluse hat danach gestunken.«

»Sicher, dass du es dir nicht selbst übergekippt hast?«

Sie warf ihm einen bösen Blick zu, obwohl die Frage durchaus berechtigt war.

»Schon gut! Das würde zumindest zu meiner Theorie passen«, überlegte Noah weiter. »Weißt du, wer es war?«

Mila schüttelte den Kopf. »Meine Erinnerungen sind neblig.«

»Das ist aber ein guter Anhaltspunkt«, überlegte Noah weiter. »Versuch dich daran zu erinnern.«

»Wie denn?«, entgegnete Mila ein bisschen störrisch.

Bevor Noah darauf etwas erwidern konnte, gab Milas Handy ein lautes Pling von sich. Hektisch zog sie es aus ihrer Hosentasche, öffnete die Mail-App und ...

Es gab ihr einen Stich ins Herz. Eine Absage.

»Alles okay?«, fragte Noah.

Mila nickte nur und stand auf.

»Ich versuche, mich dran zu erinnern«, meinte sie. Dann ließ sie ihn einfach sitzen. Sie verabschiedete sich nicht, was irgendwie passend war, weil sie sich auch nicht begrüßt hatten. Und Noah ließ sie gehen.

Sie konnte zwar noch immer nicht aus dieser Stadt verschwinden. Aber sie konnte wenigstens verhindern, dass Noah sie weinen sah.

Wann wusste man, dass man wirklich tief gesunken war? Mila konnte sich diese Frage sehr eindeutig beantworten:

Wenn man vollkommen in Schwarz gekleidet in einem perfekt gepflegten fremden Vorgarten in einer spießigen Wohngegend hinter einem Busch hockte und überlegte, wie man in die dazugehörige Doppelhaushälfte einbrach.

So viel zum übermäßigen Konsum schlechter Spielfilme!

Ihre Beine zitterten. So zu hocken, war wesentlich anstrengender, als es im Fernsehen immer wirkte.

Sie sah auf ihr Handy. Noah hatte ihr geschrieben, dass er kommen würde. Natürlich wusste er noch nicht, was sie vorhatte. Hätte sie ihn schon in der Nachricht in ihren Plan eingeweiht, wäre er vermutlich zu Hause geblieben. Aber natürlich hatte sie nur darauf verzichtet, um keine Beweise zu hinterlassen. Redete sie sich zumindest ein.

Sie hörte Noahs Schritte. Es war wirklich gruselig still auf dieser Straße. Schliefen hier alle schon um halb zehn?

»Hier«, rief sie so leise sie konnte und winkte kurz.

Irritiert sah sich Noah um. Er trug tatsächlich eine dunkle Jeans und einen schwarzen Hoodie, wie sie ihm ohne weitere Erklärung aufgetragen hatte. Das brachte sie kurz zum Grinsen.

»Noah«, rief sie jetzt ein bisschen lauter. Er entdeckte sie endlich, runzelte die Stirn, lief aber auf sie zu.

»Was tust du da?«, fragte er viel zu laut.

Mila packte ihn am Arm und zog ihn zu sich hinter den Busch.

»Du wirst mich für verrückt halten.«

»Tue ich längst«, erwiderte Noah sofort.

»Dann habe ich ja nichts zu verlieren.«

Sie sahen sich einen Moment ein bisschen zu tief in die

Augen. Obwohl es schon dunkel war, konnte sie erkennen, wie dunkelgrün seine Iriden waren.

»Hast du dir Farbe ins Gesicht geschmiert?«, fragte Noah und strich ihr über die Wange.

Milas Haut kribbelte unter seiner Berührung so stark, dass sie sogar das Brennen in ihren Oberschenkeln für einen Moment vergessen konnte.

Noah ließ die Hand schnell wieder sinken. Als hätte er sich an Mila verbrannt.

Mila musste zugeben, dass die dunkelgrüne Farbe auf ihren Wangen vielleicht ein bisschen übertrieben gewesen war. Doch sie hatte nicht nur eine Absage bekommen, sondern gleich zehn. Als hätten sich die Firmen alle abgesprochen, um sie an nur einem einzigen Tag niederzuschmettern. Eine einzige Antwort stand noch aus. Ihr blieb nur noch eine Chance, in ihr altes Leben zurückzukehren. Der Weg zurück wurde immer schmaler. Und als sie sich gefragt hatte, was sie tun sollte, wenn auch diese Agentur absagte, hatte sie wieder Schweiß im Nacken gespürt. Und sich lieber dunkelgrüne Tarnfarbe ins Gesicht geschmiert, um sich abzulenken.

Als sie sich im Spiegel betrachtet hatte, war sie sich sehr albern vorgekommen, also hatte sie sich wieder abgeschminkt. Aber anscheinend nicht gründlich genug, wenn Noah immer noch die Überreste dieser Aktion in ihrem Gesicht entdeckte.

»Was hast du vor, Mila?« Noah klang ehrlich besorgt.

»Das ist Jessicas Haus.«

»Das ist mir bewusst.«

»Ich will da rein und nach der Zeitkapsel suchen.«

Kurz schwiegen sie beide. Noah reagierte nicht. Er schien sich nicht einmal mehr zu bewegen oder zu atmen.

Sehr vehement schüttelte er den Kopf. »Das kann nicht dein Ernst sein.«

»Ist mein voller Ernst.« Sie wusste selbst, dass die Idee völlig bescheuert war, aber sie konnte nicht anders, sie musste sich vor Noah rechtfertigen.

»Sie hatte es beim Frühstück auf dich abgesehen, aber das reicht nicht als Beweis, dass sie die Diebin ist.«

»Ich habe mich erinnert, warum ich es mir beim Klassentreffen mit ihr verscherzt haben könnte«, gab Mila ein bisschen widerwillig zu.

»Was hast du getan?« Noah klang, als befürchtete er, sie hätte ihre Katze umgebracht.

»Sie wollte doch diese Rede halten. Sich bisschen im Lehrerkollegium profilieren.«

»Ja.« Noah zog das A kritisch in die Länge. »Ich glaube, sie will Konrektorin werden.«

»Deswegen war ihr die Rede vermutlich auch so wichtig. Aber dann ist der Strom auf der Bühne ausgegangen – der Grund, warum du frühmorgens am nächsten Tag in die Schule musstest, um den Sicherungskasten zu überprüfen.«

Mila musste nicht weiter erklären. Noah starrte sie fassungslos an. Dann brach er in Gelächter aus.

Der Klang war so schön, dass Mila einen Moment brauchte, um zu realisieren, dass ihre Tarnung nicht gerade viel nützte, wenn Noah sie mit seinem lauten Lachen verriet.

»Pssst«, machte sie, auch wenn sie insgeheim wünschte, er würde nie wieder mit diesem Lachen aufhören.

»Natürlich hast du dich am Sicherungskasten zu schaffen

gemacht. Wieso bin ich da nicht früher draufgekommen?« Noah schüttelte den Kopf. Ob über sich oder Mila konnte sie nicht sagen, doch sein Lachen wurde immer leiser, bis es verklang. Die Stille danach hörte sich in Milas Ohren leer an.

»Und das hat Jessica mitbekommen?«

»Sie hat gesehen, wie ich aus dem Keller bei den Schließfächern neben dem Hausmeisterzimmer kam.«

Jessica hatte sie mit einem ihrer besonders bohrenden Blicke bedacht.

»Und sie hat mir vorgeworfen, beide Male am Rathaus gewesen zu sein, wenn dort ein Zettel aufgetaucht ist, was bedeutet, dass sie ebenfalls dort gewesen ist – typisches Täterverhalten, wenn man ihrer Argumentation folgt.«

Noah nickte langsam. Er überlegte. »Einbrechen ist trotzdem keine Lösung.«

»Aber wie sollen wir die Zeitkapsel sonst zurückbekommen? Wenn wir sie nett fragen, wird sie es ja wohl kaum zugeben. Heute ist irgendeine Lehrerkonferenz, hat mir meine Mutter erzählt. Also die beste Gelegenheit.«

Noah rang mit sich. Er runzelte die Stirn, fuhr sich durch die Haare, schloss kurz die Augen.

»Du willst doch, dass dein Geheimnis geheim bleibt, oder?«, fragte Mila, die sich wenigstens in dieser Hinsicht nicht mehr so hilflos fühlen wollte, wenn sich schon der Rest ihres Lebens nicht steuern ließ. Sie würde wenigstens verhindern, dass sie auch noch zum Gespött der ganzen Stadt wurde. Oder zumindest noch mehr als ohnehin schon.

Noah legte den Kopf in den Nacken und sah zum Himmel. Es dämmerte noch. Doch die ersten Sterne waren schon zu sehen. Das hatte Mila in der Großstadt vermisst.

»Okay«, gab sich Noah schließlich geschlagen. »Lass es uns durchziehen, bevor ich es mir anders überlege.«

Mila grinste und nickte. Sie verschwendete keine Zeit mit weiterem Reden und lief auf die Eingangstür zu. Sie hörte, dass Noah ihr folgte, sah sich aber nicht um.

Sie konnte natürlich kein Schloss knacken. Aber in dieser Stadt versteckte jeder seinen Ersatzschlüssel an der exakt gleichen Stelle. Und tatsächlich. Genauso wie Gilda hatte Jessica den Schlüssel hinter der Hausnummer aus Messing deponiert.

Hinter den Fenstern war es dunkel, und als sie in den Eingangsbereich traten, völlig still. Aber in Milas Ohren rauschte es. Sie hatte schon viele dumme Dinge getan, dieser Moment übertraf allerdings alles.

Der Boden war mit Teppichen ausgelegt. Trotzdem traute sie sich nicht, einen Schritt nach vorn zu setzen, aus Angst, er würde viel zu laut von den Wänden widerhallen.

Die Topfpflanzen neben der Treppe sahen gesund aus, es roch dezent nach Lufterfrischer, und die Jacken an der Garderobe hingen ordentlich auf Bügeln. Jessica schien ihr Leben auf den ersten Blick unter Kontrolle zu haben. Das Letzte, was sie sah, bevor sie nachts die Augen schloss, war bestimmt kein junger Justin Timberlake.

Obwohl Mila zugeben musste, dass sie sich an seine Anwesenheit inzwischen gewöhnt hatte. Er leistete ihr wenigstens Gesellschaft.

»Und jetzt?«, flüsterte Noah. Er schloss die Tür hinter ihnen. Es klickte leise. Trotzdem zuckte Mila zusammen.

Jetzt waren sie wirklich eingebrochen.

Fuck.

Was als Nächstes?

Sie atmete mehrmals sehr tief durch. Das Rauschen in ihren Ohren wurde ein bisschen leiser. Aber ihre Wangen brannten.

»Jetzt suchen wir nach einem sehr alten Gurkenglas.«

Sie machte den ersten Schritt, weil sie das nicht Noah überlassen wollte – und weil sie ihm ohnehin den Weg versperrte. Das war ihre Idee gewesen. Sie war auch diejenige, die sie noch weiter in die Scheiße reiten würde.

Der zweite Schritt fiel ihr schon viel weniger schwer. Und schließlich konzentrierte sie sich nicht mehr auf die Schritte, sondern auf die Suche. Sie schaltete ihre Handytaschenlampe ein. Ihr Herz schlug so schnell, als würde sie rennen.

Sie sah sich in der Küche um, im Wohnzimmer. Dort stand ein gerahmtes Bild von Jessica und Yara. Hatte sie Sofia vielleicht schon vor dem großen Reveal als beste Freundin ersetzt?

Nicht dein Problem, ermahnte sich Mila und suchte weiter. Noahs Schritte hörte sie im Stockwerk über sich.

Immer wieder warf sie einen Blick durchs Küchenfenster in die Auffahrt. Doch sie blieb leer. Die Scheinwerfer eines Autos tauchten nicht auf.

Mila wurde trotzdem immer nervöser, je länger sie das Haus durchsuchten und nichts fanden.

Schließlich kam auch Noah wieder zu ihr ins Erdgeschoss und schüttelte nur den Kopf.

Hatten sie an den falschen Orten gesucht? Oder waren sie umsonst dieses Risiko eingegangen?

Wieder fühlte sie sich hilflos, ausgeliefert und den Tränen

nahe. Sie sah an die Decke und blinzelte. Es half ein bisschen. Aber nur gegen die Tränen. Nicht gegen den ganzen Rest.

»Wir sollten gehen«, meinte Noah.

Mila nickte, weil der Kloß, der ihr im Hals saß, zu dick war, um zu sprechen. Wie tief war sie gesunken? Hatte sie so was hier wirklich nötig, nur um ein albernes altes Geheimnis zu bewahren?

Noah öffnete die Tür. Und beide schlossen sofort die Augen.

Denn der Schein einer Taschenlampe war direkt auf ihre Gesichter gerichtet.

»Na, wen haben wir denn da?«, fragte eine männliche Stimme, die Mila bekannt vorkam, die sie aber nicht direkt zuordnen konnte. Das Licht blendete sie. Die Person dahinter war unscharf. Aber die Aufschrift »Polizei« auf der Brusttasche der Jacke, die das Licht über der Eingangstür reflektierte, konnte sie viel zu deutlich ausmachen.

Kapitel 9

»Wenn das nicht das Ehlers-Mädchen und der Baumgartner-Junge sind«, sagte die Stimme tadelnd.

Endlich ließ er die Taschenlampe ein bisschen sinken. Mila blinzelte ein paarmal, bis nur noch wenige helle Punkte in ihrem Blickfeld tanzten. Nun konnte sie den Menschen vor sich erkennen. Und sofort fühlte sie sich wie so oft – es ging ihr schon selbst auf die Nerven – in der Zeit zurückversetzt.

Sein Gesicht war definitiv faltiger geworden. Die meisten seiner Falten sammelten sich um Augen und Mundwinkel, was von einem Leben voller Lächeln erzählte. Sein Haaransatz hatte sich einige Zentimeter zurückgezogen, als hätte er im Stellungskrieg gegen das Alter den Rückzug antreten müssen. Es war schütter und ergraut. Die Polizeiuniform sah aus wie damals, allerdings spannte der Stoff mehr um den Bauch.

Jürgen Kowalski war alt geworden. Und trotzdem hatte er Mila und Noah wieder einmal im ungünstigsten Moment erwischt.

Das letzte Mal hatte Mila wesentlich weniger Kleidung

getragen und ihre entblößten Brüste verbergen müssen, als der Schein seiner Taschenlampe sie erfasst hatte. Ob der heutige Moment aber so eine große Verbesserung war – darüber ließ sich definitiv diskutieren.

»Was macht ihr beiden denn jetzt schon wieder? Da ist man einfach gemütlich auf Streife und sieht, wie das Licht von Taschenlampen durch ein ansonsten vollkommen dunkles Haus huscht – und jetzt muss ich feststellen, dass es eines ist, in dem ihr gar nicht wohnt.«

Milas Finger zitterten. Panik schwappte über sie hinweg, während sie sich selbst vor ihrem inneren Auge hinter Gittern sitzen sah.

»Wir …«, setzte sie an, doch ihre Zunge machte nicht mit.

Polizeikommissar Kowalski schüttelte rügend den Kopf. Damals hatte er dieselbe Geste gemacht. Er hatte sich nur die Hand fest auf die Augen gedrückt. Es war schwer zu sagen gewesen, ob ihm oder Mila die Situation unangenehmer gewesen war. Nackte Teenager beim Sex auf der Wiese im Park zu finden, schien nicht zu seinem Berufsalltag zu gehören.

Erwachsene beim Einbrechen zu erwischen vielleicht schon eher.

»Wir planen eine Überraschungsparty für Jessica«, plapperte Mila los, sobald ihre Zunge wieder gehorchte. Warum sagte Noah nichts?

»Wird sie das bestätigen, wenn ich sie jetzt anrufe?«

»Natürlich nicht«, sagte Mila panisch. »Dann wäre es ja keine Überraschungsparty mehr.«

»Mh«, machte Kowalski. Sie war sich sicher, dass er sie durchschaute.

Und was sagte es über sie aus, dass sie nicht einmal einem so gutmütigen Menschen wie Jürgen Kowalski etwas vormachen konnte?

Wenn er nicht gerade in seiner Polizeiuniform durch die Stadt flaniert war, hatte man ihn früher immer beim Bäcker am Fenster stehen sehen, einen Kaffee schlürfend und mit allen Kunden Pläuschchen haltend. Manchmal hatte er sich auch zu Schneeweißchen und Rosenrot auf die Bank gesetzt und die Enten gefüttert, obwohl direkt neben ihm ein Schild stand, dass man das nicht durfte.

Er war Mila immer mehr wie ein lieber Märchenonkel vorgekommen, statt wie ein strenger Gesetzeshüter. Das konnte sie gerade jedoch nicht beruhigen. Er mochte ein netter Mensch sein. Aber er hatte sie beim Einbrechen in ein Haus erwischt. Und er war immer noch Polizist.

Sie war arbeitslos und wieder zu ihrer Mutter gezogen, hatte sich gerade erst daran gewöhnt, dass Justin sie beim Schlafen beobachtete. Doch ihr altes Kinderzimmer war nichts gegen die Demütigung einer Gefängniszelle.

»Kommt mal mit, ihr zwei«, sagte Kowalski ganz ruhig. Er deutete mit der Taschenlampe zu seinem Auto.

Mila und Noah könnten versuchen wegzurennen. Sie waren bestimmt schneller als er. Aber was würden sie als Nächstes tun? Er kannte nicht nur ihre Namen. Er kannte auch ihre Eltern und ihren Wohnort. Sollten sie für den Rest ihres Lebens auf der Flucht sein? Von Jürgen Kowalski verfolgt zu werden, war vermutlich besser als von jedem anderen Polizisten auf der Welt. Aber trotzdem nicht, wie Mila sich ihr Leben ausgemalt hatte.

Auch Noah machte keine Anstalten zu flüchten. Und

so liefen sie beide mit gesenkten Köpfen zum Polizeiauto. Jürgen Kowalski hielt ihnen die Tür zur Rückbank auf. Und sie kletterten hinein, ohne Widerrede zu geben. Die Tür knallte hinter ihnen zu. Dann stieg auch er ein und fuhr los.

Zwischen ihnen und dem Polizisten war ein kleinmaschiges, schwarzes Gitter gespannt. Milas Hände zitterten noch stärker.

Und auf einmal lag Noahs auf ihrer und drückte sie. Normalerweise hätte sie es sich nicht gestattet, sich von ihm trösten zu lassen. Doch gerade war sie zu aufgewühlt, um sich daran zu erinnern, warum es eine schlechte Idee war, die Hand ihres Ex-Freundes zu halten. Also drückte sie sie sogar noch ein bisschen fester.

»Ihr zwei bringt einander also immer noch in Schwierigkeiten«, sagte Jürgen Kowalski, nachdem sie alle sehr lange geschwiegen hatten. Die Straßen waren fast menschenleer. Niemand würde mitbekommen, dass sie sich auf der Rückbank eines Polizeiwagens befanden. Aber das war eigentlich egal. Wenn sie verhaftet wurde, würde es morgen die ganze Stadt wissen.

»Lange nicht mehr«, murmelte Noah in sich hinein. Er zog beruhigende Kreise mit seinem Daumen über ihren Handrücken. Sofort kribbelte Milas Haut. Sie spürte so viele widersprüchliche Dinge auf einmal, dass es ihr beinahe zu viel wurde.

Das letzte Mal hatten sie auch auf der Rückbank gesessen. Sie hatte schon einmal den Hinterkopf von Jürgen Kowalski durch das schwarze Gittermuster betrachtet. Sie war anscheinend dazu verdammt, immer die gleichen Fehler zu machen, weil sie einfach nicht dazu in der Lage war, aus ihnen zu lernen.

»Stimmt. Du bist ja nach Hamburg gezogen, Mila, nicht wahr? Das hat mir deine Mutter ganz stolz erzählt.«

Diese Situation war viel zu skurril. Er führte doch tatsächlich freundlichen Smalltalk mit ihnen, während er sie zur Wache fuhr. Aber irgendwie passte das zu Jürgen Kowalski. Würde er einen Drogendealer überführen, würde er ihn vermutlich zuerst fragen, wie er zu diesem Berufswunsch gekommen war. Und als zweites, wie sein Verhältnis zu seiner Mutter war.

»Oh«, machte Mila nur, weil sie keine Ahnung hatte, was sie darauf erwidern sollte. Ihre Mutter war ihr nie besonders stolz vorgekommen. Mila hatte es immer so empfunden, als wäre es das Mindeste, dass sie es schaffte, aus diesem Ort herauszukommen. Ganz egal wie, Hauptsache, sie blieb nicht hier hängen. Daran gab es nichts, worauf es sich stolz zu sein lohnte.

»Sehr stolz«, betonte der Polizist, als hätte er Milas Gedanken gelesen und erkannt, dass sie an dieser Aussage zweifelte. »Gilda kriegt nie genug davon, von ihrer erfolgreichen Tochter zu reden, die in einer großen Werbeagentur in Hamburg eine Führungsposition innehat.«

Er meinte es gut. Trotzdem zog sich Milas Magen wieder zusammen. Selbst, wenn ihre Mutter jemals wirklich stolz gewesen war, jetzt war sie es ganz sicher nicht mehr.

»Wie geht's Gilda?« Ihm schien gar nicht aufzufallen, dass sich weder Mila noch Noah richtig an diesem Gespräch beteiligten. Er klang so entspannt, als stünden sie morgens mit einem Kaffee zusammen beim Bäcker, und säßen nicht in einem Polizeiwagen.

»Gut«, brachte Mila hervor. »Wie immer, würde ich sagen.«

»Sehr gut«, meinte Kowalski. »Deine Mutter war schon immer eine wunderschöne Frau. Und sehr willensstark. Zu ihrer Zeit hatte sie viele Verehrer. Doch dein Vater hat sich durchgesetzt.«

Leider, dachte Mila. Wie oft hatte sich Gilda wohl schon gewünscht, sich für einen anderen Mann entschieden zu haben. Dann wäre Mila nicht geboren worden. Aber sie hätte ihre Modelkarriere gehabt und vielleicht zehn Jahre später ein Kind mit einem Mann, der sie nicht sitzen ließ, um in Amerika ein neues Leben zu beginnen. Zu allem Überfluss mit einem Laufstegmodel.

Das hatte Gilda ihrer Tochter nie gesagt. Aber nach einem der sehr seltenen Telefonate mit ihrem Vater, die in den letzten Jahren sogar noch seltener geworden waren, hatte sie den Namen seiner neuen Frau gegoogelt. Ihre Mutter war wirklich von der jüngeren Kopie ihrer selbst ersetzt worden. So sehr Mila manchmal unter der Bitterkeit ihrer Mutter gelitten hatte, verstanden hatte sie sie doch immer.

»Wenn ich mich morgens mit ihr beim Bäcker unterhalte, weiß ich schon, dass ich einen guten Tag haben werde«, sprach Jürgen Kowalski weiter. Mila war sich nicht sicher, ob sie einen Teil des Gesprächs verpasst hatte, weil sie so in ihre Gedanken versunken gewesen war. Aber den Polizisten störte es nicht.

Seine Aussage konnte sie nicht nachvollziehen. Ihre Mutter war morgens noch kürzer angebunden als sonst und ihre Stimme noch härter. Aber vielleicht nahm auch nur Mila das so wahr. Wenn es um Gilda ging, hatte sie sich schon immer so gefühlt, als wäre sie zu sensibel.

Sie warf einen Blick aus dem Fenster. Dann runzelte sie die Stirn. Wenn sie zur Polizeiwache fuhren, machten sie aber einen ordentlichen Umweg.

Warte – Mila setzte sich aufrechter hin. Das war *ihre* Straße.

Ungläubig sah sie nach vorne und begegnete Jürgen Kowalskis gütigen Augen im Innenspiegel.

»Ihr habt nichts geklaut, oder?«

»Nein«, sagten Noah und Mila sofort, nachdrücklich und unisono.

Mila rechnete beinahe damit, dass der Polizist ihnen seinen kleinen Finger durch das Gitter entgegenstreckte und »Kleiner Fingerschwur« sagte. Sie war ein bisschen enttäuscht, als er es nicht tat. Er nickte nur, als würde ihm dieses eine Wort reichen, um ihnen ohne Zweifel zu glauben.

»Gut«, sagte er zufrieden und parkte das Auto am Bordstein. Er stieg aus. Milas Herz hämmerte in ihren Ohren. Sie bildete sich ein, auch Noahs hören zu können. Er drückte ihre Hand noch ein bisschen fester.

Dann öffnete Jürgen Kowalski auch schon die Autotür auf Milas Seite und bedeutete ihr auszusteigen.

Mila zögerte eine Sekunde, überlegte, ob das alles nur eine Falle war. Doch Noah gab ihr einen kleinen Stupser in die Seite. Dann stieg sie endlich aus. Er folgte ihr.

»Ich gehe davon aus, dass es mindestens fünfzehn Jahre dauert, bis ich euch wieder bei Missetaten erwische?«, fragte Kowalski. Der strenge Tonfall gelang ihm nicht wirklich, und das verschwörerische Zwinkern machte seine Ernsthaftigkeit endgültig zunichte.

Mila wies ihn nicht darauf hin, dass er dann schon längst in der wohlverdienten Rente sein würde. Der Gedanke stimmte sie tatsächlich ein bisschen traurig. Kein anderer Polizist würde sie mit einem Einbruch und Hausfriedensbruch davonkommen lassen. Sie sollte ihm vielleicht mal einen Blumenstrauß schicken. Eigentlich war das bereits seit fünfzehn Jahren überfällig.

»Richtig«, sagte sie. »Wir werden uns benehmen.«

»Aber nicht zu sehr. Das wäre ja langweilig«, meinte er zwinkernd. »Du kannst froh sein, dass ich eine Schwäche für deine Mutter habe.«

Er lächelte noch einmal. Und einen Moment später saß er schon wieder in seinem Auto und fuhr davon.

Mila schüttelte den Kopf und sah zu ihren Fingern, die noch immer mit Noahs verschränkt waren. Er folgte ihrem Blick. Sie atmeten einen Moment im Einklang. Dann ließ er sie los.

Natürlich tat er es zuerst. Sofort fühlte ihre Haut sich kalt an.

Sie rieb sich reflexartig über die Handgelenke, dabei hatte Jürgen Kowalski ihnen niemals Handschellen angelegt.

»Das war knapp«, sagte Mila, nur um irgendwas zu sagen.

Noah nickte langsam – noch immer hatte er kein Wort gesagt.

Auch damals, nachdem Jürgen Kowalski sie aus seinem Auto hatte steigen lassen, hatten sie so überfordert nebeneinandergestanden. Und dann war Mila in Noahs Arme gefallen. Sie hatten wild geknutscht. So wild, dass sie fast wieder halb nackt in einem Gebüsch gelandet waren, um dort weiterzumachen, wo sie unterbrochen worden waren. Sie hatten es gerade noch so geschafft, sich voneinander zu lösen.

Nur zwei Wochen nach diesem Abend hatte Noah ihre Beziehung beendet.

Ich liebe dich einfach nicht mehr, hatte er in einem Ton behauptet, der jeden Widerspruch im Keim erstickt hatte.

Die Worte hatten sich so leer in Milas Ohren angehört. Sie hatten weh getan. Aber sich auch wie eine Lüge angefühlt. Sie hatte ihm nicht geglaubt, es aber dennoch akzeptieren müssen. Seitdem fragte sie sich allerdings immer wieder, was sie damals verpasst hatte, welche wichtigen Informationen fehlten. Wie hatte Noah seine Liebe so schnell verlieren können? Sie war schließlich kein Gegenstand, den man in der Jackentasche mit sich trug und der durch ein Loch im Futter fallen konnte.

Als sie als Achtzehnjährige nebeneinander auf der Rückbank dieses Polizeiautos gehockt hatten, war seine Liebe noch da gewesen. Sie wusste vielleicht nicht viel. Wie man eine richtige Erwachsene war. Wie man glücklich war. Wie man aus seinen Fehlern lernte. Aber das wusste sie mit absoluter Sicherheit.

Nun standen sie einen Meter voneinander entfernt, die Arme hinterm Rücken verschränkt.

»Wieso hast du damals mit mir Schluss gemacht?«

Die Frage war raus, bevor sie es verhindern konnte. Mila schob es auf das Adrenalin, das nun ihren Körper verließ und sie noch zittriger und unsicherer zurückließ als vorher.

»Was?«, fragte Noah überfordert, als hätte er ihre Worte nicht richtig gehört.

Sie starrte ihn an. Und obwohl er einen Schritt entfernt war, nahm sie ihn doch mit allen Sinnen wahr.

Sie schmeckte den Erdbeersekt bei ihrem ersten Kuss. Sie hörte, wie er sie lautstark im Matheunterricht verteidigte, was ihnen beiden Nachsitzen einbrachte. Sein ganz eigener Duft stieg ihr in die Nase. Nach dem Sex hatten ihre Haare ihn immer angenommen und wenn dann ein Windhauch durch sie strich, hatte sie ihn so deutlich gerochen, als würde er direkt neben ihr stehen. Sie fühlte seine schönen Hände auf ihrer Haut, die sie berührten, als wäre sie ein wertvolles Stück Holz. Mit Ehrfurcht, aber auch mit genug Druck, weil er nie befürchtet hatte, sie könnte daran kaputtgehen.

Es hieß, vor dem Tod laufe das ganze Leben einmal im Schnelldurchlauf vor dem inneren Auge ab. Bei ihr war es in jenem Moment passiert, als sie gespürt hatte, dass er ihre Beziehung gleich beenden würde. Kurz bevor er ihr gesagt hatte, er wolle sich trennen. Da hatte sie all die Momente ihrer Beziehung noch einmal erlebt.

Genau wie jetzt.

Es war zu viel Noah. Und trotzdem konnte sie sich nicht davon abhalten, die Frage zu wiederholen.

»Wieso hast du damals mit mir Schluss gemacht?«

Wenn sich die Vergangenheit so greifbar anfühlte, konnte sie sie einfach nicht ruhen lassen.

»Wie kommst du jetzt darauf?« Er wich aus. Wie immer.

»Ist das wichtig?« Sie sah ihn an. Er sah auf seine Schuhe.

»Es ist so lange her.«

»Ich will es trotzdem wissen«, beharrte sie. »Wir waren

glücklich. Wir waren so … *verliebt.*« Das letzte Wort konnte sie nur flüstern, wie Schimpfworte im Haus ihrer Mutter. »Und dann war es auf einmal einfach vorbei. Wieso? Was hat sich verändert? So schnell?«

Während Mila Noahs Blickkontakt suchte, verwandelte sie sich zurück in das Mädchen von damals. Unsicher, hilflos und verzweifelt.

Sonst war sie immer die mit der zu großen Klappe gewesen. Mit den zu großen Träumen. Sie war zu laut. Von allem zu viel. Aber dieser ruhige, besonnene Junge mit den wuscheligen Haaren und den grünen Augen hatte sie trotzdem geliebt. Hatte sie *wegen* all dieser Dinge geliebt und ihr das Gefühl gegeben, dass es okay war, immer diejenige zu sein, die am meisten redete, am lautesten lachte und die schlechtesten Witze machte.

Und dann hatte er ihr diese Gewissheit genommen. Hatte ihr den Boden unter den Füßen weggerissen und ihr bewiesen, dass sie doch zu viel war. Zu viel von allem, sogar für ihn.

Vielleicht hatte sie sich seitdem nie wieder getraut, wirklich laut, ungeniert und ohne Zurückhaltung zu lachen.

»Dinge passieren.«

Wenn er noch so eine leere Phrase verwendete, würde Mila ihren Frust herausschreien müssen, sonst würde sie daran ersticken.

Doch Noah sagte nichts mehr. Natürlich nicht. Was hatte sie auch anderes erwartet?

Er sah sie nur einen kurzen Moment an. Für mehr schien ihm der Mut zu fehlen. Dann wandte er sich ab und ging mit langen Schritten davon, während Mila nichts anderes übrigblieb, als ihm hilflos nachzusehen.

Erst als er um die Ecke verschwunden war, konnte sie sich aus ihrer Starre lösen.

Sie fühlte sich leer und erschöpft. Dabei hatte sie gar nicht geschrien. Sie hatten sich nicht gestritten. Aber es nicht zu tun, kostete sie mehr Kraft, als es zu tun.

Sie betrat das Haus ihrer Mutter. Im Flur war es dunkel, doch während sie sich die Schuhe auszog, ging die Deckenlampe an.

Gilda trat in ihren schicken Morgenmantel aus Seide gehüllt und mit den Lockenwicklern auf dem Kopf aus dem Wohnzimmer.

»Wo warst du?« Sie betrachtete ihre Tochter. »Ist alles okay?« Sie klang fast schon besorgt. Wie viel von dem, was gerade passiert war, konnte sie ihr im Gesicht ablesen?

»Ich hatte einen brenzligen Abend«, gab Mila erschöpft zu.

»Was ist passiert?«

»Ich habe es tatsächlich dir zu verdanken, dass alles noch mal einigermaßen gut ausgegangen ist«, sagte Mila und lächelte ihre Mutter müde an.

Die zog verwirrt die Augenbrauen zusammen.

»Danke, Mama. Wir Ehlers-Frauen sind wirklich nicht so leicht unterzukriegen«, flüsterte Mila, gab Gilda einen Kuss auf die Wange und schleppte sich hinauf ins erste Stockwerk.

Kapitel 10

Mila trug eine durchgesessene Jogginghose und einen übergroßen Kapuzenpulli und hatte ihre fettigen Haare zu einem unordentlichen Dutt zusammengebunden, als jemand neben ihr ihren Namen sagte. Sie hatte heute wirklich nicht die Kraft für soziale Interaktionen, unterdrückte jedoch ein genervtes Stöhnen.

Abgesehen davon, dass sie gerade im Supermarkt vor dem Regal mit den Tampons stand, fühlte sie sich hundeelend. Selbst drei Ibuprofentabletten hatten bisher nicht gegen ihre Unterleibsschmerzen geholfen, also hatte sie sich aufgerafft, um wenigstens ihren Heißhunger auf ungesundes, fettiges Essen zu befriedigen. Deshalb warteten schon mehrere Chipstüten und ein riesiger Bottich Eis im Einkaufswagen darauf, Gesellschaft von einer Packung Tampons mit extra Saugkraft zu bekommen.

Sie hätte auch gleich ein Schild um den Hals tragen können, auf dem geschrieben stand, dass sie ihre Tage hatte.

Und nun sah sie sich ausgerechnet Amir gegenüber. Schulleiter und Noahs engster Freund. Dessen Augen wanderten demonstrativ vom Einkaufswagen zu den Tampons in ihrer Hand und wieder zu Milas Gesicht. Ihre Wangen wurden heiß. Warum stellte sie sich so an? Sie war erwachsen, kein Teenager mehr, dem alles peinlich war.

Sie brauchte keine Helena mehr, die sie rettete. Nur Helena hatte sie es zu verdanken, dass damals nach Ende einer besonders langen Erdkundeunterrichtsstunde in der zehnten Klasse niemand den riesigen roten Fleck an ihrem Hintern gesehen hatte. Sie hatte Mila von hinten umarmt und war so mit ihr aus dem Raum gelaufen. Sie hatten ohnehin ständig aneinandergeklebt, wie an der Hüfte zusammengewachsen, deshalb hatte das niemanden sonderlich gewundert. Anschließend hatte Mila sich ein Sportshirt um die Hüfte gebunden und den Fleck so auch für den Rest des Tages versteckt. Noch Wochen danach hatte Mila Helena jeden Tag mehrmals für ihre Rettung gedankt, egal, wie oft diese betont hatte, dass es doch selbstverständlich war, dass sie ihr half. Gegen die großen Spaghettieisbecher, die Mila ihr ausgegeben hatte, hatte sie sich aber auch nicht vehement gewehrt.

Jetzt wäre sie am liebsten einfach davongelaufen, aber das war albern und absolut unhöflich. Aber sie und Amir hatten sich schon in der Schulzeit nicht viel zu sagen gehabt. Jetzt, fünfzehn Jahre später, hatte sich daran höchstwahrscheinlich nur wenig geändert.

»Hey, Amir«, setzte sie an.

»Wie geht's dir?«, fragte er immer noch grinsend.

Mila überlegte, ob sie ihm bis ins kleinste Detail erzählen sollte, wie bescheiden sie sich gerade fühlte, nur damit er dieses Grinsen endlich loswurde.

Aber das würde die Unterhaltung nur noch mehr in die Länge ziehen.

»Gut«, log sie deshalb. »Dir?«

Wenn sie ehrlich miteinander wären, würden sie zugeben, dass sie keinerlei Interesse an den Antworten auf die Fragen hatten, die sie pflichtbewusst stellten.

»Auch gut.«

Dieses Gespräch war wirklich qualvoll. Wieso ging er nicht weiter?

Amir hatte sich von ihnen allen wohl am meisten verändert. Selbst in seiner legeren Freizeitkleidung aus Jeans mit Rissen und weißem Shirt hatte alles an ihm die Ausstrahlung eines Schulleiters. Die aufrechte Haltung, das glatt rasierte Kinn, die kurz geschnitten Haare. Er wirkte durch und durch gepflegt und professionell. Früher war er der unsichere Streber gewesen, der sich schwertat, Freundschaften zu schließen. Außer mit Noah. Er hatte immer drein geguckt, als würde er beim kleinsten Geräusch zusammenzucken. Seine guten Noten waren ihm wichtig gewesen, manchmal schien es so, als wäre ihm nichts anderes wichtig. Nur Noah hatte er wirklich an sich rangelassen.

Heute schien er ein anderer Mensch zu sein. Amir strahlte nur noch entspanntes Selbstvertrauen aus.

»Schulleiter, hm?«, machte Mila.

»Richtig«, sagte Amir.

Mila hatte früher nie verstanden, warum Amir und Noah Freunde geworden waren. Noah war von jedem angehimmelt worden. Amir wurde übersehen. Aber vielleicht hatte Noahs Ruhe schon immer Menschen angezogen, die sich unwohl in ihrer eigenen Haut fühlten, die nicht recht wussten, wer sie waren oder sein wollten. Und sie waren beide loyale und treue Freunde füreinander gewesen. Die einzige Sache, die Gilda ihrer Tochter in all den Jahren über Noah erzählt hatte, war, dass er und Amir gemeinsam den Sarg seines Vaters getragen hatten.

Amir war für ihn da gewesen. Mila nicht.

Er war ein besserer Mensch als sie.

Was, zugegeben, nicht besonders schwer war.

»Hamburg, hm?«, ahmte er sie nach.

Sie grinste, obwohl sie das gar nicht wollte. »Richtig.«

Nun zuckte auch sein Mundwinkel.

Sie machten beide immer noch keine Anstalten weiterzugehen. Vielleicht hatten sie doch nicht so wenig Interesse an den Antworten des anderen, wie Mila vor wenigen Minuten noch gedacht hatte.

»Du und Noah macht also eine Zeitschrift.«

Mila hatte keine Ahnung, ob Noah ihn in ihren wahren Plan eingeweiht hatte oder nicht.

»Ja«, sagte Mila nur. »Schöne Idee, oder?«

»Mh«, machte Amir, was sich weder wie eine Zustimmung noch wie ein Einspruch anhörte. Es machte sie verrückt, wie undurchschaubar er war. Was er und Noah wohl über sie gesprochen hatten?

Falls sie jemals über sie gesprochen hatten.

Sie sah wieder Noahs abgewandten Rücken vor sich, der im Dunkeln um eine Ecke verschwand.

Vielleicht sprach er nie über sie.

Vielleicht war sie dafür einfach nicht wichtig genug.

»Was ist das mit euch?«, fragte Amir.

Jetzt sah Mila ihn irritiert an. »Wie meinst du das?«

»Bahnt sich da was zwischen euch an?«

Seine plötzliche Direktheit überforderte sie.

Bahnt sich da was zwischen euch an?

Sofort spürte sie Noahs Hand wieder in ihrer. Sie warf die Tampons und zusätzlich eine Packung Binden in ihren Einkaufswagen und ballte die Hand zur Faust, um die Erinnerung an Noahs Berührung zu vertreiben.

»Was hat er dir denn erzählt?«, fragte Mila so beiläufig, als wäre ihr die Antwort eigentlich gleichgültig.

Amir kaufte es ihr natürlich nicht ab.

»Gar nichts. Du kennst ihn doch. Besser verschlossen als Fort Knox.«

Das stimmte. Manchmal hatte sie sich Noah wie einen Safe vorgestellt, der ein so kompliziertes Zahlenschloss hatte, dass selbst er die Kombination vergessen hätte.

»Das hat sich nie gebessert?« Sie war so kleinlaut.

Die Vorstellung, er hätte sich niemals richtig öffnen können, machte sie traurig. Aber ein kleiner Teil von ihr – und sie hasste sich für diesen Teil – hatte auch nie gewollt, dass er sich öffnete, solang er es nicht für sie tat.

»Er konnte sich nie richtig auf jemanden einlassen«, sagte Amir. Und als sie das hörte, überwog die Trauer. Sie hatte ihm nie ein schlechtes Leben gewünscht. Nie. Nicht einmal heulend in Embryonalstellung auf ihrem Bett nach der Trennung, als sie kaum noch Luft bekommen hatte, weil ihre Nase vom vielen Heulen verstopft war, als hätte sie eine fette Erkältung.

»Auf wen denn nicht?«, konnte sie sich nicht verkneifen nachzuhaken.

Amir grinste. »Netter Versuch. Aber es steht mir nicht zu, es dir zu sagen, wenn Noah es nicht selbst tut.«

Also hatte er eine Beziehung geführt. Natürlich hatte er das. Genau wie sie auch.

In den letzten fünfzehn Jahren hatte sie drei Beziehungen geführt, zwei hatten ungefähr zwei Jahre gehalten, eine sogar vier. Zwei der Männer hatte sie bei der Arbeit kennengelernt, was nicht überraschend war, schließlich waren die Arbeitstage in der Werbebranche lang und nicht selten ließ man die Abende mit den Kollegen ausklingen. Da blieb nicht viel Zeit, um andere Menschen kennenzulernen. Derya war auch deshalb ihre beste Freundin geworden, weil sie mehrere Jahre Schreibtisch an Schreibtisch verbracht hatten.

Doch genauso wie ihre Freundschaft zu Derya – das musste sie nach zwanzig unbeantworteten Anrufen endlich einsehen – hatte keine dieser Beziehungen gehalten. Sie waren an sehr banalen Dingen gescheitert. An zu wenig Zeit, weil sie zu viel arbeitete. An unterschiedlichen Lebensentwürfen, weil sie keine Kinder wollte. An einer Affäre, weil er das Klischee bedient und seine Sekretärin gevögelt hatte.

Diese Menschen hatten sie geprägt. Mila hatte ein Leben ohne Noah geführt. Er hatte ein Leben ohne sie geführt.

Trotzdem störte es sie, dass sie nichts über dieses Leben wusste.

»Frag ihn«, sagte Amir, der ihre Gedanken gelesen zu haben schien. »Vielleicht verrät er es dir ja.«

Sie wussten beide, dass er das nicht tun würde.

Und er würde ihr auch nie verraten, warum er sich von ihr getrennt hatte.

Ein besonders heftiger Krampf sorgte dafür, dass sie sich

kurz an den Wagen klammern musste, um nicht in die Knie zu gehen.

Sofort stand Amir neben ihr. »Soll ich dir die Einkäufe tragen?«

»Nein danke«, wiegelte Mila ab. Die Situation war ihr furchtbar peinlich.

»Meine Frau will auch nie, dass ich ihr dann helfe.« Die Sanftheit in seiner Stimme tat ein bisschen weh. So sprach jemand, der wirklich mit ganzem Herzen liebte.

»Du tust es trotzdem?«

»Natürlich.«

Mila lächelte. Ständig geriet sie in Situationen, in denen sie zugeben musste, dass die Menschen in dieser Stadt gar nicht so schlimm waren wie in ihrer Vorstellung.

»Hab noch einen schönen Tag, Mila«, sagte Amir. Ein bisschen Sanftheit war noch in seiner Stimme zurückgeblieben und ließ ihr Herz warm werden. *Verdammt.* Sie wollte sich in dieser Stadt nicht wohlfühlen! Das fühlte sich an wie ein Verrat an ihrem achtzehnjährigen Ich.

»Du auch.«

Nach einem erneuten Abstecher zur Kühltheke, wo sie einen weiteren Karton Eis einsammelte, ging Mila zur Kasse. Sie musste dringend nach Hause und ins Bett.

Kaum hatte sie den Supermarkt verlassen, wäre sie beinahe auf ein leicht durchgeweichtes Stück Papier getreten. Sie bückte sich, hob es auf. Es kam ihr seltsam vertraut vor.

Schon im nächsten Moment setzte ihr Herz mal wieder einen Schlag aus.

Es war ein weiterer Brief aus der Zeitkapsel. Auch diesmal war es nicht ihre eigene Handschrift. Ein Blick auf das Ende des Textes sagte ihr, dass es Jessicas Brief war.

Sie blickte sich um. Überall auf dem Supermarktparkplatz lagen Kopien herum wie riesige vom Himmel gefallene Schneeflocken.

Und dort drüben stand ausgerechnet Jessica in der offenen Fahrertür ihres Autos. Entsetzen stand ihr ins Gesicht geschrieben, als auch sie sich einen Zettel schnappte und ihn las.

Dann sah sie auf. Und ihr Blick begegnete dem von Mila. Sofort verengten sich Jessicas Augen zu Schlitzen.

Fuck, dachte Mila und ließ das Blatt fallen, als würde sie das weniger verdächtig machen. Schon wieder waren sie sich am Tatort begegnet.

»Die Kopien von Jessicas Brief waren in der ganzen Stadt verteilt. Da hat sich jemand richtig Mühe gegeben«, meinte Noah, dessen Stimme aus ihrem Handy drang.

Sie lag auf ihrem Kinderbett. Die geschmolzenen Reste des Eises ruhten in der Packung auf ihrem Nachttisch. Sie versuchte sich die Nägel zu lackieren, obwohl sie dafür viel zu fahrig war. Ihren Daumen hatte sie schon ruiniert, weswegen sie sowieso wieder von vorne anfangen musste. Aber so sorgte sie wenigstens dafür, dass ein Teil ihres Gehirns mit etwas anderem beschäftigt war als mit der Tatsache, dass die ganze Stadt sie jetzt noch ein bisschen mehr hasste. Zumindest die Bewohner, die mit ihr zur Schule gegangen waren.

»Und alle denken, ich hätte mir diese Mühe gemacht«, sagte sie tonlos. Sollte tatsächlich jemand den Plan verfolgt haben, die Geheimnisse nur zu veröffentlichen, damit alle Mila verdächtigten, war er auf allen Ebenen erfolgreich. Mila sollte der Person dafür gratulieren, sollte sie jemals herausfinden, wer es war.

Sie ließ den Nagellack sinken. Sie gab offiziell auf. Es sah furchtbar aus. Und es klebte sogar bereits Nagellack an ihrer Jogginghose.

»Nicht alle.«

»Wer denkt es denn nicht?«

Noah blieb still.

»Hab ich mir gedacht«, sagte Mila triumphierend und schöpfte wenigstens eine kleine Menge Trost daraus, dass sie recht hatte. Auch wenn ihr in diesem Fall das Gegenteil lieber gewesen wäre.

»Und ausgerechnet Jessica hat mich gesehen«, beschwerte sie sich.

»Es ist aber auch echt ungünstig, dass du immer dort bist, wenn die Zettel gefunden werden.«

»Das ist nicht meine Schuld«, verteidigte sich Mila. »Du denkst doch nicht, dass ich es war?«

Noah zögerte.

Schockiert zog sie die Luft ein. »Was?«

»Ich habe mal drüber nachgedacht«, gab er zu. »Aber du hast unser Ermittlungstreffen wegen Regelschmerzen abgesagt, und Amir hat dein Alibi bestätigt. Da ich genau weiß, dass du dir während deiner Periode niemals die Mühe machen würdest, Zettel in der ganzen Stadt zu verteilen, bist du als Verdächtige endgültig ausgeschlossen.«

Sie schnaubte verächtlich darüber, dass er offensichtlich mit Amir über ihre Begegnung gesprochen hatte. Gleichzeitig wurde ihr jedoch warm ums Herz, wie immer, wenn er bewies, dass er ihre gemeinsame Zeit nicht vergessen hatte.

Ihr war bewusst, dass ihr Herz wirklich nicht viel brauchte, um warm zu werden. Aber Noah hatte es damit schon immer viel zu leicht gehabt. Daran hatte sich nichts geändert.

Sie erinnerte sich daran, wie er ihr immer mit einer Engelsgeduld Tee und eine Wärmflasche zubereitet hatte, wenn sie mal wieder unter ihrer Periode gelitten und ihre schlechte Laune an ihm ausgelassen hatte. Er hatte sie einfach angelächelt und einen Kuss auf ihre Stirn gedrückt.

Sie schüttelte sich, um die Erinnerung loszuwerden, weil es weh tat zu wissen, dass sie in der Vergangenheit lag und niemals wieder zur Gegenwart werden würde.

»Denkst du, dieses Geheimnis wird große Wellen schlagen?«, fragte Noah, als Mila nichts dazu sagte, weil sie so in ihre eigenen Gedanken versunken gewesen war.

»Was denkst du denn?«, fragte sie sarkastisch zurück.

»Guter Punkt«, meinte er. »Jetzt ist Jessica nicht mehr nur sauer auf Sofia, sondern auch andersherum.«

Auf jedem der Zettel, die Mila auf ihrem Rückweg vom Supermarkt aufgelesen hatte, hatte immer das Gleiche gestanden. Jessicas großes Geheimnis war, dass sie bei der Schulsprecherwahl nicht für ihre beste Freundin Sofia gestimmt hatte.

Klang banal. Aber Sofia war es schon immer wichtig gewesen, alles richtig zu machen. Richtiger als richtig. Und dass ihre beste Freundin sie bei diesem wichtigen Schritt auf dem Weg zur Bundeskanzlerin nicht unterstützt hatte, ihr faktisch im Weg gestanden hatte, würde sie auch heute noch verletzen.

Es erleichterte Mila zu wissen, dass in dieser Stadt wohl niemand dazu in der Lage war, die Vergangenheit vergangen sein zu lassen. Es ging nicht nur ihr allein so. Vielleicht war hier was im Wasser?

Wieder traktierte ein fieser Krampf Milas Unterleib, und ihr entwich ein kleines Wimmern.

»Wir setzen die Ermittlungen morgen fort«, sagte Noah so sanft, dass sie eine Gänsehaut bekam. »Heute ruhst du dich aus und regst dich nicht zu sehr über alle auf.«

»Du widersprichst dir selbst. Wie soll ich mich denn ausruhen, wenn ich mich nicht aufregen darf?«

Sie konnte sein Lächeln in seiner Stimme hören. »Bis morgen, Mila. Lass dir eine Wärmflasche machen.«

»Bis morgen, Noah.«

Sie legte auf und lauschte noch eine Weile dem weichen Klang nach, mit dem er ihren Namen ausgesprochen hatte. Sie brauchte diesen Moment der Wärme, bis sie genug Kraft hatte, um sich daran zu erinnern, dass sie sie nicht zulassen durfte. Ihr Herz zog sich zusammen, und die Wärme entwich.

Sie erinnerte sich wieder daran, wie der Abend ihres Einbruchs geendet hatte. Er ließ sie immer allein zurück. Noahs kalte Schulter würde früher oder später immer das Einzige sein, was ihr blieb. Das müsste sie doch inzwischen verstanden haben.

Sie stand auf, weil sie auf einmal so eine unruhige Energie in ihren Gliedern spürte. Im Spiegel betrachtete sie sich. Das hätte sie lieber lassen sollen. An ihrem Kinn hing noch getrocknetes Schokoeis. Ihr Oberteil war vollgekleckert. Sie zog es aus und schnappte sich irgendeinen Pulli aus dem Schrank.

Als sie ihn in den Händen hielt, musste sie unwillkürlich lächeln, obwohl sie das gar nicht wollte. Sie schob ihn sich über den Kopf.

Objektiv betrachtet sah sie jetzt noch schlimmer aus. Der Pulli war aus weißer Wolle und so unförmig, dass er sie aussehen ließ wie eine Kumuluswolke oder Shawn das Schaf. Schon bevor er zu oft gewaschen worden war, hatte der Pulli nicht viel besser ausgesehen. Aber er war der Auslöser von so vielem gewesen.

Ihre Mutter hatte ihn ihr zu Weihnachten geschenkt, Mila ihn angezogen, sich im Spiegel gemustert und befunden: Das kann ich besser.

Damit hatte ihre Liebe für Mode und Nähen begonnen. Sie hatte einen Pulli gestrickt, der besser saß. Danach hatte sie ein Shirt genäht, das sich besser an ihren Körper schmiegte als die meisten aus dem Laden. Und immer so weiter.

Doch als sie nach Hamburg gezogen war, hatte sich viel verändert.

Sie hatte nicht das studieren können, was sie sich eigentlich gewünscht hatte. Also hatte sie sich stattdessen für irgendwas mit Medien entschieden – Marketing –, in der Hoffnung, damit in die Modebranche eintauchen zu können. Doch nach ihrem Abschluss hatte sie auch dabei keinen Erfolg gehabt und war schließlich bei einer Werbeagentur gelandet. Und sie war gut in ihrem Job gewesen, kreativ, selbstbewusst. So war sie schnell aufgestiegen, hatte gut verdient, sich irgendwann coole Werbefilme ausgedacht. Es hatte ihr Spaß gemacht, nur nicht ihr Herz höherschlagen lassen. Aber das war für sie okay gewesen. Es war ja nur ein Job. Zumindest hatte sie sich das immer wieder eingeredet, bis sie es selbst geglaubt hatte. Und gab es überhaupt noch einen Unterschied zur Wahrheit, wenn sie sich gar nicht mehr an sie erinnerte?

Doch während sie sich nun in diesem unförmigen Pulli musterte, erkannte sie, dass ihr Leben das Resultat so vieler Kompromisse war, dass sie den Weg, den sie mal hatte gehen wollen, nicht einmal mehr sehen konnte.

Obwohl ihr Bauch noch immer krampfte, und der Schmerz bis in ihren Rücken ausstrahlte, überkam sie das Bedürfnis, etwas zu tun. Irgendwas.

Sie wühlte in den Tiefen ihres Schranks und fand tatsächlich, wonach sie suchte: einen riesigen Beutel voller Stoffreste.

Entschieden drehte sie ihn auf den Kopf und verteilte seinen Inhalt auf dem Boden, bis sie Stoff fand, der ihr gefiel. Und dann machte sie sich an die Arbeit, ohne so richtig zu wissen, was sie erschaffen wollte.

In diesem Moment spielte das Ergebnis keine Rolle. Denn das Gefühl von Textil unter ihren Fingerspitzen ließ ihr Herz ruhiger und entspannter schlagen.

Und sie wenigstens für einige Stunden vergessen, warum sie ständig enttäuscht von sich selbst war.

Kapitel 11

Wer auch immer der Dieb war, war sehr fleißig, befand Mila, als sie zum wiederholten Mal einen weißen Zettel an der Unterseite ihres Schuhs kleben hatte. Die Dinger waren in den vergangenen Tagen wirklich überall aufgetaucht. Und das, obwohl Jessica vermutlich die gesamte letzte Woche damit verbracht hatte, sie alle einzeln in der ganzen Stadt einzusammeln.

Mila hatte ihre Kapuze tief ins Gesicht gezogen, obwohl es dafür eigentlich zu warm war, aber sie hoffte, dass man sie so nicht erkannte. Die Sonne prallte auf sie herab. Sie spürte das Schweißrinnsal, das zwischen ihren Brüsten in ihren BH sickerte.

Trotzdem beließ sie die Kapuze genau da, wo sie war. Sie wollte sich heute weder anstrengendem Smalltalk noch stechenden Blicken aussetzen. Wäre ihr die Decke nicht wieder auf den Kopf gefallen, wäre sie zu Hause geblieben.

Doch sie konnte es einfach nicht über sich bringen, ihrer Mutter endlich zu sagen, dass sie so viele Absagen bekommen hatte. Dass nur noch eine Firma sich nicht gemeldet hatte. Dass sie nur noch eine einzige Hoffnung hatte, in ihr altes Leben zurückzukehren.

Mila stieß ein genervtes Schnauben aus, als schon wieder ein Blatt an ihrer Fußsohle hängen blieb. Es war aufgeweicht vom Regen am Vortag und zerfiel in nasse Papierklumpen, die nun im Profil ihrer Schuhe steckten. Sie versuchte sie herauszupulen, aber einbeinig stehend klappte das nicht gerade gut.

Sie stolperte zur Seite und konnte sich gerade noch an einer Person festhalten, die vorbeiging.

»Was soll das?«, fauchte eine hohe Stimme. Mila sah sich um und in die Augen einer alten Schulkameradin. Emily. Sofort sah sie den Namen vor ihrem inneren Auge auf Noahs Liste stehen.

»Sorry, bin nur gestolpert«, verteidigte Mila sich und ließ die andere Frau sofort los. Sie machte zwei Schritte zurück. Die Kapuze war ihr verrutscht und nun konnte die Frau ihr gegenüber sie richtig wütend anstarren.

»Reicht es dir nicht, uns alle mit diesen Geheimnissen zu terrorisieren?«

»Ich ...«, setzte Mila an, doch weiter kam sie gar nicht.

»Jetzt belästigst du mich schon in meinem Alltag. Warum bist du überhaupt zurückgekommen?«

Bevor Mila darauf irgendwas erwidern konnte, wechselte die andere Frau auch schon die Straßenseite, als könnte sie Milas Anwesenheit nicht eine weitere Sekunde ertragen.

Sie wollte sich einreden, dass es ihr vollkommen egal war, aber leider stimmte das nicht. Es war ihr nicht egal. Und das Schlucken fiel ihr auf einmal schwer.

Mila stützte sich kurz an der nächsten Hauswand ab, um

nicht die Fassung zu verlieren. Sie atmete ein paar Mal sehr tief durch und hob den Kopf.

Copyshop stand in Großbuchstaben direkt über ihr und Mila zog die Augenbrauen hoch.

Auf einmal war diese schreckliche Begegnung so gut wie vergessen.

Der Dieb oder die Diebin hatte sich die Mühe gemacht, hunderte Seiten in der ganzen Stadt zu verteilen. Traute man solche Mengen wirklich seinem privaten Bürodrucker zu, oder war es nicht einfacher, zum Copyshop zu gehen?

Mila war sich bewusst, dass es ein weiterer verzweifelter Versuch von ihr war, den sie nur unternahm, weil sie keine richtigen Anhaltspunkte hatte und Stillstand nicht ertrug. Aber dieser verzweifelte Versuch barg nicht so viele Risiken wie ein Einbruch. Also schadete es nicht, dem Impuls nachzugehen. Egal, wie unwahrscheinlich es war, dass sie fand, wonach sie suchte.

Eine Klingel bimmelte über ihrem Kopf, als sie eintrat, und hörte auch einige Sekunden nicht mehr damit auf.

Sie kam an einer Korkwand vorbei, an der die Bewohner dieser Stadt wohl zu allen Angelegenheiten, die ihnen wichtig waren, Aushänge machen konnten. Jemand suchte einen Babysitter. Jemand anderes einen Freiwilligen, der mit seinem Hund spazieren ging. Auch viele Einzelhändler suchten nach Aushilfen. Zum Beispiel auch die Änderungsschneiderei.

Mila wurde kalt bei der Vorstellung, dass sie darauf angewiesen sein könnte, sich hier einen Job zu suchen. Schnell wandte sie den Blick ab. So weit war es nun wirklich noch nicht.

Ganz sicher nicht.

Sie trat an die Theke heran.

Mehrere Drucker waren an der Arbeit, und hinter der Theke saß ein Angestellter mit sehr griesgrämiger Miene.

Sein »Wie kann ich helfen?« klang eher wie ein »Bitte gehen Sie sofort wieder«. Aber es brauchte schon mehr als einen unfreundlichen Tonfall, um Mila in die Flucht zu schlagen. Dafür hatten sie die letzten Wochen zu gut abgehärtet.

»Ich wollte nur fragen, wer in letzter Zeit so bei Ihnen Kunde war?«

Sobald die Frage raus war, kam sie ihr schrecklich plump vor. Wer würde solche Informationen mit ihr teilen?

Doch als sie den Typen betrachtete – mit der genervten Ausstrahlung, die nahelegte, dass er gern überall wäre, nur nicht hier, und den Haaren, die ihm ins Gesicht und fast in die Augen hingen –, wurde ihr klar, dass ihr Vorhaben nicht daran scheitern würde, dass er die Privatsphäre seiner Kunden zu ernst nahm. Sondern daran, dass sie ihn so wenig interessierten, dass er sich gar nicht mehr an sie erinnern konnte.

»Was ist das denn für eine Frage?«, gab er zurück.

»Ich suche jemanden, der einen bestimmten Zettel Hunderte Male ausgedruckt hat. Das dürfte ja auffallen.«

»Welchen Zettel denn?«

»Den, der seit einigen Tagen in der ganzen Stadt herumflattert.«

Der Typ zuckte mit den Schultern. Er schien keine Ahnung zu haben, wovon Mila sprach. Dabei klebten hundertprozentig auch an seinen Schuhen Überreste dieser Zettel.

Aber die Welt um ihn interessierte ihn vielleicht genauso wenig wie das, was in diesem Laden vor sich ging.

»Warte kurz«, sagte Mila und eilte wieder aus dem Laden. Doch sie würde ihm nicht den Gefallen tun und nicht zurückkommen. Sie lief mit dem Blick auf den Boden gerichtet herum. Natürlich jetzt, da sie so einen beschissenen Zettel suchte, fand sie keinen. Sie musste erst eine halbe Stunde durch die Altstadt irren, bis sie einen im Vorgarten von Helenas Eltern entdeckte.

Schnell schnappte sie ihn sich und eilte zum Copyshop zurück. Der Typ war definitiv nicht erfreut, sie wiederzusehen.

»Erinnern Sie sich, wer die gedruckt hat?«, fragte Mila trotzdem.

»Mh«, machte der Typ. Er nahm das feuchte Blatt erst entgegen, als sie es ihm direkt unter die Nase hielt. »Keine Ahnung.«

Mila gab sich sehr viel Mühe, ihre Frustration zu verstecken. Er war nicht gerade eine große Hilfe. Und er versuchte auch nicht, eine zu sein.

»Können Sie mir wirklich keinen Hinweis geben? Wer braucht hier schon so viele Ausdrucke von der gleichen Seite? Das ist doch merkwürdig.«

»Mir ziemlich egal, ehrlich gesagt.«

Was für eine Überraschung! Der junge Mann seufzte. Vermutlich, weil ihm klar wurde, dass er Mila nicht so leicht wieder loswurde, wie er gehofft hatte.

Er sah sich Hilfe suchend um, als könnten ihm die Drucker oder Papierstapel verraten, wie er Mila dazu brachte zu verschwinden.

Da riss er die Augen auf.

»An die erinnere ich mich. Die war letzte Woche hier und hat echt viel gedruckt. An dem Tag war wenig los. Sie war quasi die einzige Kundin. Aber keine Ahnung, ob sie diesen Zettel gedruckt hat oder einfach irgendwas anderes.«

Er streckte den Finger in Richtung Schaufenster aus. Milas Kopf zuckte so schnell dorthin, dass es ihr danach im Nacken zog. Aber das war egal.

Denn die Person, auf die der Mann zeigte, war Helena. Sie war voll beladen mit Einkäufen, hatte Kopfhörer im Ohr und schien mit jemandem zu telefonieren, schloss Mila, als sie ihre sich schnell bewegenden Lippen betrachtete.

Sie war rasch an ihnen vorbeigezogen, doch Mila starrte noch einen Moment den Punkt an, wo sie gerade verschwunden war.

»Sind Sie sich sicher?«, fragte sie den Typen so eindringlich, dass ihm hoffentlich klar war, wie wichtig ihr seine Antwort war.

»Ganz sicher«, sagte er schlicht. Und obwohl er noch immer so wirkte, als wäre ihm jedes Mittel recht, um Mila wieder aus dem Laden zu bugsieren, glaubte sie ihm.

»Danke«, sagte sie freudestrahlend. »Danke!«

Sie wäre ihm um den Hals gefallen, wenn seine Körperhaltung ihr nicht deutlich zu verstehen geben würde, wie wenig Wert er auf so etwas legte.

Gepackt von neuem Elan stürmte Mila zur Tür.

»Hey, Sie haben Ihren nassen Zettel vergessen«, rief ihr der Typ noch nach.

Doch Mila war schon auf der Straße, ein vorsichtiges Lächeln auf den Lippen.

Sie hatte endlich einen richtigen Hinweis.

Und den würde sie nutzen.

Ihre nächste Unterhaltung mit Noah sorgte beinahe dafür, dass sie ihre Meinung wieder änderte. Bei Helena einzubrechen jedenfalls kam für ihn keinesfalls in Frage, was Mila ein bisschen erleichterte. Aber seine Alternative ließ bei ihr schon wieder den Schweiß ausbrechen.

»Du willst mich zum Sommerfest schleppen?«, fragte sie so schockiert, als hätte er ihr vorgeschlagen, sie zum Henker zu begleiten. »Du erinnerst dich schon daran, was passiert ist, als ich das letzte Mal mit allen an einem Tisch saß?«

Das große Sommerfest der Stadt stand an. Als sie Jugendliche gewesen waren, hatten sie es genutzt, um sich von ihren Eltern unentdeckt zu betrinken, weil diese meist ebenfalls einen sitzen hatten und so kaum noch auf die Teenager achteten.

Zwischen den Fachwerkhäusern in der Altstadt wurden einige Weinstände aufgebaut, eine Band spielte, es gab Essen und Getränke. Es war immer ganz hübsch gewesen, das musste Mila zugeben.

Aber dort würde sie auch erneut all den erdolchenden Blicken ausgesetzt sein. Nicht gerade ihre Vorstellung von einem entspannten Freitagnachmittag.

»Aber wir werden nicht mit ihnen an einem Tisch sitzen. Das ist keine Veranstaltung für unseren Jahrgang.«

»Sie werden trotzdem da sein.«

Hier gab es nicht viel zu tun. Die wenigen Feste, die es gab, wurden so richtig gefeiert und von niemandem ausgelassen.

»Und sehr betrunken noch dazu«, meinte Noah und grinste siegessicher. »Niemand verrät uns irgendwas nüchtern. Betrunken – eine ganz andere Geschichte.«

Sie müsste selbst betrunken sein, um diesen Tag zu überstehen, dachte sich Mila und dass das in dieser Stadt nicht mehr vorkommen würde, hatte sie sich nach dem Klassentreffen geschworen.

Wieder in Noahs Esszimmer zu sitzen und sich mit ihm über die Zeitkapsel zu unterhalten, fühlte sich seltsam an.

Er wirkte so, als hätte sie ihre Trennung nie angesprochen. Als wäre er nie vor ihr weggelaufen.

Es machte Mila sauer. Gleichzeitig wollte sie Noah nicht wieder damit konfrontieren und sich selbst der emotionalen Demütigung aussetzen, um Antworten zu flehen, die er ihr sowieso vorenthalten würde.

Also taten sie so, als wäre gar nichts gewesen.

»Muss ich hingehen?«, fragte sie gequält.

»Ja«, sagte er unbarmherzig. »Du wirst es schon überleben. Ich werde ja auch da sein.«

Ich weiß nicht, ob es das besser macht, dachte Mila.

Schließlich nickte sie nur und ergab sich in ihr Schicksal.

Noah hatte recht. Wollten sie Helena überführen – als sie das Wort vorhin verwendet hatte, hatte Noah sich gnadenlos darüber lustig gemacht –, musste sie sich überwinden und sich all den Menschen stellen, die sie hassten.

Sie konnte sich doch so gut vormachen, dass ihr die Meinung anderer egal war. Dann musste sie sich einfach nur einen Tag länger glauben.

Kapitel 12

Ganz pünktlich zum Sommerfest ließ auch der Sommer sich endlich richtig blicken. Als hätte die Jahreszeit ihren Terminkalender mit dem Eventplan der Stadt abgeglichen.

Es war nicht eine Wolke zu sehen. Die Sonne stand hoch am Himmel. Überall wehten die Muster schicker Sommerkleider in der sanften Brise. Lichterketten waren um Laternen und Bäume gewickelt worden. Noch waren sie aus, aber man konnte sich schon jetzt vorstellen, wie schön es aussehen würde, wenn sie die Nacht erhellten. Bunte Wimpel wehten an den Gebäuden und vor den Ständen. Es roch nach Waffeln mit Nutella und nach Pommes. Egal, wohin man blickte, sah man lächelnde Menschen mit schönen Weingläsern in den Händen.

Mila fühlte sich, als wäre sie in eine kitschige Grußkarte hineingestolpert. Aber die Atmosphäre war so schön, dass ihr kein abfälliger Kommentar über die Lippen kam.

Noah stand neben ihr. Die ersten beiden Knöpfe seines Leinenhemdes waren offen. Er wirkte, als wäre er im Urlaub. Zumindest auf den ersten Blick.

Aber sie hatten eine Mission. Und die Bedeutung dieser hatte weder Mila noch Noah vergessen.

Sie trug ein Kleid, das sie vor einigen Tagen selbst genäht hatte. Nach dem ersten Probestück vor einigen Tagen hatte sie sich schließlich an eine alte Tischdecke ihrer Oma gewagt, die schon seit Langem auf eine neue Funktion wartete. Sie war das Einzige, was Mila nach dem Tod ihrer Oma aus dem Nachlass hatte haben wollen. Die Sonnenblumen darauf hatte sie schon als Kind so gemocht.

Das Muster war ein bisschen altbacken, aber das Kleid hatte einen modernen Schnitt mit einem weiten, fließenden Rock, feinen Trägern und etwas tieferem Ausschnitt. Mila mochte es, dass das Muster sie noch immer an die Tischdecke erinnerte und damit an Teenachmittage mit dem besten Streuselkuchen der Welt. So würde sie immer an ihre Oma denken, wenn sie dieses Kleid trug.

»Bereit?«, fragte Noah.

Mila nickte, obwohl sie lieber den Kopf geschüttelt hätte.

Sie machte einen Schritt in Richtung Marktplatz. Doch Noah hielt sie noch einmal kurz am Arm zurück.

Sie sah zu ihm auf. Die Sonne war direkt hinter seinem Kopf und blendete sie ein bisschen. Trotzdem erkannte sie sein ehrliches Lächeln.

»Du siehst heute sehr schön aus«, flüsterte er, als wäre das ein wohlgehütetes Geheimnis.

»Danke«, hauchte Mila kleinlaut.

»Schön, dass du immer noch nähst.«

»Wieder«, erwiderte sie, ohne zu wissen, was sie damit erreichen wollte.

Noah lächelte noch ein bisschen breiter. »Wieder.«

Irgendwie passte dieses Wort auch zu ihnen. Lange waren sie nicht Teil des Lebens des anderen gewesen. Aber jetzt waren sie es wieder.

Was passierte, wenn sie ging?

Würden sie erneut fünfzehn Jahre lang nicht miteinander sprechen? Würden sie sich wieder verlieren?

Seit zwei Wochen dachte sie jeden Tag darüber nach, dass sie so schnell wie möglich von hier verschwinden wollte. Nun machte ihr die Vorstellung auch Angst.

Könnte sie dieser Stadt wieder mit wehenden Fahnen den Rücken kehren, ohne zurückzublicken? Oder hatte sie dafür nicht mehr genug mit der Person gemeinsam, die sie im Alter von achtzehn Jahren mal gewesen war? Gab es hier doch mehr, das ihr wichtig war, als sie gedacht hatte?

»Also los«, sagte sie, bevor sie sich gleich wieder in die nächste Gedankenspirale stürzen konnte.

»Also los«, wiederholte Noah nur, und sie begaben sich unter die Menschen.

Die Blicke waren da. Das spürte Mila sofort auf ihrer Haut, die von der Sonne ohnehin ein bisschen gereizter war als sonst. Aber viele Leute trugen Sonnenbrillen. Also konnte sie die Blicke von vielen Seiten nur erahnen, statt sie wirklich zu sehen. Das war doch schon mal etwas.

Noah führte sie zu einem Stand und bestellte zwei Weißweinschorlen. Er reichte ihr ihre leicht zögernd.

»Heute sollen sich die anderen betrinken. Nicht du«, warnte er mit scherzendem Tonfall.

»Spar dir dieses selbstgefällige Grinsen«, sagte Mila ein bisschen genervt, musste aber auch lachen.

Sie stießen an, sahen sich tief in die Augen und tranken.

Mila stieg Hitze in die Wangen und sie hoffte, Noah würde denken, das Strahlen der Sonne hätte ihre Haut rosa gefärbt und nicht das seiner Augen.

Neben dem Eingang zum Rathaus machte sie ausgerechnet ihren ehemaligen Schulleiter Herrn Heckermann aus, mit seiner Schwester im Rollstuhl vor ihm. Er sah nicht ganz so grimmig aus wie sonst, weil er sich mit Jürgen Kowalski unterhielt, der heute mal in Zivil unterwegs war. Sein gelber Anzug war vor Jahrzehnten das letzte Mal modern gewesen, aber er versprühte so viel gute Laune, dass sie ihm das durchgehen lassen konnte. Wissend sah er Mila an und zwinkerte verschwörerisch.

Ihre Wangen wurden sofort noch ein bisschen heißer, und sie drückte sich kurz das kühle Glas dagegen. Die Kondensflüssigkeit lief ihr über die Wange. Das tat tatsächlich gut.

»Es sind fast alle hier«, flüsterte Noah dicht an ihrem Ohr. War ihm nicht klar, was er mit seiner Nähe bei ihr auslöste? Denken fiel ihr so definitiv schwer.

Helena und Tommy hatten sich in der Schlange vorm Waffelstand eingereiht. Ihre Tochter Melanie diskutierte mit Helena und dampfte dann mit vor der Brust verschränkten Armen ab.

Amir, Emre und Leon ohne M lachten gerade über irgendwas. Sofia hing fast schon verzweifelt am Arm ihres Mannes. Als dieser Milas Blick auffing, sah sie schnell weg. Hatte sie gerade Erkennen in seinen Augen ausgemacht oder hatte sich ihr panisches Gehirn das nur eingebildet, um sie noch ein bisschen nervöser zu machen?

»Was ist denn da los?«, fragte Mila und deutete unauffällig in eine kleine Gasse zwischen zwei besonders nah nebeneinanderstehenden Fachwerkhäusern. Dort hatte sie Yara und Jessica entdeckt. Offensichtlich in ein sehr erhitztes Gespräch vertieft.

»Was hecken die zwei aus?«, fragte Mila. »Vielleicht sollten wir Leute, deren Geheimnis rauskam, doch nicht kategorisch ausschließen. Die beiden wirken sehr konspirativ.«

»Das Wort hast du gerade zum ersten Mal benutzt. Sei ehrlich«, zog Noah sie auf, kehrte dann aber direkt zum Thema zurück. »Aber ich glaube, das hat nichts mit der Zeitkapsel zu tun.«

»Woher willst du das wissen? Hast du ein so viel besseres Gehör als ich, dass du verstehst, was zwei Leute am anderen Ende des Platzes miteinander flüstern?«

»Nein, natürlich nicht. Aber wie cool wäre das denn. Hättest du nicht gern ein übernatürliches Gehör?«

»Es wäre schon praktisch, aber bestimmt auch voll nervig, weil man dann ständig alles hört und nie seine Ruhe hat und … Lenk mich nicht ab.«

Noah sah sie unschuldig an. Mila blieb trotzdem misstrauisch.

»Wenn es nicht um die Zeitkapsel geht, worum geht es dann? Guck mal, wie ernst die zwei sind.«

Egal, worüber sie auch sprachen, es schien ihnen sehr wichtig zu sein. Yara gestikulierte heftig. Jessica versuchte auf sie einzureden, aber Yara ließ sich nicht beruhigen.

»Nicht alles in dieser Stadt dreht sich um die Zeitkapsel. Auch wenn du das schwer zu glauben findest.«

»Gerade dreht sich alles um die Zeitkapsel«, beharrte Mila. »Guck dich doch mal um. Die Stimmung. Alle denken daran. Es hängt in der Luft.«

Noah nickte. Scheinbar konnte er ihr nicht widersprechen. Beim gemeinsamen Klassen-Frühstück war die Stimmung schon seltsam gewesen. Aber jetzt war die Anspannung noch greifbarer. Alle hatten Spaß oder taten zumindest so. Aber Augen zuckten unruhig umher. Viel zu oft zum Schwarzen Brett am Rathaus, dessen Leere nur noch deutlicher daran erinnerte, was zuletzt dort zu lesen gewesen war. Aus einem kleinen Streich mit zufälligem Opfer war seit der Aktion mit den Flugblättern etwas Größeres geworden. Nun wussten sie, dass es sie alle treffen konnte.

Mila sah unwillkürlich zum Himmel, als rechnete sie damit, dass all ihre Geheimnisse gleich auf sie herabregnen könnten.

»Es hat nichts damit zu tun. Lass es gut sein«, sagte Noah so bestimmt, dass Mila tatsächlich vom Thema abließ. Zumindest für den Moment. Denn es war sehr offensichtlich, dass Noah etwas wusste, das er nicht mit ihr teilen wollte. Und wie sollte Mila da nicht neugierig werden?

»Lass uns eine Runde drehen«, sagte Noah. »Noch ist niemand betrunken genug. Jetzt zu sprechen, ist sinnlos. Aber gib ihnen noch zwei Stunden, ein bisschen gute Musik und Entspannung.«

Mila nickte nur, nippte weiter an ihrer Weinschorle und hoffte, dass dieser Abend ohne besondere Vorkommnisse über die Bühne gehen würde. Eine Hoffnung, die ihr mit Blick auf die vergangenen Wochen geradezu töricht vorkam.

Mila fühlte sich ein bisschen verloren ohne Noah an ihrer Seite und hasste, dass sie das überhaupt dachte. Amir hatte ihn vor gut vierzig Minuten zu Hilfe gerufen, weil eine Seite des Stands, der von der Schule betrieben wurde, abgesackt war und schnell ein Provisorium gebaut werden musste. Natürlich hatte Noah sich des Problems angenommen –, ohne dass dabei der Waffelverkauf zum Erliegen kam. Das hätte nämlich einen stadtweiten Aufstand zur Folge gehabt.

Seitdem stand Mila am Rande der Menge, nippte hin und wieder an ihrem inzwischen mit Wasser gefüllten Weinglas, und gab sich größte Mühe, nicht in Noahs Richtung zu gucken. Er sah einfach zu gut aus, wie er, die Ärmel seines Leinenhemdes hochgekrempelt, mit seinen Werkzeugen hantierte.

Es gelang ihr nicht besonders gut. Auch jetzt entkam ihr wieder ihr Blick und wanderte zu Noah. Sofort wurde ihr heiß. Im ganzen Körper.

Reiß dich zusammen, dachte sie. Vermutlich hatte sie zu lange keinen Sex mehr gehabt, weswegen sie jetzt so auf ihren Ex reagierte. Das war eine simple Erklärung. Sie war eben auch nur ein Mensch.

Sie wandte ihm den Rücken zu, schließlich konnte sie nicht durch ihren Hinterkopf gucken, so sehr sie sich auch bemühte.

»Ich wusste doch, dass du mir bekannt vorkommst.«

Mila zuckte heftig zusammen, als sie die Stimme neben sich hörte und Jeff Zilinsky, Sofias Ehemann, erkannte. Er hielt ein Glas Rotwein in der Hand und sein Gesicht hatte inzwischen fast die gleiche Farbe angenommen. Das war also ganz sicher nicht sein erstes Glas.

»Hä?«, rutschte es Mila raus.

»Wir haben uns schon mal gesehen.«

Milas Herz begann direkt zu rasen.

»Du warst doch diejenige, die diesen großen Werbespot für Luxuskarren gemacht hat … den es in Argentinien so schon mal gegeben hat. Du hast echt viel Wirbel verursacht.«

Der Schweiß, der in ihrem Nacken ausbrach, war eiskalt. Wie die Kondensflüssigkeit ihres Weinglases. Doch genoss sie das Gefühl nicht. Ihr Herz pochte ihr im Hals und machte es fast unmöglich, auch nur ein Wort zu sagen.

»Das war alles ein großes Missverständnis«, presste sie schließlich hervor.

»Wirklich? Das war Ideenklau, oder nicht?«

Noah und sie waren zum Sommerfest gekommen, um ehrliche Antworten zu bekommen, wenn alle anderen betrunken waren. Diese Art von Ehrlichkeit hätte sie sich allerdings gern erspart.

Leider hatte er recht.

»Das war ein Versehen«, sagte Mila mit der gleichen kleinlauten Stimme, mit der sie damals auch mit ihrem Chef gesprochen hatte. In seinem Büro hatte sie sich gefühlt wie ein Schulkind, das zum Rektor geschickt wurde.

Ich bin enttäuscht, Mila. Von dir hatte ich mehr erwartet. Seine Worte hörte sie noch immer in ihren Ohren.

Aber auch all die anderen, die er ihr davor an den Kopf geknallt hatte.

Dieser Auftrag ist wichtig. Verstehst du das nicht?

Das muss diese Woche noch fertig werden. Willst du deinen Job verlieren? Willst du, dass alle in deinem Team ihre Jobs verlieren? Immer diese Stimmungsschwankungen. Dir kann man auch echt nichts zutrauen. Beweis mir, dass ich falschliege. Enttäusch mich nicht.

Ihre Entlassung hatte zumindest eine positive Seite gehabt. Sie würde sich nie wieder der Präsenz von Klaus Heidinger, dem beschissensten Chef auf der Welt, aussetzen müssen. Nie wieder.

Doch die Erleichterung, die sie darüber verspürt hatte, hatte nicht lang angehalten. Die Werbebranche war kleiner, als man vermuten würde. Jeder kannte jeden. Und jeder redete mit jedem. Und wenn so ein großer Skandal losbrach, wurde noch mehr geredet als sonst. Und die Namen von Schuldigen wurden schnell mal geflüstert. Bis jeder sie kannte.

»Mila Ehlers, richtig?«, sagte Jeff jetzt und bewies ihr damit, wie verlässlich die stille Post in ihrer Branche funktionierte. Aber war es das wirklich noch? Ihre Branche? Würde sie dort je wieder einen Fuß auf die Erde bekommen?

Ihre Brust wurde eng. So durfte sie nicht denken. Sie hatte noch einen Job in Aussicht. Alles würde sich zum Guten wenden. Das musste es einfach.

»Ich werde bald bei einer anderen Firma anfangen«, sagte sie, weil es nicht reichte, wenn sie es nur dachte. Sie musste es aussprechen, um es zu glauben.

Aber Jeff schien ihr nicht zu glauben.

»Sicher?«

»Ich bin mir sicher«, sagte Mila ziemlich ungehalten. Aber wenn er seine Höflichkeit vergessen konnte, konnte sie das auch tun. Sie wollte doch nur, dass dieses fürchterliche Gespräch endlich endete.

»Also nach so einer Sache würde es mich wundern, wenn dich noch eine Agentur einstellt.«

Unwillkürlich sah Mila sich um. Hörte ihnen jemand zu? Würde Jeff es seiner Frau erzählen? Und sie dann allen anderen? Mila wurde ein bisschen schwindelig. Sie durften das nicht erfahren. Mila hatte sie damals beim Abiball alle als Versager bezeichnet. Es durfte sich nicht herausstellen, dass sie nun die größte Versagerin von allen war.

»Du irrst dich.« Sprach sie noch mit Jeff oder mit all ihren Zweifeln, die ihr durch den Kopf schossen, und ihre Umgebung leicht verschwimmen ließen?

Sie ließ ihn einfach stehen, stolperte ein paar Schritte von ihm weg und holte ihr Handy hervor. Erst als sie die Nummer antippte, wurde ihr klar, was sie gerade tat. Es war eine beschissene Idee. Jetzt die eine Agentur anzurufen, die ihre letzte Chance bedeutete, an einem späten Freitagnachmittag und auch noch voller Panik. Aber Mila konnte nicht mehr warten. Sie brauchte Klarheit, brauchte eine Antwort. Sie musste sich selbst und Jeff und allen anderen, die an ihr zweifelten, beweisen, dass sie nicht gefallen war. Dass sie es wirklich besser gemacht hatte als die anderen. Genau wie sie ihnen damals angekündigt hatte.

Denn, wenn das nicht stimmte, was blieb dann noch von der Person übrig, die Mila immer hatte sein wollen?

»Hallo?«, fragte eine Stimme am anderen Ende der Leitung. Mila hatte vor lauter Angst gar nicht registriert, dass ihr Anruf längst angenommen worden war.

»Hier ist Mila Ehlers.« Sie räusperte sich, weil sie so heiser geklungen hatte, aber viel half es nicht. »Ich rufe wegen meiner Bewerbung an.«

Sie versuchte sich daran zu erinnern, dass sie noch vor kurzem eine professionelle Marketingagentin gewesen war, die von vielen Leuten geschätzt wurde und ein ganzes Team geleitet hatte. Nach den letzten Wochen fühlte sich diese Version von ihr wie eine andere Person an und es fiel ihr schwer, sie wiederzufinden.

Der Mila, die sie gerade war, würde sie nicht einmal die Verantwortung für einen Goldfisch übertragen, geschweige denn über einen eine halbe Millionen Euro teuren Werbeauftrag.

Der gleichen Meinung schien der Rest der Branche auch zu sein. Das wurde Mila klar, als die Frau nervös zu stottern begann.

»Frau Ehlers. Ich dachte, man hätte sich schon mit Ihnen in Verbindung gesetzt.«

Vermutlich nicht, um mir den Job zu geben, dachte Mila. Ihr Mut sank.

»Unser Vorgesetzter hat mit Klaus Heidinger telefoniert und ...«

Sie schien sich nicht zu trauen, den Satz zu beenden. Aber Mila wusste auch so, wo er hinführen würde.

Klaus hatte jegliche Schuld von sich und der Agentur gewiesen, hatte sie allein Mila zugeschoben. Ja, es war ihr Fehler gewesen, doch die Geschwindigkeit, mit der Klaus das auch alle anderen hatte wissen lassen, war erschreckend. Aber lieber verlor Mila ihr Ansehen in der Werbebranche als er.

»Ich verstehe.« Mila klang so müde, als hätte sie Monate lang nicht geschlafen. »Danke Ihnen.«

»Es tut mir leid. Ein schönes Wochenende«, sagte die Frau

schuldbewusst. Mila erwiderte nichts, sondern legte einfach auf.

Die Tränen rannen ihr schon über die Wangen, bevor sie das Handy wieder in ihrer Tasche verstaut hatte.

Es gab keinen Weg zurück.

Ein Schluchzer entkam ihrer Brust.

Ihre Karriere war hiermit offiziell beendet.

Wie sollte sie es ihrer Mutter sagen, fragte sie sich als Erstes, als wäre sie ein kleines Kind, das gerade eine Strafarbeit von ihrem Lehrer erhalten hatte.

Wie sollte sie jetzt weitermachen, war ihre zweite Frage.

»Fuck«, stieß sie aus, als sie die Tränen fortwischen wollte, aber immer mehr nachkamen. »Hört auf!« Doch die Tränen hörten natürlich nicht auf sie.

Sie drehte sich um, damit sie den Platz verlassen konnte, bevor sie jemand in diesem Zustand entdeckte.

Doch dafür war es zu spät.

Natürlich.

Ausgerechnet Noah stand direkt vor ihr.

Natürlich.

Er musterte sie voller Mitgefühl, das sie gar nicht wollte.

Natürlich.

Doch bevor Mila diesen Gedanken auch nur beenden oder die Flucht ergreifen konnte, war er auch schon bei ihr und zog sie in eine Umarmung, die so fest war, dass sie ihr fast die Luft nahm. Sie klammerte sich verzweifelt an ihm fest, fand es angenehm, dass sie kaum noch atmen konnte. Sie ließ sich von ihm halten.

Natürlich.

Kapitel 13

Mila konnte nicht mehr sagen, wie lange sie sich so an Noah geklammert hatte. Der rationale Teil ihres Gehirns wusste, dass es nicht mehr als ein paar Minuten gewesen sein konnten. Für sie hatte es sich aber wie Wochen angefühlt. Als wäre die Sonne mehrfach unter- und wieder aufgegangen. Nur sie beide hatten an dieser Stelle gestanden, ohne den Rest der Welt wahrzunehmen.

Sie verlor langsam den Verstand.

Nun saßen sie auf den sonnenwarmen Stufen, die zum Hintereingang des Rathauses führten. Die Sonne versank langsam hinter den Wohngebäuden ihnen gegenüber. Noch ein paar letzte Strahlen trafen sie. Dann waren sie verschwunden. Die Dämmerung begann, und Mila hoffte, dass sie ihre missliche Lage irgendwie in der bald anbrechenden Dunkelheit würde verstecken können.

Nicht mehr vor Noah, dafür war es zu spät. Er reichte ihr ein Taschentuch, was sie widerwillig entgegennahm und in das sie sich sehr laut schnäuzte. Aus dem Augenwinkel nahm sie Noahs unterdrücktes Grinsen wahr.

Er berührte sie nicht mehr. Sie hockten nebeneinander,

auch ihre angewinkelten Knie streiften sich nicht. Dabei hätte Mila sich in diesem Moment so sehr eine Verbindung zu ihm gewünscht. Egal, wie klein sie auch wäre. Seinen kleinen Finger mit ihrem kleinen Finger verkreuzt, zum Beispiel. Sie fühlte sich so verloren, spürte keinen Kontakt mehr zu sich selbst, zu den Menschen um sich herum, zu einfach allem.

»Ich bin arbeitslos und lebe wieder in meinem alten Kinderzimmer«, stellte sie trocken fest, ohne Noah anzusehen.

Sie hatte keine Ahnung, warum sie es aussprach. Vor zwei Wochen hätte sie sich lieber die Zunge abgebissen. Doch in dieser Zeit war viel passiert. Außerdem kam es ihr irgendwie überflüssig vor, Noah noch etwas vorzuspielen, da nun ein dunkler Fleck aus in ihren Tränen verflossener Mascara und Rotze sein vorher so makelloses Leinenhemd zierte.

»Habe ich mir schon gedacht.«

Sie lachte auf. »Wieso?«

»Ich habe dir nicht abgekauft, dass du dir so viel Urlaub nehmen würdest, um freiwillig zwei Wochen hier zu bleiben. Nach den Vorkommnissen mit den Briefen erst recht nicht.«

Ihr Gesicht fühlte sich vom Weinen angeschwollen an, ein Nasenloch war verstopft, ihr Hals tat weh, und trotzdem grinste sie.

»Ich hätte mir bessere Ausreden ausdenken müssen.«

»War noch nie deine Stärke.«

Sie wollte wieder weinen, aber diesmal nicht wegen des Jobs oder Klaus Heidinger oder der ätzenden Werbebranche, sondern wegen der Vertrautheit in Noahs Stimme.

»Ich werde nie wieder in der Werbebranche arbeiten.«

Die Wahrheit war raus. Und sie musste sie akzeptieren. Es gab keinen Weg zurück mehr. Sie saß hier fest.

»Wieso?«, fragte Noah so sanft, dass sie gar nicht in der Lage war, nicht ehrlich zu antworten.

»Ich habe ein großes Team geleitet«, begann Mila und kam sich vor wie ein Kommentator, der über ein fremdes Leben sprach, nicht über ihr eigenes. Ihre Stimme war tonlos, ohne Emotionen und klang seltsam weit weg. »Wir hatten einen Werbeauftrag für so eine Firma für Luxusautos bekommen. Es ging um richtig viel Geld. Aber wir hatten nicht genug Leute, nicht genug Zeit. Mein Chef wollte lieber den Profit so hoch wie möglich halten, als mehr Mitarbeiter hinzuzuziehen. Also haben wir alle viel zu viele Überstunden gemacht. Niemand von uns hat das Büro noch im Hellen verlassen. Wochenlang haben wir alle niemanden außerhalb des Teams gesehen. Für mich war das okay. Mein Freundeskreis bestand sowieso hauptsächlich aus Kollegen.«

Der Gedanke an Derya und all die unbeantworteten Anrufe stach. Sie hatte sich von ihr abgewandt. Sie hatte nicht nur ihre Karriere verloren, sondern auch all ihre Freunde, die noch immer in der Branche arbeiteten.

Sie würde Derya nie wieder anrufen und ihr auch nie wieder eine verzweifelte Nachricht schicken. Diesen Entschluss traf sie jetzt. Er war unverrückbar. Wenn dieser Abschnitt ihres Lebens vorbei war, konnte sie ihn auch komplett hinter sich lassen. Alles andere war unnötige Folter.

»Der Druck war enorm.« Klaus Heidingers Stimme drohte schon wieder, sich in ihren Kopf zu schleichen. Ihre Schultern verkrampften sich ganz automatisch, als stünde er gerade wirklich neben ihr. »Wir mussten einen Werbespot produzieren, aber keine unserer Ideen war gut genug. Wir haben ständig Vorschläge gemacht. Sie wurden alle abgeschmettert. Wir wurden hektisch. Und dann hatte ich endlich einen Einfall, hab ihn meinem Chef gepitcht und er war zufrieden, der Kunde auch und schon begann der Dreh. Erst danach ist mir eingefallen, woher die Idee kam. Ich hatte diesen Spot schon einmal gesehen. Es war gar nicht in mir entstanden, ich hatte ihn nur reproduziert und es in all dem Stress nicht gecheckt. Eigentlich hätte ich was sagen müssen. Aber der Werbespot lief nur in Argentinien. Ich habe gehofft, dass es einfach niemandem auffallen würde. Ich wollte meinen Job nicht verlieren. Aber ...«

Sie unterbrach sich und presste sich die Fäuste gegen die pochenden Augen. Die Tränen drohten abermals aufzusteigen, doch sie hielt sie entschlossen zurück.

»Aber es hat jemand gemerkt«, beendete Noah den Satz, den sie nicht beenden konnte.

»Richtig«, fuhr sie fort und ließ die Hände sinken. »Es war ein riesiger Skandal. Und ein Kopf musste rollen. Meiner. Es ging verdammt schnell. Auf einmal war ich meinen Job los. Ich hatte nicht viel Erspartes, weil ich schlecht investiert und zu viel Geld für unnötigen Mist ausgegeben hatte. Dann konnte ich mir die viel zu hohe Miete meiner für mich allein eigentlich deutlich zu großen und schicken Wohnung nicht mehr leisten. Nur ein paar Wochen später stand ich mit gepackten Koffern in meinem alten Kinderzimmer und konnte nicht ganz verstehen, wie ich wieder dort gelandet war.«

Noahs Knie stieß wie zufällig leicht gegen ihres. Doch

Mila entschied, es nicht für ein Versehen zu halten. An so einem harten Tag konnte sie sich auch mal ein bisschen Wunschdenken gönnen und die sanfte Geste genießen.

»Ich bin gescheitert. Eigentlich hätte ich wissen sollen, dass ich niemals etwas erreichen würde.«

Noah zuckte neben ihr leicht zusammen.

Auch er schien sich an den Moment zurückerinnern, als er ihr diese Worte an den Kopf geknallt hatte.

Bitte, Noah. Sag das nicht. Wir gehören zusammen.

Tun wir nicht, und du wirst niemals erreichen, was du dir vornimmst. Sieh das endlich ein. Ich will nicht mit dir gehen. Jetzt hallten sie in ihren Gedanken wider.

Auf einmal fror Mila in ihrem Sommerkleid. Sie schlang die Arme um ihren Körper. Um die Kälte fernzuhalten. Und sich selbst den Trost zu geben, den sie nie von den Menschen bekommen würde, von denen sie ihn sich so sehr wünschte.

»Du bist nicht gescheitert«, sagte Noah so entschieden, als würde er es tatsächlich glauben.

Sie tat es nicht.

»Hast du mir gerade nicht zugehört?«

»Habe ich. Sehr aufmerksam. Aber was Erfolg ist, definiert jeder anders. Für meinen Vater war ich immer eine Schande, weil ich nicht studieren und ›nur Handwerker‹ werden wollte.« Er zeichnete Gänsefüßchen in die Luft. »Bin ich gescheitert?«

»Nein«, sagte Mila sofort, ohne Zögern und sehr heftig.

Er grinste siegessicher. »Siehst du?«

»Aber ...«, setzte sie an. Sie wollte so viel sagen. Dass man sie beide nicht vergleichen konnte. Dass er so anders war als sie. Dass er seinen Träumen gefolgt war und sie verwirklicht hatte, während sie genau darin versagt hatte. Dass sie seinen Vater verfluchen würde, wäre er nicht schon gestorben und es nicht ein Zeichen schlechter Erziehung, böse Dinge über Tote zu sagen. Zumindest Gilda Ehlers zufolge, die vermutlich erst wieder ein gutes Wort über Milas Vater würde sagen können, wenn sie ihn begraben hatten.

Aber Mila sagte nichts davon. Denn auf einmal war ihr Hals wieder viel zu eng. Sie schluckte mehrmals. Brauchte mehrere Anläufe. Schließlich bekam sie es hervor: »Es tut mir leid, dass ich nicht bei der Beerdigung war«, sagte sie atemlos.

Noah verkrampfte sich.

Sie hatte ihn damals angerufen. Vor dreizehn Jahren. Sie hatte für ihn da sein wollen. Das Zugticket nach Hause hatte sie schon gekauft gehabt. Doch er hatte ihr nur kalt gesagt, dass sie nicht kommen sollte. Also war sie in Hamburg geblieben.

Mehr als einmal hatte sie sich gefragt, ob das nicht die falsche Entscheidung gewesen war.

»Ich habe die Plakette am Rathaus gesehen«, sagte sie, einfach weil sie die Stille zwischen ihnen nicht mehr ertragen konnte.

Noah erwiderte nichts.

Sie wollte noch etwas sagen. Doch da erhob er sich schon und stellte sich vor sie. Er lief nicht vor ihr weg – immerhin. Vielleicht konnte sie das als Fortschritt zu den letzten Malen werten, als sie versucht hatte, ihn auf ihre Vergangenheit anzusprechen. Aber dass er nicht vor ihr weglief, reichte Mila nicht. Ganz und gar nicht.

»Der Abend ist endlich angebrochen. Ich glaube, unser Zeitpunkt ist jetzt gekommen. Die meisten dürften angetrunken genug sein, um nicht mehr jedes ihrer Worte auf die Goldwaage zu legen. Wir sind ja schließlich nicht zum Spaß hier. Lass uns die Verhöre starten!«

Mila brauchte einen Moment, um diesem abrupten Themenwechsel zu folgen. Sie überlegte, es Noah nicht so einfach zu machen, und seinen Vater noch mal anzusprechen. Dann entschied sie sich dagegen. Denn obwohl Noah ihren Plan nur als Ausrede nahm, um vor diesem Gespräch davonzulaufen, hatte er doch recht. Sie waren aus einem bestimmten Grund hier. Und dieser war ihr nun noch wichtiger als vor ein paar Stunden. Es gab keinen Rückweg nach Hamburg. Sie saß auf unbestimmte Zeit in dieser Stadt fest. Sie musste die Sache in die Hand nehmen und sicherstellen, dass sie keiner mehr für die Diebin hielt. Und sie musste den wahren Dieb finden, bevor ihr Brief auf Flugblättern vom Himmel fiel. Sonst würde es noch unerträglicher werden, hier festzusitzen.

Also stand sie einfach auf und nickte.

»Dann lass uns loslegen.«

Die Sonne war komplett untergegangen. Der dunkle Nachthimmel bestickt mit Sternen hatte sich über ihnen wie eine wunderschön gewebte Bahn Stoff ausgebreitet. Die Lichterketten und Lampions auf dem Rathausplatz waren entzündet worden. Es sah so schön aus, dass nicht einmal die mittelmäßige Schülerband, die gerade »Angels« von Robbie

Williams Schlimmes antat, die Atmosphäre kaputt machen konnte.

Noah unterhielt sich mit Yara. Als Mila darauf beharrt hatte, dass sie Yaras und Jessicas *konspiratives* Gespräch wirklich verdächtig fand, hatte er sich selbstlos bereit erklärt, sie zu verhören. Doch weil die beiden so viel lachten, ging Mila davon aus, dass er das nur gesagt hatte, damit sie sie nicht verhören konnte. Er schien ihr definitiv keine schwierigen Fragen zu stellen.

»Typisch Noah, oder?«, fragte Jessica, die sich neben Mila gestellt hatte, ohne dass diese es bemerkt hatte. Wie viele Leute würden sich heute noch anschleichen können, weil ihre ganze Aufmerksamkeit auf Noah ruhte, obwohl sie da sicherlich nicht hingehörte?

»Was ist typisch Noah?«, fragte Mila ungehalten, obwohl ihr bewusst war, dass sie Jessica damit in die Hände spielte. Dass sie gewollt hatte, dass Mila nachfragte, konnte man ihr an ihrem zufriedenen Grinsen ablesen.

»Sich so gut mit seinen Ex-Freundinnen zu verstehen.«

Mila hatte es eigentlich schon vermutet. Es zu hören, tat trotzdem weh.

Sie sah wieder zu Yara und Noah hinüber, beobachtete sie noch genauer. Ihr entging nicht, wie Yara ihn wie beiläufig am Arm berührte. Ihr entging nicht, wie locker Noah mit ihr lachte.

Verdammt. Sie hatte gar nicht zu dieser vermaledeiten Feier kommen wollen. Das nächste Mal, wenn Noah so eine Idee hatte, würde sie auf jeden Fall zu Hause bleiben.

Sie sah zu Jessica. Ihr Blick lag ähnlich verkrampft auf den beiden wie gerade eben Milas. Wenn Jessica ihr gleich erklärte, dass sie auch mal mit Noah zusammen gewesen war, würde sie schreien. Am liebsten würde sie ihre ehemalige Klassenkameradin einfach stehen lassen, ohne noch einmal das Wort an sie zu richten. Doch Jessica hatte ihr gerade vielleicht eine Möglichkeit geboten, Neues herauszufinden, und die wollte sie sich nicht entgehen lassen.

»Mich leiden zu sehen, scheint dir sehr viel Freude zu machen«, sagte sie provokant. Bei Jessica musste sie keine subtilen Fragen stellen. Nichts würde diese mehr misstrauisch machen, als wenn Mila jetzt auf einmal damit anfangen würde, nett zu ihr zu sein.

»Die letzten Wochen hatten gewiss gute Momente«, sagte Jessica gönnerhaft, was Mila mit den Zähnen knirschen ließ. Sie brauchte die Oberhand über dieses Gespräch, aber ihr war sehr deutlich bewusst, dass sie sie gerade sicherlich nicht hatte.

»Worüber haben du und Yara denn gestritten? Sah ja vorhin in der Gasse sehr hitzig aus.«

Jessica zuckte ertappt zusammen, und nun grinste Mila ein bisschen gönnerhaft. Zumindest bis Jessica zu ihr herumfuhr.

»Geht dich einen Scheißdreck an.«

Und mit diesen Worten tat Jessica das, was Mila selbst gern vor ein paar Minuten getan hätte: Sie wandte sich ab und ließ Mila einfach stehen.

Mal wieder toll gemacht, dachte Mila und atmete ein paarmal sehr bewusst durch. Ständig übernahmen ihre Emotionen die Kontrolle über sie. Es musste endlich aufhören.

Sie schlenderte über den Platz und fand schon bald Helena.

Sie saß mit überschlagenen Beinen auf dem Rand des Brunnens. Ihre blonden Haare kräuselten sich ein bisschen. Vermutlich vom leichten Sprühregen, der von der Brunnenfontäne ausging. Es schien sie nicht zu stören.

Zu ihren Füßen standen ein paar leere Weingläser. Von Tommy und Melanie war weit und breit nichts zu sehen.

Das war Milas Chance. Eine bessere, um Helena zu befragen, würde sie nie wieder bekommen.

Trotzdem zögerte sie.

Ihre letzte Interaktion beim Klassenfrühstück schmerzte Mila noch immer, obwohl es ihr schwerfiel, sich das selbst einzugestehen. Helena hatte sie vor allen als Diebin bezeichnet. Und bewiesen, dass sie mit ihrer ehemaligen besten Freundin nichts Schönes mehr verband.

Damit, dass sie keine gemeinsame Zukunft hatten, hatte sich Mila abgefunden. Fast. Aber sie hatte gehofft, dass wenigstens ihre gemeinsamen Erinnerungen nicht von ihrem berüchtigten Ausbruch beim Abiball zerstört worden waren.

Mila strich ihr Kleid glatt und lief dann direkt auf Helena zu. Sie war in der Druckerei gewesen. Sie war ihre beste Verdächtige. Hier ging es nicht mehr um ihre Freundschaft, die auch das beste Paketband der Welt nicht mehr zusammenflicken konnte. Hier ging es um die verdammte Zeitkapsel.

»Darf ich mich zu dir setzen?«, fragte Mila, sobald sie Helena erreicht hatte. Sie hatte keine Strategie. Aber die würde ihr vermutlich auch nicht einfallen, wenn sie diesen

Moment noch weiter hinauszögerte. Also konnte sie es auch einfach ohne Plan versuchen.

Helena brauchte einen Moment, um auf sie zu reagieren. Wie in Zeitlupe hob sie den Kopf, kniff die Augen zusammen, als hätte sie Probleme, richtig scharf zu sehen. Den Moment, in dem sie Mila erkannte, konnte diese genau benennen. Es war der Moment, in dem sich ihre Züge verhärteten.

»Klar«, sagte sie trotzdem.

Das Schweigen, das entstand, sobald Mila auf dem steinernen Brunnenrand Platz genommen hatte, war so unangenehm, dass Mila fast aus der Haut fuhr. Sie widerstand aber dem Drang, die Stille mit sinnlosem Geplapper zu füllen.

»Hätte nicht erwartet, dass du kommst.«

Überraschenderweise war es Helena, die das Schweigen brach.

»Wieso? Du weißt doch, wie sehr ich solche Veranstaltungen liebe. Wieder eine Chance, mich von meiner besten Seite zu zeigen«, erwiderte Mila sarkastisch.

Helena lachte auf. Aber es klang so gepresst, als hätte sie versucht, es zurückzuhalten. Sie mochte nicht über ihre Witze lachen wollen, aber sie konnte es auch nicht verhindern. Das ließ Mila grinsen.

»Denkst du wirklich, dass ich die Diebin bin?«, fragte Mila auf einmal ganz leise.

Die Frage war überflüssig. Wenn Helena die Diebin war, wie Mila vermutete, dann wusste sie ja, dass es Mila nicht sein konnte. Trotzdem musste sie hören, dass sie es nicht glaubte. Egal, wie seltsam, überflüssig und erbärmlich es auch sein mochte.

»Es erscheint mir logisch«, meinte Helena, nachdem sie eine Weile überlegt hatte. Sie klang wesentlich nüchterner als vor wenigen Minuten noch.

Ich könnte dasselbe sagen, dachte Mila, verkniff es sich aber.

»Du weißt doch, wie faul ich bin. Ich habe deine Geburtstagsgeschenke nicht mal eingepackt. Aber ich drucke natürlich hunderte Flugblätter aus und verteil sie in der ganzen Stadt, nur um Menschen eins auszuwischen, mit denen ich seit fünfzehn Jahren keinen Kontakt hatte. Sehr logisch.«

Wieder konnte Helena nicht verhindern, dass ihr ein Lachen entwischte. Ihr war noch kein richtiges Grunzen entfahren wie früher. Aber ein ganz kleines. Das hatte schon gereicht, um Milas Herz weich werden zu lassen. Die erste beste Freundin, die man verlor, vergaß man wohl genauso wenig wie die erste Liebe.

»Punkt für dich«, meinte Helena. »Aber du kannst dich in den vergangenen Jahren ja auch ein bisschen verändert haben.«

»Nicht so sehr, wie ich gehofft hätte«, entgegnete Mila. »Ich bin immer noch viel zu impulsiv. Ich bin nicht richtig erwachsen geworden, aber die Konsequenzen meines Handelns schon.«

»Schlechte Kombi«, sagte Helena ganz fachmännisch. Ihre Mundwinkel zuckten verräterisch.

»Ich rede schneller, als ich denke.«

»Ich hätte es schade gefunden, hättest du diese Eigenschaft abgelegt.« Helena sagte das so, als würde sie es wirklich so meinen. Mila schluckte schwer.

»Bist du noch dieselbe?«, fragte sie.

Helena schüttelte den Kopf. Sofort. Ohne Zögern. »Ich kann mich kaum noch an den Menschen erinnern, der ich damals gewesen bin.«

»Ich schon«, entfuhr es Mila.

Helena brauchte lange, um diesmal zu reagieren.

Der Brunnen plätscherte träge hinter ihnen, als wäre er von diesem langen Arbeitstag erschöpft. Amirs außergewöhnlich tiefes Lachen dröhnte lauter als der Bass aus den Boxen über den ganzen Platz. Es roch noch immer nach Waffeln, aber auch ein bisschen nach angebranntem Teig. Mila fröstelte. Sie hätte eine Jacke mitnehmen sollen. Aber an die dachten nur verantwortungsbewusste Erwachsene.

»Wie war ich denn?«, fragte Helena schließlich. In ihrer Stimme lag etwas Drängendes. Die Antwort war ihr wichtig.

Mila räusperte sich. »Du hast viel gelacht. Immer. Überall. In den unpassendsten Situationen. Und wenn du etwas richtig witzig fandst – meistens als einzige, weil niemand deinen Humor verstanden hat –, hast du dir den Bauch gehalten, weil er vom Lachen irgendwann geschmerzt hat. Und du hast gegrunzt.«

»Daran erinnere ich mich«, sagte Helena. »Gut, dass ich damit aufgehört habe.«

»Auf gar keinen Fall«, widersprach Mila heftig. »Ich hab das Geräusch geliebt.«

Helena lachte. Leider wieder ohne Grunzen.

»Du hast mir immer zugehört. Auch wenn ich zum dreihundertfünfundneunzigsten Mal das Gleiche erzählt habe. Und du hast dir nie anmerken lassen, dass du genervt warst.«

»War ich auch nicht.«

Mila glaubte ihr.

»Du hast super viel geschrieben. Niemand durfte es je lesen, aber du hast ein Notizbuch nach dem nächsten gefüllt und mir versprochen, es mir irgendwann zu zeigen.« Kurz brach Milas Stimme, weil es nie dazu gekommen war, aber sie zwang sich, weiterzusprechen. Sie wollte, dass sich Helena an damals erinnerte. Auf eine gute Weise. Wenigstens einmal. »Du hast diese Rockbands geliebt, auf die eigentlich nur Väter stehen, die Dad Jokes lustig finden, und die Shirts von ihnen getragen, die Musik so laut in deinem Zimmer gespielt, dass das alte Fachwerkhaus deiner Eltern fast auseinandergefallen ist. Und es war dir egal, ob irgendjemand verstehen konnte, was du daran toll findest. Du fandest es toll. Darauf kam es an.«

Helena lächelte. Und im Halbdunkel der Lichterketten, die immer wieder verzerrte Schatten auf ihre Gesichter warfen, sahen Helenas Wangen auf einmal wieder pausbäckiger aus, ihre Augen strahlten. Der Schriftzug eines Bandshirts schien sich kurz über ihr hochgeschlossenes Kleid zu legen.

»Du warst auch verrückt nach Essiggurken. Auf eine besorgniserregende Weise. Ständig hast du sie gegessen. Wie andere Chips.«

Dass sie das Falsche gesagt hatte, wurde Mila klar, als Helenas Lächeln verschwand. Die Zeitkapsel war auch ein Gurkenglas, das Helena an jenem Abend dabeigehabt hatte, an dem sie alle noch nicht hatten ahnen können, dass es sie fünfzehn Jahre später wieder heimsuchen würde. Mila hatte Helena gerade an etwas erinnert, an das sie nicht denken wollte.

Deswegen räusperte sich Helena, wie sich nur eine erwachsene Frau, die Mutter einer pubertierenden Tochter war, räuspern konnte und holte sie beide erbarmungslos zurück in die Realität.

»Wir verändern uns eben«, sagte sie. Und vermutlich wollte sie nicht, dass man ihr anhörte, dass sie einen Teil von sich vermisste. Aber Mila vernahm es.

Am liebsten hätte sie Helena in die Arme geschlossen. Aber auch Mila wusste, dass ein schöner Moment nicht reichte, um schlechte einfach auszulöschen.

Mila nickte nur, weil sie nicht wusste, was sie auf diese Aussage erwidern sollte, die sich auch wie ein Abschied anhörte. Oder eine Aufforderung, jetzt aufzustehen und Helena wieder am Brunnen allein zu lassen. Aber noch rührte sie sich nicht.

»Vielleicht hast du ja die Geheimnisse veröffentlicht«, sagte Mila gespielt scherzend. »Weil du dich so verändert hast.«

Kurz schwiegen sie. Und während ihre Worte nachhallten, spürte Mila tief in sich, wie wenig sie das eigentlich glaubte. Seitdem sie im Copyshop gewesen war, hatte sie sich eingeredet, dass Helena ihre beste Verdächtige war. Doch in diesem Moment konnte sie nur fühlen, wie wenig es zu ihr passte. Sie mochte die neue Helena nicht kennen. Aber veränderten sich Menschen wirklich so grundlegend? Sie trug zwar keine Bandshirts mehr und war ernster geworden. Doch der Hauch eines Grunzens war noch immer in ihrem Lachen zu hören gewesen. Sie war anders. Und irgendwie gleich.

»Glaub mir«, sagte Helena. So ernst hatte sie das letzte

Mal mit ihr gesprochen, als sie ihr den positiven Schwangerschaftstest nach dem Sportunterricht unter die Nase gehalten hatte. »Ich bin die Letzte, die will, dass ihr Geheimnis ans Licht kommt.«

Mila sah sie direkt an. Sie hielten Blickkontakt. Und für Mila blieb kein Zweifel, dass Helena die Wahrheit sagte.

Trotzdem erhob sie sich nicht vom Brunnenrand. Helena auch nicht. Aber sie sprachen auch nicht mehr miteinander. Sie saßen einfach nebeneinander. In einvernehmlichem Schweigen. Und Mila genoss es zu sehr, um diesen Moment freiwillig wieder aufzugeben. Er musste irgendwann enden, das wusste sie. Und er würde sie nicht auf magische Weise wieder zu besten Freundinnen machen. Aber konnte er vielleicht ein Anfang sein? Konnte sie wagen zu hoffen, dass sie sich auch in der Stadt, in der sie geboren worden war, wieder wohlfühlen würde?

Helena wandte sich ihr zu. Sie sahen sich sehr bewusst an, und es wirkte, als wollte Helena Mila etwas sehr Wichtiges sagen.

Doch bevor sie dazu kam, wurden auf einmal Stimmen lauter, und sie sahen beide hastig weg, als hätten sie etwas betrachtet, das sie gar nicht hätten sehen sollen. Vermutlich war es die Vertrautheit zwischen ihnen, die nach so langer Zeit zwar nicht mehr existieren sollte, aber überdauert hatte wie ein Fossil.

Mila brauchte einen Augenblick, um den Ursprung des Aufruhrs zu begreifen, der auf einmal um sie herum aufbrandete. Fast jede Person auf dem Rathausplatz starrte auf ihr Handy. Das kalte, helle Licht der Bildschirme machte den Lichterketten Konkurrenz. Es erinnerte sie an das Zeltlager in der Mittelstufe, wenn sie mit Taschenlampen von unten ihre Gesichter beleuchtet hatten, um noch besser Gruselgeschichten erzählen zu können. Obwohl das die Geschichten nie gruseliger gemacht hatte, bekam Mila in diesem Moment doch eine Gänsehaut. Und das lag nicht nur an dem leichten Wind, der durch die Stadt fegte.

Spannung lag in der Luft. Mila konnte sie förmlich mit den Fingern greifen.

»Was ist los?«, fragte Mila, obwohl Helena ja auch nichts mitbekommen hatte. Die hob nur überfordert die Arme.

Tommy kam aus der Menge auf sie beide zu. Sein Blick lag so fest auf Helena, dass er Milas Existenz vermutlich nicht mal registrierte.

»Tommy, was ...« Helena konnte ihren Satz nicht beenden. Sobald er vor ihr zum Stehen kam, hielt er ihr auch schon sein Handy unter die Nase.

Mila sah verstohlen aufs Display. Eine Instagram-Seite war geöffnet. Und auf dem angewählten Bild sah man nur einen verknitterten Zettel. Mila verstand sofort. Ihr Herz schlug ihr wie so oft im Hals, als wäre es nach dem Stress der vergangenen Wochen einfach umgezogen.

Helena stand Panik ins Gesicht geschrieben.

»Tommy, ich ...« Wieder ließ er sie nicht aussprechen. Er riss ihr nur das Handy aus der Hand, drehte sich um und verschwand in der Menge.

Auch Helena hatte Milas Existenz scheinbar vergessen. Sie sprang auf, wobei sie alle Weingläser zu ihren Füßen umwarf, und rannte Tommy hinterher.

Mila blieb orientierungslos am Brunnen zurück. Obwohl sich alles in ihr dagegen sträubte, holte sie schließlich ihr

Smartphone hervor. Noah hatte ihr die Instagram-Seite bereits weitergeleitet.

Mit zittrigen Fingern öffnete sie den Link. Die Seite hieß einfach nur: Die Wahrheit. Es gab bereits fünf Beiträge. Jeder ein Foto, das einen zerknitterten Zettel zeigte.

Milas Finger zitterten inzwischen so stark, dass sie die Bilder kaum anwählen konnte.

Der Dieb hatte ein weiteres Mal zugeschlagen und diesmal mehrere Briefe auf einmal veröffentlicht und das an einem Ort, wo sie niemand aufklauben und in einem Mülleimer entsorgen konnte.

Mila wurde ein bisschen übel, obwohl sie schon wieder nicht ihre eigene Schrift entdeckte. Denn es waren nur noch acht Briefe übrig.

»Hast du nicht schon genug Schaden angerichtet?«

Eine wütende Stimme ließ sie aufblicken. Es war Helena. Sie war zurückgekommen, aber nicht, um ihr schönes Gespräch wieder aufzunehmen, so viel stand fest.

Ihre Augen waren von Tränen gerötet. Ihre Haare standen elektrisch vom Kopf ab, als hätte sie sie gerauft. Ihr ganzer Körper zitterte.

»Das war ich nicht Helena«, sagte Mila mit so viel Nachdruck, wie sie in diesem Moment zustande brachte. »Das musst du mir glauben. Ich würde niemals …«

»Schlechte Dinge über mich sagen?«, fragte Helena herausfordernd. »Da habe ich aber Gegenbeweise.«

Einige der Displays waren erloschen. Vermutlich war es gut, dass Mila nicht alle Gesichter erkennen konnte, die sich nun in ihre Richtung wandten.

Ihre Haut prickelte. Schon wieder lag die Aufmerksamkeit aller auf ihr. Vermutlich hatte sie sich doch mehr verändert, als ihr vorhin im Gespräch mit Helena klar gewesen war. Die alte Mila hatte sich beim Abiball freiwillig auf die Bühne gestellt und eine Rede gehalten. Doch die Mila von heute wollte so schnell wie möglich im Erdboden versinken.

»Warum musstest du alles kaputt machen?«

»Helena, ich …«

Weiter kam Mila nicht. Helena schnappte sich das Sektglas, das Jessica in der Hand hielt – natürlich stand die mal wieder in der ersten Reihe, um Milas Demütigungen live mitzuerleben –, und kippte Mila den Inhalt ins Gesicht.

Mila entfuhr ein spitzer Schrei. Sie rieb sich die Augen. Doch als sie sie wieder blinzelnd öffnete, war Helena verschwunden, bevor sie ihr sagen konnte, was sie von dieser verdammt kindischen Aktion hielt.

Wie konnte es sein, dass sie schon wieder nach Sekt stank, böse Blicke auf sich spürte und keine Ahnung hatte, wie sie all diese Menschen, die das schlimmste von ihr dachten, vom Gegenteil überzeugen sollte?

Am liebsten würde sie ihre Taschen packen und verschwinden. Das hatte sie damals gemacht, als ihr alles zu viel geworden war. Aber diesmal hatte sie die Option nicht.

Also blieb sie auf der Stelle stehen und wischte sich so würdevoll sie konnte den Sekt aus dem Gesicht.

»Was glotzt ihr so?«, fuhr sie die Menschen an, die noch immer vor ihr standen und sie anstarrten, als würden sie erwarten, dass sie in den nächsten Sekunden noch etwas weiteres unfassbar Dummes tun würde, was sie auf keinen Fall verpassen durften. Und schon wieder reagierte sie eher wie ein Teenager als wie eine erwachsene Frau, dachte sie verärgert über sich selbst.

Trotzdem starrte sie die Umstehenden wütend an, bis sie sich schließlich abwandten und sie in Ruhe ließen.

Sie entdeckte Noah, der sie mit einem unlesbaren Blick beobachtete.

»Komm, ich fahr dich nach Hause«, sagte er knapp.

Mila brachte nur ein Nicken zustande und folgte ihm.

Und während sie den Rathausplatz hinter sich ließ, konnte sie nicht umhin, sich wieder wie eine Verliererin zu fühlen, die nach einem verlorenen Kampf zurück nach Hause kroch.

Kapitel 14

Es fiel Mila schwer zu sagen, worüber ihre Mutter in diesem Moment wütender war. Darüber, dass Mila schon wieder nach Sekt stank, wenn sie zu »gottlosen« Zeiten nach Hause kam. Oder darüber, dass sie von Noah Baumgartner bis zur Haustür gebracht worden war.

»Alles ist gut, Mama«, sagte Mila schon zum wiederholten Mal, obwohl sie das selbst nicht glaubte.

Sie wollte doch nur in ihr Zimmer gehen und so lange schlafen, bis das Sommerfest in Vergessenheit geraten war. Und gerade war sie zu müde, um einzusehen, wie unrealistisch dieses Ziel war.

»Warum hast du mir nicht von diesen seltsamen Briefen erzählt, die überall ständig auftauchen?«

Natürlich hatte ihre Mutter das mitbekommen. Es gab wohl inzwischen in dieser ganzen Stadt nicht mehr einen Menschen, der nicht über die Zeitkapsel redete. Sobald dieser ganze Mist endlich vorbei war, würde sie dieses Wort radikal aus ihrem Sprachgebrauch streichen.

»Ich habe es nicht für wichtig genug gehalten«, sagte Mila. Schon wieder eine Lüge.

»Hast du auch so einen Brief verfasst?«

Gilda Ehlers mochte nicht dazu in der Lage sein, den Satz »es tut mir leid« auszusprechen. Sie konnte nur über Schwarztee mit Süßstoff und saubere Wäsche ihre Liebe ausdrücken. Aber das bedeutete nicht, dass sie nicht eine extrem intelligente Frau war. Man konnte ihr nichts vormachen. Das hatte Mila schon als Teenager fürchterlich genervt.

»Ist das jetzt wichtig?«

»Es scheint dir wichtig zu sein. Warum redest du nicht mit mir über solche Dinge?«

»Tust du doch auch nicht.« Die Worte kamen Mila viel heftiger über die Lippen, als sie geplant hatte.

»Wie meinst du das denn?« Wie intelligent Gilda auch sein mochte, wenn sie etwas nicht verstehen wollte, tat sie es auch nicht.

»Ich spreche von meinem Vater, Mama«, sagte Mila und klang auf einmal extrem erschöpft. »Du erzählst mir doch auch nie etwas.«

Gilda verschränkte die Arme abwehrend vor der Brust. Ihr Kinn hob sie leicht an. Obwohl sie die Lockenwickler im Haar hatte und in einem Morgenmantel steckte, sah sie sehr erhaben aus. Das musste Mila ihr echt lassen.

Darüber hatte Mila sich früher aufgeregt. Es war nicht leicht, eine wunderschöne Mutter zu haben. Vor allem in der Pubertät, wenn man alles an sich hasste.

Mila fühlte sich auf einmal so klein wie früher. Sie wollte doch nur in ihr Bett. Konnte dieser Moment bitte endlich enden?

»Er tut hier nichts zur Sache«, sagte Gilda auf eine Weise, die deutlich machte, dass Milas Vater nie etwas zur Sache tat. Und das sollte er auch nicht. Er hatte sie schließlich verlassen. Aber für Mila tat er etwas zur Sache, ob er nun Teil ihres Lebens sein wollte oder nicht. Sie wünschte, es wäre nicht so. Sie wünschte, sie könnte seine Existenz leugnen, wie ihre stoische Mutter es vermochte. Dann wäre vieles leichter.

Doch sie vermisste ihren Vater. Und sie fühlte sich im Vergleich zu ihrer Mutter wie die schlechtere Kopie des schöneren und stärkeren Originals.

»Also hast du auch so einen Brief geschrieben?«, wiederholte ihre Mutter die Frage und wechselte damit nicht gerade elegant das Thema. Mila hatte allerdings keine Kraft mehr, um das anzumerken. Also gab sie einfach nach. Wie so oft.

»Ja, habe ich«, sagte sie. »Noch ist er aber nicht öffentlich gemacht worden.«

Gilda nickte. Mila rechnete damit, dass sie sie fragen würde, was sie aufgeschrieben hatte, wurde jedoch überrascht. Vielleicht verstand ihre Mutter, dass es Geheimnisse gab, die man mit niemandem teilen wollte.

»Aber bald ist das doch sowieso egal. Dann hast du einen neuen Job und kannst all dem den Rücken kehren.«

Mila schluckte schwer. Dieser Tag war so ereignisreich gewesen, dass es ihr nicht leichtfiel, alles zusammenzufassen.

Am liebsten hätte sie ihrer Mutter nicht die Wahrheit gesagt. Aber sie wusste selbst, dass sie es ihr nicht für immer verschweigen konnte. Dieser Tag war ohnehin schon gelaufen, also konnte sie diesen Punkt auch noch direkt hinter sich bringen. So hatten die nächsten Tage vielleicht die Chance, besser zu werden.

»Ich habe den Job nicht bekommen«, gab Mila zu. »Niemand will mich einstellen. Ich kann nicht zurück in mein altes Leben.«

Für einen Moment war es beunruhigend still im Haus.

Schließlich seufzte ihre Mutter. Aus tiefster Seele. »Ich wollte, dass du es anders machst als ich – besser.«

Und mit diesen Worten wandte sie sich ab und verschwand in ihrem Schlafzimmer.

Mila blieb noch einen Moment im Eingangsbereich stehen und atmete schwer.

Okay, sagte sie zu sich selbst. Sieh's positiv. Jetzt kann es wirklich nur noch bergauf gehen.

Meine tiefsten Gedanken aufzuschreiben, kommt mir albern vor. War ja mal wieder klar, dass nur Mila so bescheuerte Ideen haben kann. Aber gut. Schaden kanns nicht. Alle sind betrunken. Nur ich bin nüchtern. Weil schwanger sein wirklich keine guten Seiten hat. So viel habe ich schon gemerkt. Tommy hat sich gefreut, als ich ihm den Schwangerschaftstest gezeigt habe. Natürlich hat er das. Er hat nicht mal seinen Abiball hinter sich, seine Freundin sagt ihm, er wird Vater, und er weint vor Freude.

Wieso kann er kein Arschloch wie die anderen Typen in unserem Alter sein? Wieso kann er nicht auch so verdammte Angst haben? Dann würde ich mir vielleicht nicht mehr so seltsam vorkommen.

Ich kann mich nicht daran erinnern, jemals so viel Angst gehabt zu haben. Leute gucken Horrorfilme, um sich zu gruseln. Werdet einfach schwanger. Viel einfachere Lösung für dieses Problem.

Ich berühre meinen Bauch und empfinde nicht das Bedürfnis, was auch immer da in mir ist, zu beschützen. Ich fühle einfach nichts. Und wenn ich Tommy ansehe, fühle ich auch nichts. Alles ist so dumpf.
Soll mein Leben so aussehen? Will ich hierbleiben? Hausfrau und Mutter sein? Werde ich dann nicht zu dem, was ich niemals sein wollte?
Liebe ich Tommy? Ich habe keine Ahnung. Soll sich Liebe so anfühlen? Er liebt mich. Er ist sich sicher. Bedeutet, dass ich mir nicht sicher bin, dass ich ihn nicht liebe? Vermutlich, oder? Ich will doch nicht mein ganzes Leben mit dem ersten Typen verbringen, mit dem ich je geschlafen habe. Also, natürlich wollte ich mich auch nicht von ihm schwängern lassen. Aber das Kind ist in den Brunnen gefallen. Oder wohl eher in meinen Bauch. Ganz schlechte Metapher.
Ich schreibe nur Schwachsinn. Diese Idee ist Schwachsinn.
Ich weiß gar nichts. Ich weiß nur, dass ich mir mein Leben nicht so vorgestellt und jetzt wahnsinnige Angst habe.

Mila las Helenas Brief nicht zum ersten Mal. Und den Schmerz herauszulesen, den ihre beste Freundin damals gespürt hatte, tat Mila weh. Aber der Brief brachte sie auch zum Lächeln. Denn sie konnte Helenas trockenen Humor darin erkennen. Alles, was sie damals so an ihr geliebt hatte.

Sie würde gern zu Helena gehen und sie fragen, wie es ihr heute ging. Warum sie nie mit ihr darüber gesprochen hatte und ob die Gefühle von damals sich verändert hatten. Ob sie heute glücklich war, oder ob sie ihr Leben hier hasste und Mila mit ihren Worten beim Abiball alles nur noch schlimmer gemacht hatte.

Aber die Sekt-Attacke hatte deutlich gemacht, dass sie der letzte Mensch war, mit dem Helena reden wollte.

Tommy war am Sommerfest vor Helena weggelaufen. Aber hatte er sich inzwischen vielleicht wieder eingekriegt? Hatten die beiden sich ausgesprochen? Mila hoffte es.

Sie steckte das Handy wieder weg. Alle zehn Minuten checkte sie, ob neue Posts auf der Instagram-Seite dazu gekommen waren. Dann war sie kurz erleichtert darüber, dass es nicht so war. Aber viel zu schnell kehrte die Angst zurück und sie musste erneut nachsehen.

Dieser Kreislauf würde niemals enden, bis sie den Fall gelöst und die Kapsel gefunden hatte.

Sie lief noch ein bisschen schneller und hielt den Kopf gesenkt, in der Hoffnung von niemandem erkannt zu werden.

Sie hatte eingesehen, dass sie sich nicht einfach verkriechen konnte. Aber sobald sie das Haus verließ, fühlte sie sich wie eine Verbrecherin auf der Flucht, die nicht von der Polizei entdeckt werden durfte.

Kaum hatte sie das gedacht, sah sie auch schon die Polizeiuniform auf der anderen Straßenseite. Sie wurde kurz langsamer. Bis ihr klar wurde, dass niemand sie dafür ins Gefängnis stecken konnte, dass die ganze Stadt sie hasste.

Es war mal wieder Herr Kowalski. Manchmal kam es ihr so vor, als gäbe es in der ganzen Stadt nur diesen einen Polizisten.

Er war gerade in eine hitzige Diskussion verwickelt. Natürlich mit Jessica. Mit wem sonst?

Die musste es echt mehrmals geben, befand Mila. Nur das konnte erklären, dass sie ständig überall auftauchte. Vielleicht hatte sie eine Zwillingsschwester, von der niemand wusste. Das wäre mal ein Geheimnis, an dessen Aufdeckung sie Freude gehabt hätte.

Sie wurde wieder ganz von allein langsamer, als sie die ersten Fetzen des Streits im Vorbeigehen aufschnappte.

»Können Sie das nicht zurückverfolgen?«, fragte Jessica verzweifelt.

»Wie denn, Jessica?«, fragte Herr Kowalski ruhig und verständnisvoll, als würde er einem Kind gerade ganz geduldig seine Mathehausaufgaben erklären.

»Gibt es dafür nicht eine Taskforce oder so? Ausgebildete Hacker, die zurückverfolgen können, wer den Instagram-Account erstellt hat. Mit der IP-Adresse oder so.«

»Ob du es glaubst oder nicht, in unserer Polizeistation haben wir keinen Meisterhacker«, sagte Herr Kowalski, und nur er war dazu in der Lage, diesen Satz ohne einen Hauch Sarkasmus zu sagen. »Außerdem wurde keine Straftat begangen. Das sind nur Streiche. Mir sind die Hände gebunden. Wie ich auch anderen deiner ehemaligen Klassenkameraden bereits erklärt habe.«

Mila lief zügig weiter, bevor Jessica sie entdeckte und ihr mal wieder vorwarf, dass sie etwas tat, was man als typisches Täterverhalten bezeichnen konnte.

Diese Stadt war wirklich kurz davor, kollektiv ihren Verstand zu verlieren, wenn Jessica jetzt schon mit Jürgen Kowalski über Hacker-Taskforces sprach.

Kurz bevor Mila endlich ihr Ziel erreichte, blieb sie noch einmal abrupt stehen.

Helena lief über den Rathausplatz. Und hielt ebenfalls inne, als sie Mila entdeckte.

Sie starrten sich an. Doch diesmal fand Mila keine Vertrautheit zwischen ihnen. Helenas Züge wurden auf eine Weise hart, die Mila nicht von ihr kannte. Die dunklen Ringe unter ihren Augen verstärkten den Effekt nur noch. Und dann wandte sich Helena auch schon wieder ab und verschwand in die entgegengesetzte Richtung. Hauptsache weg von mir, dachte Mila. Sie verharrte noch einen Moment und setzte ihren Weg dann fort.

Als sie die Ladentür erreichte, ließ sie ihre Hand einen Moment auf der kühlen Klinke liegen.

Wenn sie jetzt durch diese Tür trat, gestand sie sich endgültig ein, dass es keinen Weg zurück für sie gab.

Sie seufzte. Als bliebe ihr eine andere Wahl.

Sie betrat die Änderungsschneiderei. Es war laut hier drin. In das Rattern einer Nähmaschine mischte sich das Klappern eines Druckers in der Ecke. Es roch nach Mottenkugeln, aber Mila mochte den Geruch. Er erinnerte sie an ihre Oma.

Der Raum war nicht groß. Es gab eine kleine Umkleidekabine für die Kunden. Eine alte Theke mit einer noch älteren Kasse darauf stand am Ende des Raums. Dahinter konnte Mila durch eine offene Tür in das Nähzimmer blicken, wo eine mittelalte Frau über der Nähmaschine hockte und den Stoff vor sich sehr konzentriert musterte.

»Hallo.«

Eine junge, ein bisschen krächzende Stimme ließ Mila herumfahren.

Ein Junge war durch eine Tür getreten, die ihr bisher noch gar nicht aufgefallen war. Er musste noch zur Schule gehen. Seine kurze Begrüßung hatte Mila schon gereicht, um herauszuhören, dass er gerade seinen Stimmbruch durchmachte. Seine roten Haare standen wirr von seinem Kopf ab.

Er war sehr schlaksig. Seine Gliedmaßen wirkten zu lang für seinen Körper wie bei einem Welpen, der erst noch in seine riesigen Tatzen hineinwachsen musste.

Er kam Mila auf seltsame Weise bekannt vor.

»Ich bin Luca«, sagte er nach einem Räuspern. »Bist du Mila?«

»Ja, genau«, sagte Mila, als wäre das ein Geständnis, das ihr schwerfiel.

»Mama hat mir schon erzählt, dass du heute hier anfängst«, meinte der Junge, den Mila auf ungefähr vierzehn Jahre schätzte.

»Mh«, machte Mila nur. Sie hatte keine Ahnung, was sie darauf erwidern sollte. Luca stand auch nur ungelenk vor ihr und sagte gar nichts mehr.

Das Rattern der Nähmaschine verstummte. Als Schritte erklangen, drehte sich Mila zu Lucas Mutter um, mit der sie sich hoffentlich entspannter unterhalten konnte als mit ihrem Sohn.

Lucille Rivera streckte Mila die Hand entgegen. Mila ergriff sie. Sie konnte die Hornhaut an den Fingern spüren und empfand das seltsamerweise als angenehm.

»Es freut mich, dass du heute hier anfängst«, sagte Lucille. Sie klang streng, aber auf eine liebevolle Weise.

»Ich mich auch«, erwiderte Mila, weil es von ihr erwartet wurde. Nicht, weil sie es so meinte. Lucille lächelte milde, als wüsste sie das.

Lucille wirkte wie eine Frau, die ihr Leben im Griff hatte. Sie war sehr schlank, hatte eine gerade Haltung – erstaunlich, wenn man bedachte, dass sie ihre Tage gebeugt über Nähmaschinen verbrachte. Ihre dunklen Haare wurden von vielen grauen Strähnen durchzogen. Im Gegensatz zu Milas Mutter machte sie sich nicht die Mühe, sie zu färben.

»Ein paar Infos vorweg«, begann Lucille geschäftig. »Mittagspause machen wir von eins bis zwei. Da ist der Laden zu. Du kriegst noch einen Schlüssel. Den fertigt der Schlosser gerade an. Das Haus ist alt, also hat es ein paar Macken. Die Toilettenspülung muss man zweimal drücken, bevor sie funktioniert. Wenn man die Mikrowelle benutzt, darf man nicht gleichzeitig eine Nähmaschine betätigen, sonst springt die Sicherung raus, und die Mikrowelle segnet das Zeitliche, schon oft passiert. Aber das kann Luca dir auch noch alles erklären. Während seiner Sommerferien greift er mir unter die Arme und verdient sich hier ein bisschen Taschengeld dazu, mit Lieferungen und was eben so anfällt.«

Luca winkte ein bisschen unbeholfen in der Ecke.

»Deine Arbeitsproben waren gut«, fuhr Lucille fort. »Ich würde dich am Anfang aber erst mal einfachere Arbeiten machen lassen. Ich will deine Fähigkeiten etwas genauer kennenlernen, bevor ich dich voll einspanne.« Sie kam direkt auf den Punkt. Benutzte keine überflüssigen Worte. Alles an dieser Frau – von den mit einer schwarzen Klammer zusammengehaltenen Haaren über die schlichte Kleidung bis hin zur geraden Haltung – strahlte Pragmatismus aus.

»Das klingt nach einem guten Plan«, meinte Mila und nickte knapp, weil Lucilles Verhalten jetzt schon ein bisschen abfärbte.

Nachdem Mila sich einen Tag gegönnt hatte, um das Sommerfest zu verarbeiten, hatte sie sich auf Jobsuche gemacht. Allein der Gedanke, weiterhin von ihrer Mutter abhängig zu sein, hatte ihr Übelkeit bereitet. Sie hatte nachgeguckt, was sie in dieser Stadt machen konnte. Doch die wenigsten Ausschreibungen hatten ihren Fähigkeiten entsprochen. Doch dann hatte sie sich an den Aushang im Copyshop erinnert. Sie war einmal bei Lucille vorbeigegangen und hatte ihr gezeigt, was sie bisher genäht hatte. Lucille hatte sich alles still und mit konzentriertem Blick angesehen. Jede Naht hatte sie unter die Lupe genommen. Sie hatte keinen Kommentar gemacht, und Mila war sich die ganze Zeit nicht sicher gewesen, ob sie ihre Arbeit richtig gut oder richtig schlecht fand. Schließlich hatte sie nur genickt und Mila gesagt, dass sie am Montag mit der Arbeit anfangen könnte.

Und nun stand Mila hier, um ihren ersten Tag als Aushilfe in einer Änderungsschneiderei zu beginnen.

Sie wartete darauf, dass sie sich fürchterlich fühlte. Sie hatte mal ein ganzes Team geleitet. Sie hatte sich um riesige Werbedeals gekümmert. Das hier war nicht nur ein Schritt zurück, sondern gleich mehrere.

Doch als Lucille ihr ihren Arbeitsplatz mit der Nähmaschine zeigte und ihr das Kleid reichte, das sie enger nähen sollte, fühlte sich Mila einfach nur ruhig. Den rauen Stoff unter den Fingerspitzen zu spüren, ließ sie tiefer durchatmen als sonst. Und während sich Lucille schweigend wieder ihrer Arbeit widmete, machte sie das Gleiche.

Zur Mittagspause musste Lucille noch ein paar Erledigungen machen. Deswegen blieb Mila allein mit Luca in der Änderungsschneiderei zurück. Hinter dem Nähzimmer gab es einen kleinen Aufenthaltsraum mit ebenso kleiner Küchenzeile, Wasserkocher, Mikrowelle, einem Kühlschrank, einem Tisch und drei Stühlen. Kein überflüssiger Gegenstand befand sich dort. Aber das passte ausgezeichnet zu Lucille.

»Mama hat ein bisschen mehr Nudeln gekocht, weil sie nicht wusste, ob du an dein Mittagessen denkst«, sagte Luca, dessen Stimme gerade nicht krächzte, sondern noch nach dem kleinen Jungen klang, aus dem er gerade herauswuchs. Er holte eine Tupperdose aus dem Kühlschrank.

»Das ist sehr lieb. Ich hab tatsächlich vergessen, Essen mitzubringen«, gab Mila zu. In Hamburg waren sie in der Mittagspause meist zu einem schicken Italiener gegenüber der Werbeagentur gegangen. Dafür reichte ihr Gehalt jetzt definitiv nicht mehr. Außerdem würde sie beim Spanier hier um die Ecke vermutlich wieder Leuten begegnen, denen sie eigentlich aus dem Weg gehen wollte.

Also ließ sie sich von Luca Spaghetti mit Tomatensoße in eine Schale füllen. Sie starrten die Mikrowelle wortlos an, während diese surrend ihre Arbeit tat.

Und sie begannen auch wortlos zu essen. Mila hatte keinen Kontakt mehr zu Teenagern gehabt, seit sie selbst einer gewesen war. Diese Situation überforderte sie.

»Du hast also Sommerferien«, sagte sie ein bisschen lahm, als sie die Stille nicht mehr aushielt.

»Ja«, sagte Luca mit vollem Mund. Die Tomatensoße, die ihm in den Mundwinkeln hing, passte farblich sehr gut zu seinen Haaren.

»Gehst du hier aufs Gymnasium?«

»Richtig.«

»Ich war auch da.«

»Ich weiß.«

Mila ließ ihre Gabel kurz sinken und runzelte die Stirn.

»Woher weißt du das?«

»Ich habe beim Klassentreffen gekellnert. Der ganze neunte Jahrgang wurde dazu verdonnert«, erklärte Luca.

Daher kam er ihr so bekannt vor!

Mila grinste. »Ich entschuldige mich hiermit offiziell im Namen meines Jahrgangs bei deinem dafür, dass ihr wegen uns an einem Freitagabend in der Schule sein musstet.«

Luca grinste auch, was die Tomatensoße in seinem Gesicht noch mehr zur Geltung brachte. »Ich nehme die Entschuldigung hiermit als Repräsentant meines Jahrgangs an.«

Sie grinsten sich noch einen Moment verschwörerisch an, als hätten sie ein Geheimnis, von dem nur sie wussten, und aßen weiter.

»Wie fühlt es sich an, nach fünfzehn Jahren wieder in der Schule zu sein?«, fragte Luca nach einer längeren Stille.

Sie aßen beide bereits ihre zweite Portion Nudeln – ein simples, aber äußerst leckeres Gericht.

»Seltsam«, gab Mila zu. »Und auch ein bisschen beschissen.«

Luca lachte auf. Vielleicht war er es nicht gewöhnt, dass erwachsene Menschen vor ihm fluchten.

»Kann ich mir vorstellen«, meinte er. »Hast du immer hier gelebt oder bist du zurückgezogen?«

»Ich hab meinen Job in Hamburg verloren und musste wieder zu meiner Mutter ziehen.« Sie hätte ihm die Wahrheit nicht verraten müssen, aber Mila hatte das Bedürfnis verspürt, das auszusprechen. Vor einem Jungen mit abstehenden roten Haaren, krächzender Stimme und Tomatenflecken im Gesicht musste sie sich nicht so geben, als hätte sie irgendwas unter Kontrolle. Sie konnte einfach die Wahrheit sagen. Immer so zu tun, als wäre sie besser, als sie tatsächlich war, war verdammt anstrengend.

»Das klingt auch ein bisschen beschissen«, meinte Luca und brachte sie damit zum Lachen.

»O ja. Meine Mutter und ich haben genau die gleichen Streitereien wie früher. Wann ich nach Hause komme, warum ich mich ständig auf meinem Zimmer verkrieche, mein Ex-Freund, mein Vater.«

»Was ist mit deinem Vater?« Auf einmal grinste Luca nicht mehr, sondern wirkte richtig ernst.

»Er hat meine Mutter sitzen lassen. Ich habe auch seit Jahren keinen Kontakt mehr zu ihm. Er ist nach Amerika ausgewandert, hat dort ein Model geheiratet und eine neue Familie gegründet.«

Luca nickte langsam, als hätte er genau mit dieser Antwort gerechnet. »Mein Vater ist auch nicht da.«

Obwohl sie den Jungen erst seit ein paar Stunden kannte, überkam Mila das fast unstillbare Bedürfnis, ihn in ihre Arme zu schließen.

Stattdessen lächelte sie verständnisvoll. »Ohne einen Vater aufzuwachsen, ist auch ein bisschen beschissen.«

Luca grinste. Und wieder wechselten sie einen verschwörerischen Blick.

Mila wollte nicht wissen, was es über sie aussagte, dass sie sich ausgerechnet bei einem Teenager das erste Mal seit langer Zeit so richtig wie sie selbst fühlte. Also hinterfragte sie es nicht weiter und nahm einfach hin, dass sie in diesem schlaksigen Jungen scheinbar gerade so etwas wie einen Freund gefunden hatte, der sie besser zu verstehen schien als die meisten anderen.

Als Lucille zurückkehrte, machten sie sich wieder an die Arbeit. Ihre neue Chefin war zufrieden mit Mila, also gab sie ihr immer anspruchsvollere Aufgaben. Und während sie nähte, wurde Milas Kopf auf eine herrliche Weise leer. Ihre Schultern schienen sich das erste Mal seit Jahren so richtig zu entspannen, während sie sich nur auf die Naht vor sich konzentrierte.

Luca nahm Kleidungsstücke, die sie geflickt hatten, mit, schwang sich auf sein Fahrrad und lieferte sie aus. Als er damit fertig war, leistete er ihnen Gesellschaft, las ein Buch. Und später kam er mit seiner Kamera zu ihnen und schien durch seine Bilder zu klicken. Die Beziehung zwischen Luca und Lucille konnte Mila nicht so ganz greifen. Sie gab ihr Rätsel auf. Luca verbrachte seine Sommerferien lieber hier in der Änderungsschneiderei als in seinem Zimmer oder draußen mit seinen Freunden, auch als er seine Arbeit schon erledigt hatte. Doch wenn Lucille ihn ansprach, tat er oft so, als würde er sie gar nicht hören. Dann wiederum brachte er seiner Mutter ungefragt einen Kaffee, doch wenn sie zum Dank sanft seine Hand streichelte, wurden Lucas Züge wieder härter und er wandte sich von seiner Mutter ab, als könnte er ihren Anblick nicht mehr ertragen. Er blieb trotzdem bei ihnen. Kaum hatte seine Mutter ihren Kaffee ausgetrunken, holte er ihr einen neuen.

Vielleicht, dachte Mila, war sie nicht die Einzige, die eine sehr komplexe, gleichzeitig liebevolle wie frustrierende Beziehung zu ihrer Mutter hatte. Wenn auch andere Menschen so waren, waren Mila und Gilda vielleicht gar nicht so verkorkst, wie sie immer befürchtet hatte.

»Gehst du heute wieder Fotos entwickeln?«, fragte Lucille ihren Sohn, kurz bevor Milas erster Arbeitstag vorbei war.

Mila war auf eine angenehme Weise erschöpft, die sie schon lange nicht mehr gespürt hatte. Nach der Arbeit in der Werbeagentur hatte sie stets noch so unter Strom gestanden, dass sie meist erst um zwei Uhr morgens hatte einschlafen können. Heute jedoch war sie überzeugt, dass sie einschlafen würde, sobald ihr Kopf das Kissen berührte.

Luca reagierte nicht direkt auf die Frage seiner Mutter, was diese sichtlich irritierte. Sie wiederholte sie geduldig und diesmal antwortete ihr Sohn.

»Ja«, bestätigte er. »Auch die Fotos vom Klassentreffen sind gut geworden.«

Auf einmal horchte Mila auf. »Du hast auf dem Klassentreffen Bilder gemacht?«

»Ja«, sagte Luca. »Ich mache immer und überall Fotos.«

Mila stand auf und lief zu ihm hinüber, um einen Blick auf das kleine Display an der Kamera zu werfen. Auf dem Foto, das er gerade betrachtete, sah man Jessica auf der Bühne in der Schulaula, während sie frustriert darauf wartete, dass jemand endlich den Strom wieder anstellte, damit sie ihre Rede halten konnte. Ihr Gesichtsausdruck brachte Mila zum Grinsen.

»Du hast noch mehr gemacht?«

»Viele«, verkündete Luca, der von Milas Begeisterung sichtlich verwirrt war.

»Könntest du mir die schicken?«, fragte Mila und versuchte zu überspielen, wie aufgeregt sie auf einmal war. »Ich mache eine Zeitschrift für das Klassentreffen, da wären Fotos großartig.«

Obwohl Luca sie erst heute kennengelernt hatte, runzelte er skeptisch die Stirn, als würde er ihr nicht glauben. Aber dann nickte er.

»Klar.«

Mila lächelte und sobald sie den Laden verlassen hatte, rief sie auch schon Noah an, dessen Nachrichten sie, seitdem er sie nach dem Sommerfest nach Hause gefahren hatte, systematisch ignoriert hatte. Sie hatte nicht gewusst, wie sie damit umgehen sollte, dass sie sich mal wieder so nah gewesen waren, nur um gleich darauf wieder diese Kluft zwischen ihnen zu spüren. Sie wusste es noch immer nicht. Aber hier ging es um ihre Mission, und die war wichtiger als ihre verwirrenden Gefühle.

Noah ging nach dem zweiten Klingeln dran.

»Du redest also wieder mit mir.«

Klang er verletzt? Mila ignorierte das schlechte Gewissen, das sich in ihr ausbreiten wollte.

»Wir haben einen neuen Hinweis«, sagte sie aufgeregt. »Fotos vom Klassentreffen.«

»Es hat noch jemand Fotos gemacht?« Noah klang genauso aufgeregt wie sie. Mila konnte ihn vor sich sehen, wie er sich noch aufrechter hinsetzte.

»Ja, richtig viele. Und nicht nur Selfies, die super überflüssig sind«, meinte Mila. »Vielleicht können wir den Abend so rekonstruieren.«

»Oder sehen, wer dir nach draußen gefolgt ist oder dir den Sekt übergekippt hat. Das bietet so viele Möglichkeiten.«

»Genau«, sagte Mila. »Ermitteln wir morgen weiter?«

Noah ließ sich einen Moment Zeit zu antworten. Wollte er sie auf die Folter spannen, weil sie ihn eine Woche lang ignoriert hatte, oder musste er wirklich darüber nachdenken?

Schließlich räusperte er sich. »Morgen ermitteln wir weiter.«

Mila spürte Euphorie in sich aufsteigen, deren Ursprung sie nicht so genau benennen konnte. Aber gerade wollte sie das auch gar nicht. Sie würden die Zeitkapsel finden. Und sie würden es gemeinsam tun.

Kapitel 15

Die Bilder verschwammen vor Milas Augen. Sie blinzelte, starrte erneut auf den Monitor und nach einer Minute verschwamm wieder alles.

»Ich kann es mir nicht mehr angucken.« Noah gab sich zuerst geschlagen.

Seit über einer Stunde brüteten sie über den Fotos, die Luca ihnen gegeben hatte. Meistens waren auf jedem Bild so viele Menschen zu sehen, dass Mila sich fühlte wie ein Kind vor einem Wimmelbuch. Nur dass sie diesmal nicht wusste, wen sie eigentlich in der Menge suchte.

»Wir müssen endlich vorankommen«, meinte Mila. »Ich kann kaum noch auf die Straße gehen. Die Leute hassen mich.«

Am Vortag war Jessica in die Änderungsschneiderei gekommen, vermutlich, um das Kleid, das sie in den Händen hielt, anpassen zu lassen. Doch sie hatte nur einen Blick auf Mila geworfen und war wortlos wieder aus dem Laden gelaufen. Lucille hatte das zum Glück nicht kommentiert. Aber unter keinen Umständen wollte Mila der Grund sein, dass ihre Chefin Kundschaft verlor.

»Die Leute drehen durch«, gab Noah zu.

Sie hatte ihm schon von der Unterhaltung zwischen Herrn Kowalski und Jessica erzählt, das sie belauscht hatte. Er hatte nur trocken kommentiert, dass er überrascht war, dass die beiden das Wort IP-Adresse kannten.

Noah öffnete wieder Instagram. Genauso wie Mila machte auch ihn die Ungewissheit nervös, wann ein neues Geheimnis gelüftet werden würde und ob es seines war. Bisher war kein weiterer Post hinzugekommen. Aber das machte es auch nicht besser.

»Amir hat es auch nicht gut aufgenommen, dass sein Zettel auf Instagram gepostet wurde«, meinte Noah gedankenverloren, während er sein Handy wieder wegsteckte, und Mila war richtig erstaunt, dass er mal von sich aus etwas erzählte, ohne dass sie ihm alles aus der Nase ziehen musste.

»Da ist ausgerechnet der neue Schulleiter für den berüchtigtsten Streich unseres Jahrgangs verantwortlich«, sagte Mila und konnte sich ein Grinsen nicht verkneifen.

Amir war damals ein Streber gewesen, der immer alles richtig gemacht hatte. Er hatte nur gute Noten geschrieben, war nie beim Nachsitzen, hatte keinen Spaß an doofen Scherzen gehabt. Und ausgerechnet er hatte beim Abistreich das Auto des damaligen Schulleiters Herr Heckermann auf dem Schuldach geparkt. Danach hatte der ihren Jahrgang noch mehr gehasst, obwohl Mila eine Steigerung nicht einmal für möglich gehalten hatte. Warum ein Mensch, der Kinder so sehr hasste, ausgerechnet Lehrer wurde, hatte sich Mila nie erschlossen.

Aber über den Streich hatten sie alle geredet und stundenlang über Herrn Heckermanns hochroten Kopf gelacht.

Niemand hatte gewusst, wie das Auto dorthin gekommen war. Sie hatten vermutet, mit einem Kran. Aber herausgefunden hatten sie es nie.

»Wie hat er das eigentlich gemacht?«

»Er wollte es mir nicht verraten«, erwiderte Noah. »Es ist ihm super unangenehm. Er wurde richtig rot, als ich ihn drauf angesprochen habe.«

»Er will seinen Ruf als Streber eben nicht verlieren«, entgegnete Mila.

»Einige Eltern der Schüler haben ihn drauf angesprochen. Er hat sogar Angst um seinen Schulleiterjob, aber er übertreibt maßlos. Er wird den Job nicht verlieren«, sagte Noah und schüttelte auf eine liebevolle Art den Kopf.

»Wenigstens für eine Sache war die Zeitkapsel also gut«, meinte Mila. »Ein paar Mythen aus unserer Schulzeit wurden aufgeklärt. Amir ist unser Streichkönig. Und wir wissen jetzt auch, dass Leon nicht mit Frau Müller geschlafen hat.«

Noah konnte sich ein Grinsen nicht verkneifen. Auch Leons Geheimnis war auf Instagram veröffentlicht worden. Ein Jahr vor ihrem Abschluss war ein BH in der Männerumkleide bei den Turnhallen gefunden worden. Wochenlang hatten alle nur darüber geredet. Frau Müller war beim Rausgehen beobachtet worden. Leon auch. Deswegen hatten alle geglaubt, er hätte eine Affäre mit ihr gehabt, auch weil er es nicht abgestritten hatte. Doch dann hatte er in seinen Brief geschrieben, dass er sie mit einem anderen Lehrer auf der Abschlussfahrt beim Sex erwischt hatte – beide verheiratet. Und die beiden hatten ihm eine beträchtliche Summe gezahlt, damit er das für sich behielt.

»Deswegen konnte er sich dann wohl doch den Roller leisten, von dem er Jahre lang geträumt hat«, sagte Mila.

Sie beneidete Leon ein bisschen, weil es für ihn keine große Sache war, dass nun alle sein Geheimnis kannten – anders als für Frau Müller.

Sie klappte wieder den Laptop auf und scrollte durch die Bilder.

»Du willst nicht aufgeben, was?«, fragte Noah neckend.

»Ich will niemals aufgeben«, erwiderte Mila und sah ihn an.

Ihre Blicke verhakten sich. Wieder einmal, wenn sie in seinen grünen Augen versank, drohte die Vergangenheit die Gegenwart zu überlagern.

Das hatte sie schon mal zu ihm gesagt. Als er ihre Beziehung beendet hatte.

Schnell schaute Mila wieder weg.

Daran wollte sie sich jetzt ganz sicher nicht erinnern.

»Helena verdächtigst du wohl nicht mehr«, sagte Noah, nachdem sie eine auffällig lange Zeit geschwiegen hatten.

»Nein«, meinte Mila sofort. »Ich glaube, ihr geht's richtig schlecht.« Helena hatte ihr natürlich nicht erzählt, wie es ihr ging. Aber jedes Mal, wenn sie Helena in der Stadt begegnet war, war sie mit gesenktem Blick und dunklen Augenringen an ihr vorbeigelaufen. Mila hatte sie nie zusammen mit Tommy gesehen. Er hatte den Brief sicherlich nicht gut aufgenommen.

Noah nickte. »Tommy redet anscheinend nicht mehr mit ihr. Und Melanie auch nicht. Sie denkt, dass ihre Mutter sie niemals wollte. Das muss hart sein.«

Ist es, dachte Mila bitter.

»Woher weißt du das?«, fragte sie laut.

»Yara.«

Mila starrte noch ein bisschen energischer auf den Laptop, um sich von einem Kommentar abzuhalten.

Sie klickte wahllos weiter durch die Bilder, ohne sie richtig zu erkennen. Bis sie endlich doch etwas entdeckte. Sie hielt inne und klickte ein Bild zurück.

»Ist das der Moment, bevor ich aufs Gelände stolpere?«, fragte sie Noah.

Er trat von hinten an ihren Stuhl heran und beugte sich über ihre linke Schulter, um besser auf den Laptop blicken zu können. Sie spürte seinen Atem an ihrem Hals. Sofort stellten sich die Härchen auf ihren Armen auf. Mila war sehr froh darüber, heute lange Ärmel zu tragen.

Auf dem Bild war wieder mal viel zu viel zu sehen. Doch in der einen Ecke konnte man Mila erkennen. Ihre Bluse war nass, sie hatte also bereits ihre Sektdusche erhalten. Und viele Menschen unterhielten sich. Doch eine Person sah ihr nach. Emre.

»Ich weiß, du hast beim Frühstück den Verdacht nur auf ihn gelenkt, damit sich nicht mehr alle auf mich stürzen. Aber vielleicht ist er es ja wirklich«, meinte Mila. »Als Lokaljournalist langweilt er sich bestimmt zu Tode. Aber so eine Story – da ist mal wieder was los.«

Emre hatte schon einen kleinen Artikel über die Instagram-Seite verfasst. Aber sollten irgendwann alle Geheimnisse ans Licht gezerrt worden sein, konnte er bestimmt auch eine Titelstory daraus machen.

»Ich weiß nicht, ob ihm langweilig genug ist, um sich mit der ganzen Stadt anzulegen«, überlegte Noah laut. »Aber es sieht so aus, als hätte er mitbekommen, wie du von der Party weg und aufs Gelände gehst. Und er hat ja behauptet, er fände es nicht schlimm, wenn sein Brief rauskommt.«

»Was ihn definitiv verdächtig macht.« Mila vergrößerte das Bild. »Er war so ruhig beim Frühstück, als würde es ihm wirklich nichts ausmachen. Aber vielleicht konnte er nur so ruhig bleiben, weil er die Kapsel hat und deswegen weiß, dass sein Geheimnis sicher ist.«

»Möglich«, meinte Noah. »Aber noch immer nicht eindeutig.«

Damit hatte er leider recht. Nichts war jemals eindeutig. Und es würde Mila noch wahnsinnig machen.

»Trotzdem mache ich mal einen Termin mit ihm«, sagte Mila und holte ihr Handy hervor.

»Einen Termin?«, fragte Noah.

»Ja, für unser Buch über das Klassentreffen.«

»Zeitschrift«, korrigierte Noah sie. »Du solltest unser Fake-Projekt schon wenigstens richtig bezeichnen.«

Mila zeigte ihm den Mittelfinger der linken Hand, während sie mit der rechten eine Mail an Emre verfasste. Sie war schließlich Multitasking-fähig. Was leider auch bedeutete, dass sie gleichzeitig grinsen konnte.

»Okay, so, das hätten wir. Dann werde ich ihn mal aushorchen«, sagte Mila.

»Wenn du so redest, klingt es so, als wolltest du ihn umbringen.«

»Ich vergrabe nur Gurkengläser mit Geheimnissen, die uns fünfzehn Jahre später noch das Leben zur Hölle machen. Keine Leichen.«

»Da bin ich aber erleichtert.« Jetzt grinste auch Noah.

Warum konnte es nicht immer so leicht und vertraut zwischen ihnen sein?

»Yaras und Jessicas Unschuld ist aus meiner Sicht auch noch nicht bewiesen«, meinte sie, obwohl sie eigentlich nicht über Noahs Ex reden wollte – es erinnerte sie daran, warum es nicht immer so leicht zwischen ihnen sein konnte. Weil so vieles zwischen ihnen stand, was sie sich nicht trauten, dem anderen zu sagen. Es fing mit ihrer gemeinsamen Vergangenheit an und reichte bis zum Inhalt der Briefe, die sie damals in das Glas gestopft hatten. »Das Gespräch beim Sommerfest ...«

»Sie haben sich eben unterhalten«, unterbrach Noah sie. »Lass das doch endlich gut sein.«

Mila steckte ihr Handy weg, drehte sich zu ihm um und fixierte ihn. Sein kühler Tonfall, mit dem er all ihre offenen Fragen abtat, war auch einer der Gründe, warum es nicht immer so leicht und vertraut zwischen ihnen sein konnte. »Weil sie deine Ex ist?«, fragte sie giftiger als beabsichtigt.

Noah blieb still. Er sah sie nur erstaunt an. Was Mila aus irgendeinem Grund, den sie selbst nicht kannte, noch mehr aus der Haut fahren ließ.

»Hast du wirklich gedacht, ich kriege das nicht mit? Hier redet jeder über jeden.«

»Es ist kein Geheimnis«, sagte Noah schwach.

»Warum hast du eins draus gemacht?«, hielt sie dagegen.

Erst als ihre Stimme ganz von allein lauter wurde, realisierte sie, wie wütend sie auf ihn war, obwohl es ihr nicht zustand. Aber wenn es um Noah ging, hatte sie sowieso viele Gefühle, die sie nicht haben sollte.

»Du hast mir auch nichts von deinen Ex-Beziehungen erzählt«, meinte Noah. Er konnte genauso stur sein wie Mila.

»Weil sie keine Rolle spielen.«

Mila hätte die Worte am liebsten wieder runtergeschluckt, aber sie waren bereits draußen. Auf einmal fühlte sie sich nackt. Sie hatte nicht so viel preisgeben wollen. In diesem Satz war so viel enthalten. Und dass Noah es erkannte, konnte sie an seinem erstaunten Gesichtsausdruck ablesen.

Keine Beziehung war so bedeutungsvoll gewesen wie die mit ihm. Natürlich hatten die anderen Beziehungen Mila geprägt, verändert und Einfluss auf sie gehabt. Aber von den anderen hatte sie sich lösen können.

Sie räusperte sich umständlich. »Heute kommen wir nicht weiter, und ich bin müde. Fährst du mich nach Hause?«

Sie wartete darauf, dass Noah ihre Aussage kommentierte oder Fragen stellte. Aber sie hätte eigentlich damit rechnen sollen, dass er das nicht tun würde. Noah hatte sich schon vor langer Zeit vor ihr verschlossen und würde niemals wieder vollständig aufmachen. Das sollte sie endlich akzeptieren.

»Okay«, sagte er nur, Mila nickte und folgte ihm aus seiner Wohnung. Damit war wohl alles gesagt.

Bevor sie zurückgekehrt war, hatte Mila nicht gewusst, dass Schweigen in Autos schlimmer war als überall sonst. Mit Noahs Hilfe hatte sie das jetzt gelernt.

Auch als sie das Radio anschaltete, wurde die Stimmung in Noahs Toyota, der auf einmal viel kleiner wirkte als vor fünf Minuten noch, nicht weniger angespannt. Aretha Franklins samtige Stimme erinnerte sie nur daran, wie eng sich ihr eigener Hals in diesem Moment anfühlte.

Vielleicht hätte sie lieber laufen sollen, überlegte sie. Aber sie hatte keine Lust gehabt, vierzig Minuten durch die Stadt zu gehen.

Noahs Handy war es, das letztendlich die Stille brach. Er hatte es auf die Mittelkonsole gelegt, und sein Blick verdunkelte sich, sobald er auf das Display sah. Mila hätte gern von sich behauptet, dass sie nur aus Versehen ebenfalls hingeguckt hatte. Aber die Wahrheit war, dass sie einfach ihre Neugier nicht unter Kontrolle hatte.

Pflegeheim stand dort. Mila schlang automatisch ihre Arme um ihren Körper. Es ging also um Noahs Mutter.

»Da muss ich rangehen«, sagte Noah knapp, fuhr rechts an den Straßenrand und nahm den Anruf an. Natürlich würde er niemals beim Autofahren telefonieren. Seit dem Unfall seiner Eltern war er bestimmt besonders vorsichtig, sobald er hinterm Steuer saß.

»Hallo.« Es klang mehr wie eine Frage als eine Begrüßung. In diesem Wort lag die Aufforderung, ihm direkt zu sagen, was los war.

Mila sah krampfhaft aus dem Fenster. Wollte ihm so viel Privatsphäre lassen, wie in dem kleinen Wagen möglich war, auch um ihre Neugier von eben wieder gutzumachen. Als er sich jedoch umständlich räusperte, ohne tatsächlich zu sprechen, wandte sie sich doch wieder zu ihm um. Noah hatte die Brauen zusammengezogen, eine steile Falte dazwischen. Das Handy hielt er viel zu fest gegen sein Ohr gepresst.

»Ich bin gleich da«, sagte er schlicht, nachdem er einige

Minuten nur zugehört hatte. Dann legte er auch schon auf. Sein rechtes Ohr war ein bisschen rot, zeigte den Abdruck des Handys.

»Ich muss ins Pflegeheim fahren«, sagte er.

»Ist mit deiner Mutter alles in Ordnung?«, fragte Mila etwas kleinlaut. Sie hatten nie über seine Eltern gesprochen, und sie hatte keine Ahnung, wie sie feinfühlig mit dem Thema umgehen sollte. Sie hatte Angst, mit ihren groben Worten mal wieder etwas kaputt zu machen und ihn zu verletzen.

»Nichts Besonderes. Der Schlaganfall hat zu einer Hirnschädigung und voranschreitender Demenz geführt. Sie ist manchmal verwirrt und dann wird sie laut. Aber jetzt geht es wieder. Sie halten mich nur auf dem Laufenden. Und es beruhigt sie, wenn ich sie besuche.«

In Milas Brust wurde es warm und sie musste den Impuls, Noah zu berühren, unterdrücken.

»Ich muss jetzt los. Tut mir leid. Ich kann dich hier …«

»Du kannst mich mitnehmen«, schlug Mila vor, ohne darüber nachzudenken.

Noah musterte sie einen Moment perplex. Sie rechnete schon damit, dass er sie bestimmt hinauskomplimentieren würde. Er wollte mit ihr über nichts reden. Warum sollte er bereit sein, ihr einen so intimen Teil seines Lebens zu zeigen?

Doch er überraschte sie beide, als er schließlich nickte.

»Es könnte ihr guttun«, sagte er, während er das Auto startete. »Leute, die sie von früher kennt, verbessern ihre Laune immer.«

Mila nickte nur. Dieser Moment erschien ihr wertvoll und

gleichzeitig unfassbar zerbrechlich. Sie wusste, dass nicht viel fehlte und Noah würde seine Meinung wieder ändern. Also versuchte sie ihm während den nächsten fünfzehn Minuten Fahrt keinen Grund zu geben, dies zu tun.

Das Pflegeheim lag ein bisschen außerhalb der Stadt auf einem Hügel, von dem man auf die anderen Häuser hinabblicken konnte. Noah parkte das Auto vor dem Gebäude. Als er ausstieg, folgte Mila ihm.

Schon von außen wirkte das Haus weiß und steril, und dieser Eindruck besserte sich auch im Innern nicht. Durch eine Schiebetür betraten sie einen weitläufigen Eingangsbereich. Hinter der Rezeption saß eine Frau Ende fünfzig, die Mila in Gedanken sofort als Dame bezeichnete. Sie hatte eine schicke Hochsteckfrisur und eine einnehmende Ausstrahlung. Sie begrüßte Noah wie die Wirtin einen Stammgast in ihrer Kneipe. Mila nickte sie zu, woraufhin diese die Geste erwiderte.

Sie folgte Noah durch mehrere Flure. An den Wänden hingen Bilder, die wohl die Bewohner des Heims gemalt hatten. Viele Blumen und Bäume und andere Naturmotive.

Sie kamen immer mal wieder an älteren Frauen und Männern vorbei. Ein Mann saß in einem Sessel in der Ecke, eine kalte Pfeife im Mundwinkel. Er wirkte nicht, als würde es ihn stören, dass sie aus war. Er schien eher so, als würde ihm dieser Umstand nicht einmal auffallen.

Eine Frau, die sich auf einen schicken Gehstock stützte, kam an ihnen vorbei und grüßte sie mit einem sehr warmen Lächeln.

Das half ein bisschen gegen Milas Nervosität. Aber auch nicht viel. Noahs Mutter hatte sie immer gemocht. Sie konnte sich noch gut an sie erinnern. Vor allem an das gute Essen. Und die festen Umarmungen, die sich immer ein bisschen wie nach Hause kommen angefühlt hatten.

Seit dem Unfall hatte Mila Noahs Mutter allerdings nicht mehr gesehen. Obwohl sie keinen Kontakt mit Noah gehabt hatte, kannte sie natürlich die ganze Geschichte. Da hatte Gilda das eine Mal mit ihrer Regel gebrochen und Mila tatsächlich etwas aus Noahs Leben erzählt.

Karl Baumgartner und seine Frau Irmi waren eines Nachts mit dem Auto nach einem Essen mit Freunden nach Hause gefahren. Irmi saß am Steuer, als sie einen Schlaganfall erlitt. Die beiden kamen von der Straße ab und knallten gegen einen Baum. Der ehemalige Bürgermeister war sofort tot, Irmi schwer verletzt.

Seitdem lebte sie hier.

Nachdem sie zwei Stockwerke mit dem Aufzug hinaufgefahren waren, standen sie schließlich vor einer Tür. Daneben hing ein schön geschnitztes Schild. Mila wusste auf den ersten Blick, dass Noah es gefertigt hatte. *Irmi Baumgartner* stand dort in geschwungener Schrift umgeben von ein paar Stiefmütterchen. Den Lieblingsblumen seiner Mutter.

Es waren diese Details, die Mila schon jetzt drohten, die Tränen in die Augen zu treiben. Dabei hatte sie das Zimmer noch nicht einmal betreten.

Noah klopfte und trat wenige Augenblicke später auch schon ein, ohne auf eine Antwort von drinnen zu warten. Mila folgte ihm etwas unsicher und schloss die Tür umständlich leise hinter sich.

Die kleine Wohnung hatte einen Eingangsbereich mit

Garderobe, aber Noah war bereits weitergelaufen. Also tat Mila es ihm nach.

Der Anblick, der sich ihr hier bot, ließ sie einen Moment innehalten.

Der Raum war genauso eingerichtet wie das Haus, in dem Noah aufgewachsen war. Da stand die Couch mit dem Blümchenbezug. An den Wänden entdeckte Mila die gleichen Familienfotos zwischen den großen dunklen Holzschränken. Da der Raum deutlich kleiner war als das ehemalige Wohnzimmer der Baumgartners, wirkten sie etwas zu wuchtig, trotzdem strahlte alles hier die gleiche liebevolle Wärme aus. Jedes Detail war gleichgeblieben. Sogar der alte Röhrenfernseher war noch da.

»Hallo, Mama«, sagte Noah.

Irmi Baumgartner saß in einem Rollstuhl vor dem Fernseher und sah nach draußen.

Noah umarmte sie. Erst da kam wieder richtig Leben in Irmi. Sie wandte den Kopf und ein Strahlen legte sich auf ihre Züge, sobald sie ihren Sohn erkannte. So viel Liebe lag darin, dass Mila das Gefühl bekam, in einem Moment zu stören, der nicht für sie bestimmt war.

»Guck mal, wen ich mitgebracht habe«, sagte Noah sanft und trat zur Seite, um den Blick auf Mila freizugeben.

»Mila«, sagte Irmi, und die Freude in ihrer Stimme ließ Mila fast in Tränen ausbrechen. Sie trug noch den gleichen knallroten Lippenstift und die schneeweiße Bluse wie früher. Mila holte tief Luft, riss sich zusammen und ging auf Irmi zu. Diese streckte den rechten Arm nach ihr aus, und Mila drückte fest ihre Hand.

»Hallo«, hauchte Mila mehr, als dass sie sprach.

»Es ist schön, dich endlich mal wiederzusehen.«

Irmis Blick wanderte zum Tisch, auf dem die Bilderrahmen auf kleinen weißen Deckchen ruhten. Auf einem waren Noah und Mila zu sehen, wie sie gemeinsam im Garten der Baumgartners auf der Bank saßen. Es war ein Pärchenbild, wie man es den Eltern schenkte. Sie hielten brav Händchen und vermieden jeglichen unanständigen Körperkontakt.

Mila starrte das Foto einen Moment zu lange an. Sie konnte nicht fassen, dass es hier stand.

»Immer schon so ein schönes Paar«, sagte Irmi ein bisschen verträumt. »Bis heute.«

Mila warf Noah einen fragenden Blick zu. In seinem Gesicht lag ein Flehen, das Mila sofort verstand.

»Richtig«, sagte sie, weil ihr nicht mehr einfiel.

Irmi dachte, sie wären noch zusammen. Mila spürte die Tränen schon in ihrer Nase brennen. Doch sie blinzelte schnell. Sie konnte jetzt nicht weinen. Sie wusste nicht genau, warum nicht, aber ihr war klar, dass das nicht der richtige Zeitpunkt war.

»Hattest du wieder einen Albtraum?«, fragte Noah.

Irmi hatte Milas Hand noch immer nicht losgelassen, und sie brachte es nicht übers Herz, sie ihr zu entziehen. Und ein Teil von ihr machte das nicht nur für Irmi, sondern auch für sich selbst. Nur kurz erlaubte sie es sich, in Irmis Wärme Zuflucht vor all den Dingen zu finden, die sie frieren ließen.

»Ja, da war wieder dieser Junge. Er verfolgt mich«, sagte Irmi. »Er lässt sich nicht ignorieren.«

Noah spannte sich merklich an. »Das sind nur Träume.«

»Aber er ist real«, beharrte seine Mutter.

»Soll ich dir einen Tee machen?«, fragte Noah.

Er wechselte so offensichtlich das Thema, dass Mila die Stirn runzelte. Doch einen Moment später lächelte Irmi sie wieder an, und da konnte auch sie nicht anders, als es zu erwidern.

»Sehr gerne«, sagte sie. »Im Schrank sind noch die Kekse, die ihr so gern esst.«

Während Noah in der Küche verschwand, ging Mila zum alten Holzschrank und holte die Kekse heraus, die in einer geschnitzten Dose steckten. Es war einer der ersten Gegenstände, die Noah je gefertigt hatte.

»Erinnerst du dich?«, fragte Irmi und deutete darauf.

»Natürlich«, sagte Mila, blickte über ihre Schulter, um sicherzugehen, dass Noah noch verschwunden war. Das anhaltende Rauschen des Wasserkochers gab ihr ein bisschen Sicherheit, dass er nicht auf einmal hinter ihr auftauchen würde. Dann wandte sie sich wieder an Irmi und setzte hinzu: »Ich erinnere mich an alles.«

Irmi grinste verschwörerisch, als wäre sie ihre Freundin, der sie von dem Jungen erzählte, für den sie schwärmte, und nicht dessen Mutter.

»Das ist gut so.« Sie nickte geschäftig. Mila stellte die Dose auf den Wohnzimmertisch, und sofort hielt Irmi sie ihr unter die Nase, damit sie auch einen Keks aß. Irmi hatte immer schon befürchtet, jemand in ihrem Umfeld könnte vom Fleisch fallen, wenn sie nur nicht genau aufpasste. »Er ist auch so ein aufmerksamer Junge. Er merkt sich alles, was du ihm erzählst. Welche Bücher du magst. Dann liest er sie auch, nur um sich mit dir darüber unterhalten zu können. Ich glaube, er führt eine Liste mit allem, was du magst. Er hat sie mal ertappt weggesteckt, als ich in sein Zimmer kam. Aber verrate ihm das ja nicht.«

Sie zwinkerte Mila verschwörerisch zu, als Noah mit einer Teekanne zurückkehrte, auf der genauso wie auf den kleinen Tassen Stiefmütterchen prangten.

Mila konnte ihm eine Weile nicht in die Augen sehen, weil sie an die Liste denken musste, die er über sie geführt hatte. Das war ausnahmsweise mal ein Zettel, von dem sich Mila wünschte, er hätte die Zeit überdauert.

Gemeinsam saßen sie an dem kleinen Wohnzimmertisch. Der Moment schmeckte sogar wie früher, während Mila den Tee trank und die Kekse aß, die Irmi ihnen damals immer gebracht hatte. Noah und sie saßen nah nebeneinander auf der Couch und obwohl Mila wusste, dass er nur für seine Mutter vorgab, mit ihr zusammen zu sein, tat es doch gut, sich wenigstens für einen kurzen Moment in der Illusion zu verlieren. Irgendwann traute sie sich auch wieder, ihm in die Augen zu sehen, und während Irmi schwärmte, was für ein tolles Paar sie doch waren, lächelte Noah auf eine Weise, als würde er dasselbe denken.

Als sie das Zimmer wieder verließen, wirkte Irmi richtig selig und Noah ein bisschen entspannter. Mila hingegen hatte Mühe, sich von dem Moment loszureißen, auch als sie aus dem Pflegeheim ins Freie traten. Sie hätte sich gern noch ein bisschen länger in eine Zeit geflüchtet, der sie viel zu häufig nachtrauerte.

Sie schwiegen den ganzen Rückweg zum Auto. Das Zuschlagen der Türen beendete die Reise in die Vergangenheit. Nun waren sie wieder in der Gegenwart.

Noah fuhr an. Mila wollte nicht wieder die erste sein, die

etwas sagte, also schwieg sie weiter. Ihr Kopf war ohnehin so voller ungeordneter Gedanken, dass sie keine Ahnung hatte, wie sie auch nur einen einzigen davon in Worte fassen sollte.

»Danke, dass du mitgekommen bist«, sagte Noah nach einer Weile. Mila konnte ihm anhören, dass ihn das viel Überwindung kostete.

»Keine Ursache. Es war schön«, erwiderte Mila.

»Es hat ihr gutgetan, dich zu sehen. Sie hat dich immer sehr gemocht.«

»Ich sie auch«, entgegnete Mila.

Kurz hing wieder Schweigen zwischen ihnen. Doch Mila spürte, dass Noah noch etwas sagen würde –, und sie behielt recht.

»Ich hätte dich gern bei der Beerdigung dabeigehabt.« Noah flüsterte nur, und deswegen sah Mila auch nicht zu ihm hinüber, obwohl sie unbedingt wissen wollte, wie er sie gerade ansah. Aber sie spürte, wie schwer ihm die Worte fielen und dass er den Abstand brauchte, den sie ihm so geben konnte. »Aber ich war zu stolz.«

Mila atmete tief durch. Nein, sie würde ihren Kampf gegen die Tränen nicht ausgerechnet jetzt verlieren.

»Ich wäre gern da gewesen.«

»Ich weiß«, murmelte Noah.

Mehr brauchte es in diesem Moment nicht. Die Ehrlichkeit, die in jedem seiner Worte lag, wog so schwer, dass keine weiteren mehr nötig waren.

Sie schwiegen wieder. Doch jetzt fühlte es sich gut an, weil sie all das gesagt hatten, was wichtig war.

Kapitel 16

Mila fixierte Emre, während er nur belustigt zurücklächelte.

Sie saßen in seinem Büro. An den Wänden hingen ein paar ausgeschnittene Zeitungsartikel, die er wohl über die Jahre geschrieben hatte. Prominent im Mittelpunkt prangte der obligatorische Bericht über die Jahreshauptversammlung eines Kleintierzüchtervereins. Emre war also so cool, dass er sich auch über das Klischee seines Berufs als Lokaljournalist lustig machen konnte. Zumindest wollte er so wirken.

Er sah so aus, als wäre er dort, wo er schon immer sein wollte. Er trug ein schlichtes Hemd und Jeans und lehnte sich lässig gegen die Lehne des Stuhls. Er war ein Mann, der nichts zu befürchten hatte. Aber nur augenscheinlich, dachte Mila zum wiederholten Mal.

So im Reinen konnte Emre gar nicht mit sich sein. Das erschien ihr unrealistisch.

»Also bist du hier für deine Zeitschrift«, sagte er und betonte das letzte Wort so, dass deutlich wurde, dass er ihr diese Story überhaupt nicht abkaufte.

»Richtig«, sagte Mila trotzdem. Emre mochte glauben,

dass er sie durchschaut hatte, aber solange er keine Beweise dafür hatte, konnte er sich auch nie ganz sicher sein.

»Schön, wie Noah und du euch darum kümmert.«

Er machte sich nicht die Mühe, den Sarkasmus in seiner Stimme zu verstecken. Mila durfte ihn hören. Vermutlich wollte er das sogar.

»Welche Fragen hast du denn an mich?«, fragte Emre amüsiert. Ihm schien es Spaß zu machen, hier mit Mila zu sitzen. Von Berufswegen war er schließlich immer die Person, die Fragen stellte. Nie diejenige, die sie beantwortete.

Direkt hinter ihm, neben seinem linken Ohr an der Wand, hing ein Artikel, in dem es um die Plakette am Rathaus ging, die Karl Baumgartner gewidmet war. *Das Vermächtnis eines großen Mannes* war die Headline. Mila mochte Emre sofort noch ein bisschen weniger. Obwohl es natürlich nicht seine Schuld war, dass er nicht wusste, was für ein schrecklicher Vater Karl Baumgartner gewesen war. Nur sehr wenige Menschen hatten das gewusst.

»Was war dein Highlight beim Klassentreffen?«, fragte sie.

Emre grinste noch ein bisschen breiter. »Herrn Heckermanns mörderischer Blick.«

Mila hätte gegrinst, hätte sie Emre leiden können.

»Ich verstehe immer noch nicht, warum unser ehemaliger Schulleiter überhaupt aufgetaucht ist«, fuhr der fort. »Er wollte offensichtlich nicht dort sein. Aber er war ja nicht die einzige Person, die aussah, als wäre sie gern überall, nur nicht auf dieser Feier.« Den vielsagenden Blick konnte er sich genauso wenig verkneifen wie den sarkastischen Unterton.

»Ein Mensch mit komplexen Motivationen«, sagte Mila.

»Daran besteht kein Zweifel«, erwiderte Emre.

Dass ihm dieses Gespräch so offensichtlich Freude bereitete, nervte Mila. Für sie war das kein Spiel, sondern Ernst. Und er saß vor ihr, als wäre er schon lange nicht mehr so gut unterhalten worden. Sie war doch keine Zirkusshow.

Passenderweise entdeckte sie auch über einen Zirkusauftritt einen Artikel neben seinem rechten Ohr.

»Was wünschst du dir für das Klassentreffen nach dreißig Jahren?«

»Wieder so einen Skandal«, sagte Emre. »Mila, kannst du dich bitte darum kümmern?«

Sie fixierte ihn wieder mit einem bösen Blick. Er lächelte nur belustigt.

»Würdest du deine Schulzeit noch mal durchleben, wenn du könntest?«

»Gott, Nein«, sagte Emre sofort und mit Nachdruck. »Furchtbare Vorstellung.« Er schüttelte sich demonstrativ. »Du denn?«

Mila wünschte, sie könnte genauso vehement widersprechen wie er. Aber es fiel ihr schwer. Sie hatte eine tolle beste Freundin gehabt, mit der sie gelacht hatte, bis ihr Bauch schmerzte. Sie hatte noch nicht die Sorgen gehabt, mit denen Erwachsene sich rumschlugen. Sie musste keine Rechnungen bezahlen, keine Steuern, keine Miete. Sie hatte keine Existenzängste. Ihre Träume hatten sich erreichbar angefühlt. Und sie war mit Noah zusammen gewesen ...

»Manche haben eben die beste Zeit ihres Lebens in der Schule – kein Grund, sich dafür zu schämen«, kommentierte Emre ihr auffälliges Schweigen. Dann wurde er zumindest ein kleines bisschen ernster. »Okay, Mila«, setzte er mit einem für seine Verhältnisse sehr versöhnlichen Ton an.

»Wollen wir die Scharade nicht fallen lassen und einfach offen reden? Wir wissen doch beide, worum es hier wirklich geht.«

»Du klingst so, als wolltest du mit mir auf ein Date gehen«, sagte Mila trocken.

»Du bist nicht ganz mein Typ. Sorry«, sagte Emre grinsend.

»Um was geht es dann?« Er musste es schon selbst aussprechen. Das würde sie ihm nicht abnehmen.

»Die Zeitkapsel.« Emre legte die Ellbogen auf seinem Schreibtisch ab, der erschreckend ordentlich war, und stützte den Kopf in die Hände. »Du versuchst sie zu finden.«

»Denkst du nicht wie alle anderen, dass ich sie geklaut habe?«

»Das wäre zu einfach«, meinte Emre nachdenklich. »Und warum dann der ganze Mist mit der Zeitschrift? Wenn du die Zeitkapsel hättest, könntest du dir das doch sparen. Und uns alle zu befragen, ist nicht unbedingt etwas, was dir Spaß macht, oder?«

»Also ich habe gerade eine tolle Zeit.« Mila machte sich auch nicht die Mühe, ihren Sarkasmus zu verstecken.

Emre nahm es ihr nicht übel. Im Gegenteil. Ihm schien das alles gleich noch mehr Spaß zu machen. »Ihr versucht herauszufinden, wer sie hat.«

Mila erwiderte nichts. Es abzustreiten, erschien ihr an diesem Punkt überflüssig. Aber recht geben wollte sie ihm auch nicht.

»Und deswegen bist du hier. Weil du denkst, ich könnte sie haben. Leider muss ich dich enttäuschen.«

Mila wusste immer noch nicht, wie sie reagieren sollte.

Alles, was sie sagen konnte, würde sie verraten. Aber ihr Schweigen war auch ein Eingeständnis. Sie verstand, warum Journalist die richtige Berufswahl für Emre gewesen war.

»Wie soll ich dir das glauben?«, fragte sie schließlich. Vielleicht war es wirklich am sinnvollsten, wenn sie beide mit offenen Karten spielten.

»Ich habe natürlich keine Beweise«, sagte Emre. »Man kann schließlich nicht beweisen, dass man etwas nicht hat. Außer ich lasse dich meine Wohnung durchsuchen. Aber dann würdest du denken, ich hab die Zeitkapsel in meinem Auto versteckt. Und wenn du das durchsuchst, würdest du denken, ich hab's in der Zwischenzeit irgendwo vergraben. Solange du sie nicht bei mir findest, wäre da immer ein Zweifel. Also – ich kann es dir nicht beweisen.«

Schon wieder etwas, womit er recht hatte. Es ärgerte Mila immer mehr.

»Was steht wohl in deinem Brief, dass du ihn so verzweifelt finden willst?«, überlegte er laut. »Ich wünschte, ich wüsste es.«

»Vielleicht weißt du es ja schon.«

Emre grinste. »Wie gesagt, Schuld ist so viel leichter zu beweisen als Unschuld.«

»Und Noah meint immer, ich rede, als wäre ich in einem schlechten Krimi.«

Das brachte Emre zum Lachen. Und Mila musste zugeben, dass sie mochte, wie aufrichtig es klang. Und wie ungekünstelt.

»Ihr habt vermutlich auch alle anderen befragt, die damals beim Lagerfeuer dabei waren«, überlegte Emre laut. »Aber habt ihr nur die Leute befragt?«

»Wieso fragst du?«, gab Mila zurück.

»Nicht nur wir wussten von der Zeitkapsel. In dieser Stadt und vor allem in unserer Schule konnte noch nie irgendjemand die Klappe halten. Es wussten bestimmt viele Bescheid. Ihr solltet euch bei euren Befragungen nicht beschränken.«

Mila wollte sich darüber aufregen, dass er ihr einen Rat gab, nach dem sie nicht gefragt hatte. Aber Emre sprach nicht von oben herab mit ihr. Er schien sich einfach Gedanken gemacht zu haben und es gut zu meinen. Und damit wusste sie wesentlich schlechter umzugehen als mit seinen stichelnden Kommentaren.

»Ich …« Bevor sie sich überlegen konnte, wie sie darauf reagieren sollte, vibrierte ihr Handy. Und nur wenige Sekunden später auch Emres.

Sie holte es hervor. Noah hatte ihr auf Instagram einen Post weitergeleitet. Ihr Herz raste. Sie öffnete den neuen Beitrag. Und las zum Glück nicht ihre eigenen Worte.

Es waren Emres.

Sie blickte kurz von ihrem Smartphone auf. Emre beobachtete sie bereits. »Ich habe doch gesagt, mir würde es nichts ausmachen, wenn es rauskommt«, sagte er schulterzuckend.

Jetzt glaubte Mila ihm.

In seinem Brief sprach er davon, wie groß seine Angst davor war, seinen Eltern und allen anderen endlich zu sagen, dass er schwul war. Mit seinem Ehemann Rick lebte er schon seit zehn Jahren zusammen. Dieses Geheimnis war schon sehr, sehr lange keins mehr.

»Du hast mir damals beim Frühstück nicht geglaubt, oder?«

Er durchschaute Mila wirklich viel zu leicht.

»Natürlich nicht«, gab sie zu. »Ich dachte, du bist nur ein sehr guter Schauspieler.«

»Ich bin einfach aufrichtig, Mila«, erwiderte er. »Die Wahrheit ist immer besser als Geheimnisse. Das habe ich gelernt. Mein Vater hat mein Outing damals nicht gut aufgenommen. Es hat Jahre gedauert, bis wir wieder miteinander ausgekommen sind. Aber es war es trotzdem wert, ehrlich zu ihm zu sein. Wenn der Preis für ein Geheimnis ist, dass du ein unehrliches Leben führst, dann ist der Preis einfach zu hoch. Ich weiß, wovon ich rede.«

Verdammt, dachte Mila. Wie soll ich Emre jetzt noch unausstehlich finden?

Wieder grinste er wissend, als könnte er ihre Gedanken lesen. Er hatte ein schnelles Mundwerk und sagte provozierende Sachen. Aber wie konnte sie ihm das übelnehmen, wenn ihr Mund immer schneller war als ihr Verstand?

»Wäre es wirklich so schlimm, wenn dein Brief rauskommt?«, fragte er ehrlich interessiert. »Was ist das Schlimmste, das passieren kann?«

Ich könnte noch mehr gedemütigt werden, dachte sie sofort.

»Ich hatte damals auch so große Angst davor, was andere von mir denken könnten. Aber weißt du was: Jeder, der dann was Böses denkt, kann mich mal.«

Mila konnte nichts gegen das Grinsen tun, das sich auf ihren Lippen ausbreitete. Doch es verschwand schnell wieder. »Helenas Leben ist definitiv nicht besser als vorher.«

Für die Klatschtanten der Stadt war sie gefundenes Fressen. Irgendwoher wussten Schneeweißchen und Rosenrot, dass Helena und Tommy nicht mehr im selben Bett schliefen. Scheidungsgerüchte hingen in der Luft.

»Das stimmt«, gab Emre zu. »Aber vielleicht, weil ihr niemand das Gefühl gibt, dass ihre Wahrheit in Ordnung ist.«

»In der Schule warst du noch nicht so ein Klugscheißer, oder?«

»Damals wusste ich ja auch noch nicht so viel.«

Emres Worte wollten Mila einfach nicht loslassen. Den ganzen Tag drehten sie sich in ihrem Kopf von der einen auf die andere Seite und wieder zurück.

War Milas Wahrheit vielleicht doch gar nicht so beängstigend?

Ein absurder Gedanke, befand sie. Ein Gespräch mit Emre reichte definitiv nicht aus, um ihr einzureden, dass es nicht schlimm wäre, sollte ihr Brief öffentlich werden. Emre hielt sich vielleicht für weise, aber so weise war er nun auch wieder nicht.

Aber das Gespräch hatte wenigstens geholfen, nicht mehr mit gesenktem Kopf durch die Stadt zu laufen. Sie konnte sich vielleicht nicht alles zu Herzen nehmen, das Emre gesagt hatte. Einen Satz sollte sie sich aber vermutlich auf ein T-Shirt drucken lassen: *Jeder, der dann was Böses denkt, kann mich mal.*

Und während sie sich selbst diese Worte zusprach, konnte sie auch die bösen Blicke ignorieren, die ihr folgten, als sie durch den Supermarkt schlenderte.

Sie schnappte sich Salt-and-Vinegar-Chips, weil es nichts Besseres auf der Welt gab. Außerdem hatte sie frisches Gemüse geholt. Sie konnte keine weitere verbrannte Mahlzeit ihrer Mutter mehr essen.

Gerade griff sie nach einer Packung Eis aus dem Kühlfach – man gönnt sich ja sonst nichts –, als sie Helena entdeckte. Obwohl sie nicht diejenige war, die von der ganzen Stadt gehasst wurde, hielt sie ihren Kopf gesenkt. Vielleicht waren mitleidige Blicke ja genauso schlimm wie böse.

Milas Herz zog sich zusammen. Und wieder hatte sie Emres Stimme im Ohr. *Aber vielleicht, weil ihr niemand das Gefühl gibt, dass ihre Wahrheit in Ordnung ist.*

Sie sah sein selbstgefälliges Grinsen vor sich, das er zweifelsfrei im Gesicht hätte, wenn er wüsste, dass ihr seine Worte einfach nicht aus dem Kopf gingen.

Mila seufzte. Eine Sekunde später hatte sie sich auch schon in Bewegung gesetzt, ohne zu wissen, was sie sagen wollte.

»Hey«, murmelte sie, sobald sie Helena erreicht hatte.

Die zuckte so heftig zusammen, als wäre Mila zwischen den Regalreihen hervorgesprungen wie ein Zombie in einem Horrorfilm. Zum Glück trug Helena keinen Sekt bei sich, den sie Mila überkippen konnte.

»Ich habe mitbekommen, was los ist und was gelästert

wird. Und heute hat mir jemand etwas sehr Weises gesagt: All diese Leute können mich mal.«

Mila sollte wirklich anfangen zu denken, bevor sie sprach. Wahrscheinlich hatte sie es mit ihren Worten jetzt komplett vermasselt.

Doch Helena hob den Kopf und sah Mila an. So richtig. »Ach ja?«

Mila entschied, dass es kein Zurück gab und dass sie nicht so tun würde, als hätte sie was ganz anderes gesagt. »Ja, ich meine, dass du als Achtzehnjährige Angst davor hattest, Mutter zu werden, macht dich ganz sicher nicht zu einer schlechten Mutter. Natürlich hattest du Zweifel an allem. An deiner Situation, an der Beständigkeit deiner Beziehung. Wie hättest du denn sonst reagieren sollen?«

Helenas Augen füllten sich mit Tränen. Doch sie wandte sich nicht ab. Sie ließ Mila alles sehen. Und Mila war sich in diesem Moment sicher, dass sie noch nie einer mutigeren Person gegenübergestanden hatte.

Mila atmete tief ein. Wenn Helena so mutig sein konnte, konnte sie das auch sein.

»Darf ich dich in den Arm nehmen?«, fragte Mila fast schon kleinlaut.

Helena entfuhr ein kleines Lachen, das in einem Schluchzer unterging. Dann nickte sie nur noch. Mila wusste, dass Helena kein Wort mehr über die Lippen kam, sobald sie mal angefangen hatte zu weinen. Sie konnte nicht beides gleichzeitig tun. Sie war erst mal traurig. Erst wenn sie es herausgelassen hatte, konnte sie es in Worte fassen. Und Mila nahm sich vor, da zu sein. Für die Momente, in denen

Helena sprachlos war und für die, in denen sie ihre Sprache wiedergefunden hatte.

Also zog sie ihre ehemalige beste Freundin an sich und legte die Arme um sie. Sofort klammerte sich Helena an ihr fest. Sie benutzte ein anderes Waschmittel und ein erwachsenes Parfum statt des blumigen Vanilla-Kiss-Deos ihrer Jugend und doch war der Geruch vertraut. Sofort rollten auch Mila ein paar Tränen über die Wangen. Aber das war gar nicht so schlimm, befand sie. Sie weinte schließlich nicht allein.

Kapitel 17

Helena lief ein bisschen zögerlich durch die Eingangstür, doch Mila kommentierte es nicht.

Nachdem ihre Tränen im Supermarkt versiegt waren, hatten sie schnell bezahlt. Vermutlich redete jetzt schon die ganze Stadt darüber, dass die beiden sich so lange in den Armen gelegen hatten. Aber Mila könnte es nicht egaler sein. Sie war einfach nur froh, dass Helena nicht abgelehnt hatte, als sie sie gefragt hatte, ob sie mit ihr nach Hause kommen wollte.

Helena hatte gezögert. Aber schließlich genickt. Und jetzt schleppten sie beide ihre Einkäufe herein.

Milas Mutter kommentierte Helenas Auftauchen mit keinem Wort. Sie begrüßte sie, als wäre alles wie früher, zog Helena in eine herzliche Umarmung und drückte sie fest an sich. Diese fing zwar nicht wieder an zu weinen, war aber doch einige Minuten nicht in der Lage zu sprechen.

»Ich hole mal die Matratze aus der Kammer«, sagte Gilda nur und ließ die beiden in der Küche allein. Weder Mila noch Helena widersprachen ihr, obwohl sie beide keine Teenager mehr waren, die am Wochenende ständig

Übernachtungspartys machten. Mila fragte sich, warum sie jemals geglaubt hatte, dass man für so etwas Schönes zu alt sein konnte.

Sie wagte sich noch nicht zu hoffen, dass Helena so lange bleiben würde. Aber sie war ihrer Mutter dankbar, dass sie ihnen diese Möglichkeit aufzeigte und es ihnen leichter machte, indem sie alles vorbereitete.

Nach ihrem Streit hatten sowohl Mutter als auch Tochter so getan, als wäre nichts gewesen. Sie hatten sich sehr höflich miteinander unterhalten. Sie wollten beide nicht mehr streiten. Wieder entschuldigte sich Gilda mit kleinen Gesten, die Mila ganz langsam zu schätzen lernte.

Sie kam nicht zurück in die Küche und ließ Mila und Helena ihren Raum. Sie schwiegen, während sie den Salat zubereiteten. Doch das Geräusch der Messer auf den Schneidebrettchen beruhigte Mila. Sie würde warten, bis Helena sprach. Sie erwartete nichts von ihr. Helena musste ihr nichts erzählen, und Mila wollte sie nicht unter Druck setzen.

»Es tut mir leid«, murmelte Helena schließlich, als sie das Dressing auf dem Salat verteilte.

»Was?«

»Der Sekt.«

Mila lachte auf. Sie konnte nicht anders. »Schon gut. Du bist bestimmt nicht die Einzige, die mir an dem Tag was überkippen wollte.«

Helena grinste und widmete sich dann wieder dem Salat, verteilte ihn auf Tellern, während Mila die Chips in Schüsseln füllte.

Helena verließ die Küche als Erstes und lief ganz automatisch die Treppe hoch in Milas Zimmer. Mila grinste Helenas Rücken an, während sie ihr folgte.

Oben angekommen zögerte Helena kurz. Sie sah sich um. Mila hatte in den letzten Wochen ein bisschen umgeräumt. Sie hatte neue Bettwäsche in einem intensiven Dunkelgrün gekauft – ihrer Lieblingsfarbe. Die alten Klamotten im Schrank hatte sie aussortiert, ihre Koffer endlich ausgeräumt und ihre Kleidung ordentlich verstaut. Auf dem Nachttisch standen die Bücher, die sie gerade las. Die Nähecke war wieder voll in Benutzung. Der alte CD-Rekorder, die CDs von deutschen Girlbands, die alte Korkwand mit den Fotos und ihre Kuscheltiere waren alle in Kisten verpackt in den Keller gewandert. Das Zimmer bewies, dass Mila sich – wenigstens ein bisschen – mit dem Gedanken arrangiert hatte, dass sie nicht nur vorübergehend hier wohnte und dass sie wenigstens einen Teil ihres Teenager-Ichs losgelassen hatte. Nur vom Poster überm Bett hatte sie sich noch nicht trennen können.

Da inzwischen alle mitbekommen hatten, dass Mila jetzt in der Änderungsschneiderei arbeitete, musste Helena schon vor Betreten dieses Zimmers klar gewesen sein, dass Mila nicht nur zu Besuch war, sondern wieder bei ihrer Mutter wohnte. Trotzdem wartete sie nun darauf, ob Helena es kommentieren würde.

»Nett, dass Justin uns noch immer Gesellschaft leistet«, meinte Helena jedoch nur.

»Von ihm konnte ich mich einfach noch nicht trennen.«

»Verständlich.«

Helena setzte sich nicht ganz so selbstverständlich wie früher hin. Sie zögerte wieder einen Augenblick, ließ sich dann aber doch auf Milas Bett fallen und machte es sich bequem. Mila nahm neben ihr Platz und breitete die Decke über ihren Beinen aus. So eingekuschelt begannen sie zu essen.

Die Matratze lag auf dem Fußboden neben dem Bett. Gilda hatte sie sogar schon bezogen und Kissen und Decke hiergelassen. Mila lächelte mit vollem Mund.

»Der Salat ist tatsächlich lecker«, stellte Mila überrascht fest. »Früher konntest du nicht einmal ein Spiegelei anbraten, geschweige denn ein leckeres Dressing zubereiten.«

»Ich konnte mich nicht mein ganzes Leben lang von Weberli und Pommesbrötchen ernähren«, erwiderte Helena.

»Ich verstehe das Problem nicht.«

»Du hast ja auch den Stoffwechsel deiner Model-Mutter.«

Wenn Helena über Gildas Aussehen gesprochen hatte, hatte Mila sich noch nie schlecht gefühlt. Sie verglich sie nicht, gab Mila nicht das Gefühl, eine schlechte Kopie zu sein, sondern stellte einfach nur fest. Genau wie heute.

»Es tut mir leid«, sagte Mila, nachdem sie ihren Salat aufgegessen und zu den Chips übergegangen waren.

»Was tut dir leid?«, fragte Helena. Ihre Bluse war verknittert, sie roch genauso wie Mila nach Salt-and-Vinegar-Chips, ihr Dutt hatte sich aufgelöst, und Mila wünschte sich, sie würde immer so aussehen. Das hier war zu Hause.

»Was ich damals gesagt habe.«

Helena zog die Augenbrauen hoch. »Damals beim Abiball?«

Mila nickte.

»Die Entschuldigung kommt aber bisschen spät«, stichelte Helena.

»Besser spät als nie.«

Schwach grinste Helena. »Das stimmt.«

»Es tut mir leid, dass ich all diese Dinge gesagt habe, um dich zu verletzen. Tommy ist kein Versager, war er nie. Und das Leben, das du geführt hast, kein Gefängnis. Ich glaube, ich ...« Sie räusperte sich umständlich, aber sie würde es sich jetzt nicht durchgehen lassen zu verstummen. Nicht, wenn es so wichtig war, dass sie es endlich aussprach. »Ich glaube, ich habe dich nur dafür fertiggemacht, dass du deinen Schulfreund heiratest, weil ich wusste, ich würde meinen nie heiraten.«

Helena schwieg sehr lang. Sie blinzelte schnell. Dann ergriff sie schließlich Milas Hand und drückte sie fest in ihrer. Das bedeutete nicht, dass sie vergessen würde, wie schrecklich Mila sich damals verhalten hatte. Das bedeutete auch nicht, dass sie Milas Entschuldigung annahm. Aber es bedeutete, dass sie wieder bereit war, Milas Hand in ihrer zu halten. Und das war mehr, als sich Mila jemals erhofft hätte.

»Ich fühle mich wie eine Versagerin«, gab Helena irgendwann zu. Sie ließ Milas Hand immer noch nicht los und diese würde es sicherlich auch nicht tun. Lieber verbrachte sie den Rest ihres Lebens Hand in Hand mit Helena. »Ich bin keine gute Mutter, keine gute Ehefrau.«

»Das ist doch Unsinn«, sagte Mila mit sehr viel Nachdruck.

»Das kannst du nicht wissen. Du kennst mein Leben gar nicht.«

»Aber ich kenne dich. Du hast das größte Herz, das ich jemals erlebt habe. Es ist unmöglich, dass du keine gute Mutter und keine gute Ehefrau bist«, beharrte Mila. »Und was bedeutet das überhaupt? Das ist doch alles patriarchaler Bullshit.«

»Ach ja, ist das so?«, fragte Helena neckend. »Erklär mir doch die feministische Perspektive, die man in der Großstadt lernt.«

Mila verdrehte die Augen, doch dann wurde sie wieder ernst, weil sie glaubte, dass Helena das wirklich hören musste. Diesmal drückte sie Helenas Hand. »Wird Tommy von der Gesellschaft jemals in Frage gestellt, ob er ein guter Vater und Ehemann ist? Es ist doch eigentlich unmöglich, eine gute Mutter zu sein – eine gute Frau im Allgemeinen. Ich bin auch immer viel zu hart mit meiner eigenen. Ist nicht jede Mutter in den Augen von irgendwem eine Rabenmutter? Du hast eine Teenagertochter. Es ist ihr Job, dich scheiße zu finden! Es wäre verdächtig, wenn es nicht so wäre.«

»Ich weiß nicht, ob mir das hilft, mich besser zu fühlen«, sagte Helena und widerlegte ihre eigenen Worte im nächsten Atemzug schon wieder. Ihr Lächeln verriet sie. »Aber du hast recht. Ich habe das Gefühl, immer alles falsch zu machen. Aber seit dem Brief ... Melanie kann mich nicht einmal mehr ansehen. Sie denkt, ich wollte sie nicht. Und das stimmt nicht. Nicht ganz. Aber ich war selbst noch ein Kind und hatte unfassbare Angst. Ich wusste nicht, was ich will, und wir haben in diesem Moment unsere tiefsten und ehrlichsten Geheimnisse aufgeschrieben. Es war eine Momentaufnahme. Ich liebe meine Tochter. Ich liebe Tommy.«

»Hast du ihnen das gesagt?«, fragte Mila.

»Ja, hunderte Male. Sie glauben mir nicht. Als hätten sie wegen dieses einen beschissenen Briefes einfach vergessen, wie oft ich ihnen schon gesagt habe, dass ich sie liebe, wie oft ich es gezeigt habe.« Helenas Stimme war immer lauter geworden. Sie verstummte, als hätte sie sich vor der Lautstärke erschreckt, zu der sie fähig war.

»Glaubst du mir, dass ich nichts damit zu tun habe?«, fragte Mila. »Ich würde dir so was niemals antun. Ich kann mir vorstellen, dass es schwer ist, mir das zu glauben, nach all den Dingen, die zwischen uns passiert sind. Aber ich habe deinen Brief nicht veröffentlicht. Das hätte ich niemals getan.«

Wieder ließ sich Helena Zeit mit ihrer Antwort. Obwohl es Mila auf die Folter spannte, war sie ihr dankbar dafür, dass sie nicht gedankenlos antwortete. Wenn sie nach dieser langen Pause sprach, konnte Mila sich sicher sein, dass Helena ihre Antwort auch genauso meinte.

»Ich glaube dir«, sagte sie schließlich. »Du hättest dir niemals so viel Mühe gegeben.«

»Danke, das versuche ich doch ständig, allen klarzumachen«, sagte Mila.

Helena lachte auf. Und dabei entkam ihr auch ein kleines Grunzen. Schockiert legte sie eine Hand auf ihren Mund. Doch Mila konnte nicht mehr aufhören, von einem Ohr zum anderen zu grinsen.

»Ich hab's genau gehört«, sagte Mila.

»Du hast gar nichts gehört.«

»Lüge. Ich weiß, was ich gehört habe. Bitte lach noch mal so.«

»Auf keinen Fall«, sagte Helena und versuchte sich an einem ernsten Gesichtsausdruck. Er gelang ihr nicht.

»Bitte, bitte, bitte. Ich liebe das Geräusch.«

»Du bist so seltsam.«

»Sagt die mit der Schweinchenlache.«

Darüber musste Helena abermals lachen und wieder grunzte sie kurz. Mila lachte auf, deutete freudig auf sie. Helena versuchte, sich zusammenzureißen, aber sie konnte nicht. Sie lachte. Mila lachte mit ihr. Helena grunzte, und Mila lachte noch lauter. Und das taten sie, bis sie erschöpft und mit schmerzenden Bäuchen und Tränen in den Augen auf Milas Bett lagen und kaum noch Luft bekamen.

Die Stille, nachdem das Lachen verklungen war, fühlte sich nicht drückend an, sondern frei.

»Marie Antoinette?«, fragte Mila ein bisschen atemlos.

»Auf jeden Fall«, sagte Helena sofort. »Ich hab den Film ewig nicht mehr gesehen.«

Mila hatte ihren gemeinsamen Lieblingsfilm das letzte Mal mit Helena geguckt. Ohne sie hätte es sie zu traurig gemacht.

»Aber dann brauchen wir noch einiges.« Mila sprang vom Bett und eilte erst in die Küche und dann ins Zimmer ihrer Mutter. Als sie es betrat, saß Gilda auf ihrem Bett und las ein Buch. Sie sah nur kurz von den Seiten auf und deutete auf einen Stapel auf einem Stuhl. Sie hatte schon alles, was Mila brauchen könnte, zusammengeräumt.

Mila gab ihr einen Kuss auf die Wange, bevor sie das Zimmer mit beiden Armen voller Zeug wieder verließ. Irgendwie schaffte sie es zurück in ihren Raum, ohne etwas fallen zu lassen. Helena hatte in der Zwischenzeit Milas alten Fernseher richtig ausgerichtet und die DVD tatsächlich gefunden und schon ins Laufwerk gelegt.

Mila ließ alles auf ihr Bett fallen. Die gute Schminke

ihrer Mutter, die Federboas und Handschuhe und alten Klamotten, von denen sich ihre Mutter niemals hatte trennen können. Und dazu noch das, was Mila im Tiefkühlfach gefunden hatte.

Helenas Augen leuchteten, als sie nach dem kleinen abgepackten Spaghettieis griff. »Das habe ich ewig nicht mehr gegessen.«

Mila hoffte, dass sie in Zukunft beide diesen Satz nicht mehr ganz so oft sagen mussten. Nur weil sie Erwachsen waren, hieß das noch lange nicht, dass sie nicht mehr albern sein durften. Mila wollte sich auch wieder über die kleinen Dinge freuen. Das Spaghettieis, Helenas Grinsen, während sie den ersten Löffel probierte, ein Filmabend in ihrem Bett, das Gefühl von Geborgenheit.

»Ich dachte mir, wenn wir den Film wieder gucken, sollten wir es richtig machen«, sagte Mila und schwang sich dramatisch die Federboa um den Hals.

Helena nickte heftig, vermutlich immer noch im siebten Himmel vom Geschmack des Vanilleeises mit Erdbeersoße. »Ganz deiner Meinung.« Sie zog sich die weißen Handschuhe über, die bis zum Ellbogen reichten, startete den Film und aß dann ihr Eis mit der Eleganz einer französischen Königin – mindestens.

Sie lehnte sich an das Kopfende von Milas Bett. Und als Mila sich nicht bewegte und sie einfach nur betrachtete, klopfte sie auffordernd auf den freien Platz neben sich. Mit den weißen Handschuhen sah sie dabei natürlich überaus hochherrschaftlich aus.

»Setz dich. Sonst verpasst du noch was.«

Mila kam ihrer Aufforderung nach, schnappte sich das

andere Spaghettieis, bevor es schmolz, und nahm sich vor, nie wieder so einen schönen Moment zu verpassen, nur weil sie nicht lange genug innehielt, um ihn wahrzunehmen.

Kapitel 18

Als Mila an diesem Morgen ihr Zimmer verlassen hatte, hatte sie sich ein bisschen so gefühlt, als würde sie sich nach einem schlechten One-Night-Stand davonschleichen. Auch heute war ihr wichtig gewesen, die Person in ihrem Bett auf keinen Fall zu wecken.

Genauso wie früher hatte Helena die Matratze gar nicht gebraucht, sondern neben Mila geschlafen.

Sie war nicht aufgewacht, während Mila sich leise angezogen hatte und dann aus ihrem Zimmer verschwunden war.

Mila hatte heute eine etwas andere Mission als sonst. Wäre Helena wach gewesen, hätte sie ihr erklären müssen, was sie vorhatte. Und dann hätte Helena sie höchstwahrscheinlich aufgehalten. Das hatte Mila einfach nicht zulassen können.

Es war noch ein bisschen kühl. Auf diese besondere Weise, wie ein Tag nur früh am Morgen im Sommer kühl sein konnte. Mila mochte die Momente, bevor die Sonne richtig hochstand und die Welt aufheizen konnte. Die Luft war frisch. Sie atmete tief ein.

Ihr Spaziergang dauerte eine halbe Stunde. Eigentlich

war das zu lang, weil es ihr zu viel Raum gab, über all die Gründe nachzudenken, warum sie doch nicht tun sollte, was sie vorhatte. Davon gab es nämlich einige. Der wichtigste war wohl: Es stand ihr einfach nicht zu.

Aber wann hatte sie das jemals von etwas abgehalten?

Sie erreichte das Haus, in dem Tommy und Helena gemeinsam mit ihrer Tochter lebten. Der Vorgarten war gepflegt. Das Auto stand noch in der Einfahrt. Tommy war also hier.

Mila wusste, dass er im hiesigen Architekturbüro arbeitete – natürlich auch wieder von ihrer Mutter.

Zum Glück erwischte sie ihn noch, bevor er zur Arbeit aufbrach. Mila bezweifelte, dass sie sich ein zweites Mal dazu hätte überwinden können, hierher zu kommen.

Tommy hatte sie schon nicht leiden können, bevor das in Mode gekommen war. Sie hatte ihm unendlich viele Gründe dafür gegeben.

Trotzdem klingelte sie, ohne zu zögern.

Sie hörte Schritte hinter der Tür. Ihr Herz schlug schneller. Und dann stand Tommy vor ihr. Er trug schon die Anzugshose, aber nur ein T-Shirt und noch kein Hemd. Also hatte er hoffentlich mehr Zeit für dieses Gespräch als zehn Minuten. Denn auch seines genervten Gesichtsausdrucks nach zu schließen, mit dem er sie musterte, als würde er überlegen, wie er sie auf schnellstem Wege wieder loswurde, brauchte sie definitiv länger als zehn Minuten, um ihn dazu zu bringen, ihr richtig zuzuhören.

»Guten Morgen, Tommy«, versuchte Mila so gelassen wie möglich zu sagen.

»Was machst du hier?«

Natürlich spielte Tommy nicht mit. Aber das hatte sie auch gar nicht erwartet. Würde er sie allerdings nicht einmal hereinbitten und ihr einfach die Tür vor der Nase zuknallen, wäre ihre Mission gescheitert, bevor sie richtig begonnen hatte.

»Ich will mit dir reden.«

»Ach, willst du noch mal nachtreten?« Sein Tonfall war angriffslustig, aber sonst wirkte Tommy sehr müde. Erst jetzt fielen Mila die Ringe unter seinen Augen auf. »Reicht es nicht, dass sich alle anderen über mich lustig machen können?«

Mila bekam das Gefühl, irgendwas sehr Wichtiges verpasst zu haben.

»Wovon redest du?«

»Stell dich nicht dumm. Die ganze Stadt hat es doch inzwischen bestimmt gesehen.«

»Was gesehen?«, fragte Mila noch ein bisschen irritierter, was Tommy noch genervter reagieren ließ.

Als sie ihn aber weiter verwirrt ansah, wurde auch seine Miene weniger hart. Sie wurde nicht unbedingt freundlich, aber Verwirrung löste seine Wut ab. Das war doch schon mal ein Anfang, befand Mila.

»Den neuen Post. Das neue Geheimnis.« Er räusperte sich. Bildete Mila sich das an, oder färbten sich seine Wangen tatsächlich ein bisschen rosa? »Mein Geheimnis.«

Mila musste ihre ganze Willenskraft zusammenkramen, um nicht direkt nach ihrem Handy zu greifen und es nachzulesen. Das würde Tommy vermutlich nicht dazu bringen, sie ins Haus zu bitten. Und sie musste sich auf die Zunge beißen, um ihn nicht zu fragen, was er damals aufgeschrieben hatte.

»Ich habe es noch nicht gesehen«, sagte sie. Sonst hatte sie die Instagram-Seite mehrmals in der Stunde gecheckt. Aber gestern hatte sie all das für ein paar Stunden vergessen können. Helena und sie hatten »Marie Antoinette« geguckt, genauso wie damals. Sie hatten sich verkleidet und dann schlecht geschminkt, bis sie wieder wie Kinder aussahen, die mit der Schminke ihrer Mutter spielten. Sie hatten so viele Tränen gelacht, dass ihr Make-up verschmiert war. Ihre Hände waren klebrig von den Chips gewesen, und Milas Zimmer hatte heute Morgen immer noch nach Salt and Vinegar gerochen, doch sie war sich sicher, dass sie nun wusste, welchen Geruch Freundschaft hatte.

Sie hatten bis tief in die Nacht geredet. Helena hatte Mila erzählt, wie schwer sie es in letzter Zeit mit Melanie hatte, die sie immer nur anzickte. Sie war nicht mehr das kleine süße Mädchen, das einmal werden wollte wie seine Mutter. Sie hatte jetzt eine eigene Meinung, und die bestand grundsätzlich immer aus dem Gegenteil von dem, was Helena sagte.

Nach diesem Gespräch hatte Mila sich vorgenommen, von nun an ein bisschen verständnisvoller mit ihrer eigenen Mutter umzugehen. Und dann hatte sie sich getraut, so richtig ehrlich zu Helena zu sein. Sie hatte nichts ausgelassen. Helena wusste nun, dass Mila gescheitert war und warum sie ihren Job verloren hatte. Sie wusste, dass Mila es nicht besser gemacht hatte als alle anderen. Ganz im Gegenteil. Aber Helena hatte sie nicht verurteilt. Sie hatte sie nur in ihrem dunklen Zimmer angegrinst und gemeint, dass sie sich freut, dass Mila endlich wieder näht. Das konnte sie sowieso immer am besten. Und damit war das Thema beendet gewesen. Helena hatte nicht viel sagen müssen, und Mila hatte sich trotzdem akzeptiert gefühlt.

Genau das verdiente Helena auch.

Deswegen stand Mila in diesem Moment vor Tommy. Er musterte sie noch einen Augenblick. Vermutlich suchte er in Milas Mimik nach Hinweisen, dass sie sein Geheimnis doch schon gelesen hatte. Er schien sie nicht zu finden.

»Warum bist du dann hier?«

Mila räusperte sich umständlich. Auf diesen Moment kam es an. »Wegen Helena«, sagte sie. »Darf ich reinkommen?«

Tommys Kiefermuskeln traten stärker hervor. Mila rechnete schon damit, im nächsten Moment die Tür vor sich ins Schloss knallen zu hören. Doch Tommy überraschte sie.

Er seufzte aus tiefster Seele, als wollte er damit sagen: Ich weiß auch nicht, was in mich gefahren ist. Doch dann machte er einen Schritt zur Seite, damit Mila eintreten konnte.

Sofort nahm sie die Aufforderung an und streifte die Schuhe von den Füßen, bevor er seine Meinung ändern konnte.

Tommy lief voraus, und Mila folgte ihm. Sie betraten die Essküche. Tommy holte sich seine Kaffeetasse und setzte sich. Dass er ihr keinen anbot, war natürlich unhöflich. Aber da sie keine Höflichkeit von ihm verdient hatte, beschwerte sich Mila nicht.

»Okay, dann spuck's aus. Ich habe nicht den ganzen Tag Zeit. Manche von uns müssen tatsächlich zur Arbeit.«

Der letzte Satz stach mehr, als er sollte.

Mila fühlte ein bisschen Scham. Aber es war nicht so

unerträglich, wie sie immer befürchtet hatte. Sie konnte immer noch aufrecht auf ihrem Stuhl sitzen und empfand höchstens den Impuls, sich unter dem Tisch zu verkriechen, aber nicht mehr den, im Erdboden zu versinken.

»Helena hat letzte Nacht bei mir geschlafen«, sagte Mila.

Tommy zog die Augenbrauen hoch. »Sie hatte mir geschrieben, dass sie bei einer Freundin schläft. Aber ich hätte nicht erwartet ...«

Mila konnte sich ein Grinsen nicht verkneifen. Helena hatte sie als Freundin bezeichnet.

»Ihr geht es echt nicht gut, Tommy«, sagte Mila. »Denkst du nicht, dass du überreagierst? Den Brief hat sie vor fünfzehn Jahren geschrieben, in einem Moment, in dem alles noch so wahnsinnig neu und überfordernd für sie war. Das alles ist so lange her.«

»Denkst du nicht, dass es auch ein bisschen erbärmlich ist, nach fünfzehn Jahren immer noch an seinem Ex zu hängen? Die Trennung ist doch schon so lange her.«

Autsch. Tommy machte keine Gefangenen, so viel war sicher. Mila konnte es ihm jedoch immer noch nicht übel nehmen. Sie hatte es verdient.

Deswegen ging sie gar nicht erst darauf ein, sondern fuhr einfach fort. »Helena liebt dich. Sie liebt eure Tochter. Sie liebt euer gemeinsames Leben. Damals war sie eine verängstigte Achtzehnjährige, die sich auf die Freiheit nach der Schule gefreut hat. Auf Abenteuer, ein Leben voller Überraschungen. Und jetzt sollte sie plötzlich, selbst noch so jung, ein Kind bekommen und großziehen. Von einem auf den anderen Tag waren alle anderen Pläne völlig egal, weil es nur diesen einen Weg gab, und den musste sie gehen, ob sie wollte oder nicht. Zweifel sind da doch total normal.«

Tommy umklammerte seine Kaffeetasse und starrte in die Flüssigkeit, als hätte sie das alles gesagt. Seine Hände verkrampften sich. Seine Kiefer mahlten. Mila glaubte schon, er würde gar nichts mehr erwidern, als er sich räusperte. »Ich wusste immer, dass ich sie liebe. Ich wusste immer, dass ich mein ganzes Leben mit ihr verbringen will. Vom ersten Moment an und ich habe mich so unglaublich gefreut, dass wir schon so früh unsere Familie gründen konnten. Ich habe nie gezweifelt. Nicht eine Sekunde.«

Wäre Mila nicht der letzte Mensch, von dem Tommy getröstet werden wollte, hätte sie jetzt seine Hand ergriffen. Seine Worte waren so ungeschönt, so verletzlich, so ehrlich. Mila wusste für einen Moment gar nicht, wie sie damit umgehen sollte.

Er hatte Helena immer geliebt. Und jetzt hatte er Angst, dass ihre Beziehung nur ein Kompromiss für sie gewesen war. Und dieses Leben nur das Resultat der Schwangerschaft. Dass sie ihn niemals so geliebt hatte wie er sie. Mila konnte genau nachvollziehen, wie er sich fühlte. Viel zu gut.

»Aber du bist nicht wie die meisten Menschen, Tommy«, sagte sie schließlich. Ihre Stimme hatte wohl noch nie in ihrem Leben so sanft geklungen. »Wir gewöhnlichen Sterblichen zweifeln. An allem. Auch an den Dingen, die das Beste sind, was uns jemals passiert ist. Vor allem an denen.«

»Sprichst du aus Erfahrung?« Tommy sah vom Kaffee auf.

»Hier gehts nicht um mich.«

»Ausnahmsweise.«

Mila lachte auf. »Und sind wir mal ehrlich, die meisten

von Helenas Zweifeln sind ohnehin meine Schuld«, meinte sie.

»Auch wahr.«

Tommy grinste. Aber nur für eine Sekunde, weil er sich dann wieder daran zu erinnern schien, wer vor ihm saß.

»Sie liebt dich jetzt. Sicher und ohne Zweifel. Sie weiß, dass sie damals die richtigen Entscheidungen getroffen hat. Kommt es nicht darauf an?«

Tommy antwortete nicht. Stattdessen stand er auf, holte eine Tasse aus einem der Hängeschränke und goss Mila einen Kaffee ein. Er kam wieder und stellte ihn vor ihr auf die Tischplatte. Damit hatte sie vermutlich auch ihre Antwort.

Mila lächelte und trank den Kaffee, obwohl er ihr ohne Süßstoff und Milch zu bitter war. Doch weil sie damit diesen instabilen Frieden mit Tommy besiegelte, schmeckte er trotzdem nicht so schlecht.

»Was hast du damals aufgeschrieben?«

Tommy schnaubte. »Du kannst es doch ohnehin nachlesen.«

»Ich könnte schwören, es nicht zu tun, außer es ist okay für dich.«

Tommy schnaubte wieder. »Als ob.«

Seine Wangen färbten sich wieder leicht rosig, was ihn sofort jünger aussehen ließ.

»Du hast recht. Die Willenskraft habe ich vermutlich nicht.«

»Habe ich mir gedacht.«

Sie grinsten sich wieder an. Und diesmal unterdrückte Tommy es nicht sofort.

»Das bedeutet nicht, dass wir Freunde sind.« Tommy deutete auf den Kaffee.

»Hätte ich niemals erwartet.«

»Gut, wollte nur sichergehen.«

Mila musste sich ihr nächstes Grinsen mühsam verkneifen. In den letzten Wochen hatte sie ständig daran gezweifelt, ob sie jemals richtig erwachsen geworden war. Gestern hatte sie sich mit Helena verkleidet und geschminkt. Aber gerade erkannte sie, dass Erwachsen sein nicht bedeutete, dass man sich nicht mehr den Bauch mit zu viel Eis vollschlagen konnte und nicht mehr lachen sollte, bis man grunzte. Es bedeutete, dass man dazu in der Lage war, seinen eigenen Stolz zu vergessen und auf andere Menschen zuzugehen. Sie hatte der jüngeren Mila doch einiges voraus.

Tommy und sie tranken in Ruhe ihren Kaffee. Mila konnte nicht genau sagen, wie viel Zeit vergangen war, als schließlich die Eingangstür mit einem lauten Rumpeln aufging und Helena in den Raum gerannt kam.

»Ich wusste, dass du irgendwas gemacht hast. Irgendwas Dummes«, platzte Helena heraus. »Tommy, bitte hör nicht auf Mila. Niemals.«

»Das sollten sie auf ein T-Shirt drucken«, sagte Mila trocken. Sie nahm Helena die Aussage nicht übel. Basierend auf ihren Erfahrungswerten war es verständlich, dass sie davon ausging, dass Mila ihre Ehekrise noch schlimmer gemacht hatte.

Helena hatte immer noch ein paar Überreste der Schminke von gestern Abend in ihrem Gesicht kleben. Auf ihrer linken Wange war noch Rouge, auf der rechten nicht mehr. Ihre Haare waren mal eine Hochsteckfrisur gewesen, jetzt eher ein Vogelnest.

Und doch betrachtete Tommy sie so liebevoll, als hätte er eben erst sein Herz an sie verloren.

»Mila hat ein paar gute Punkte vorgebracht«, sagte Tommy und ergriff beschwichtigend Helenas Hände. Er zog sie sanft auf den Stuhl neben sich. »Es tut mir leid, dass ich dir so lange die kalte Schulter gezeigt habe. Ich weiß, dass du mich liebst.«

»So sehr«, betonte Helena. Dann traten ihr wieder Tränen in die Augen, die sie ihre Sprache kosteten. Aber die brauchte sie auch gar nicht. Denn Tommy zog sie einfach in seine Arme und drückte sie fest an sich.

Mila fühlte sich wie ein Eindringling. Also holte sie ihr Handy raus, um den beiden mehr Privatsphäre zu geben. Ohne nachzudenken, klickte sie auf den Link, den Noah ihr geschickt hatte. Erst als sie den Brief und die krakelige Handschrift eines Achtzehnjährigen erkannte, wurde ihr klar, dass sie gerade Tommys Geheimnis vor sich hatte. Sie konnte nicht anders, als laut aufzulachen.

Erschrocken schlug sie sich die Hand vor den Mund. Doch es war schon zu spät. Die beiden sahen zu ihr herüber. Tommy würde bestimmt behaupten, seine Wangen wären nass von Helenas Tränen, aber Mila wusste es besser.

»Was ist so lustig?«, fragte er misstrauisch.

»Nichts«, bekam Mila mühsam hervor, ohne zu lachen.

»Mila«, sagte er warnend.

»Tommy«, erwiderte sie. Für einen Augenblick war sie zurück in der Schule, saß in der letzten Reihe beim Matheunterricht bei Herrn Heckermann und versuchte nicht zu lachen, weil sie wusste, dass sie sonst nachsitzen musste – schon wieder. Nur, wenn man nicht lachen durfte, fühlte sich der Versuch so unmöglich an, es nicht zu tun.

»Du hast es gelesen.«

»Habe ich nicht.«

»Lüg nicht. Ich kann es dir ansehen.«

Bevor Mila zu einer Ausrede ansetzen konnte, entfuhr auch Helena ein Lachen. Dass sie ihr Gesicht dann an Tommys Schulter vergrub, half ihr aber auch nicht, das zu überspielen.

»Du hast es auch gelesen«, sagte Tommy fassungslos. Diesmal wurden seine Wangen nicht rosig. Sie liefen knallrot an.

Als Helena ihr erstes Grunzen entfuhr, war es um Mila geschehen. Die beiden lachten so haltlos wie in der Nacht zuvor.

»Dir ist klar, dass unsere Tochter Instagram hat und das auch lesen wird?«

Helena weinte vor Lachen und fiel fast von ihrem Stuhl.

»Ich war eben aufgeregt«, rechtfertigte sich Tommy.

»Sehr aufgeregt«, pflichtete Mila ihm bei, wofür sie einen bösen Blick erntete.

Mila konnte sich noch genau an den Abend erinnern, als Helena kurz vor der Abschlussfahrt verzweifelt mitten in der Nacht zu ihr gekommen war. Tommy und sie hatten endlich ihr erstes Mal haben wollen. Sie hatten eine CD angemacht – Bon Iver, was sonst? – und Kerzen angezündet. Sie waren beide schon halb nackt gewesen. Tommy war noch mal kurz im Bad verschwunden. Und nicht wiedergekommen. Selbst seine Hose hatte er bei Helena gelassen und war nur in Boxershorts nach Hause gegangen.

Helena war am Boden zerstört gewesen. Stundenlang hatten die beiden Freundinnen darüber geredet, und stundenlang hatte Mila ihr versichern müssen, dass sie bestimmt überhaupt nichts falsch gemacht hatte.

Am nächsten Morgen hatte Tommy so getan, als wäre nie etwas gewesen. Ihr erstes Mal hatten die beiden dann auf der Abschlussfahrt gehabt. Helena war danach so glücklich gewesen, dass sie nicht nachgehakt hatte, was an diesem anderen Abend schiefgelaufen war.

Hätte sie mal tun sollen, dachte Mila. Dann hätte sie diese Geschichte schon sehr viel früher aufheitern können.

»Ich wollte ein Gentleman sein.«

Mit jeder Erklärung, zu der Tommy ansetzte, lachten die beiden noch ein bisschen lauter.

»Du wolltest eben, dass sie sich wohlfühlt«, sagte Mila. »Sehr löblich.« Sie war stolz auf sich, dass sie diese Worte überhaupt hervorbekam.

An jenem sagenumwobenen Abend hatten Helena und er rumgemacht. Helena hatte sich ihren Weg seinen Bauch runtergeküsst. Da hatte er Panik bekommen. Was war, wenn es ihr nicht gefiel? Wenn er was falsch machte?

Also war er ins Bad geflüchtet. Hatte sich noch mal gewaschen – überall. Deo aufgetragen und Mundspülung benutzt. Und da war ihm die Idee gekommen, dass man das ja auch ... an anderen Stellen benutzen könnte.

»Es hat sehr gebrannt«, gab er zu.

Helena und Mila lachten sich langsam aus. Helena

wischte sich eine Träne aus dem Augenwinkel und gab Tommy einen langen Kuss. »Deswegen bist du abgehauen.«

Er nickte. »Es war mir zu peinlich.«

»Ich dachte, ich hätte was falsch gemacht.«

»Auf keinen Fall«, sagte er mit Nachdruck. »Du warst wunderbar wie immer. Ich habe was falsch gemacht.«

»Das kannst du laut sagen«, meinte Mila.

Tommy warf ihr wieder einen vernichtenden Blick zu, und Mila hob beschwichtigend die Hände, als hätte er eine Waffe auf sie gerichtet.

Helena streichelte Tommys Wange. So viel Vertrautheit lag in der Geste, so viele Jahre gemeinsames Leben, so viel Sanftheit. Mila konnte nicht wegsehen. Gleichzeitig war es auch schwer, es zu betrachten und zu wissen, dass sie diese Liebe nicht hatte.

»Ich wollte doch eigentlich mysteriös bleiben«, sagte Tommy scherzend. Die Röte hatte sich aus seinen Wangen zurückgezogen. Sie würde bestimmt zurückkehren, wenn ihre Tochter mit vielen Fragen auf ihre Eltern zukam. Aber daran würde Mila Tommy jetzt definitiv nicht erinnern. Nicht, während er seiner Frau so verliebt in die Augen sah.

»Warst du nie«, sagte Helena. »Und ich liebe dich dafür. Ich bin sehr froh, dass ich dich damals geheiratet habe.«

Die beiden küssten sich wieder. Das nahm Mila als ihr Zeichen, dass sie endlich verschwinden sollte. Also erhob sie sich mit einem breiten Grinsen im Gesicht.

»Ich würde sagen, meine Arbeit hier ist getan.«

Helena löste sich kurz von Tommy, um sie anzustrahlen. »Danke.«

Mila machte eine wegwerfende Geste. »Ich habe viel gut zu machen.«

»Das kannst du laut sagen«, meinte Tommy triumphierend.

»Was hast du vor?« Helena klang fast ein bisschen beunruhigt.

»Ich versuche herauszufinden, wer die Zeitkapsel hat.« Nun da sie erfahren hatte, dass Tommy sich vor Aufregung Mundspülung an sein bestes Stück gerieben hatte, konnte sie auch ehrlich mit den beiden sein.

Tommy hob die Augenbrauen. »Also das machen du und Noah wirklich. Das mit der Zeitschrift hat wirklich niemand geglaubt.«

Das würde sie Noah ganz sicher nicht erzählen. Er durfte nicht schon wieder wissen, dass er recht behalten hatte.

»Aber uns gehen die Verdächtigen aus«, meinte Mila. »Ich habe auch mal dich verdächtigt.«

»Mich?«, fragte Helena ein bisschen ungläubig.

»Du warst im Copyshop und hast irgendwas in vielfacher Ausführung ausgedruckt. Da habe ich gedacht, du hast die Flugblätter verteilt.«

»In Copyshops haben sie anscheinend keine Schweigepflicht«, sagte Helena schnaubend. Kurz wurde sie verlegen. »Ich habe angefangen, ein Buch zu schreiben. Das habe ich ausgedruckt.«

Mila strahlte. »Das ist richtig toll, Helena. Hast du deine Notizbücher noch?«

»Die hat sie noch«, bestätigte Tommy schon wieder in diesem fürchterlich liebevollen Tonfall.

»Vielleicht darf ich es ja eines Tages lesen«, sagte Mila.

Damals hatte sie nie wissen dürfen, was Helena in ihre Notizbücher schrieb. Helena hatte immer nur gesagt: eines Tages.

Mila wartete auf die gleiche Reaktion wie früher. Doch Helena gab ihr eine andere. »Das darfst du.«

Mila musste schlucken, um nicht zu weinen. Die letzten vierundzwanzig Stunden waren zu viel für ihr kleines, dummes Herz gewesen.

Helena räusperte sich auch, bevor sie wieder sprach. Mila war wenigstens nicht die Einzige, die gerade nicht viel brauchte, um in Tränen auszubrechen.

»Wir werden dir helfen – mit der Zeitkapsel«, sagte Helena. Tommy nickte. Zwar nicht mit Nachdruck, aber das war für Mila auch in Ordnung. Die beiden hatten nichts mehr zu gewinnen. Ihre Geheimnisse waren keine mehr. Es bedeutete etwas, dass sie ihre Hilfe anboten. »Wir halten die Ohren auf.«

»Danke«, sagte Mila und meinte es auch so. »Und jetzt gehe ich, damit ihr endlich Versöhnungssex haben könnt.«

Tommy schnaubte.

Mila war schon fast aus der Tür, aber sie konnte es sich einfach nicht verkneifen zu sagen. »Diesmal aber bitte ohne Mundspülung.«

Kapitel 19

Das Rattern einer Nähmaschine war Milas liebstes Geräusch auf der ganzen Welt und sie hatte es viel zu lange nicht gehört. Für sie war es wie eine Melodie, die sich ständig veränderte. Sie konnte schneller und langsamer werden, gleichmäßiger und stockender. Zickzack klang anders als Geradstich.

Als sie bei dem Kleid in ihren Händen die letzte Naht verriegelte und das Rattern verstummte, wunderte sie sich für einen Moment, dass kein Applaus losbrach wie am Ende eines Orchesterstücks.

Lächelnd schüttelte sie über sich selbst den Kopf. Vermutlich hörte nur sie diese Musik. Aber das war in Ordnung. Es war wie ihr kleines Geheimnis. Und es munterte sie auf. Auch an diesem Tag, auf den sie sich überhaupt nicht gefreut hatte und dessen Bedeutung sie versuchte, so gut es ging zu ignorieren.

Sie sah das erste Mal in einer halben Stunde auf und wie so oft, wenn sie ihre Arbeit kurz niederlegte, saß Luca im Raum. Das Rattern übertönte die meisten anderen Geräusche, also bemerkte sie nie, wie er das Zimmer betrat. Das erste Mal, als er auf einmal vor ihr gesessen hatte, hatte sie sich noch erschreckt. Jetzt lächelte sie nur, weil sie ohnehin damit gerechnet hatte.

»Ist dir immer noch langweilig?«, fragte sie.

Luca hatte, soweit sie wusste, nur einen Freund, und der war mit seinen Eltern für zwei Wochen nach Spanien gefahren. Was erklären dürfte, warum er die Sommerferien in der Schneiderei verbrachte. Er wusste offensichtlich nicht besonders viel mit sich selbst anzufangen.

Außer sich heute Morgen mit seiner Mutter zu streiten. Mila hatte so getan, als hätte sie sie nicht gehört. Aber Luca wusste es besser. Er sprach es jedoch nicht an, und Mila würde nicht nachhaken.

»In dieser Stadt ist einem immer langweilig«, sagte Luca.

Mila konnte sich noch so gut daran erinnern, wie sich das angefühlt hatte. Es gab nur wenige Cafés und Restaurants, einen alten Jugendtreff, wo niemand mehr hinging. Auch keine Bars oder Clubs und nur eine Kneipe – was Luca in ungefähr zwei Jahren auch noch stören würde. Für Jugendliche gab es die Option, sich im Park zu treffen oder vielleicht bei einem Freund, der lockere Eltern hatte. Die nächste Großstadt war eine Stunde Autofahrt entfernt. Mit dem Zug brauchte man noch länger und der fuhr nur ein paarmal am Tag. Nur wenn man von unterhaltsamen Menschen umgeben war, wurde einem da nicht langweilig.

»Sobald ich achtzehn bin«, setzte Luca an und stimmte einen fast schon festlichen Tonfall an; es fehlte nur noch, dass er sich von seinem Stuhl erhob und die Faust in die Luft reckte, »werde ich von hier verschwinden und nie wiederkommen.«

Das kam Mila doch sehr bekannt vor.

»Es ist nicht so übel hier«, sagte sie und konnte eine Sekunde später nicht fassen, dass ihr diese Worte tatsächlich über die Lippen gekommen waren. Die achtzehnjährige Mila wäre so enttäuscht von ihr.

Aber sie wäre ohnehin von sehr vielem enttäuscht, also kommt es darauf auch nicht mehr an, dachte Mila.

Wenn sie so drüber nachdachte, hatte die achtzehnjährige Mila sowieso von wenig eine Ahnung gehabt. Also warum sollte sie sich von ihr kritisieren lassen?

»Ach ja?«, fragte Luca skeptisch. »Warum bist du denn dann weggezogen?«

»Punkt für dich«, erwiderte Mila.

»Wo hast du überall gelebt? Was hast du gemacht?« Luca sah sie aus riesigen Augen an, als würde er eine Geschichte darüber erwarten, wie sie ein Attentat auf die Bundeskanzlerin vereitelt und eine Prinzessin vor einem Drachen gerettet hatte.

»Ich bin direkt nach Hamburg gezogen. Dort habe ich studiert und schließlich zu arbeiten angefangen«, erklärte Mila und sah an Lucas Gesichtsausdruck, dass sie offensichtlich keine besonders gute Geschichtenerzählerin war. »Ich habe es genossen zu studieren. Man war schon erwachsen genug, um nicht mehr zu Hause zu wohnen und trotzdem nicht so erwachsen, dass man sich mit so richtigem Erwachsenenkram herumschlagen musste. Man musste nicht arbeiten, keine Steuererklärung machen. Ich bin auf Partys gegangen, bin erst um sechs Uhr morgens nach Hause gekommen, ohne dass es jemanden gestört hat und saß trotzdem am nächsten Morgen um zehn wieder in der Vorlesung.«

»Klingt toll«, meinte Luca.

»Ja, aber die Zeit endet auch.«

»Also willst du mir damit sagen, dass ich mich auf nichts freuen soll?«

»Nein.« Mila lachte auf. »Aber du sollst auch die Zeit genießen, die du hier hast. Ich vermisse meine Schulzeit.«

Das war wohl die Untertreibung des Jahrhunderts. Aber Luca hielt sie bestimmt ohnehin schon für uncool. Das musste man ja nicht noch schlimmer machen.

»Ich habe keine Lust mehr auf diese Stadt«, sagte Luca, und Mila konnte ihm deutlich anhören, wie ernst er das meinte.

Ein bisschen fühlte sie sich so, als würde sie in einen Spiegel sehen. Luca redete, wie sie es damals getan hatte. Auch mit dieser unverrückbaren Überzeugung in der Stimme, auf jeden Fall zu wissen, was man wollte und was man nicht wollte. Manchmal kam es Mila so vor, als hätte sie mit achtzehn alles gewusst und mit dreiunddreißig gar nichts mehr – beziehungsweise vierunddreißig, doch dieses Detail schob sie ganz schnell wieder in den hintersten Teil ihres Gehirns.

Vermutlich lag es daran, dass sie damals noch nicht verstanden hatte, wie komplex das Leben war und dass einfache Antworten und Lösungen nicht existierten. Jetzt wusste sie zumindest, dass sie keine Ahnung hatte.

»Hier reden ständig alle übereinander. Aber niemand sagt jemals die Wahrheit. Es gibt doch Wichtigeres, als was der Nachbar angeblich wieder gemacht hat. Oder dass jemand vor fünfzehn Jahren Mundspülung auf seinen …«

Luca unterbrach seinen Monolog abrupt. Seine Wangen

liefen rot an. Anscheinend war er nicht dazu in der Lage, das Wort *Penis* in Milas Anwesenheit auszusprechen. Was anderes hatte Mila auch nicht erwartet. Luca war schließlich noch in dem Alter, in dem man beim Sexualkundeunterricht abwechselnd Lachanfälle bekam und verlegen wurde.

»Du hast die Instagram-Posts also auch gelesen«, sagte Mila grinsend. Die Geschichte über die Mundspülung würde sie noch in vierzig Jahren zum Lachen bringen. Davon war sie fest überzeugt.

»Jeder hat sie gelesen«, erwiderte Luca. »Genau mein Punkt. Haben Leute nichts Besseres zu tun?«

Gestern hatte Helena ihr erzählt, dass ihnen einige Leute Mundspülung in den Briefkasten gesteckt hatten. Beim Gedanken daran musste Mila sich ein Grinsen verkneifen.

»Du ja anscheinend auch nicht.«

»Aber nur, weil ich hier festsitze.«

Mila war sich sicher, genau diesen Satz damals zu ihrer Mutter gesagt zu haben.

»Okay, wie stellst du dir denn dein Leben nach dem Abi vor?«, fragte sie.

»Ich packe meine Sachen und verschwinde von hier«, sagte Luca sofort.

»Natürlich.«

»Dann ziehe ich in eine große Stadt. Vielleicht Hamburg. Aber vielleicht auch Berlin.«

»Und was machst du da?«

»Ich werde fotografieren. Alles. Da gibt es bestimmt auch interessantere Motive als hier. Und ich werde studieren. Keine Ahnung, was. Aber vielleicht ist das auch nicht so wichtig. Und da wird niemand wissen, woher ich komme.

Und niemand kann mich fragen, wer mein Vater ist, weil es irrelevant ist.« Er verstummte. Seine Haltung, die eben noch so aufrecht gewesen war, als hätte er vor, eine Rede am Rathausplatz zu halten, sackte in sich zusammen.

Mila verspürte mal wieder das Bedürfnis, ihn zu umarmen, ging dem aber auch diesmal nicht nach. Sie würde Luca gern sagen, dass diese Gefühle irgendwann leichter zu ertragen waren. Doch sie war mehr als doppelt so alt wie er und wusste noch immer nicht, wie sie damit umgehen sollte, dass ihr Vater sie nicht so geliebt hatte, wie ein Vater es eigentlich tun sollte.

»Das wird dich wirklich niemand fragen«, sagte sie, weil ihr nichts Besseres einfiel.

Luca lächelte. Mila war vielleicht doch nicht so schlecht darin, Leute zu trösten, wie sie immer gedacht hatte.

»Soll ich uns Essen kochen?«, fragte Luca. Lucille nutzte die Mittagspause in der Regel, um Erledigungen zu machen. Luca und Mila aßen meist allein, was auch immer Lucille vorbereitet hatte. Es war zu ihrem Ritual geworden.

»Gerne«, sagte Mila halb abwesend, weil ihr Handy in ihrer Tasche vibrierte und sie es bereits hervorkramte.

Luca verschwand aus dem Raum. »Nicht vergessen. Keine Nähmaschine verwenden.«

Mila hörte ihn kaum noch. Ausgerechnet Tommy hatte ihr eine Sprachmemo aufgenommen. Mila wusste nicht ganz, was sie erwarten würde, wenn sie auf Play drückte. Aber sie war neugierig.

»Hey, Mila. Überrascht von mir zu hören, was?«, drang seine Stimme aus Milas Lautsprecher. »Alles Gute zum Geburtstag oder so.« Sie verzog das Gesicht. Wenn man an seinem Geburtstag gar nichts geplant hatte, außer sich nach der Arbeit allein in seinem Zimmer zu verkriechen, war es nichts, woran man erinnert werden wollte –, auch wenn das ihre eigene Entscheidung gewesen war. Mila hasste ihre Geburtstage. Hatte sie schon als kleines Kind, weil sie nie verstanden hatte, warum ihr Vater nicht da war. Immer hatte es in Tränen geendet. In ihrem ersten Jahr in Hamburg hatte sie den ganzen Tag damit zugebracht, auf ihr Handy zu starren und zu hoffen, dass sich jemand bei ihr meldete. Wobei jemand in diesem Jahr Noah oder Helena gewesen waren. Doch das war nicht geschehen. Seither hatte sie sich vorgenommen, dass sie von ihrem Geburtstag gar nichts mehr erwartete und ignorierte ihn, so gut es eben möglich war.

»Deswegen melde ich mich gar nicht.« Zum Glück lenkte Tommys Stimme sie von ihren negativen Gedanken ab. »Helena und ich haben noch mal über die Zeitkapsel nachgedacht. Und die meisten, die damals dabei waren, kommen schon nicht mehr als Verdächtige in Frage. Nur sechs Geheimnisse sind noch nicht rausgekommen und wenn ich ehrlich bin, traue ich keinem von denen, die noch übrig sind, diese Aktion zu. Also vielleicht müssen wir doch weiter denken und es war jemand ganz anderes. Ich kann mich daran erinnern, dass Leon M. und ich auf dem Abiball über unsere Zeitkapsel und den geheimen Ort gesprochen haben, wo wir sie vergraben haben. Herr Heckermann hat uns damals ziemlich ungehalten unterbrochen. Er wurde richtig sauer und meinte, das Gurkenglas zu vergraben wäre Vandalismus. Er hat gefordert, dass wir ihm verraten, wo es liegt. Natürlich haben wir dichtgehalten. Aber er wurde auf diese

Art sauer, wie nur Heckermann es werden konnte. Und dann haben Helena und ich drüber geredet gestern Abend. Er wohnt ja nicht mehr hier, aber er war beim Klassentreffen und bis zum Sommerfest in der Stadt. Ich glaube, seine Schwester ist hier im Altenheim und er hat sie besucht. Aber egal. Worauf ich eigentlich hinaus will: Er war hier, als die ersten Geheimnisse offenbart wurden – am Rathausplatz, die Flugblätter. Und dann ist er abgereist. Seitdem gibt es die Geheimnisse digital auf dieser Instagram-Seite. Dafür muss man nicht mehr in der Stadt sein. Aber vielleicht haben Helena und ich auch einfach in den letzten Jahren zu viel Tatort geguckt und uns gestern voll reingesteigert. Trotzdem dachte ich mir, ich teile das mal mit dir.« Kurze Pause. Mila hatte so aufmerksam zugehört, dass sie gar nicht gemerkt hatte, dass sie das Kleid, das sie eigentlich reparieren sollte, zwischen den Händen gewrungen und wieder ein Loch hineingemacht hatte.

Sie fluchte und klemmte den Stoff in die Nähmaschine.

»Also das wären all meine Gedanken. Ich rede ja schon ewig. Ich mach dann mal Schluss. Das bedeutet übrigens nicht, dass wir jetzt Freunde sind.«

Damit beendete Tommy die Memo. Mila lachte. War das jetzt seine neue Verabschiedung von ihr? Na, wenn er das brauchte, sollte er das ruhig machen. Das änderte auch nichts an der Tatsache, dass sie seit gestern Freunde waren.

Milas Gedanken kreisten. Könnte Herr Heckermann wirklich der Dieb sein? Würde er sich die Mühe machen, all ihre Geheimnisse zu offenbaren, um sie zu demütigen? War ihm in seinem Ruhestand so langweilig, dass er einen alten Jahrgang terrorisierte? Andererseits erinnerte sie sich an die Rede, die er auf ihrem Abiball gehalten hatte. Sie war subtiler gewesen als Milas. Dass er sie alle nicht hatte ausstehen können, hatte man trotzdem deutlich raushören können – warum er sich überhaupt bereit erklärt hatte, eine zu halten, hatte sie nie verstanden. Genauso wenig, wie seinen Besuch auf ihrem Klassentreffen. Hatte er gehofft, etwas zu finden, womit er seinen pubertären Erzfeinden von damals eins auswischen konnte? Und hatte er seine Chance genutzt, als er Mila betrunken mit der Zeitkapsel entdeckt hatte?

Mila drückte auf das Pedal der Nähmaschine, um das Loch im Kleid zu schließen. Das Rattern hätte sie beruhigt, wäre aus der Küche nicht ein Knall und dann ein Aufschrei erklungen. Die Nähmaschine verstummte, obwohl Milas Fuß noch auf dem Pedal ruhte, und über ihrem Kopf ging das Licht aus.

»Nicht gleichzeitig die Nähmaschinen und die Mikrowelle!«, rief Luca.

Milas Wangen wurden heiß. Das hatte Lucille ihr doch gleich an ihrem ersten Tag erklärt. Luca sagte es jedes Mal, wenn er ihr Mittagessen aufwärmen wollte. Und sie schaffte es trotzdem nicht, sich an diese doch sehr einfache Regel zu halten.

Sie sprang auf und rannte in die Küche. Die Mikrowelle rauchte. Egal, wie oft Luca auf die Knöpfe drückte, sie war aus.

»Mist«, fluchte Luca. »Ich gehe in den Keller zum Sicherungskasten.«

»Es tut mir so leid. Es tut mir leid«, lamentierte Mila vor

sich hin, doch Luca reagierte gar nicht mehr auf sie. Er eilte schon aus dem Raum und polterte dann die Treppen runter.

Milas Hände wurden feucht. Sie hatte tatsächlich geglaubt, dass sich alles zum Guten wenden würde. Sie hatte endlich Dinge richtig gemacht. Auch mal etwas repariert. Doch nun hatte sie nur wieder etwas kaputt gemacht.

Bevor sie wusste, was sie tat, hatte sie auch schon eine Nummer gewählt und hielt ihr Handy gegen ihr Ohr. Es war ein Reflex, keine bewusste Entscheidung.

»Mila?«, fragte Noah ins Telefon. »Heute waren wir nicht verabredet, oder?«

»Nein, aber du musst in die Änderungsschneiderei kommen.«

»Ich kann nicht. Ich …«

»Ich habe die Mikrowelle getötet. Sie raucht. Wegen der Sicherung. Es ist ein altes Haus. Eigentlich wusste ich es besser. Aber jetzt war ich mal wieder ungeschickt. Das kostet mich bestimmt meinen Job. Aber vielleicht kannst du die Mikrowelle noch retten. Sie wiederbeleben. Da kann man bestimmt noch was machen. Dann muss Lucille mich nicht feuern. Obwohl ich eine alleinerziehende Mutter Umsatz koste, weil ich die Aussätzige der Stadt bin, und sie mich ohnehin feuern sollte. Jeder sollte mich feuern, weil ich sowieso immer nur alles falsch mache. Und ich weiß nicht, was ich tun soll, und du hast gesagt, du bist das Mädchen für alles, also dachte ich, du kannst so was vielleicht.«

Mila holte hektisch Luft. Sie vergaß also nicht nur, dass sie nicht gleichzeitig Nähmaschine und Mikrowelle benutzen durfte. Sie vergaß jetzt sogar schon zu atmen.

Noah blieb einen Moment still. Mila war sich ziemlich sicher, dass er nicht ein Wort verstanden hatte.

Sie hatte ihn einfach panisch angerufen, wie sie es früher immer getan hatte.

»Ich bin auf dem Weg«, sagte Noah schließlich und legte auf.

Mila traten Tränen in die Augen.

Er kam, wie er es früher immer getan hatte.

Das Licht über ihrem Kopf ging wieder an. Luca hatte also den Sicherungskasten gefunden. Die Mikrowelle war trotzdem hinüber. Daran würde vermutlich auch Noah nichts ändern können. Aber er würde hier sein. Und das machte die Situation schon mal besser.

Die Ladentür läutete. Mila dachte schon, es wäre Noah. Doch es war Lucille. Sofort wurde sie wieder panisch.

»Es tut mir so leid, Lucille«, überfiel sie ihre Noch-Chefin, sobald diese die Küche betrat. »Ich habe nicht nachgedacht. Ich habe die Nähmaschine benutzt, und dann ist die Sicherung raus und die Mikrowelle ... Es tut mir so unendlich leid. Ich hätte es besser wissen sollen.«

»Mila«, unterbrach Lucille sie mit ihrer strengen Stimme.

Mila verstummte sofort. Eigentlich war sie dankbar, dass sie endlich jemand zum Schweigen brachte. Was sie sagen könnte, würde die Situation auch nicht besser machen.

Lucille lief zur Mikrowelle. Luca hatte inzwischen den Teller herausgeholt und aß seelenruhig. Anscheinend hatte das Gerät noch lange genug gelebt, um seine Portion Reis warm zu machen. Wenigstens etwas.

Lucille inspizierte die Mikrowelle mit gekonntem Blick.

Dann nickte sie, als wäre sie eine Ärztin, die den Tod eines Patienten feststellt.

»Ja, die ist hinüber.«

»Es tut mir so unendlich leid. Zieh das von meinem Lohn ab. Ihr habt es mir so oft gesagt, aber ich kann anscheinend nicht richtig zuhören.« Mila verfiel sofort wieder in ihr panisches Geplapper, sobald man ihr den Raum dafür gab.

Doch wieder unterbrach Lucille sie. Diesmal mit einer beruhigenden Hand auf Milas Schulter. Sie drückte sanft. Wieder verstummte Mila.

»Das kann passieren«, sagte Lucille mit Nachdruck. »Warum denkst du, dass es nicht okay ist, Fehler zu machen?«

Oh, sie hatten nicht genug Zeit, um dieses Thema hier und jetzt aufzumachen.

»Du bist nicht sauer?«, fragte Mila ein bisschen kleinlaut.

»Natürlich nicht. Weißt du, wie oft uns das schon passiert ist? Mach dir keine Sorgen. Wir haben noch eine in unserer Wohnung. Beruhig dich bitte.«

Milas Brustkorb hob und senkte sich immer noch zu schnell, aber sie zwang sich, tiefer und regelmäßiger zu atmen.

»Es ist okay, nicht immer alles perfekt zu machen, Mila. Ich erwarte nicht, dass du keine Fehler hast. Weder im Alltag noch in deinem Job.«

Es hätte nicht mehr viel gefehlt, und Mila wäre ihr weinend um den Hals gefallen. Aber Mila hatte Lucille heute schon sehr viel von ihrer Gefühlswelt offenbart. Das reichte erst mal.

»Danke«, sagte Mila nach einem Moment.

»Keine Ursache«, meinte Lucille nur. Noch einmal musterte sie Mila eindringlich, als wollte sie abschätzen, ob es sicher war, Mila loszulassen, oder ob sie dann wieder unkontrolliert plappern würde. Da Mila weiterhin ruhig atmete, löste Lucille ihre Hand von ihrer Schulter.

»Iss erst mal was«, sagte Lucille auf eine Weise, die keine Widerrede zuließ, also setzte sich Mila zu Luca und aß die Portion, die dank ihr kalt geblieben war. Aber damit konnte sie gut leben.

Luca musterte sie eindringlich. Wollte er ihr in den Kopf gucken? Er sagte jedoch nichts.

Erst als die Klingel über der Ladentür erneut ging, erinnerte sich Mila daran, dass sie in ihrer Panik Noah hergerufen hatte.

O nein, wie peinlich!

Trotzdem folgte sie Lucille in den Laden. Ihre Chefin runzelte die Stirn, als sie Noah mit seinem Werkzeugkasten vor sich stehen sah.

»Was machst du denn hier?«, fragte sie verwirrt.

Natürlich verstand Lucille die Situation nicht, dachte sich Mila. Sie hatte schließlich keinen Handwerker in ihren Laden bestellt.

»Ich habe ihn angerufen, weil ich dachte, er kann die Mikrowelle noch retten.« Mila musste sich zwingen, Noah in die Augen zu sehen. Mal wieder war er Zeuge eines ihrer emotionalen Ausbrüche geworden, und er war gekommen, weil sie ihn um Hilfe gebeten hatte.

»Die ist hinüber. Ich weiß nicht, was er da noch machen soll«, sagte Lucille. Mila kannte sie inzwischen gut genug, um zu wissen, dass ihr rauer Ton nicht unhöflich gemeint war. Aber Noah wusste das vielleicht nicht.

»Es tut mir leid. Ich wollte nicht stören«, sagte er sofort.

»Du störst nicht«, sagte Mila schnell. »Danke, dass du hier bist.«

Noah lächelte sanft. Vermutlich erkannte er, dass es ihr nicht wirklich um die Mikrowelle gegangen war, sondern dass sie einfach froh war, dass er hier war.

»Soll ich sie mir angucken?«, fragte er Lucille.

Die zögerte, dann nickte sie schließlich. Sie war kein Mensch, der gern Hilfe annahm, wenn es sich auch verhindern ließ. So viel hatte Mila in den vergangenen Wochen schon erkannt.

Gemeinsam betraten sie die Küche. Sobald Luca ihn sah, hörte er auf zu essen und musterte Noah misstrauisch. Mila war schon oft aufgefallen, dass er sich schwertat, mit Fremden zu sprechen.

Noah betrachtete die Mikrowelle für genau dreißig Sekunden. Dann wandte er sich mit entschuldigendem Blick an Mila.

»Da ist nichts zu machen.«

»Habe ich auch schon gesagt. Dann können wir ja weiterarbeiten«, sagte Lucille mit einem ungeduldigen Blick auf ihre Armbanduhr. In ihrer Änderungsschneiderei dauerte die Mittagspause genau eine Stunde, nicht eine Minute mehr oder weniger.

»Sorry«, sagte Mila.

»Hör endlich auf, dich zu entschuldigen!«

»Sorry.«

Lucille sah Mila an, als wäre sie nicht mehr zu retten. Aber lächelte gleichzeitig liebevoll und plötzlich fühlte Mila sich sehr verstanden.

Luca hatte sie alle nur still beobachtet und gab auch jetzt keinen Ton von sich. Er musterte Noah ein bisschen kritisch. Wieder einmal überkam Mila das Bedürfnis, ihn zu umarmen. Er war so ein schüchterner Junge. Dabei war er lustig und empathisch. Doch wenn er sich nicht wohlfühlte, wurde er fast beunruhigend still.

»Dann bringe ich dich mal zur Tür«, sagte Mila, weil sie der seltsamen Stimmung in der Küche entkommen wollte. Dann musste sie sich auch nicht mehr die Mikrowelle angucken und sich schuldig fühlen.

Noah brauchte einen Moment, um auf sie zu reagieren. Er schien gefangen in seinen Gedanken, verabschiedete sich dann aber umständlich von Lucille und Luca und folgte Mila vor den Laden.

»Tut mir leid, dass ich dich gerufen habe«, sagte Mila, als sie wieder zu zweit waren.

»Du solltest wirklich aufhören, dich ständig zu entschuldigen.«

Sie nickte und konnte sich die nächste Entschuldigung nur knapp verkneifen. Jahrelang hatte sie kaum eine Entschuldigung über die Lippen bekommen, doch nun war der Damm gebrochen, und es fiel ihr schwer, wieder damit aufzuhören.

Noah stand direkt vor ihr, sehr nah, ein bisschen näher, als man sich normalerweise war, wenn man sich unterhielt. Während die Sonne auf sie herabschien, lief ein Schweißtropfen zwischen Noahs Augenbrauen entlang und über seinen Nasenrücken.

»Bevor ich es vergesse«, setzte er an. »Alles Gute zum Geburtstag.«

Er zögerte einen Moment, dann nahm er sie in den Arm und sie erwiderte es sofort.

»Danke«, murmelte sie, als er sie wieder losgelassen hatte.

»Steht morgen Abend noch?«, fragte er.

»Ja, und ich habe einen Hinweis von Tommy bekommen. Ich leite dir die Sprachnachricht weiter. Vielleicht müssen wir unseren Verdächtigenkreis ausweiten.«

»Ich bin gespannt«, meinte Noah. »Erzähl es mir später in Ruhe. Ich muss zurück zur Arbeit.«

»Klar, natürlich, verstehe«, murmelte Mila vor sich hin und konnte sich gerade so davon abhalten, eine weitere inhaltslose Phrase hinten dranzuhängen.

Noah grinste sie breit an, dann wandte er sich ab und ging. Mila blickte ihm nach. Ihr Herz pochte laut, aber gerade fand sie das Geräusch genauso schön wie das Rattern der Nähmaschinen, weil Noah es ausgelöst hatte.

Ich habe wieder Gefühle für ihn, schoss es ihr auf einmal und ohne Vorwarnung durch den Kopf. Eigentlich hätte ihr das längst klar sein müssen, doch die Erkenntnis überrumpelte sie doch. Ihr Herzschlag dröhnte noch lauter in ihren Ohren. Obwohl es ihr Angst machte, gefiel ihr der Klang.

Ihr Handy vibrierte, und Mila ging ran, ohne den Blick von der Ecke zu lösen, hinter der Noah gerade verschwunden war.

»Ja?«

»Hallo, Schatz. Ich bin's, Papa.«

Und auf einmal hörte sich ihr Herzschlag gar nicht mehr schön an.

Kapitel 20

Mila konnte nichts erwidern. Sie blieb wie erstarrt an der Stelle stehen und presste das Handy so fest gegen ihr Ohr, dass es anfing zu kribbeln.

»Alles Gute zum vierunddreißigsten Geburtstag«, sagte er feierlich. Seine Stimmlage legte nahe, dass er jedes Jahr anrief. In seinem Ton schienen dreiunddreißig gesungene Happy Birthdays zu liegen, viele liebevolle Worte, tausend Mal das Wort *Schatz* und tröstende Sätze, wenn sie weinte. Aber seine Stimme spielte ihr etwas vor. Denn all das hatte nie stattgefunden. Er gratulierte ihr so selten, dass Mila mehrere Momente brauchte, um sich an das letzte Mal zu erinnern. War es zu ihrem dreißigsten gewesen? Und davor? Es wirkte beinahe, als hätte er Angst, das Schicksal könnte ihm tiefere Geheimratsecken bescheren, wenn er häufiger als in jedem Schaltjahr anrief, oder so was.

Mila hatte jedoch keine Ahnung, ob ihr Vater überhaupt Geheimratsecken hatte. Als sie ihn das letzte Mal gesehen hatte, war sie so klein gewesen, dass sie auf solche Details noch gar nicht geachtet hatte.

Egal, wie sehr sie sich dafür hasste, sie stellte ihn sich

manchmal vor. Sie versuchte immer das Bild von ihm, das sie in Erinnerung hatte, älter erscheinen zu lassen. Um sich wenigstens kurz vorzumachen, dass sie einen Vater hatte. Sie sollte es doch eigentlich längst eingesehen haben. Er war kein Teil ihres Lebens. War es nie und würde es auch nicht mehr werden. Gilda Ehlers hatte sie vielleicht nicht ohne die Hilfe eines Mannes gezeugt, auch wenn sie gerne diesen Eindruck erweckte, aber sie hatte sie definitiv ohne die Hilfe eines Mannes großgezogen.

Und das war es schließlich, worauf es wirklich ankam.

»Mila-Schatz, kannst du mich hören?«

Erst, als ihr Vater nachhakte, bemerkte Mila, dass sie noch keinen Ton von sich gegeben hatte. Nicht einmal ein Räuspern.

Ihr Mund war staubtrocken. Ihre Stimmbänder fühlten sich wie gelähmt an. Trotzdem schaffte sie es irgendwie, einen Satz über die Lippen zu bekommen. »Ich kann dich hören.«

Tränen brannten in ihren Augen, dabei war doch eigentlich nichts passiert. Hätte sie nicht an all ihren Geburtstagen, an denen er nicht angerufen hatte, weinen sollen? Warum verspürte sie immer das Bedürfnis, zu weinen, wenn er es mal tat?

»Sehr gut. Sehr gut. Ich dachte schon, der Pazifik macht uns einen Strich durch die Rechnung.«

Der Atlantik, dachte Mila. Sie würde vermutlich nur peinlich wenige Länder auf einer Landkarte finden, aber das wusste selbst sie.

»Interkontinentale Anrufe, nicht wahr?«, fuhr ihr Vater

fort. Er klang so unbeschwert. Dabei fühlte sich jedes Wort bleischwer in Milas Herz an.

Wieso musste er immer betonen, dass ein ganzer Ozean sie trennte? Mila wusste, dass er sich dazu entschieden hatte, so viel Abstand zwischen sie zu bringen und es ihnen damit unmöglich machte, eine tiefere Beziehung aufzubauen. Sie daran zu erinnern, war einfach nur grausam.

»Das macht heute keinen Unterschied mehr«, sagte sie hölzern.

»Hast recht, wir sind ja nicht mehr in den Neunzigern.« Er lachte, als hätte er einen unfassbar guten Witz gemacht. Mila tat ihm nicht den Gefallen, einzustimmen. Hätte sie es getan, hätte sie nie wieder in den Spiegel gucken können.

»Wie feierst du denn deinen besonderen Tag?«

»Einfach mit Mama«, sagte Mila, weil sie keine besonderen Pläne hatte. Helena hatte ihr vorgeschlagen, gemeinsam zu feiern, doch Mila war noch nicht bereit gewesen, ihre Abneigung gegen ihren Geburtstag abzulegen, und hatte abgelehnt, und Helena hatte das – wenn auch widerwillig – akzeptiert.

»Das klingt aber nicht nach einer Party.«

Kurz überkam Mila das Bedürfnis, sich eine ganz große Feier auszudenken, um besser rüberzukommen. Dann erinnerte sie sich daran, mit wem sie sprach. Wenn es einen Menschen gab, vor dem sie sich nicht besser geben musste, als sie war, dann war es der Mann, der sich entschieden hatte, nicht ihr Vater sein zu wollen.

»Sie ist hier«, erwiderte Mila stattdessen. »Sie ist immer da, wenn ich sie brauche.« Im Gegensatz zu dir. Das sagte sie zwar nicht, aber ihr Vater schien es trotzdem zu hören.

Endlich besaß er den Anstand, nicht mehr so übertrieben gelassen zu klingen. »Dann habt mal ganz viel Spaß«, sagte er und wirkte jetzt etwas unbehaglich.

Das kannte Mila schon. Als Jugendliche hatte sie öfter versucht, ihn darauf anzusprechen, dass sie ihn vermisste und sich wünschte, er wäre mehr da. Diese Gespräche waren immer gleich geendet: Ihr Vater fing an, über seine eigenen Worte zu stolpern, dachte sich eine schnelle Ausrede aus und legte dann auf.

Und so geschah es auch heute. Wenn schon auf nichts anderes, konnte sie sich wenigstens auf seine Unzuverlässigkeit verlassen.

»Ich muss dann mal los. Die Arbeit ruft.« Mila wusste, dass es bei ihm noch sehr früh am Morgen war. »Aber ich wünsche dir einen wundervollen Tag.«

Mila schaffte es nicht, sich höflich zu bedanken. Dafür ließ er ihr aber ohnehin keine Zeit. Denn er hatte schon aufgelegt.

Sie ließ mechanisch das Handy sinken. Ihr Atem ging schwer.

»Bis in vier Jahren dann«, flüsterte sie.

»Was?«

Mila fuhr herum. Luca stand hinter ihr. Sie hatte keine Ahnung, wie lange schon.

»Nichts«, murmelte sie. Dann seufzte sie. »Das war mein Vater.«

Luca sah sie aus großen Augen an. Irgendwie war es schwerer, gegen die Tränen anzukommen, während sie Luca anschaute. Vielleicht weil er wusste, wie viel Schmerz in dem Wort *Vater* liegen konnte.

Eine Träne löste sich aus ihrem Augenwinkel, und Mila wischte sie schnell weg. Doch es war schon zu spät. Sie war bereits entdeckt worden.

Der Junge zögerte einen Moment. Dann kam er ein bisschen ungelenk auf sie zu und legte noch ein bisschen ungelenker die Arme um sie.

Mila lachte auf. Damit brach der Damm. Sie weinte. Um all die Geburtstage nachzuholen, wenn ihr Vater sich nicht einmal die Mühe gemacht hatte, anzurufen. Der schlaksige Junge, dessen abstehende rote Haare sie in die Wange piksten, und von dem sie sich so verstanden fühlte wie noch nie zuvor, hielt sie die ganze Zeit fest.

Und damit irgendwie auch zusammen.

Als Mila an diesem Abend durch die Eingangstür kam, fühlte sie sich leer. Doch es war kein schlechtes Gefühl – nicht nur. Sie hatte in Lucas Armen geweint, hatte all die Emotionen der letzten Jahre, aber auch der letzten Wochen herausgelassen und sich dann wieder an die Nähmaschine gesetzt und weitergearbeitet. Beides hatte gutgetan. Alles rauszulassen. Und sich dann mit Arbeit abzulenken, die ihr Spaß machte. Luca hatte sie nicht noch einmal darauf angesprochen, und dafür war sie ihm dankbar. Schon verrückt, dass dieser Junge, den sie erst seit kurzem kannte, sie so gut zu verstehen schien. Er hatte gewusst, was sie brauchte, ohne dass sie es erklären musste.

»Ich bin in der Küche!«, rief ihre Mutter in den Eingangsbereich, als Mila gerade aus ihren Sandalen schlüpfte.

Sie konnte den verbrannten Teig schon hier riechen. Seltsamerweise brachte sie das zum Lächeln.

Ihre Mutter stand am Küchentisch, als Mila den Raum betrat. In den Händen ein etwas traurig aussehender Geburtstagskuchen. Die Ränder angebrannt, auf der einen Seite war er höher als auf der anderen. Er erinnerte an einen Hügel nach einem Erdrutsch. Die Kerzen darauf waren auch schief, und Mila fürchtete, sie würden jeden Moment vom Kuchen fallen und das ganze Haus in Brand stecken.

Genauso schief saß das rote Hütchen auf dem Kopf ihrer Mutter, das so gar nicht zu Gilda Ehlers passte.

Sie lächelte sie ein bisschen überfordert an. Ihre Mutter war nicht in ihrem Element. Der Kuchen würde sicherlich nicht schmecken. Trotzdem machte Mila das Bild, das sich ihr bot, auf eine sehr umfassende Weise glücklich.

Wieder traten ihr Tränen in die Augen, während sie all ihre Geburtstage vor sich sah. Immer war da ihre Mutter. In Restaurants in Hamburg. Früher in diesem Haus. Sie hatte keinen verpasst.

In diesem Moment verstand Mila, was Liebe wirklich bedeutete. Und dass sie nicht aus den drei berühmten Worten bestand, sondern aus vierunddreißig Geburtstagen, Schwarztees mit zwei Tabletten Süßstoff und Milch, gefalteter frischer Wäsche und verbranntem Essen.

Sie weinte schon wieder.

»Was ist los?«, fragte Gilda besorgt und stellte den Kuchen zur Seite und eilte auf Mila zu.

»Mein Vater hat angerufen«, sagte sie.

Gildas Augen verengten sich. Mila hatte, seit sie ein

kleines Mädchen war, nicht mehr wegen ihres Vaters vor ihrer Mutter geweint. Denn Ehlers-Frauen weinten nicht.

Doch Gilda wirkte nicht enttäuscht von Mila. Sie sah sie nicht an, als würde sie sie für schwach halten. Sie sah einfach nur wütend aus.

»Dieses Arschloch!«, entfuhr es Gilda.

Mila verschluckte sich an ihren Tränen und dem Lachen, das aus ihr herausplatzte. »Mama, man flucht nicht!«

»Wenn es um diesen Mann geht, schon«, erwiderte Gilda ungerührt.

Mila lachte noch lauter, und ihre Mutter stimmte ein.

»Heißt das, ich darf in Zukunft fluchen?«

»Ganz sicher nicht«, erwiderte Gilda.

Mila lachte wieder. »Der Kuchen sieht toll aus. Danke.«

»Lüg mich nicht an.«

Mila grinste und nahm ihre Mutter in den Arm. Und sie glaubte, dass diese auch die drei Worte spüren konnte, die Mila ihr mit dieser Geste buchstabierte.

Kapitel 21

Mila klingelte nun schon zum dritten Mal, doch Noah machte einfach nicht auf.

Hatte er vergessen, dass sie verabredet waren? Oder wollte er sie aus irgendeinem Grund nicht reinlassen?

Aber welchen Grund sollte er dafür haben, fragte sich Mila. Seit sie ihn gestern panisch in die Änderungsschneiderei gerufen hatte, hatten sie keinen Kontakt mehr gehabt. Keine Chance, es sich mit ihm zu verscherzen ... soweit sie wusste.

Mit schweißnassen Händen zog sie ihr Handy aus der Hosentasche, checkte die Instagram-Seite. Und atmete erleichtert aus. Dort zumindest hatte man ihr Geheimnis nicht veröffentlicht. Daran konnte seine Abwesenheit also auch nicht liegen.

Sie klingelte noch zweimal Sturm, dann gestand sie sich ein, dass es keinen Zweck mehr hatte und machte sich auf den Heimweg. Vor dem Haus sah sie sich noch einmal um. Nur einige Meter weiter entdeckte sie Noahs blauen Toyota. Weggefahren war er also nicht. Aber warum parkte er nicht in der zur Wohnung gehörenden Garage? Jetzt, wo sie darüber nachdachte, erinnerte sie sich, dass sein Auto immer hier gestanden hatte, wenn sie ihn besucht hatte.

In diesem Moment hörte sie das laute Kreischen einer Säge und sofort war ihr klar, wo sie Noah finden würde. Zielstrebig ging sie auf die Garagen zu.

Obwohl das Geräusch sie schaudern ließ – sie hatte es immer schon als unangenehm empfunden, wie Fingernägel an einer Schiefertafel –, hatte sie Noah früher stundenlang dabei zusehen können, wie er im Garten seiner Eltern seine Möbel gefertigt hatte. Der Anblick seiner Muskeln, die sich beim Arbeiten anspannten, hatte sie für das Sägegeräusch entschädigt.

Alle Garagentore waren geschlossen. Bis auf eins. Während sie sich darauf zu bewegte wie eine Motte aufs Licht, wechselte das Geräusch. Die Säge verstummte und das gleichmäßige Schaben von Schmirgelpapier auf Holz erklang. Dieses Kratzen hatte sie sich immer gern angehört. Es war nicht ganz so schön wie das Rattern einer Nähmaschine, aber es kam nah dran.

Mila näherte sich langsam und leise. Sie wollte Noah nicht stören. Und sie hoffte auf einen ruhigen Moment, um ihn ganz ungestört zu beobachten.

Sie blickte um die Ecke in das offene Tor. In Noahs Garage war kein Platz mehr für ein Auto. Er hatte sie komplett in eine kleine Werkstatt umgebaut. Überall stand Holz. Sie konnte den Duft des frisch gesägten Holzes und den Leim riechen. Während Noah an einer kleinen Kommode vor sich arbeitete, trug er nur ein fleckiges Shirt und zerrissene Jeans. Er war verschwitzt. Seine Haare hatten noch nie unordentlicher ausgesehen. Seine Hände liebkosten das Holz, fuhren es entlang, erfühlten die Unebenheiten, die er anschließend mit dem Schmirgelpapier glattschliff. Seine Venen traten an den Unterarmen hervor.

Milas Wangen glühten, sie fühlte sich wie ein Computer ohne Lüftung.

Sie hatte Gefühle für ihn. Und gerade spürte sie, wie stark sie waren. Vor ihrem inneren Auge sah sie, wie er sie an sich zog und auf die Werkbank hob. Wie sie sich küssten. Aber sie sah auch, wie er sanft ihre Hand in seine nahm. Wie er ihr sagte, wie schön sie war. Wie sie seine Mutter besuchten und es diesmal keine Lüge war, wenn sie sagten, dass sie zusammen waren.

Mila verkniff sich einen Fluch. Das hätte sie verraten. Bevor Noah sie entdecken durfte, musste sie erst mal ihre Gedanken unter Kontrolle bringen – und ihre Gesichtsfarbe.

Irgendwie zwang sie Luft in ihre Lunge, die ihr auf einmal viel zu eng für diese Aufgabe vorkam. Sie durfte nicht in Noah verliebt sein. Das hatte sie alles schon mal erlebt. Sie wusste, wie diese Geschichte endete, sie hatte den Film schon gesehen und er hatte kein Happy End. Sie sollte schlauer sein als das.

Aber da war diese Stimme in ihrem Hinterkopf, die ganz leise flüsterte: *Was ist, wenn es jetzt anders ist? Was ist, wenn er sich geändert hat?*

Doch Mila ermahnte sich. Wie sollten sie eine Zukunft haben, wenn sie die Vergangenheit nie aufgearbeitet hatten? Wie sollte da ein Neuanfang möglich sein?

Sie räusperte sich, um endlich auf sich aufmerksam zu machen. Ihre Gedanken hatten sie schon viel zu lange gefangen gehalten.

Noah zuckte zusammen und richtete sich ruckartig auf. Er war auch tief in seiner eigenen Welt versunken gewesen.

»Du hast also doch eine Werkstatt.«

»Das ist keine richtige Werkstatt«, widersprach er sofort. Er holte sein Handy aus seiner Hosentasche und blickte auf die Uhrzeit. »Mist, sorry. Hab voll die Zeit vergessen. Wir sind ja verabredet.«

»Gar kein Problem«, sagte Mila, die nichts gegen ihre heisere Stimme ausrichten konnte. »Ich hab dich ja trotzdem gefunden.« Sie schlenderte langsam in die Garage hinein. Hier war der Geruch nach Leim noch stärker. Auch Noahs Schweiß konnte sie riechen – nicht unangenehm, eher vertraut. Sie begann durch den Mund zu atmen, weil sie sonst wieder drohte in ihre Phantasien abzudriften. Sie musterte die Kommode, an der Noah gerade arbeitete, damit sie ihn nicht mustern konnte.

»Ich wollte sie eigentlich schon fertig haben«, sagte Noah.

»Was?«, fragte Mila verwirrt und sah auf. Er war ihr sehr nah. Sie ermahnte sich wieder, nur durch den Mund zu atmen.

»Die Kommode. Für deinen Geburtstag.«

Mila schluckte schwer.

»Die ist für mich?«

»Richtig.«

Ihr Herz, das dumme, leicht zu beeindruckende Ding, zog sich zusammen. Mila ermahnte sich, in diese Geste nichts hineinzuinterpretieren, was nicht dort war. Doch es fiel ihr extrem schwer.

»Danke«, hauchte sie.

»Keine Ursache.«

Noah atmete auch unregelmäßiger, oder bildete sie sich das nur ein?

»Machst du hier deine Möbel?«, fragte Mila.

»Nur ein Hobby.« Noah schien nicht mehr in der Lage, ganze Sätze mit Subjekt, Prädikat und Objekt zu formulieren.

»Du bist gut. Es sollte mehr als ein Hobby sein«, beharrte Mila. Und obwohl ihr Gehirn von Hormonen geflutet wurde, meinte sie das doch sehr ernst.

»Als Mädchen für alles in der Stadt verdiene ich mehr. Ist sicherer.«

Hatte Noah überhaupt gemerkt, dass er noch einen Schritt näher gekommen war? Mila blieb stehen. Sie verspürte nicht einmal den Hauch eines Impulses auszuweichen.

»Deine Möbel sind toll. Ich bin sicher, du hättest sehr viele Abnehmer«, sagte Mila. Ihre Stimme war so verdammt leise geworden.

Sie spürte die Hitze von Noahs Körper auf ihrer Haut.

Noah stand direkt vor ihr. Für einen wahnwitzigen Augenblick glaubte sie wirklich, er würde ihr über die Wange streichen und sie an sich ziehen. Er musterte ihr Gesicht, als würde er darin irgendwas suchen. Irgendwas Wichtiges.

Doch dann machte er einen Schritt zurück, fuhr sich durch die Haare und wandte ihr die Rücken zu. Er räumte sein Werkzeug weg, doch Mila kam es vor, als weiche er nur ihrem Blick aus. Vielleicht hatte er doch etwas in ihrem Gesicht gefunden. Und vielleicht hatte es ihm Angst gemacht.

»Ich habe Tommys Nachricht angehört. Er hat nicht ganz

unrecht. Wir sollten zu Herrn Heckermann fahren und ihn befragen«, sagte er.

Mila nickte, obwohl er sich immer noch nicht zu ihr umgedreht hatte. »Hast recht«, setzte sie hinzu. Ihr war so verdammt heiß. »Wo wohnt er denn?«

Noah redete mit der Werkbank, statt mit ihr. »In Hamburg.«

Und von einer Sekunde auf die andere war Mila plötzlich wieder ganz kalt.

Kapitel 22

»Was hat Herr Heckermann gesagt, als du uns angekündigt hast?«, fragte Mila, während sie auf dem Beifahrersitz saß und aus dem Fenster sah, an dem Felder und die Landstraße vorbeizogen.

Wenn sie einfach nur die Umgebung betrachtete, konnte sie Noah nicht ansehen. Das erschien ihr nach dem Moment in der Garage zu heikel. Und sie konnte wenigstens kurz vergessen, wohin sie gerade fuhren.

Vor einigen Wochen noch hatte sie nichts mehr gewollt, als nach Hamburg zurückzukehren. Das kam ihr nun wie ein anderes Leben vor, wie eine andere Version von ihr. Ihr Plan war es gewesen, dass sie mit einem neuen Job zurückkehrte. Jetzt tat sie es mit leeren Händen. Sie hatte Angst vor dem, was es in ihr auslösen könnte, wieder dort zu sein.

»Dass er sich unendlich freut, uns zu sehen«, sagte Noah.

Mila verdrehte die Augen. »Was hat er wirklich gesagt?«

Noah räusperte sich und ahmte den nasalen Tonfall ihres ehemaligen Schulleiters und Mathelehrers nach. »Baumgartner und Ehlers kommen mich gemeinsam besuchen? Womit habe ich das wohl verdient?«

Mila schaffte es doch tatsächlich trotz all der Gründe, die dagegensprachen, zu grinsen. »Der Mann hat unseren ganzen Jahrgang gehasst. Aber uns besonders.«

»O ja«, sagte Noah auf eine Weise, die nahelegte, dass er darauf stolz war. Sie war vielleicht die Person, die ihn dazu gebracht hatte, immer sehr viel Mist zu bauen. Aber sie hatte auch immer gewusst, dass er diesen Mist genossen hatte.

Würde sie Herrn Heckermann erzählen, dass er einer der Gründe war, dass die beiden zusammengekommen waren, würde er sich vermutlich nicht sonderlich freuen. Während die Bäume und Felder vor dem Fenster zu einem Strudel aus Grün und Braun verschwammen, erinnerte sich Mila an diese eine Mathestunde, die so vieles verändert hatte.

Herr Heckermann hatte seinen Schülern selten mehrere Chancen gegeben. Schrieb man schlechte Noten, bekam man auch schlechte mündliche Noten. Und das war auch Mila in der achten Klasse passiert. Sie hatte sich darüber beschweren wollen. Herr Heckermann hatte ihr dafür sofort Nachsitzen aufgebrummt. Vermutlich hatte sie sich nicht förmlich, sondern ein bisschen aufbrausender beschwert, aber daran erinnerte sich Mila nicht mehr so richtig. Sie erinnerte sich nur daran, dass Noah sie verteidigt hatte und so ebenfalls beim Nachsitzen gelandet war.

Damals waren die beiden nicht befreundet gewesen. Ihre Väter waren gute Bekannte gewesen. Noah und Mila einfach nur Klassenkameraden, hatten aber nie engeren Kontakt zueinander gehabt.

Diese eine Stunde Nachsitzen änderte das für immer. Sobald Herr Heckermann nicht hinsah, schrieben sie sich

Zettelchen und schnitten Grimassen. Nach dieser Stunde waren sie unzertrennlich.

Also hatten sie ausgerechnet dem Griesgram Heckermann doch einiges zu verdanken.

Noahs Navi erklärte ihnen in einem sehr höflichen Tonfall, dass er hier auf die Autobahn auffahren sollte. Sobald er die Geschwindigkeit erhöhte, schloss Mila das Fenster. Sie mochte es, wenn der Fahrtwind ihr durch die Haare fuhr, wollte aber auch nicht völlig zerzaust bei Heckermann ankommen.

»Er muss es sein, oder?«, fragte Mila. Sie holte die Liste hervor, die Noah angelegt hatte. Dort standen die Namen aller, die damals dabei gewesen waren, als die Zeitkapsel vergraben worden war. Ihr Name war unterstrichen. Noahs Name war in ihrer Handschrift geschrieben. Sie fuhr ihn liebevoll nach.

Schnell nahm sie die Hand wieder weg und linste zu Noah hinüber. Sie wollte sicherlich nicht dabei ertappt werden, wie sie seinen Namen streichelte. Zum Glück sah er konzentriert auf die Straße, gerade damit beschäftigt, auf die linke Spur zu wechseln.

»Alle Geheimnisse sind raus. Bis auf …«, setzte Mila an, während sie die Liste überflog. Am Vortag waren noch mal vier Geheimnisse geleakt worden. Doch diese hatten Leute betroffen, die nicht mehr in der Stadt lebten und entweder schon längst wieder in ihrer Heimat waren oder sich gar nicht erst die Mühe gemacht hatten, zum Klassentreffen zu kommen. Diese Leute hatten vielleicht nicht einmal mitbekommen, dass ihre Geheimnisse keine mehr waren.

Mila und Noah hingegen würden es merken.

Und sie waren als einzige noch übrig.

Schon den ganzen Morgen war Mila unfassbar schlecht gewesen. Sie hatte sogar schon überlegt, Noah ihr Geheimnis zu sagen, weil es ihr vorkam, als wäre ihr Schicksal nun nicht mehr abzuwenden. Aber das würde sie wohl nie über sich bringen.

Noah wirkte auf den ersten Blick ruhig, aber immer, wenn er sein Handy checkte, wurde er kreidebleich. Auch er spürte den tickenden Countdown, der gnadenlos runterzählte. Das wusste Mila.

»Es muss jemand anderes sein«, sagte sie nun, um sich von ihren Gedanken abzulenken. »Es kann keiner von uns mehr sein, oder?«

Noah dachte einen Moment nach, bevor er antwortete. »Herr Heckermann würde Sinn ergeben.«

Mila nickte langsam. Sollte das wirklich stimmen, würde sie sich vermutlich bis zum Ende ihres Lebens von Tommy anhören dürfen, wie souverän er den Fall gelöst hatte. Warum hatte ausgerechnet er diesen Einfall gehabt?

Mila schaltete sich durch die Radiosender. Entweder sie empfingen Rauschen oder Schlager und beides entsprach gerade nicht ihrer Laune.

»Mach den CD-Spieler an«, sagte Noah. Sein Auto war alt genug, dass es noch kein Bluetooth hatte, um das Handy mit ihm zu verbinden. Auch ein Aux-Kabel fehlte. Also benutzte er CDs. Aber Noah liebte es, Gegenstände zu sammeln. Mila konnte ihn sich schlecht mit einem Spotify-Account vorstellen, weil er die Musik dann nicht mehr ins Regal stellen und in die Hand nehmen konnte.

Er war eine alte Seele. Das hatte Mila immer an ihm gemocht.

Mila drückte auf den Knopf. Das Lächeln, das sofort an ihren Mundwinkeln zog, war stärker als ihr Wille, sich dagegen zu wehren.

Tearin up my heart von NSYNC drang aus den Radiolautsprechern. Noah drehte es noch ein bisschen lauter.

»Tu dir keinen Zwang an. Ich weiß, dass du mitsingen willst«, ärgerte er sie.

»Ich habe keine Ahnung, was du meinst.« Doch Milas Fuß begann schon gegen ihren Willen im Fußraum auf- und abzuwippen.

Sie konnte jeden Song dieses Albums in- und auswendig. Ihre Liebe zu Justin Timberlake hatte ihren Ursprung in diesem Song.

Kurz noch wollte sie sich ermahnen, dass sie eine erwachsene Frau war und nicht dieselben Songs im Auto mitgröhlen konnte wie damals als Teenager. Dann begann der Refrain und solche Gedanken erschienen ihr unfassbar kindisch.

Also holte sie tief Luft und sang mit. Schief, aber textsicher. Noah drehte den Song noch ein bisschen lauter. Vielleicht, um ihren schlechten Gesang zu übertönen. Aber das war in Ordnung. Denn auf das Lied folgte noch eins, das sie liebte und sie sang weiter und weiter. Noah lachte und schlug mit den Fingern im Takt aufs Lenkrad, als wäre er ihr Schlagzeuger.

Und dann stimmte auch er mit in den Gesang ein, und plötzlich fiel es Mila sehr schwer, sich nicht in die schöne

Zeit vor dem Abiball zurückversetzt zu fühlen und die aufkeimenden Gefühle in sich verschlossen zu halten.

Natürlich verflog ihr gutes Gefühl, sobald sie Herrn Heckermann gegenübertrat. Dieser Mann trug auch sieben Jahre nach seiner Pensionierung noch immer diesen Gesichtsausdruck, der nahelegte, dass er jede Sekunde bereit war, das nächste Kind anzuschreien, das ihm über den Weg lief.

Er lebte in einem ruhigen Randgebiet von Hamburg, und vermutlich war er bei den Nachbarskindern dafür bekannt, dass er sie ständig ermahnte, nicht auf den Rasen zu gehen, nicht so laut zu spielen und ganz im Allgemeinen keine Freude am Leben zu haben.

Er wirkte keinen Tag älter, als er ihnen missmutig seine Eingangstür öffnete. Bedeutete das, dass Menschenhass vielleicht sogar dabei half, jung zu bleiben? Diese wissenschaftliche Erkenntnis sollte sie auf jeden Fall nicht mit der Menschheit teilen, befand Mila.

Seine Lieblingsfarbe schien noch immer Grau zu sein. Er trug auch heute einen grauen Strickpullover. Und das im Hochsommer.

Er bat sie nicht herein, aber ließ die Tür offen, als er wieder in seine Wohnung ging. Das war für ihn vermutlich das gleiche wie eine überschwängliche Begrüßung. Also folgten Mila und Noah ihm.

Sofort überzog Gänsehaut Milas Arme und der Pullover ergab mehr Sinn. Es war merklich einige Grad kälter als draußen. Sein weniger als sonniges Gemüt schien alles um ihn herum abzukühlen. Wie passend.

Mit nicht minder kühlem Blick erwartete er sie, bereits in einem Sessel sitzend, im Wohnzimmer. Der erwartungsvolle Blick ihres ehemaligen Lehrers ließ sie vermuten, dass sie und Noah auf dem Sofa Platz nehmen sollten.

Mila war überrascht, als sie eine dampfende Kanne Kaffee und drei Tassen auf dem Tisch entdeckte. Sogar mit Untertassen.

Herr Heckermann gab sich Mühe, zu betonen, dass er sich nicht über ihren Besuch freute. Aber er hatte trotzdem zugesagt und ihnen Kaffee gekocht. Er war wohl ein deutlich komplexerer Mann, als Mila zu ihrer Schulzeit hatte sehen wollen.

»Ihr erstellt eine Zeitschrift«, sagte er und goss ihnen Kaffee ein, ohne sie vorher zu fragen, ob sie welchen wollten.

»Richtig«, antwortete Noah.

Sie ließen sich auf dem Sofa nieder. Mila sank so tief in das Polster ein, dass sie beinahe Angst hatte, davon verschluckt zu werden.

Das Wohnzimmer war geräumig und sehr ordentlich. Neben dem Sofa, Sessel und schlichtem Couchtisch standen nur noch Bücherregale an der Wand. Herr Heckermann hatte keinen Fernseher. Aber er mochte offensichtlich Pflanzen. Topfpflanzen mit nicht einem braunen Blatt standen in den Zimmerecken. So wirkte das Wohnzimmer fast schon gemütlich. Das wollte so gar nicht zu dessen Bewohner passen. Oder zumindest zu dem Bild, das Mila seit zwei Jahrzehnten von ihm hatte.

»Und mich wollt ihr auch befragen?«, fragte er kritisch. »Wer will schon meine Meinung hören?«

Ich sicherlich nicht, dachte Mila automatisch, hatte ihr Mundwerk aber zum Glück unter Kontrolle. Sonst wäre die Befragung schon vorbei gewesen, bevor sie richtig anfangen konnte. Noah warf ihr kurz einen Seitenblick zu, als hätte er ihre Gedanken hören können. Als er sicher war, dass sie keinen unpassenden Kommentar von sich geben würde, wandte er sich wieder Herrn Heckermann zu.

»Sie waren doch auch auf der Feier«, sagte er.

»Die Pflichten eines ehemaligen Schulleiters«, entgegnete dieser schlicht.

Mila trank einen Schluck von dem viel zu heißen Kaffee, um sich den Kommentar zu verkneifen, dass ein ehemaliger Schulleiter wohl gar keine Pflichten mehr hatte. Dafür stand schließlich das Wort *ehemalig*.

Aber irgendwie – und den Gedanken fand sie sehr befremdlich – konnte sie ihn auch verstehen. Vielleicht – und der Gedanke war noch befremdlicher – hatte sie mit ihrem Gegenüber sogar etwas gemeinsam. Auch sie tat gern so, als wäre ihr alles nicht so wichtig, wie es wirklich war. Wenn sie nur vorspielte, sie stünde über allem, dann würden die Menschen um sie herum es vielleicht glauben und nicht wissen, wie verletzt sie wirklich war. Und früher hatte sie geglaubt, dass sie ihren Schmerz besser ertragen konnte, solange ihn niemand sah. Dann war er doch weniger real, oder? Doch in den letzten Wochen hatte sie immer öfter gemerkt, dass das so nicht ganz stimmte.

Plötzlich schämte Mila sich für all die Streiche, die sie Herrn Heckermann damals gespielt hatten. Auch heute noch trug er sein Toupet. Sie selbst hatte es ihm einmal mit einem Ventilator vom Kopf geweht. Er hatte vor der vollen Aula auf der Bühne gestanden und sie hatte ihn bloßgestellt. Ein Toupet zu tragen, bedeutete, etwas verbergen zu wollen. Aus welchem Grund auch immer er seine Glatze verstecken wollte, Mila hatte sein Geheimnis vor der ganzen Schule gelüftet. Die Situation muss für ihn genauso schlimm gewesen sein, wie Mila sich die Veröffentlichung ihres Briefs vorstellte.

Fuck, dachte sie. Sie wollte wegen ihm kein schlechtes Gewissen haben. Er war der miese Lehrer, der ihr nie eine Chance gegeben hatte und den zu hassen sie jedes Recht hatte.

Die Welt war einfacher, wenn man sie in böse Lehrer und gerechtfertigt rebellische Schüler aufteilte. Doch es gab eben auch Lehrer mit Unsicherheiten und Schüler mit grausamen Streichen.

Mila trank ein paar weitere Schlucke Kaffee, während Noah das Reden übernahm.

»Wie haben Sie es erlebt, in die Schule zurückzukehren?«, fragte er.

»In der Aula haben viele Erinnerungen auf mich gewartet. Schöne wie schlechte.« Er sah Mila vielsagend an. Schuldbewusst blickte sie in ihre Kaffeetasse.

Er könnte der Dieb sein, überlegte sie. Das könnte seine Rache für sie sein. Ihren Brief hätte er sich dann bis ganz zum Schluss aufgehoben, um sie damit so lange wie möglich zu quälen.

»Wie ist es, wenn ein ehemaliger Schüler einen als Schulleiter ablöst?«, stellte Noah seine nächste Alibifrage, bevor sie zu den wirklich wichtigen kommen konnten.

»Amir war immer ein guter Schüler. Es hat mich nicht überrascht, dass er diesen Weg eingeschlagen hat«, sagte Herr Heckermann und für einen Moment wurde seine Stimme weicher. Da stimmte etwas nicht. Warum sollte er noch immer so freundlich von seinem damaligen Lieblingsschüler sprechen, wenn er nun wusste, dass dieser sein Auto beim Abistreich auf das Schuldach bugsiert hatte? Wäre das nicht ein Grund, wütend zu sein? »Er hat mich auch eingeladen. Aus einem respektvollen Jungen ist ein respektierter Mann geworden.«

Wieder ein vielsagender Blick in Milas Richtung. Ihr Gegenüber hatte offensichtlich kein Problem, Wut zu empfinden. Da hatte sie wohl noch etwas mit ihrem ehemaligen Schulleiter gemeinsam: Sie waren beide außergewöhnlich nachtragend.

»Und Sie sind noch ein bisschen länger in der Stadt geblieben?«, fragte Noah.

»Ja, meine Schwester liebt das Sommerfest. Ich hatte ihr versprochen, mit ihr dorthin zu gehen«, erklärte Herr Heckermann.

Auch wenn er mit Noah sprach, ließ er Mila nie länger als wenige Sekunden aus den Augen, als fürchte er, sie könnte seine Bücher aus den Regalen werfen, seine Topfpflanzen zerrupfen oder gleich die ganze Wohnung verwüsten.

»Hat Ihnen die Feier auch gefallen?«, fragte Noah.

»War wie immer«, grummelte Heckermann.

»Und war es schön, länger in der Stadt zu bleiben und die Zeit zu genießen?«

Noah schlug sich wirklich gut, obwohl sich Herr Heckermann alles aus der Nase ziehen ließ.

»Schreibt ihr nicht mit?«, fragte dieser an Mila gerichtet.

»Brauche ich nicht. Ich habe ein gutes Gedächtnis«, erwiderte Mila.

»Na, da haben deine Noten damals allerdings eine andere Sprache gesprochen.«

Mila trank wieder vom viel zu heißen Kaffee. Das würde für den Rest des Abends ihre Strategie sein, um ihr loses Mundwerk unter Kontrolle zu halten.

»Und es war ... interessant, länger in der Stadt zu bleiben«, nahm Herr Heckermann Noahs Frage wieder auf.

»Interessant?«, hakte Noah nach.

»Dieser ganze Aufruhr in der Stadt. Das war mal was Neues.«

Mila versuchte sich nicht anmerken zu lassen, dass sie auf einmal viel aufmerksamer zuhörte. Kamen sie der Wahrheit näher? Sie fühlte sich wieder wie ein Kind, das von ihrer Mutter auf der Suche nach einem Geschenk mit den Aussagen *heiß* und *kalt* durch das Haus gelotst wurde.

»Aufruhr?« Beeindruckt registrierte Mila, wie neutral Noahs Stimme klang. Gleichzeitig fragte sie sich, ob sie seiner Tonlage je wieder vertrauen konnte, wenn sie wusste, dass er sie so kontrollieren konnte.

»Wegen dieser Briefe«, sagte Herr Heckermann ein bisschen ungeduldig. »Das habt ihr auf jeden Fall mitbekommen. Oder am Ende noch was damit zu tun.«

»Wie kommen Sie darauf?«, fragte Mila, weil sie den Kaffee leider schon ausgetrunken hatte und sich nicht länger zurückhalten konnte.

»Ändern sich Menschen jemals wirklich?« An welche Antwort er glaubte, schwang deutlich hörbar in seiner Stimme mit.

»Ja«, sagte Mila auf einmal mit mehr Überzeugung, als sie von sich erwartet hätte. Doch genauso empfand sie gerade. Menschen konnten sich ändern. Auch sie konnte weniger Fehler machen, wenn sie es wirklich wollte.

Herr Heckermann schaute sie sehr intensiv an. Als sähe er sie zum ersten Mal.

»Was haben Sie von den Briefen mitbekommen?«

Noah holte sie beide zurück in die Gegenwart. Herr Heckermann unterbrach das Blickduell als erster und wandte sich wieder Noah zu.

»Sie hingen ja immer am Rathaus. Dann noch diese lächerlichen Flugblätter. Papierverschwendung und Umweltverschmutzung. Ich lege hohen Wert auf Recycling.«

Er goss Mila Kaffee nach, und sie bedankte sich. Er nickte ihr zu. Das fühlte sich ein bisschen wie ein Waffenstillstand an.

»Was haben sie von dem Aufruhr beim Sommerfest gehalten?«

»Wovon redest du?« Herr Heckermann wirkte verwirrt.

»Auf dem Sommerfest wurden doch auch Geheimnisse aufgedeckt. Mehrere«, erklärte Mila.

Herr Heckermann wirkte noch verwirrter. »Aber es hing doch nichts am Rathaus. Flugblätter gab es auch keine mehr.«

»Aber auf Instagram.«

»Instagram?« Er sprach das Wort aus, als gehörte es zu

einer Sprache, die er noch nie zuvor gehört hatte. »Ist das so ein Social-Media-Ding?«

»Eine App, richtig«, sagte Mila. Sie holte ihr Handy hervor, öffnete die Seite mit den Briefen und reichte es ihm.

Herr Heckermann nahm es unsicher entgegen, als erwartete er, dass ihn gleich etwas aus dem Display heraus anspringen könnte. Seine Lesebrille setzte er sich umständlich mit nur einer Hand auf die Nase, dann musterte er den Bildschirm.

»Und wie lese ich das jetzt? Die Bilder sind doch alle viel zu klein.«

Noah und Mila tauschten einen Blick.

»Sie tippen auf eines der Bilder«, erklärte Mila.

Herr Heckermann zögerte. Sein Gesichtsausdruck war pure Skepsis. Genauso hatten die Menschen vermutlich geguckt, als der erste Zug in einen Bahnhof gefahren oder der erste Kinofilm über die Leinwand geflimmert war. Herr Heckermann wirkte wie aus der Zeit gefallen.

Er drückte unbeholfen auf den Bildschirm und zuckte ein bisschen zusammen, als das Bild größer wurde. Mila konnte die Spiegelung des Briefs in seinen Brillengläsern erkennen. Er las und verzog dann das Gesicht.

»Tommy Jungermann hätte wohl ein bisschen besser im Sexualkundeunterricht aufpassen sollen.«

Mila konnte sich ein Lachen nicht verkneifen. »Oder die Schule hätte bessere sexuelle Aufklärung anbieten sollen.«

Bildete sich Mila das ein, oder lächelte Herr Heckermann tatsächlich leicht, als er sie über den Rand seiner Brillengläser musterte. »Dagegen kann ich leider nichts sagen.«

Er gab ihr das Handy zurück. Noah stellte ihm weitere Fragen. Aber Mila wusste schon, dass es sinnlos war.

Herr Heckermann war nicht der Dieb.

Sobald der ehemalige Schulleiter kurz den Raum verlassen hatte, nachdem sein Festnetztelefon geklingelt hatte – wer zur Hölle hatte heute noch einen Festnetzanschluss? –, wandte sich Mila Noah zu.

»Er hat keine Ahnung von Instagram«, sagte Mila.

Noah nickte. »Wenn er die App nicht mal allein öffnen kann, wird er auch keine Beiträge posten können.« Er verstummte kurz und lauschte in den Flur. Doch noch kehrte Herr Heckermann nicht zurück. Mila konnte seine Unterhaltung nicht hören, nur seine Tonlage, die auf einmal uncharakteristisch aufgeregt und sanft klang. »Entweder er war es nicht oder er ist der beste Schauspieler, der je gelebt hat.«

»Und dann hätte er es sich auch verdient, damit davonzukommen«, meinte Mila.

Noah nickte wieder. »Finde ich auch. Und wir sollten auf keinen Fall erzählen, was Amir getan hat. Ich will es nicht kaputt machen, dass er wenigstens eine Person in unserem Jahrgang nicht abgrundtief hasst.«

Zu scherzen tat gut. Dann konnte Mila kurz das nagende Gefühl in ihrer Magengrube ignorieren, das ihr mitteilte, dass sie schon wieder keinen Millimeter weitergekommen waren. Und dass der Dieb immer noch da draußen war, mit ihrem Brief in seinem Besitz.

Herr Heckermann kehrte zu ihnen zurück, setzte sich aber nicht wieder auf seinen Sessel. Seine Wangen waren ein bisschen rot geworden, seine Augen strahlten. Er sah fast schon … glücklich aus.

»Wie schön das auch war«, und das sagte er nur mit einem winzigen Hauch von Sarkasmus in der Stimme, »aber ich muss euch jetzt rausschmeißen. Ich möchte in Ruhe mit meiner Freundin telefonieren.«

»Freundin?«, entfuhr es Mila eine Spur zu ungläubig.

Herr Heckermann fixierte sie. »Ja, meine Lebensgefährtin.«

Das Bild, das Mila sich als Teenager von ihm gemacht hatte, wollte nicht mehr zu dem Mann passen, den sie heute kennengelernt hatte. In ihrer Vorstellung war er zu bitter gewesen, um eine Beziehung zu führen.

Am Anfang ihres Gesprächs hatte sie erkennen müssen, dass sie einiges gemeinsam hatten.

Nun musste sie etwas noch viel Bitteres einsehen: Wenn er in einer Beziehung war, war er offensichtlich in der Lage gewesen, einer Person seine Gefühle zu gestehen. Das hatte er ihr voraus.

Erst mit Verzögerung bemerkte Mila, dass Noah längst aufgestanden war. Sie kämpfte sich von den durchgesessenen Polstern auf die Beine und versuchte zu überspielen, welches Gedankenkarussell Herr Heckermann nur mit dieser einen Information in ihr ausgelöst hatte.

Wollte sie wirklich ein verbitterteres Leben führen als der Mann, den sie immer für den größten Spielverderber auf der ganzen Welt gehalten hatte?

»Danke, dass Sie sich Zeit genommen haben«, sagte Noah. Sie schüttelten sich die Hand.

Mila und Herr Heckermann zögerten beide, doch dann griffen auch sie zu.

»Ich dachte ja damals, aus dir wird nichts«, sagte Herr Heckermann. »Habe mich offensichtlich geirrt.«

Mila schluckte. Sie war sich nicht ganz sicher, ob er sich wirklich irrte, schließlich wusste sie gerade nicht einmal selbst, wer oder was aus ihr geworden war.

»Danke«, sagte sie trotzdem.

»Ich war auch überrascht, dass ihr beide zusammen hierhergekommen seid«, meinte Herr Heckermann, während er sie zur Tür brachte.

»Wieso das?«, fragte Mila.

»Ich habe euch bei der Klassenfeier streiten hören. Schön, dass ihr das geklärt habt.«

Mit diesen Worten komplimentierte er sie aus der Tür und schloss diese hinter ihnen, kaum, dass sie über die Schwelle getreten waren.

Mila und Noah blieben allein auf dem ruhigen Hausflur zurück.

Das Chaos in ihrem Kopf wurde noch schlimmer.

Ich habe dich nie vergessen.

Im schmucklosen Treppenhaus konnten diese Worte gut hallen, obwohl Mila sie nicht einmal ausgesprochen hatte. Doch sie sorgten dafür, dass Mila Noah kaum noch in die Augen sehen konnte.

»Ich habe Hunger. Wir sollten was essen«, meinte Noah.

Mila nickte nur und folgte ihm aus dem Haus und zum Auto. Noah fuhr weiter Richtung Innenstadt und parkte schließlich in einem Parkhaus nahe der Messe. Mila hatte keine Ahnung, ob Noah einen Plan hatte, aber sie fragte ihn auch nicht danach.

Zurück in dieser Großstadt zu sein, fühlte sich seltsam an. Die hohen Gebäude schlossen sie zu allen Seiten ein. Überall waren Menschen auf der Straße. Mila war sich in Hamburg oft so vorgekommen, als wäre sie eine Biene in einem riesigen Bienenstock. Auch jetzt bildete sie sich ein, das laute, geschäftige Summen im Ohr zu haben.

Nebeneinander liefen sie durch die Straßen und betraten nach einem kurzen einvernehmlichen Blick den erstbesten Italiener, an dem sie vorbeikamen. Mila schwankte hinter Noah in das Lokal. War sie die Einzige, die sich fühlte, als ginge sie auf den Planken eines Schiffs bei hohem Seegang? Die Menschen um sie herum hatten dieses Problem offensichtlich nicht.

Sie setzten sich, bestellten. Milas Bewegungen waren mechanisch, doch ihr gelalltes Geständnis vom Klassentreffen dröhnte noch immer in ihrem Kopf und übertönte fast die Kellnerin, die ihnen ihre Getränke brachte.

Würde das nun immer so sein? Dass eine kleine Erinnerung reichte und schon konnte sie Noahs Blick nicht mehr begegnen, weil es ihr so unangenehm war?

Sie war genervt von sich selbst. So konnte das nicht weitergehen.

Sie aßen schon ihre Hauptspeise – Noah eine Pizza Margaritha und sie Penne Pomodoro –, als sie ihre eigenen Gedanken nicht mehr aushielt.

Sie knallte das Besteck auf den Tisch, stieß dabei beinahe ihr Wasserglas um. Von ihrem Besteck tropfte Tomatensoße auf den Tisch, doch auf der weiß-rot karierten Tischdecke fiel das gar nicht so sehr auf.

Noah sah Mila fragend an und hielt dann ebenfalls inne. Er ließ sein Besteck sinken, wenn auch bedächtiger als sie.

»Ich habe mich betrunken zum Affen gemacht. Aber das ist ja für mich nichts Neues. Also müssen wir auch nicht so eine große Sache draus machen.«

Noah sah aus, als hätte er etwas Wichtiges verpasst. »Wovon redest du?«

Okay, die Sache war also nur in ihrem eigenen Kopf zu etwas Großem herangewachsen. Der Elefant, den sie eben noch im Raum gesehen hatte, war wohl doch nicht ganz so riesig.

»Unser Streit beim Klassentreffen. Oder nicht Streit. Die Szene, die ich dir gemacht habe. Wie ich mal wieder meine Würde vor dir verloren habe. Ich wusste gar nicht, dass man Dinge, die man schon längst verloren hat, immer wieder verlieren kann. Aber ich bin dazu anscheinend in der Lage.«

Jetzt war sie in Fahrt. Mitten im Restaurant. Aber vielleicht war das genau der richtige Moment. Einige Pärchen an den Nachbartischen sahen zwar schon zu ihr herüber, weil sie ihre Stimme nicht ganz unter Kontrolle hatte. Aber hier konnte Noah sich nicht so einfach umdrehen und vor ihr weglaufen.

»Ich habe dir gesagt, dass ich dich nie vergessen habe. Big Deal. Jemanden nicht zu vergessen, muss kein Kompliment sein. Ich erinnere mich eh am besten an die furchtbarsten Menschen, denen ich jemals begegnet bin.«

Noah hatte die Klassenfeier früher verlassen, weil er ihr Geständnis nicht ertragen konnte. Als sie ihn auf die

Trennung ansprechen wollte, war er gegangen. Bei der Erwähnung der Beerdigung seines Vaters hatte er sie auch sitzen lassen.

Doch zu Milas Überraschung blieb er jetzt, wo er war, und erwiderte ihren Blick, als würde es ihm auf einmal keine Angst mehr machen.

»Ich bin also einer der furchtbarsten Menschen, denen du jemals begegnet bist?«, fragte er mit so einem neutralen Tonfall, dass Mila am liebsten geschrien hätte.

Doch sie atmete tief durch, bevor sie antwortete.

»Du weißt genau, dass du einer der Besten bist«, erwiderte sie, obwohl ihr die Wahrheit in ihren Worten eine Riesenangst einjagte. Am liebsten wäre sie jetzt selbst geflüchtet. Aber wenn Herr Heckermann zu seinen Gefühlen stehen konnte, dann würde sie das verdammt nochmal auch schaffen. »Der Beste.« Die letzten Worte flüsterte sie.

Doch Noah hörte sie trotzdem. Das sah sie an seinen weit aufgerissenen Augen.

Sie verharrten dreieinhalb Ewigkeiten genau so, sahen einander in die Augen, rührten ihr Essen nicht mehr an. Die Zeit blieb stehen.

Noah war der erste, in den wieder Leben kam.

»Willst du mit mir spazieren gehen?«

Mila hätte ihn darauf hinweisen können, dass sie genauso gut auch hier reden konnten. Doch sie spürte, dass er die Bewegung brauchte, dass er weglaufen, aber sie diesmal wenigstens mitnehmen wollte. Also nickte sie nur.

Noah erhob sich, legte Geld auf den Tisch und hielt ihr seine Hand hin. Nur einen Moment zögerte Mila, dann sah sie Noah in die Augen und erkannte die stumme Entschlossenheit darin.

Also schloss sie ihre Finger um seine und folgte ihm hinaus.

Kapitel 23

Noah blieb still, während sie durch die Sternschanze liefen. Mila war kurz davor, aus der Haut zu fahren, so nervös machte es sie. Es war ein schöner Sommerabend, kein Regen in Sicht. Auf den Straßen waren viele junge Menschen unterwegs. Die Tische auf den Gehwegen füllten sich. Musik drang dumpf aus Bars, wenn die Kellner mit ihren vollen Tabletts hinaustraten.

Mila und Noah waren mittendrin. Und doch kein Teil davon. Sie liefen, nebeneinander, aber nicht wirklich zusammen. Mila hätte den Arm nur leicht heben müssen, um ihn zu berühren und doch schien er ihr unendlich weit entfernt, als wäre er nur ein Traumbild, das verschwand, sobald sie nach ihm griff.

Ihr Herz schlug mit jedem Schritt lauter. Immer wieder sah sie zu Noah. Es gelang ihr kaum, den Blick länger als wenige Sekunden von ihm zu lösen, um nicht gegen die nächste Laterne zu laufen.

Die unrealistische Angst, er könnte verschwinden, wenn sie ihn zu lange aus den Augen ließ, befiel sie.

Weil ihre Gefühle für Noah ihr die Sicht versperrten, realisierte sie erst, als er abrupt stehen blieb, wo sie waren.

Ihr Herz hielt gemeinsam mit ihrem Körper abrupt inne.

Sie befanden sich allein in einer ruhigen Seitenstraße. Alle anderen Menschen nahm sie nur noch vage in der Ferne wahr. Auch die Sonne fand ihren Weg nicht hierher. Zwischen den eng stehenden Häusern gab es nur Schatten. Mila fröstelte sofort, doch ihr war klar, dass nicht allein der kühle Wind daran schuld war. Die Ursache lag viel, viel tiefer.

Noah stand bewegungslos neben ihr und starrte einfach nur das Gebäude vor sich an.

Es hatte sich in den letzten zwölf Jahren kaum verändert. Mila war nie hierher zurückgekehrt. Der Ort hatte für sie keinen nostalgischen Wert besessen.

Während sie Noah von der Seite betrachtete, erkannte sie, dass es ihm anders ging.

Im vierten Stockwerk dieses Gebäudes lag die WG, in die sie im Alter von achtzehn Jahren nach ihrer Flucht aus ihrem Heimatort gezogen war. Drei Jahre hatte sie hier gelebt, war ausgezogen und hatte nicht zurückgeblickt.

Sie hatte immer gedacht, Noah hätte erst recht nie zurückgeblickt. Nun wusste sie es besser.

Woher wusste Noah, dass sie hier gelebt hatte? Ihre Mutter hatte es ihm bestimmt nicht verraten. Aber Helena hatte die Adresse gekannt. Mila hatte sie ihr geschickt, obwohl sie gar nicht danach gefragt hatte. Vielleicht hatte sie ihm verraten, wo Mila wohnte.

Doch viel wichtiger war, dass Noah offensichtlich schon einmal hier gewesen war. Sie sah es ihm deutlich an. Er kannte die Straße, dieses Haus, diesen Ort. Er hatte schon einmal genau an dieser Stelle gestanden und sehnsuchtsvoll hinaufgesehen. An der Tür geklingelt hatte er jedoch nie, jedenfalls nicht in ihrer Anwesenheit.

Tränen traten Mila in die Augen. Sie machte sich keine Mühe, sie wegzustreichen.

Endlich – Mila hatte schon geglaubt, Noah hätte vergessen, dass sie noch existierte, weil er nur an die Mila von damals dachte, die er hier gesucht hatte – wandte er sich zu ihr um. Auch ihm standen Tränen in den Augen.

»Ich habe dich auch nie vergessen.«

Er sagte nicht mehr. Er erklärte ihr nicht, wann genau er hier gewesen war. Nach dem Abi, nach dem Tod seines Vaters, irgendwann dazwischen. Warum er nicht geklingelt hatte, verriet er ihr auch nicht. Vielleicht würde Mila all diese Fragen eines Tages stellen. Doch nicht jetzt.

Sie machte einen Schritt auf ihn zu. Dann noch einen. Ganz langsam. Sie wollte ihm die Chance geben zurückzuweichen. Doch er tat es nicht.

Direkt vor ihm blieb sie stehen. Noch berührten sie sich nicht. Dann umfing sie auf einmal seine Wärme. Er legte eine Hand an ihre Wange, eine an ihre Taille, zog sie an sich. Auch er wartete einen Moment. Als wollte er ihr eine Chance geben, sich anders zu entscheiden.

Könnte er ihr in den Kopf gucken, wüsste er, dass sie das niemals tun würde.

Und dann lagen seine Lippen auf ihren. Mila meinte, Erdbeersekt auf ihrer Zunge zu schmecken. Dieser Kuss war so süß wie ihr erster. Und er fühlte sich auch ein bisschen wie der erste an. Er war vertraut, und gleichzeitig so fürchterlich neu, dass ihre Finger zitterten, als sie sie in seinem Shirt vergrub.

Noahs schöne Hände zeichneten Gänsehaut auf ihren ganzen Körper. Er packte sie. Bei ihm war sie sich nie zerbrechlich vorgekommen, sondern stark.

Ihr entfuhr ein fast schon verzweifeltes Seufzen. Sie brauchte mehr.

Inzwischen zitterten nicht mehr nur ihre Finger, sondern auch ihre Knie, deswegen krallte sie sich noch mehr in sein Shirt. Sie atmete ihn tief ein. Jetzt gestattete sie es sich. Er roch noch immer ein bisschen nach Holzspänen und Leim.

Noch mehr Tränen traten ihr in die Augen. Sie ließ sie einfach über ihre Wangen rinnen, versuchte nicht einmal, sie zurückzuhalten. Sie schmeckte das Salz auf ihrer Zunge und es passte zu ihnen. Oder auch nicht. Vermutlich dachte sie nur noch Unsinn. Aber das war egal. Denn Noah hielt sie in seinen Armen, als wollte er sie nie wieder loslassen. Und er küsste sie, als wollte er damit nie wieder aufhören.

Mila hatte keine Ahnung, wie lange sie einander hielten. Doch dann rückte sie ein Stück von ihm ab, weil sie ihn ansehen wollte. Tränen liefen auch ihm die Wangen hinab. Mila liebte den Anblick.

Sie lächelten einander an, versanken in den Augen des anderen, bis Mila lachte, ohne zu wissen worüber. Er stimmte mit ein, weil er es gar nicht verstehen musste, um mitzulachen.

Sie waren wieder achtzehn Jahre alt und verliebt.

Aber gleichzeitig waren sie auch vierunddreißig und verliebt.

Wieder fanden sich ihre Lippen und wie alt sie waren oder wo sie sich befanden, verlor sowieso an Bedeutung.

Als sie das Hotelzimmer betraten, war es ausnahmsweise mal Mila, die ganz ruhig wurde.

Sie hatten sich noch sehr lange in dieser Gasse geküsst. Der Kuss war tiefer geworden, ihre Hände weitergewandert und sie hatten eingesehen, dass sie an diesem Ort nicht tun konnten, wonach sie sich sehnten.

Sie hatten nicht lange darüber reden müssen, sondern das nächste Hotel angesteuert, sich ein Zimmer für die Nacht gebucht und standen nun hier.

Noah schloss die Tür hinter ihnen, und sie waren allein. Wie ein Kokon schlossen die gut gedämmten Fenster den Lärm der Stadt aus. Hier waren sie wirklich allein.

Auf einmal war sie so nervös, dass sie kaum noch atmen konnte. Sie hatte Noah den Rücken zugewandt und starrte aus dem Fenster über die Stadt. Doch nichts konnte sie von dem ablenken, was gerade in ihr vorging.

»Du machst mir Angst«, sagte Noah.

»Wie meinst du das?«, fragte Mila Richtung Fenster. Sie konnte Noah und sich nur verschwommen im Glas erkennen. Er war nicht deutlich genug, um festzustellen, ob er lächelte. Mila drehte sich trotzdem nicht um.

»Du machst mir Angst, wenn du so still bist.«

Mila lächelte. Noah trat einen Schritt auf sie zu. Und jetzt erkannte sie in seiner Spiegelung, dass auch er lächelte.

»Ich weiß nicht, was ich sagen soll.«

»Es gibt wohl für alles ein erstes Mal.«

Mila lachte auf. Ein bisschen Spannung löste sich aus ihren Schulterblättern.

»Wollen wir einen Film gucken?«, schlug Noah vor.

»Du willst jetzt einen Film gucken?«, fragte Mila ungläubig.

Sein Grinsen wurde in der verschwommenen Spiegelung immer deutlicher. »Nicht nur.«

Mila grinste und traute sich endlich, sich zu ihm umzudrehen.

Noah betrachtete sie sanft, lief dann zum breiten Doppelbett und ließ sich hineinfallen. Er klopfte neben sich. Mila kletterte zu ihm. Er zog die Decke über sie beide und hielt ihr den Arm hin, damit sie sich an ihn kuscheln konnte. Als sie sich in seine Armbeuge legte, meinte sie, dieses klickende Geräusch zu hören, das zwei Puzzleteile machten, wenn man sie aneinandersteckte.

Noah machte den Fernseher an, zappte sich durch die Kanäle und fand ausgerechnet »Im Dutzend billiger«.

»Schicksal würde ich sagen«, meinte er und legte die Fernbedienung neben sich. Da er jetzt beide Arme freihatte, zog er sie noch enger an sich. Milas Herz raste noch eine Weile, doch mit jedem gleichmäßigen Heben von Noahs Brustkorb beruhigte sie sich ein wenig. Und irgendwann wusste sie selbst nicht mehr, warum sie jemals so nervös gewesen war.

Erst, als Mila in einem stockdunklen Zimmer wieder aufwachte, realisierte sie, dass sie eingeschlafen war. Noah war wach. Das spürte sie, weil er noch immer beruhigend durch ihr Haar streichelte. Der Fernseher war längst aus. Nur das kleine Neonlicht des Weckers erhellte Teile des Raumes. 03:14 stand dort.

Mila richtete sich langsam auf und drehte sich, damit sie Noah ansehen konnte.

»Bist du nicht müde?«, fragte Mila.

»Ich wollte nichts verpassen.« Er klang, als gäbe es für sie beide nur diese eine Nacht. Als wüssten sie beide, dass morgen die Welt endete. Mila rutschte automatisch wieder näher an ihn heran. Sie wollte auch nichts verpassen.

»Ich war so einsam hier«, murmelte sie, ohne zu wissen, warum sie ausgerechnet jetzt damit anfing.

»Hier?«, fragte Noah.

»In Hamburg.« Mila schluckte. »Ich hatte Freunde. Aber keine richtigen. Niemanden, den man um drei Uhr vierzehn mitten in der Nacht anrufen kann. Kaum hatte ich meinen Job verloren, waren sie alle weg.« Sie musste sich eingestehen, dass sie nach den ersten Tagen und Kontaktversuchen selbst nicht mehr an Derya gedacht hatte. Obwohl sie sich anfangs verraten gefühlt hatte, war es ihr letztendlich nicht schwergefallen, sie aus ihrem Leben zu streichen.

»Ich glaube, ich war nicht glücklich«, flüsterte sie. »Das habe ich noch nie ausgesprochen. Aber dir – dir will ich Dinge erzählen.«

Noah legte eine Hand an ihre Wange, dann an ihr Kinn, um ihr Gesicht leicht anzuheben. Jetzt blickte sie ihm direkt in die grünen Augen, deren Farbton sie genau vor sich sah, obwohl es hier zu dunkel war, um sie zu erkennen. »Dir wollte ich immer alles erzählen. Dir konnte ich immer alles erzählen«, hauchte er.

Mila kam ihm entgegen, weil sie diese Worte auch auf den Lippen spüren wollte. Sie küssten sich wieder. Und diesmal hatten sie keinen Grund, sich zurückzuhalten. Mila richtete sich weiter auf, bis Noah sie auf seinen Schoß zog. Unwillkürlich seufzten sie beide auf. Mila zog Noah sein Shirt über den Kopf, ließ ihre Fingerspitzen über seine nackte Brust wandern. Er erschauderte und biss ihr in die Unterlippe.

Sie stürzten sich ineinander, sie ließen sich nicht viel Zeit. Sie mussten sich nicht langsam aneinander rantasten. Das taten sie seit Milas Rückkehr. Jetzt hatten sie beide keine Geduld mehr, wollten endlich zurück, was sie so lange vermisst hatten.

Ihr Stöhnen war ehrlich und direkt, was sich ihre Worte nie trauten zu sein. Ihre Hände erkundeten alles, was sie in den vergangenen fünfzehn Jahren verpasst hatten, und ihre Haut gab mehr preis, als ihre Münder jemals getan hätten.

Mila saß nackt auf Noah. Die Muskeln tief in ihrem Inneren zogen sich sehnsüchtig zusammen. Sie wollte ihn spüren. Sofort. Jetzt. Mila holte ein Kondom aus ihrem Portemonnaie – ihre Mutter hatte ihr erklärt, dass man nichts den Männern überlassen durfte, nicht einmal Verhütung. Sie zog es ihm über.

In den Berührungen, die sie tauschten, konnten sie beide erkennen, dass sie neue Erfahrungen gemacht hatten. Mit anderen Menschen und dass sie doch noch immer wussten, wie der andere funktionierte. Es gab keine Vorwürfe. Sie hatten lange nichts geteilt und jetzt teilten sie alles.

Als Noah in sie eindrang, meinte Mila, erneut das Einrasten der Puzzleteile zu hören. Dann hörte sie nur noch ihr Stöhnen und Noah, der sanft ihren Namen murmelte. Immer lauter, bis die Welt dort aufhörte zu existieren, wo ihre Laute verhallten.

In dieser Nacht schliefen sie miteinander, bis der nächste Morgen dämmerte. Als die ersten Lichtstrahlen zwischen den schweren Vorhängen hindurchfielen, schlief Mila in Noahs Armen ein. Beide noch immer nackt, ein bisschen schwerer atmend, aber mit einem Lächeln auf den Lippen.

Mila lächelte immer noch, als sie erwachte. Sie rollte sich zur Seite. Dort war das Bett kalt. Noahs Körper fehlte.

Sofort war sie hellwach. Der Schlaf zog sich ruckartig aus ihrem Kopf zurück. So schnell, dass ein leichter Kopfschmerz zurückblieb. Sie sah sich um.

Noah war noch da. Die Erleichterung hielt jedoch nicht lange an. Er hatte ihr den Rücken zugewandt, war voll bekleidet und packte seine Sachen zusammen. Er wollte aufbrechen. Das erkannte sie an seiner verspannten Haltung. Er brauchte es ihr nicht zu erklären.

Mila zog die Decke hoch, um ihren nackten Körper zu bedecken, bevor sie ihn ansprach. Es war keine bewusste Entscheidung. Aber auf einmal fühlte es sich nicht mehr berauschend an, nackt zu sein. Nur noch kalt und ungeschützt.

»Guten Morgen«, brachte sie hervor.

Noah zuckte leicht zusammen, sah sich aber nicht zu ihr um. »Guten Morgen.«

Sie wartete darauf, dass er zurück zu ihr ins Bett kam, sie an sich zog, sie wieder küsste.

Aber sie hätte schon vorher wissen müssen, dass das nicht passieren würde.

Sie wusste doch, wie diese Geschichte ausging. Trotzdem brauchte sie Gewissheit. Und die lieferte ihr Noah.

»Ich muss bald zurück sein. Die Arbeit ruft.«

»Alles klar.«

»Ist es für dich okay, wenn wir in einer halben Stunde losfahren?«

»Klar.« Mila hasste, wie kleinlaut sie klang.

»Super. Ich warte in der Lobby auf dich.«

Dann packte Noah seinen Rucksack – und schon fiel die Tür hinter ihm ins Schloss.

Sie weinte, während sie sich im Bad fertig machte und anzog. Doch bevor sie das Hotelzimmer ebenfalls verließ, waren ihre Tränen versiegt und sie schwor sich, an Noah Baumgartner in ihrem ganzen Leben nicht noch eine weitere zu vergeuden.

Während der gesamten Rückfahrt schwiegen sie beide, als würden sie ein Spiel spielen, wer es länger durchhielt. Normalerweise verlor Mila, doch heute hatte sie sich fest vorgenommen, zu gewinnen.

Die Fahrt zog sich ewig in die Länge, dabei wollte Mila nichts mehr, als Noahs Nähe zu entkommen. Da sie sich gestern Nacht so nah gewesen waren, fühlte sich die Distanz zwischen ihnen jetzt geradezu unerträglich an.

Kaum hielt Noah vor ihrer Haustür, sprang Mila aus dem

Auto, noch bevor er den Motor ausgemacht hatte. Während Noah ihre Tasche aus dem Kofferraum holte, machte Mila den Fehler, auf ihr Handy zu gucken.

Sie fühlte sich ausgehöhlt, vermutlich konnte ihr Herz deshalb so gut in ihrem ganzen Körper widerhallen.

Ein neuer Post war auf Instagram erschienen. Milas eigene Schrift. Nicht einmal das hatte sie verhindern können.

Noah reichte ihr ihre Tasche, betrachtete sie, als wollte er noch etwas sagen. Doch diesmal war sie diejenige, die sich von ihm abwandte und ihn einfach stehen ließ.

Sie musste sich wenigstens einen Hauch Würde bewahren. Das war das Einzige, was ihr noch geblieben war.

Kapitel 24

Das Abi ist bestanden. Wer hätte das gedacht? Ich ganz sicher nicht. Und jetzt sitze ich hier und soll mein größtes Geheimnis aufschreiben. Schwer festzustellen, wo ich da anfangen soll. Was ist überhaupt ein Geheimnis? Etwas, worüber man nie spricht? Dann ist meine Liste nicht gerade kurz. Ich rede nie über meinen Vater. Er wollte mich nicht. Wenn mich Noah oder Helena nach ihm fragen, sage ich, dass ich ihn auch nicht will. Doch das ist eine Lüge. Letztes Jahr habe ich ihn betrunken angerufen und ihn angefleht, mich zu lieben. Das habe ich nicht einmal Helena erzählt. Es kam mir einfach zu erbärmlich vor. Meine Mutter würde mich wohl aus dem Haus schmeißen, wenn sie erfahren würde, dass ich »diesem Mann« meine Würde vor die Füße geworfen habe. In ihren Augen verliere ich sowieso ständig meine Würde. Sie kann Noah nicht leiden. Sie kann einfach nicht verstehen, dass ich ihn liebe. Und das tue ich. So richtig. Wenn ich ihn anschaue, sehe ich meine ganze Zukunft mit ihm. Wir werden zusammen nach Hamburg ziehen, studieren und immer glücklich sein. Ich habe ihm noch nie gesagt, dass ich ihn liebe, aber ich denke, dass er es weiß. Trotzdem ist

es irgendwie ein Geheimnis, solange ich es nicht ausspreche. Ich liebe Noah Baumgartner auf eine Weise, die sich allumfassend anfühlt. Ich will alles, was ich tue, mit ihm teilen. Für immer. Ich weiß, es klingt albern und eigentlich sollten solche Aussagen nicht zu mir passen und doch tun sie es irgendwie. Dass ich tief in meinem Inneren ein fürchterliches Sensibelchen bin, ist wohl mein größtes Geheimnis.
Abgesehen von einer anderen Sache. Ich habe nämlich einen Plan. Ich weiß, dass ich mein Leben mit Noah verbringen will und ich glaube, ihm geht es auch so. Wir sind erst achtzehn Jahre alt, aber wozu sollten wir auf den nächsten Schritt warten, wenn wir uns doch ohnehin so sicher sind, dass er eines Tages kommen wird? Eigentlich sollen ja die Männer den Heiratsantrag machen, aber ich hatte noch nie Lust, mich an solche überholten Regeln zu halten. Nach unserem Abiball werde ich ihn fragen, ob er mich heiraten will. Und ich hoffe, dass er ja sagt. Ich möchte nicht erst Jahre darauf warten. Ich will ihn jetzt heiraten. Was meine Mutter dazu sagen wird, ist mir egal.
Ich sehe meine Zukunft sehr klar vor mir und er ist immer dabei. Ich bin aufgeregt, aber ich freue mich auch.
Ich kann es kaum erwarten, mit ihm verheiratet zu sein.

Mila Baumgartner

Schon wieder stand Mila in ihrem Kinderzimmer, starrte auf ihre gepackten Taschen zu ihren Füßen und fühlte sich, als gäbe es nichts, wofür es sich noch lohnte, in dieser Stadt zu bleiben.

Nach ihrem Abi hatte sie ihre Taschen in die Hand genommen, war gegangen und fünfzehn Jahre nicht zurückgekehrt.

Heute hielt sie ein unsichtbares Band davon ab, den ersten Schritt zu tun. In welche Richtung auch immer.

Sie konnte nur starren, während die Worte, die sie damals so leichtsinnig aufgeschrieben hatte, in ihrem Kopf Kreise zogen. Immer und immer wieder.

Mila Baumgartner.

Ich kann es kaum erwarten, mit ihm verheiratet zu sein.

Inzwischen musste Noah den Brief auch gelesen haben. Sie würde ihm niemals wieder in die Augen sehen können. Niemandem mehr.

Es klopfte nicht an der Tür, bevor ihre Mutter eintrat. Sie schien gespürt zu haben, dass Mila – mal wieder – kurz davor war, überstürzt eine viel zu weitreichende Entscheidung zu treffen.

Gilda betrat das Zimmer nur zögerlich und langsam. Sie sah die Taschen sofort. Doch sie kommentierte sie nicht. Erst ließ sie sich Zeit, Mila und die Szene, die sich ihr bot, zu betrachten. Dann setzte sie sich auf den Schreibtischstuhl und überschlug ihre Beine.

Ihre Haare umrahmten ihr Gesicht in perfekten Lockenwickler-Wellen.

»Der Anblick kommt mir bekannt vor«, sagte sie nach einer Weile. Es lag nicht der Hauch eines Vorwurfs in ihrer Stimme. »Wirst du wieder gehen?«

Mila wollte ja sagen, doch sie bekam es nicht über die Lippen. »Ich weiß es nicht«, war alles, was sie aussprechen konnte.

Ihre Mutter nickte, als verstünde sie das. »Wohin würdest du gehen?«

»Einfach weg.«

Ihre Mutter nickte schon wieder auf diese wissende Weise, die Mila drohte in den Wahnsinn zu treiben. Sie wusste gerade gar nichts. Gilda sollte ihr nicht zeigen, wie viel sie ihr voraushatte.

»Ich sollte eine Ehlers-Frau sein. Ehlers-Frauen beschweren sich nicht, sie leiden nicht, ihnen ist nichts wichtig. Sie beißen sich durch. So sollte ich sein, aber bin es nicht. So kann ich nicht sein.« Mila fühlte sich, als würde sie mit jemandem kämpfen. Aber sie kämpfte nicht mit ihrer Mutter. Eigentlich kämpfte sie schon immer nur mit sich selbst.

»Du wolltest doch, dass ich gehe. Du hast mir immer gesagt, dass hier zu bleiben das Schlimmste ist, was einem passieren kann. Hier festzusitzen. Wieso bist du nie gegangen?«

Sie war die Tochter ihrer Mutter. Auch sie konnte Vorwürfe in jede Silbe packen. Es fühlte sich furchtbar an, diese schneidenden Worte auf der Zunge zu schmecken. Als sie Blut schmeckte, dachte sie kurz, sie hätte sich an ihnen geschnitten. Dabei hatte sie sich nur die Innenseite ihrer Wangen aufgebissen.

Gilda seufzte. Ihre Miene wurde erst nachdenklich, dann traurig.

»Denkst du wirklich, dass dir nichts wichtig sein darf?«, fragte sie als Erstes.

Mila hatte so vieles gesagt. Sie war überrascht, dass ihre Mutter ausgerechnet zuerst darauf einging.

»Das hast du mir doch beigebracht«, sagte sie schon wesentlich unsicherer. »Papa war dir wichtig und ist gegangen. Wenn einem nichts wichtig ist, hat man auch nichts zu verlieren.«

Schock schwappte wie eine Tsunamiwelle über Mila hinweg, als sie Tränen in die Augen ihrer Mutter treten sah.

»Du bist mir wichtig«, sagte Gilda auf eine Weise, die keinen Zweifel zuließ. Nicht mal in Milas Herzen, das seit Stunden nichts anderes tat, als zu rasen und sich schmerzhaft zusammenzuziehen. »Deswegen wollte ich immer, dass du es besser hast als ich. Aber wahrscheinlich habe ich mich darin verrannt und irgendwann selbst nicht mehr verstanden, was *besser* überhaupt bedeutet.« Sie seufzte und fuhr sich durch die Haare. Mila hatte ihre Mutter noch nie diese Geste machen sehen. »Warum ich geblieben bin?« Sie lächelte Mila sanft an. »Natürlich hätte ich gehen können. Aber dieses Haus ... In der Tür in der Küche habe ich markiert, wie du gewachsen bist. Dieses Zimmer konnte ich nie verändern. Das war immer deins. Ich konnte mich einfach nicht von dem Ort verabschieden, in dem ich die Liebe meines Lebens großgezogen habe.«

Mila schluchzte wie ein kleines Mädchen, als sie vor ihrer Mutter auf die Knie fiel und den Kopf auf ihren Schoß legte. Gilda streichelte sanft ihr Haar und summte beruhigend vor sich hin.

»Es ist okay, wenn du gehen willst.« Mila konnte ihr Gesicht nicht sehen, aber sie hörte, dass ihre Mutter auch weinte. »Aber es ist auch okay, wenn du bleiben willst.«

Mila nickte nur. Mehr bekam sie nicht zustande. Ihre Mutter streichelte sie weiter, als wüsste sie das.

»Ehlers-Frauen sind nicht unterzukriegen«, setzte Gilda schließlich an. »Und du bist eine Ehlers-Frau. Durch und durch.«

Mila klammerte sich an ihrer Mutter fest und war sich nicht ganz sicher, ob sie ihr glaubte.

Mila hatte sich weder ihre Koffer geschnappt noch war sie durch die Eingangstür verschwunden. Aber sie hatte sich auch noch nicht aktiv dagegen entschieden.

Sie war unentschlossen. Und als würde sie es darauf anlegen, ihre Situation noch zu verschlimmern, hatte sie sich ausgerechnet den heutigen Abend ausgesucht, um ihr Abibuch herauszuholen.

Sie hatte es in der hintersten Ecke ihres Schranks gefunden. Es war staubig gewesen und als sie die Staubschicht mit der Hand entfernt hatte, hatte sie sich ein bisschen gefühlt wie Indiana Jones, der ein altes Buch fand, das ihm nicht nur den Weg zum Schatz, sondern auch in sein mögliches Verderben zeigte.

Im Schneidersitz hockte sie auf dem Fußboden ihres Kinderzimmers und blätterte bedächtig durch die Seiten, als wären sie mehrere Jahrhunderte alt und als hätte sie Angst, sie könnten zwischen ihren Fingern zu Staub zerfallen.

Während sie die vertrauten Gesichter musterte, erkannte sie erst wieder, wie jung sie alle gewesen waren.

So jung sahen Achtzehnjährige aus, fragte sich Mila ungläubig. Damals hatte sie sich so erwachsen gefühlt, heute sahen sie in ihren Augen alle höchstens aus wie zwölf.

Alle strahlten sie in die Kamera. Doch das taten sie nicht nur, weil ein Objektiv auf sie gerichtet war. Mila bildete sich ein, erkennen zu können, wie wahrhaft unbeschwert sie alle gewesen waren.

Sie grinste, als sie Helena und sich selbst entdeckte, einander fest umschlungen, die Wangen gegeneinandergedrückt. Im Hintergrund sah man Notre Dame. Auf der Abschlussfahrt waren sie nach Paris gefahren. Und hatten alle gemerkt, wie schlecht sie ihr Französischunterricht in der Schule auf eine Begegnung mit echten Franzosen vorbereitet hatte.

Mila blätterte weiter. Jeder Schüler hatte eine eigene Doppelseite, voll mit Fotos und Antworten auf großspurige Fragen wie »Wo siehst du dich in fünf Jahren«, »Was sind deine größten Wünsche«, »Was sollen die Leute auch in zwanzig Jahren noch über dich sagen«.

Dass sie Antworten auf diese schwierigen Fragen gefunden hatte, ließ Mila den Kopf schütteln. Heute könnte sie keine davon beantworten. Nicht wirklich.

Sie öffnete ihren Laptop und schaute sich die Bilder an, die Luca auf der Klassenfeier gemacht hatte. Diesmal nicht, um den Dieb zu suchen. Sondern einfach, um sich an den Abend zu erinnern. Sie entdeckte Yara und Jessica, die sich im Hintergrund eines Bildes lachend in den Armen lagen. Tommy und Helena sahen sich tief in die Augen, es wirkte, als würden sie sich gleich küssen und das Bild hatte die Sekunde davor eingefangen.

Noah und sie hatten nur behauptet, die Zeitschrift zu machen, um nicht die Wahrheit sagen zu müssen. Aber eigentlich wäre es wirklich schön, wieder so ein Buch zu haben, das man Jahrzehnte später verstaubt aus einer Ecke des Schranks ziehen konnte, um sich an das Damals zu erinnern.

Mila ging Lucas Fotos durch und legte einen Ordner mit ihren Favoriten an. Dann begann sie aufzuschreiben, was ihr all die Menschen, die sie befragt hatte, erzählt hatten. Sie erinnerte sich nicht an alles. Aber an mehr, als sie erwartet hatte.

Erst das Klingeln an der Haustür ließ sie ihre Arbeit kurz niederlegen. Sie lauschte, während ihre Mutter öffnete, doch schon einen Moment später hörte Mila, wie jemand die Treppe ins erste Stockwerk hinaufpolterte.

»Geh nicht!«, schrie Helena, da hatte sie Milas Zimmer gerade erst betreten. Sie stürzte auf sie zu, als stünde Mila schon mit ihren Koffern am Bahnhof und wäre gerade dabei, in einen Zug zu steigen.

Ein bisschen perplex starrte Mila sie an. »Wovon redest du?«

Helena deutete vorwurfsvoll auf die gepackten Taschen. »Stell dich nicht dumm! Ich weiß, dass du nicht vorhast, einen Kurztrip zu machen.«

»Wer sagt das?«, fragte Mila ein bisschen trotzig.

Helena warf ihr einen wissenden Blick zu, wie nur Mütter ihn perfektioniert hatten und der bestimmt auch ihre Tochter in den Wahnsinn trieb.

»Ich sitze noch hier, oder nicht?«

Helena nickte langsam, sah sich im ganzen Zimmer um, musterte Mila noch einmal sehr gründlich, und erst, als sie einzusehen schien, dass Mila nicht sofort die Flucht ergreifen würde, setzte sie sich im Schneidersitz zu Mila auf den Boden.

»Es tut mir leid, dass es rausgekommen ist«, flüsterte Helena. Mila war sich sicher, dass auch sie an ihr Gespräch in diesem Bett dachte.

Ich glaube, ich habe dich nur dafür fertiggemacht, dass du deinen Schulfreund heiratest, weil ich wusste, ich würde meinen nie heiraten.

Nun konnte Helena dieses Geständnis wohl noch ein bisschen besser einordnen.

Milas Hals wurde sehr eng. »Danke«, presste sie hervor. »Es haben schon alle gelesen, oder?«

Helena antwortete nicht, aber ihr Schweigen war Antwort genug.

Mila Baumgartner ... Wie erbärmlich war sie eigentlich gewesen, mit Noahs Nachnamen zu unterschreiben? Bei der Vorstellung, wie Noah jedes ihrer peinlich hoffnungsvollen Worte las, wie er erfuhr, dass sie vorgehabt hatte, ihm einen Heiratsantrag zu machen, kurz bevor alles schiefgegangen war, wurde ihr so übel wie sonst nur, wenn sie eingelegte Makrelen roch. Das widerlichste Essen auf der Welt!

»Halb so wild«, beschwichtigte Helena, und jetzt war es an Mila, ihrer Freundin einen bösen Blick von der Seite zuzuwerfen, woraufhin Helena sich einen weiteren Kommentar verkniff.

Kurz herrschte Schweigen zwischen ihnen, dann klingelte es schon wieder.

Auch diesmal öffnete Gilda, und wieder erklangen Schritte auf der Treppe, wenn auch wesentlich weniger hektisch als Helenas.

Für einen Moment stellte Mila sich vor, es könnte Noah sein. Sie wusste nicht genau, ob sie erleichtert oder enttäuscht war, als Yara und Jessica ihr Kinderzimmer betraten.

»Was macht ihr denn hier?«, entfuhr es Mila, statt die beiden zu begrüßen. Sie war gerade nicht höflich genug, um ihre Verwirrung zu verstecken.

»Hallo, dir auch einen schönen Mittag, Mila«, gab Jessica sofort zurück.

Yara knuffte sie warnend in die Seite, woraufhin Jessica die Arme vor der Brust verschränkte.

»Als unsere Geheimnisse aufgedeckt wurden, hast du nette Sachen zu uns gesagt«, setzte Yara mit ihrer melodischen Stimme an.

»Habe ich?«, fragte Mila.

»Nicht zu mir«, meinte Jessica trocken.

»Das wollen wir zurückgeben«, fuhr Yara unbeirrt vor, als hätten die beiden ihre Erklärung gar nicht unterbrochen.

Heute trug sie ihre Haare ein bisschen wilder als sonst. Mila musste sofort an die Mitglieder von 70s-Rockbands denken.

Natürlich füllte Yara diesen coolen Vibe nicht ganz aus, da sie noch immer so lieb lächelte wie eine Grundschullehrerin und ihr das nächste Wort mit dem Präfix »wunder« auf der Zunge lag. Trotzdem sah sie mal wieder wesentlich besser aus als Mila, die in ihrer durchgesessenen Jogginghose mit den Nagellackflecken auf dem Boden ihres Kinderzimmers saß, das sie als die Versagerin entlarvte, die sie niemals sein wollte.

Gilda steckte ihren Kopf durch die Tür.

»Hallo, Mädels. Ich habe euch unten im Wohnzimmer ein paar Snacks hingestellt, falls ihr Hunger habt.«

»Vielen Dank, Frau Ehlers«, sagte Yara direkt.

»Keine Ursache. Nennt mich doch bitte Gilda.« Damit zog sie sich zurück.

»Deine Mutter ist wirklich wunderbar«, sagte Yara, und Mila konnte sich ein Grinsen nicht verkneifen.

Sie stand auf und führte alle hinunter. Sie hatte keine Ahnung, was sie bei diesem Gespräch erwartete, aber sie wollte es nicht führen, während Justin Timberlake sie von oben herab beobachtete. Er sollte ja nicht alle Achtung vor ihr verlieren – sollte es dafür nicht ohnehin schon zu spät sein.

Sie setzten sich ins Wohnzimmer auf die gelbe Couch und den roten Sessel. Gilda hatte ihnen mehrere Teller mit geschnittenen Äpfeln und Orangen und eine Schale Gummibärchen aufgetischt, als wären sie kleine Mädchen. Aber die anderen lächelten genauso wie Mila, während sie sich ein Stück Apfel nahmen. Sie genossen es alle ein bisschen, umsorgt zu werden, obwohl sie das niemals zugeben würden.

Sie schwiegen, bis Yara Jessica wenig unauffällig den Ellbogen in die Seite rammte. Die verdrehte die Augen, räusperte sich dann aber doch.

»Ich will mich bei dir entschuldigen, Mila.«

»Wofür?«, hakte Yara nach und klang nun auch wie eine Grundschullehrerin, die zwei Kinder, die sich auf dem Schulhof geprügelt hatten, aufforderte, sich zu vertragen.

»Dafür, dass ich allen gesagt habe, du hättest die Zeitkapsel geklaut und alle Geheimnisse veröffentlicht. Immer wieder. Und eigentlich jedem in der ganzen Stadt.«

»Jedem?«, fragte Mila.

Jessica nickte. »So gut wie jedem. Aber jetzt wissen wir ja, dass du die Geheimnisse nicht veröffentlicht hast. Deinen Brief hättest du nie öffentlich gepostet, viel zu peinlich.«

»Danke, Jessica«, sagte Mila trocken.

»Gern geschehen.«

»Hast du mit Noah geredet?«, fragte Yara.

Mila schüttelte den Kopf. Es fühlte sich an, als wäre es Jahre her, dass er sie hier vor der Tür abgesetzt hatte. Dabei hatte sie erst heute Morgen in der Dämmerung noch stöhnend in seinen Armen gelegen. Tränen brannten in ihren Augen und wieder herrschte für einen Moment Stille.

Als es zum dritten Mal klingelte, zuckten sie alle zusammen und wandten sich gespannt zur Wohnzimmertür. Das gab Mila genug Zeit, die Tränen zurückzublinzeln.

Wieder öffnete Gilda die Haustür und als Sofia das Wohnzimmer betrat, versteifte sich Jessica. Gilda folgte Sofia mit einem Tablett, auf dem ein Teller mit Apfelstückchen, eine Karaffe Apfelsaftschorle und vier Gläser standen. Sie stellte alles ab und kam dann noch mit einem Glas für die Nachzüglerin zurück. Wie nebenbei drückte sie im Hinausgehen Milas Schulter. Eine scheinbar unscheinbare Geste, die Mila in diesem Moment viel Kraft gab.

Sofia blieb unsicher in der Tür stehen, bis Jessica ein bisschen patzig fragte: »Was machst du denn hier?«

Diesmal rammte Yara ihr nicht den Ellbogen in die Seite, sondern nahm ihre Hand und drückte sie.

Die Geste war so selbstverständlich und vertraut. Mila dachte an das gerahmte Bild der beiden in Jessicas Haus, an ihr Gespräch beim Sommerfest. Bevor sie weiter darüber nachdenken konnte, ergriff Sofia das Wort.

»Ich habe den neuen Post auf Instagram gesehen.« Sie brach ab, als sie Milas Blick begegnete. »Ich wollte dich nur fragen, wie es dir geht.« Sie holte eine Packung Zigaretten aus ihrer Handtasche, Mila winkte ab, lächelte aber, als Sofia sie wieder wegpackte.

»Setz dich doch«, sagte Yara schließlich, wofür sie sich einen wütenden Blick von Jessica einfing, den sie aber geflissentlich ignorierte.

Sofia nickte und nahm zögerlich neben Mila und Helena auf der Couch Platz.

Das Schweigen im Zimmer wurde nur von ihren viel zu lauten Kaugeräuschen auf Apfelstücken unterbrochen.

»So«, setzte Mila ein bisschen überfordert an, weil sie Angst hatte, dass sie sonst für alle Ewigkeiten steif und schweigend im Wohnzimmer des Hauses ihrer Mutter verharren würden.

»So«, wiederholte Helena, die von allen noch am entspanntesten wirkte. »Es sieht wohl so aus, als hätten wir alle etwas auf der Seele, das wir loswerden wollen.«

Jessica schnaubte und bestätigte damit Helenas Aussage.

»Jessica, Sofia, vielleicht fangen wir doch mit euch an«, fuhr Helena fort. »Was habt ihr einander zu sagen?«

»Gar nichts«, sagte Jessica zu schnell, um glaubwürdig zu sein.

»Ich bin auch wütend«, gab Sofia zurück. »Du wusstest, wie wichtig mir die Wahl damals war.«

»Ach bitte«, entfuhr es Jessica.

»Was?«

»Dir ist immer nur wichtig, was du tust. Nie, was andere wollen.«

»Wie meinst du das?«, fragte Sofia.

»Du hast mich nie gefragt, ob ich auch zur Schulsprecherin kandidieren will.«

Sofia sah Jessica aus großen Augen an. »Das wusste ich nicht.«

»Du hast mich ja auch nie gefragt. Dir war klar, dass du es willst und dass ich dich unterstützen würde, weil ich ja deine Freundin war. Ein anderes Szenario hast du gar nicht zugelassen.« Sie schwiegen lang, Yara drückte noch einmal aufmunternd Jessicas Hand in ihrer. »Ich wollte nicht immer in deinem Schatten stehen.«

Mila musste daran denken, wie verzweifelt Jessica ihre Rede auf der Klassenfeier hatte halten wollen. Sie hatte auch mal im Scheinwerferlicht stehen wollen, und Mila hatte das versaut. Sie bekam sofort ein schlechtes Gewissen.

Sofia nahm einen großen Schluck Apfelsaftschorle, als wäre es hochprozentiger Alkohol. Dann atmete sie tief durch.

»Das tut mir ehrlich leid«, sagte sie.

Jessica schnaubte wieder. Aber diesmal klang es nicht mehr so abfällig, sondern fast schon versöhnlich.

»Und es tut mir leid, dass ich mit Leon M. rumgemacht habe«, fuhr Sofia fort.

»Leon M. ist mir egal. Er war mir immer egal«, sagte Jessica ein bisschen kleinlaut. Sie sah Yara an, so sanft, dass es Mila ihren Gedanken von eben wieder aufnehmen ließ. Yara nickte aufmunternd. Dann fuhr Jessica fort. »Ich war nie in Leon M. verliebt.«

»Wie?«, fragte Sofia verwirrt.

»Ich war in dich verliebt.«

Als Jessica ihre zweite Hand auf Yaras legte, wusste Mila ohne Zweifel, dass die beiden ein Paar waren.

Auf einmal ergab alles einen Sinn. Das Gespräch der beiden beim Sommerfest, das gerahmte Foto in Jessicas Haus und Noahs Reaktion auf Milas Verdächtigungen. Noah hatte es gewusst und Mila von dem Thema ablenken wollen, weil Jessica und Yara noch nicht bereit gewesen waren, dieses Geheimnis zu teilen.

»Yara und ich …« Jessica konnte es nicht aussprechen, aber die anderen verstanden es auch so.

»Das freut mich«, sagte Sofia lächelnd. »Ihr seid ein sehr schönes Paar.«

Jessica schnaubte schon wieder, aber inzwischen glaubte Mila, dass sie das immer tat, wenn sie nicht wusste, was sie sagen sollte.

»Vielleicht hat Emre ja doch recht, und es ist wirklich besser für uns alle, wenn unsere Geheimnisse keine mehr sind«, meinte Yara strahlend. Jessica wollte so tun, als wäre sie von ihrer optimistischen Art genervt, aber es gelang ihr nicht. Jetzt, wo Mila es wusste, spürte sie die Zuneigung zwischen den beiden deutlich.

»Dir und Tommy geht es auch wieder gut, oder Helena?«, fragte Yara.

»Auf jeden Fall.« Helenas Wangen färbten sich leicht rosa, als würde sie an guten Versöhnungssex ohne Mundspülung denken. »Sofia, war dein Mann eifersüchtig wegen der Leon-Sache?«

»Ich wünschte, er wäre eifersüchtig.« Sofia trank wieder einen beherzten Schluck Apfelschorle. »Er arbeitet zwei

Stunden weg von hier. Wir sehen uns eigentlich nur am Wochenende und da ist er auch nicht wirklich anwesend. Er verbringt zu viel Zeit auf dem Golfplatz. Wenn ich auf einmal weg wäre, würde es ihm vermutlich nicht einmal auffallen.«

»Klingt so, als wäre eine Scheidung angebracht«, sagte Jessica auf ihre unsensible Art, aber die brachte Sofia zum Lachen. Die beiden tauschten einen verschwörerischen Blick, wie sie es in der Schulzeit immer getan hatten, und Mila war sich sicher, dass ihre Freundschaft ihre Geheimnisse überleben würde.

»Aber wer wählt eine geschiedene Frau zur Bürgermeisterin?«, fragte Sofia.

»Wenn sie die qualifizierteste Kandidatin ist«, meinte Jessica mit Nachdruck. »Lass dich scheiden, wenn du keinen Bock mehr auf ihn hast. Und wenn die Leute deswegen deine Karriere ausbremsen, ganz ehrlich, dann haben sie dich als Bürgermeisterin einfach nicht verdient! Dann findest du eine andere Aufgabe, die noch besser zu dir passt!« Wenn sie das sagte, klang es auf einmal sehr simpel.

»Und Leon hat mich gefragt, ob ich einen Kaffee mit ihm trinken gehen möchte«, gab Sofia zu und klang ein bisschen, als hätte sie der Klassenschwarm gefragt, ob sie mit ihm gehen wollte.

»Mach das!«, bestärkte Jessica sie.

Sie ließen die Gummibärchen rumgehen, jeder nahm sich eine Handvoll.

»Sorry, dass ich dir deine Rede versaut habe, Jessica. Ich weiß, dass es dir wichtig war, weil du Konrektorin werden willst«, sagte Mila schließlich.

»Ich wusste, dass es deine Schuld war!«, stieß Jessica aus.

»Ja, sorry.«

Jessica verdrehte die Augen. »Entschuldigung angenommen oder so.«

Mila fiel es sehr schwer, sich Jessica als Lehrerin vorzustellen. Aber ihre harte Art brachte ihr vielleicht den Respekt ein, den sie brauchte, um pubertären Teenagern, die viel zu sehr mit ihren Hormonen beschäftigt waren, etwas beizubringen.

»Hat sonst noch wer Geständnisse, die er loswerden will?«, scherzte Helena.

»Das ist zwar schon lange her, aber es tut mir leid, was ich damals über deinen Vater und deine selbstgenähte Kleidung gesagt habe«, meinte Yara und sah Mila so aufrichtig an, dass Mila nicht an der Ehrlichkeit der Worte zweifeln konnte. »Tatsächlich möchte ich dich sogar um etwas bitten. Ich gehe in einem Monat auf die Hochzeit meiner Cousine und ich brauche dringend noch ein Kleid. Es würde mich sehr freuen, wenn du bereit wärst, mir dafür etwas zu schneidern.«

»Gern«, sagte Mila. »Mir tut es leid, dass ich so bitchy zu dir war.«

Yara machte eine wegwerfende Handbewegung, die so viel sagte wie vergeben und vergessen.

»Apropos bitchy.« Jessica räusperte sich. »Sorry, dass ich dir gesagt habe, dass Yara und Noah mal zusammen waren. Ich wollte nicht mehr als Einzige eifersüchtig sein«, meinte Jessica mit Blick in ihre Apfelschorle, statt Mila anzusehen.

»Hast damit auf jeden Fall dein Ziel erreicht.«

»Noah und ich sind seit Jahren nicht mehr zusammen«, sagte Yara auf eine Weise, die nahelegte, dass sie das vor

Jessica schon oft betont hatte. »Er konnte sich nie richtig öffnen. Wir haben uns immer gut verstanden und tun das auch jetzt noch. Er ist ein wundervoller Mensch, aber eine Beziehung, in die nur einer voll investiert, funktioniert einfach nicht. Ich war nicht bereit, für uns beide zu kämpfen.«

Mila nickte langsam, ein riesiger Kloß saß ihr im Hals. Und trotzdem schaffte sie es ausgerechnet heute, an diesem beschissenen Tag, die letzten Worte hervorzubringen, die sie mit anderen Leuten teilen wollte. »Ich habe gestern Nacht mit ihm geschlafen.«

Helena stieß ein Quietschen aus.

»Du siehst aus, als wäre es fürchterlich gewesen«, kommentierte Jessica.

»Es war richtig schön. Das ist ja das Problem.« Mila stockte. »Nein, das ist nicht das Problem. Das Problem ist, dass er danach so getan hat, als wäre nie etwas gewesen.«

»Er trägt so viel mit sich rum, was er mit niemandem teilt«, sagte Yara nachdenklich. »Er hat es bestimmt nicht böse gemeint.«

»Nett aber auch nicht«, erwiderte Mila. »Wir haben nie wirklich zusammen an einer Zeitschrift gearbeitet.«

»No shit«, meinte Jessica.

»Wir haben versucht, den Dieb der Zeitkapsel zu finden, bevor unsere Geheimnisse aufgedeckt werden. Hat ja offensichtlich richtig gut geklappt.«

»Und jetzt sucht ihr nicht mehr?«, fragte Sofia.

»Ich kann ihm nie wieder in die Augen sehen.« Mila musste nicht erklären, woran das lag.

Sie sah sich um. Fünf völlig unterschiedliche Frauen saßen hier in diesem Raum. Schon in der Schulzeit hatten sie zu unterschiedlichen Cliquen gehört, ihre Differenzen gehabt und sicherlich mehr als einmal über die anderen gelästert. Aber in diesem Moment fühlte sich Mila in Anwesenheit dieser Frauen tatsächlich wohl. Sie hatten auch bescheuerte Geheimnisse, die sie versucht hatten, verborgen zu halten, und die zu offenbaren am Ende doch gar nicht so schlimm gewesen war. Sie waren nicht so unterschiedlich, wie Mila immer gedacht hatte.

»Wieso nennen wir den Scheiß eigentlich Zeitkapsel?«, fragte Jessica. »Das klingt so mystisch. Dabei war das nur ein altes Gurkenglas.«

»Wie sehr habt ihr euch in den letzten Wochen gewünscht, wir hätten die Briefe einfach verbrannt oder nie geschrieben?«, fragte Sofia.

Alle lachten und ein sehr ehrliches Lächeln legte sich auf Milas Lippen.

»Gerade wünsche ich mir das gar nicht mehr so sehr.«

Kapitel 25

Mila war todmüde und konnte trotzdem nicht einschlafen. Sie lag allein in ihrem Bett und starrte an ihre Zimmerdecke. Der Schlaf war nah, doch sie konnte ihn nicht greifen, wie wenn einem ein Wort nicht einfiel, es einem aber schon auf der Zunge lag. Sie kam aber einfach nicht drauf.

Schon vor Stunden waren die anderen aufgebrochen. Bevor Yara durch die Tür gegangen war, hatte sie Mila noch mal beiseite genommen.

»Du solltest ihm weiterhin helfen. Du weißt selbst, wie verschlossen er ist. Was immer sein Geheimnis ist, er will wirklich nicht, dass es rauskommt. Lass ihn jetzt nicht damit allein. Er braucht dich«, hatte sie ihr zugeraunt, Jessicas Hand ergriffen und die Tür hinter sich zugezogen. Mit ihren kreisenden Gedanken und zwei gepackten Koffern, die ihr jetzt sehr lächerlich vorkamen, war Mila zurückgeblieben. Sie konnte nicht einfach wieder weglaufen. Sie durfte ihrer Furcht nicht immer nachgeben. Außerdem hatte sie kaum genug Geld, um sich zwei Nächte in einem Hotelzimmer zu leisten. Und was würde sie danach tun? Lucille, Luca und die Änderungsschneiderei wollte sie auch nicht im Stich lassen. Oder Helena und ihre Mutter. Und die anderen wohl auch nicht.

Noah hatte sich nicht bei ihr gemeldet. Das schmerzte. Natürlich hatte auch sie ihm nicht geschrieben, aber er war es doch gewesen, der heute Morgen so merkwürdig reagiert hatte. Er hatte sich distanziert, kaum dass sie aufgewacht waren. Man konnte sie also kaum mit den gleichen Maßstäben messen.

Sie schnaubte, drehte sich auf eine Seite. Das machte es nicht besser. Sie drehte sich noch mal. Auch das half nichts.

Schließlich lag sie wieder auf dem Rücken, starrte an die Decke und musste sich eingestehen, dass sie längst wusste, was sie tun sollte. Auch wenn sie es nicht wollte.

Irgendwann stand sie fluchend auf, tauschte ihre Pyjamashorts gegen ihre Jogginghose und verließ das Haus. Sie lief den Fußmarsch, für den sie sonst vierzig Minuten brauchte, in nur dreißig. Es war schon nach elf Uhr abends, aber sie vergeudete keine Zeit damit, darüber nachzudenken, wie unhöflich es war, um diese Uhrzeit bei jemandem zu klingeln. Mila war sich sicher, dass sie nie wieder würde einschlafen können, wenn sie das nicht sofort aus der Welt schaffte.

Schließlich stand sie vor Noahs Wohnung und drückte auf den Klingelknopf. Es blieb keine Zeit mehr für das sinnlose Zögern, das sie ständig an den Tag legte. Er musste ihren Brief gelesen haben. Das konnte sie nicht mehr ändern. Sie würde ihm vermutlich nie wieder in die Augen sehen können. Aber das musste sie auch nicht, um ihm zu helfen.

Verdammt, Yara, dachte sie sich. Wieso hatte sie all diese Dinge sagen müssen?

Noah war erstaunlich schnell an der Tür. Er sah nicht verschlafen aus, trug noch Jeans und T-Shirt. Offensichtlich war er noch gar nicht im Bett gewesen, obwohl doch auch er in der vorherigen Nacht kaum ein Auge zugetan hatte.

Milas Wangen wurden sofort heiß, als sie daran zurückdachte.

»Was machst du hier?«, fragte Noah ehrlich verwundert, aber nicht abweisend.

Erst, als sie seine Stimme hörte, fiel Mila auf, dass sie einfach schweigend voreinander gestanden hatten.

»Ein Deal ist ein Deal«, sagte Mila mit mehr Überzeugung in der Stimme, als sie eigentlich fühlte. »Ich helfe dir weiter bei der Suche.«

Noah riss ungläubig die Augen auf. »Aber dein Geheimnis ...«

Er traute sich nicht einmal, es auszusprechen.

Mila Baumgartner – diese Worte schienen gut sichtbar wie Leuchtreklame zwischen ihnen in der Luft zu hängen. Ein ganzes verpasstes Leben steckte in diesen beiden Worten.

»Aber deins nicht«, erwiderte Mila.

»Wir hatten die Abmachung, dass wir nichts vom Geheimnis des anderen erfahren«, beharrte Noah.

»Zu spät dafür, würde ich sagen«, meinte Mila sarkastisch. »Aber keiner von uns ist schuld daran. Also machen wir einen neuen Deal: Ich erfahre deins nicht und wir erwähnen meins nicht.«

Noah starrte sie so ungläubig an, als wäre sie eine Fata Morgana in der Wüste, nachdem er tagelang keinen Tropfen Wasser getrunken hatte.

»Wenn du meine Hilfe nicht willst, kann ich auch wieder

gehen«, entfuhr es Mila ungehalten, als sie Noahs Sprachlosigkeit nicht länger aushielt. Er hatte sie noch immer nicht in seine Wohnung gebeten. Bevor er sie wegschickte, ging sie lieber selbst. Diese Erniedrigung würde sie heute nicht ertragen. Sie wandte sich gerade um, da schlossen sich seine Finger um ihr Handgelenk und hielten sie zurück.

Ihr Blick zuckte zu der Stelle, wo sie einander berührten. Noah ließ sie ruckartig wieder los.

»Ich will deine Hilfe«, brachte er mühsam hervor. »Bitte.«

Es war dieses eine Wort, kaum mehr als ein Flüstern und doch so voller echter Emotionen, das Milas Herz für Noah brechen ließ. Nicht seinetwegen. Für ihn.

Mila sah ihm das erste Mal an diesem Abend in die Augen und fand nur Verzweiflung. Vermutlich würde sie sich bis zum Ende ihres Lebens fragen, was Noah damals aufgeschrieben hatte, dass ihm die Offenbarung dessen so viel Angst machte. Aber damit konnte sie leben, wenn er nur endlich aufhörte, so ängstlich auszusehen. Mila wusste gerade vielleicht nicht viel, aber sie wusste, dass dieses Geheimnis der Grund für sehr viele Dinge war, die Noah im letzten Jahrzehnt getan hatte. Wenn sie die Chance hatte, ihn davon zu befreien, würde sie es tun.

Sie liebte ihn. Wieder. Vielleicht noch immer. Sie würde alles für ihn tun. Aber diese Wahrheit über ihre eigenen Gefühle würde sie für sich behalten.

»Dann lass uns loslegen«, sagte Mila. »Ich habe schon eine Idee, wie wir den Dieb aus der Reserve locken.«

Es war nach Mitternacht. Mila saß an Noahs Esstisch, eine Tasse Kaffee vor sich. Er tigerte unruhig durch den Raum, doch sie hatte längst aufgegeben, zu versuchen, ihn davon abzuhalten. Wenn er das brauchte, dann würde sie das eben akzeptieren.

Mila hatte Noah von ihrem Plan erzählt, und sie hatten ihn direkt in die Tat umgesetzt. In den letzten Wochen hatte Mila erkannt, dass sie alle Angst vor der Wahrheit hatten. Und das musste auch für den Dieb gelten. Sein Geheimnis war seine Identität. Also hatte Mila sich einen anonymen Instagram-Account erstellt und dem Dieb geschrieben, dass sie wusste, wer er war. Natürlich ein Bluff. Aber die Angst davor, dass ihr Geheimnis rauskommen könnte, hatte sie fast mehr gequält als der Moment, in dem es wirklich passiert war. Und sie hoffte, dass es dem Dieb genauso gehen würde.

Mila überflog noch einmal den Chat.

Mila: Ich weiß, wer du bist.
Dieb: Weißt du nicht.
Mila: Ich weiß es. Und wenn du dich heute Nacht nicht mit mir triffst, dann werde ich es der ganzen Stadt verraten.

Darauf war bisher keine Antwort gekommen und seitdem warteten Noah und Mila. Die Ungewissheit machte sie nervös. Mila konnte nicht anders, als alle paar Minuten auf ihr Handydisplay zu sehen. Wenn der oder die Verantwortliche ihren Bluff durchschaute, wusste Mila nicht, was sie noch tun konnten. Ihnen waren die Verdächtigen ausgegangen.

Das hohe Pling von Milas Handy ließ sie beide zusammenzucken. Noah unterbrach seine Runden durch das Wohnzimmer und eilte an Milas Seite. Er beugte sich über ihre Schulter und sie ignorierte sehr bewusst die Gänsehaut, die sein Atem auf ihrem Hals zurückließ.

Dieb: Wo?

Milas Herz schlug in ihrem Hals.

Mila: Bring die Zeitkapsel mit ALLEN Briefen mit. Wir treffen uns hinterm Gymnasium auf dem Sportplatz.

Es war vielleicht ein bisschen pathetisch, sich dort zu treffen, wo die ganze Geschichte ihren Anfang genommen und der Dieb die Zeitkapsel entwendet hatte. Aber heute wollte Mila es sich erlauben, dramatisch zu sein.

Dieb: Okay.

Obwohl Mila sich nicht zu Noah umdrehte, spürte sie deutlich die Anspannung, die von seinem ganzen Körper ausging. Die Vibration ging auf sie über, bis auch sie auf die Füße sprang, weil sie nicht mehr stillsitzen konnte.

»Dann los«, sagte sie lahm. Wie gern hätte sie in diesem Moment einen schlechten, aber zur Situation passenden Spruch aus einem Fernsehkrimi parat, um den letzten Schritt ihrer gemeinsamen Mission einzuleiten und ein wenig von dieser Anspannung abzubauen. Doch ihr Gehirn war leer. Würde diese Geschichte wirklich gleich zu Ende gehen? Mila konnte es sich nicht richtig erklären, aber ein

Gefühl wie Melancholie kroch ihren Hals hinauf und machte ihr das Schlucken schwer. Sobald sie den Dieb gefunden hatten, die Zeitkapsel in den Händen hielten, hatten sie keine Ausrede mehr, Zeit miteinander zu verbringen.

»Dann los«, wiederholte Noah. Er schien mit den Gedanken ganz woanders zu sein und seine Umgebung kaum noch wahrzunehmen. Auch Mila nicht. Er würde wohl keine Melancholie fühlen, wenn das alles vorbei war.

Würde dann wirklich alles vorbei sein? Würden sie einfach aufhören, sich zu treffen?

Sie erlaubte sich nicht, diese Frage zu beantworten und folgte Noah aus seiner Wohnung.

Mila lehnte sich gegen den Baum, unter dem sie vor über einem Monat verkatert und durchgeweicht aufgewacht war. Man konnte die Stelle, wo sie die Zeitkapsel ausgebuddelt hatte, noch gut erkennen. Überall war das Gras sattgrün. An der Stelle war nur braune Erde zu sehen.

Sowohl Mila als auch Noah sahen immer wieder zu diesem kahlen Fleck, ohne zu wissen, was sie sich erhofften, dort zu erkennen.

Wenn Mila daran dachte, dass Noah ihren Brief gelesen hatte, lief es ihr kalt den Rücken hinunter. Aber dann dachte sie daran, was sie die letzten Wochen erlebt hatte, und sie konnte nicht alles bereuen, was passiert war.

Sie linste zu Noah hinüber, der schon wieder unruhig hin- und herlief. Sie konnte es nicht bereuen, ihn wieder in ihr Leben gelassen zu haben. Nicht einmal, dass sie mit ihm geschlafen hatte. Genauso wenig tat es ihr leid, wieder mit Helena befreundet zu sein und Frieden mit Tommy, Yara, Jessica und Sofia geschlossen zu haben. Sie bedauerte nicht, offen mit ihrer Mutter geredet und sie fluchen gehört zu haben. Und sie ärgerte sich ganz und gar nicht mehr darüber, dass sie den Job in der Änderungsschneiderei angenommen hatte.

Nur, weil Dinge nicht nach Plan verliefen, hieß das nicht automatisch, dass sie schlecht waren. Das hatte Mila in den letzten Wochen gelernt.

Inzwischen war es fast stockdunkel. Nur über dem Eingang zur Turnhalle leuchtete eine kleine Lampe, die kaum genug Licht ausstrahlte, um Noah und Mila fünfzig Meter weiter zu erreichen. Das Einzige, was sie schaffte, war, die Dunkelheit nicht so undurchdringlich wirken zu lassen.

»Was machen wir, wenn er nicht kommt?«, flüsterte Noah so leise, als wollte er gar nicht, dass Mila etwas dazu sagen konnte.

Sie hatte sowieso keine Antwort darauf, aber weil sie Noah beruhigen wollte, gab sie ihm doch eine. »Dann überlegen wir uns etwas anderes.«

»Wird uns noch etwas einfallen?«

Er machte es ihr auch nicht gerade leicht, ihn aufzumuntern.

»Bestimmt«, sagte sie, obwohl sie absolut keine Ahnung hatte, was sie tun sollten, wenn dieser Plan fehlschlug.

Das war ihre *eine* Chance. Das wussten sie beide.

Milas Handy vibrierte in ihrer Hosentasche. Sofort kam Noah näher.

»Der Dieb?«

Mila holte ihr Smartphone hervor und stutzte. Ein Anruf von Lucille. Nach Mitternacht.

»Da sollte ich vielleicht rangehen«, murmelte Mila. Noah erhob keinen Einspruch, also nahm sie den Anruf an.

»Hey Lucille, alles okay?«

»Es tut mir so leid, dass ich dich zu so später Stunde störe«, begann Lucille. Sie klang atemlos. Mila hielt ihr Handy intuitiv fester in der Hand. »Ich würde nicht stören, wenn es nicht wichtig wäre. Aber es geht um Luca. Ich kann ihn nicht finden.«

»Wie meinst du das?«

»Er ist abgehauen. Ich bin aufgewacht, weil ich den Motor meines Autos gehört habe. Er hat sich einfach ans Steuer gesetzt und ist weggefahren. Du kennst Luca. Das ist gar nicht seine Art. Er ist so ein ruhiger Junge. Warum sollte er so was tun?« Sie verstummte kurz. Mila hörte, wie sie bewusst ein- und ausatmete, um sich zu beruhigen –, was natürlich überhaupt nicht half. »Er ist erst fünfzehn Jahre alt. Er hat ja nicht einmal einen Führerschein. Und jetzt ist er weggefahren, geht nicht ans Handy. Ich weiß nicht, was ich tun soll. Und du und er, ihr versteht euch doch so gut, und da hatte ich gehofft, er hätte sich vielleicht bei dir gemeldet.«

Mila hätte gern gelogen, nur um Lucille für ein paar Minuten die Gewissheit geben zu können, dass es ihrem Kind gut ging. Aber das konnte sie leider nicht tun. Das würde Lucille auch nicht weiterhelfen.

»Ich habe ihn nicht gesehen, und er hat sich auch nicht bei mir gemeldet.«

Lucille entfuhr kein richtiger Schluchzer, aber es war ein

verzweifelter Seufzer, der so gar nicht zu dieser Frau mit der geraden Haltung passen wollte, die immer alles im Griff zu haben schien.

»Aber ich werde ihn anrufen«, sagte Mila. »Ich helfe dir. Wir finden ihn.« Sie sagte das, als würde daran kein Zweifel bestehen. Dabei war sie sich dessen alles andere als sicher.

»Danke, danke«, wiederholte Lucille.

Die beiden legten auf, und Mila wählte sofort Lucas Nummer. Es klingelte. Die Freizeichen dröhnten in ihren Ohren wie eine Warnung. Doch er ging nicht ran. Sein Anrufbeantworter ließ sie wütend den Anruf beenden. Sie hätte ihr Handy am liebsten über den ganzen Platz geworfen. Aber sie tat es nicht. Zum einen, weil sie ihr Handy noch brauchte, sollte er zurückrufen. Zum anderen, weil sie aus dem Schulsport wusste, wie beschissen sie werfen konnte.

»Was ist los?« Noah klang ähnlich atemlos wie Lucille.

»Luca ist verschwunden. Lucille dreht durch vor Sorge. Er hat ihr Auto geklaut und ist davongefahren. Wir müssen ihr helfen. Wir müssen ...«

Mila verstummte. Das hier war ihre einzige Chance, den Dieb zu finden. Wenn sie jetzt gingen, verpassten sie ihn vermutlich. Sie würden Noahs Geheimnis nicht retten können.

Doch Noah überraschte sie. Er setzte sich sofort in Bewegung. Ohne Zögern.

»Wir suchen ihn«, rief er ihr über seine Schulter zu, da hatte er schon den halben Sportplatz überquert. Und Mila verstand nicht, warum die Sorge in seiner Stimme genauso groß klang wie Lucilles.

Mila saß am Steuer, weil Noah beim Aufsperren des Autos so stark gezittert hatte, dass sie ihm wortlos den Schlüssel abgenommen hatte.

Mila fühlte sich, als würde ihr eine sehr wichtige Information fehlen. Noah kannte Luca nicht richtig. Wieso war er so aufgewühlt? Aber sie würde ein andermal mit Noah darüber reden, dafür war jetzt nicht der richtige Zeitpunkt. Jetzt ging es nur darum, Luca zu finden.

Sie fuhren an der Änderungsschneiderei vorbei, durch die Altstadt, die so ruhig vor ihnen lag, als hätten die meisten Bewohner ihre Sachen gepackt und wären in einer Nacht und Nebel Aktion verschwunden. Sie sahen kaum Menschen auf den Straßen. Ein paar Jugendliche schlenderten am Park entlang, doch Luca war nicht unter ihnen.

Während sie den Wagen durch die Straßen der Stadt lenkte, in der sie aufgewachsen war, fühlte sich Mila, als wären Noah und sie die letzten Menschen auf der Welt.

Die Scheinwerfer des Autos durchschnitten mühsam die Dunkelheit. Am Stadtrand gab es keine Straßenlaternen mehr.

Es war dunkel und still. Mila hätte es als friedlich bezeichnet, hätte es in ihr nicht so aufgewühlt ausgesehen.

Sie hielten Ausschau nach Lucilles rotem Citroen C3, entdeckten ihn aber nirgends. Wie war Luca auf diese beschissene Idee gekommen? Hatte er von einem Tag auf den anderen einfach beschlossen, er wollte auf einmal nicht mehr der liebe Sohn sein, sondern der rebellische Teenager?

Er hatte sich dafür wirklich den unmöglichsten Moment ausgesucht.

Mila würde ihm einen wütenden Vortrag halten, sobald sie ihn fand. Aber sie würde ihn auch ganz fest in den Arm nehmen. Sie spürte an ihrer Sorge, die sich in ihrem ganzen Körper ausgebreitet hatte, wie sehr ihr dieser schlaksige Junge mit den Strubbelhaaren ans Herz gewachsen war. Ihm durfte nichts passiert sein. Das konnte nicht sein.

Sie rief Lucille an, in der Hoffnung, er wäre bei ihr aufgetaucht.

»Er ist nicht zurück«, sagte Lucille. Sie klang verzweifelt, als schaffte sie es nicht mehr, ihre aufrechte Haltung zu bewahren, sondern sitze stattdessen zusammengesunken an ihrem Tisch. Diese Vorstellung schnürte Mila die Kehle zu.

»Aber ich habe im Krankenhaus angerufen. Da ist er auch nicht.«

»Das ist doch schon mal gut«, sagte Mila so hoffnungsvoll, wie sie zustande brachte. Sie hatte ihr Handy auf Lautsprecher gestellt und Noah hielt es nach oben, damit sie besser hineinsprechen konnte. Seine Hand zitterte noch immer. Das bebende Handy irritierte Mila so sehr, dass sie Lucilles Worte kaum noch verstand.

»Gibt es noch Orte, an denen er sein könnte?«

»Sein bester Freund ist noch im Urlaub«, überlegte Lucille fieberhaft. »Um die Uhrzeit war Luca noch nie draußen. Ich verstehe nicht …« Sie verstummte und schniefte kurz, bevor sie weitersprechen konnte. »Vielleicht beim Sportplatz. Er mag es, ein paar Körbe zu werfen.«

Obwohl Mila und Noah an der Schule gewesen waren

und sie deswegen bezweifelte, ihn dort finden zu können, sagte sie nur: »Dann fahren wir dorthin.«

»Danke dir. Danke.«

Wieder legten sie auf, ohne sich richtig zu verabschieden. Dieses Gespräch war schließlich noch nicht vorbei. Sie konnten sich erst voneinander verabschieden, wenn sie Luca gefunden hatten.

Mila lenkte das Auto wieder in Richtung Stadtkern. Hoffentlich war Luca nicht inzwischen in einen Baum gecrasht. Er hatte keinen Führerschein. Wusste er überhaupt, wie man ein Auto fuhr? Gott sei Dank waren so wenig andere Verkehrsteilnehmer unterwegs.

Das Licht der Straßenlaternen fiel wieder durch die Scheiben, und Mila erkannte, wie blass Noah geworden war. Er sah aus, als könnte er jede Sekunde in Ohnmacht fallen – oder sich spontan in einen Geist verwandeln.

Erinnerte ihn das alles an den Tod seiner Eltern? Ließ ihn die Vorstellung an Autounfälle jegliche Gesichtsfarbe verlieren?

Als sie an der Schule vorbeifuhr, bremste Mila so scharf ab, dass der Gurt ihr schmerzhaft in die Brust schnitt. Noah wurde auch nach vorne geschleudert, ließ ihr Handy fallen, das in den Fußraum schlitterte. Er gab ein Keuchen von sich.

»Da!«, rief Mila, bevor er fragen konnte, was in sie gefahren war. Sie deutete nach vorn. Etwas Rotes leuchtete auf der Rasenfläche hinterm Schulgebäude auf.

Noah war schon aus dem Auto gesprungen, da hatte Mila sich kaum abgeschnallt. Sie fischte ihr Handy aus dem Fußraum, schloss das Auto ab und rannte ihm hinterher um das Schulgebäude herum auf den Wald zu. Und je näher sie kam, desto deutlicher erkannte sie das Auto, dessen Hinterteil aus einem kleinen Graben herausguckte. Noah hatte es schon fast erreicht. Er rief etwas, das Mila nicht verstand. Jemand antwortete. Erleichterung durchflutete sie. Wenn Luca noch so laut reden konnte, musste es ihm gut gehen, oder?

Endlich erreichte sie das Auto. Auf den ersten Blick schien es keine großen Blessuren davongetragen zu haben, war lediglich in den Graben gerutscht und jetzt bewegungsunfähig. Noah hatte die Fahrertür geöffnet und versuchte, Luca herauszuhelfen.

Er wirkte genauso unbeschädigt wie das Auto. Statt sich aber von Noah helfen zu lassen, schlug er immer wieder vehement dessen Hand weg.

»Ich will deine Hilfe nicht!«, schrie er so verzweifelt, als wollte Noah ihn umbringen.

»Bitte, nimm meine Hand.«

Während die beiden einander anschrien, stand Mila einfach da und starrte sie an. Der Mann und der Junge mit Haaren, die so strubbelig waren, als hätten sie nicht verstanden, wozu man einen Kamm benutzte.

»Ich weiß, wer du bist!«, schrie Luca. »Du warst nie für mich da. Also warum fängst du jetzt damit an? Du bist genauso wie *er*. Unser …«

Luca konnte den Satz nicht beenden. Aber das brachte Noah zum Innehalten. Er ließ seine zitternde Hand sinken. Die Innenbeleuchtung des Autos war an. Mila erkannte, wie feucht Lucas grüne Augen aussahen. Wie Gras mit Morgentau.

Und plötzlich sickerte die Erkenntnis in sie ein. Sie spürte sie, bevor sie sie richtig greifen konnte.

Milas Blick wanderte über das Auto, zu Luca mit den knallroten Wangen und dem Gegenstand, den er so fest gegen seine Brust drückte, als befürchtete er, Noah würde ihn ihm sonst entreißen.

Mila trat langsam einige Schritte näher. Erst jetzt nahm Luca sie wahr. Sie starrten einander an. Milas Blick fiel immer wieder auf das alte Gurkenglas in Lucas Hand. Das Etikett war so abgewetzt, dass man es kaum noch lesen konnte. Aber sie erkannte die zerknüllten Briefe, die darin steckten. Der Rauch des Lagerfeuers schien ihr wieder in die Nase zu steigen, als sie den Gegenstand sah, der ihr all das eingebrockt hatte.

Sie sah Luca wieder in die Augen. Sein Gesichtsausdruck war unlesbar. Es steckten einfach zu viele Emotionen darin.

Eine neue Erinnerung überlagerte die Gegenwart. Diese roch nicht nach Rauch, sondern Sekt.

Mila war gestolpert, erinnerte sie sich. Sie hatte beim Klassentreffen schon so viel getrunken. Sie wollte nicht, dass sie jemand in diesem Zustand sah. Und dann stolperte sie, rempelte gegen einen Jungen, der sie halb auffing, dabei aber die Sektgläser verschüttete, die er gerade in der Hand gehalten hatte.

»Kann ich Ihnen helfen?«, hatte der Junge im Stimmbruch gequiekt.

Mila hatte nicht reagiert, sie war ziellos aufs Gelände gestolpert. Doch er hatte sie gesehen. Er hätte ihr folgen können. Vermutlich nur um sicherzugehen, dass es ihr gut ging. Aber dann hatte er wohl gefunden, was sie so leichtfertig ausgegraben hatte.

Er war der Dieb.

Doch das war nicht alles.

Mila sah von Luca zu Noah und wieder zurück. Sie konnte nicht fassen, dass es ihr nie aufgefallen war. Wie hatte sie so blind sein können? Dieselben struppigen Haare. Dieselben dunkelgrünen Augen, in die sie sich vor so vielen Jahren verliebt hatte. Doch diesmal ruhten sie in einem anderen Gesicht.

Ich weiß, wer du bist! Lucas verzweifelter Schrei hallte in ihren Ohren wider.

Luca war der Dieb.

Und er war Noahs Geheimnis.

Kapitel 26

Lucilles Auto hatten sie zurücklassen müssen. Sie hatten es nicht aus dem Graben bekommen. Aber Luca war irgendwann bereit gewesen, ihnen zu folgen. Schweigend hatte Mila sie zur Änderungsschneiderei gefahren. Lucille hatte Luca so verzweifelt an sich gedrückt, als hätte sie ihn Jahre nicht gesehen. Jetzt saßen sie alle schweigend im Hinterzimmer der Änderungsschneiderei. Sie hatten nur drei Stühle, deswegen lehnte Noah mit vor der Brust verschränkten Armen im Türrahmen. Er wirkte, als wäre er kurz davor, sich wortlos einfach umzudrehen und zu verschwinden. Doch er blieb.

»Danke, dass ihr Luca gesucht und gefunden habt«, sagte Lucille. Bei weitem nicht zum ersten Mal.

»Keine Ursache«, antwortete Mila. Auch nicht zum ersten Mal.

Sie wiederholten ständig die gleichen Phrasen, weil sie es nicht über sich brachten anzusprechen, was so schwer in der Luft hing.

»Wir haben euch lang genug wachgehalten. Vielleicht

geht ihr am besten und …«, setzte Lucille an, konnte den Satz aber nicht beenden.

Bisher hatte Luca nur auf seinem Stuhl gehockt und auf seine Hände gestarrt. Nun kam Leben in ihn.

»Nein«, sagte er sehr vehement. »Wir reden jetzt.«

»Darüber, dass du mein Auto geklaut hast und ohne Führerschein gefahren bist? Willst du darüber wirklich reden?«, fragte Lucille wütend. »Dir hätte echt was passieren können.«

»Nein, ich will darüber reden, wer mein Vater ist.«

Lucilles Mund klappte auf. Sie schaffte es aber nicht, darauf zu antworten.

Luca schien die Antwort auch gar nicht von ihr zu wollen. Er starrte Noah an. Abwartend.

Für den Bruchteil einer Sekunde glaubte Mila, dass Noah Lucas Vater war. Dass er sie damals betrogen und deswegen mit ihr Schluss gemacht hatte.

Doch dann sprach Luca wieder, und plötzlich ergab alles einen Sinn.

»Du bist mein Halbbruder. Und du wusstest es die ganze Zeit.«

Mila wusste nicht, wen sie in ihrer Überraschung ansehen sollte. Lucille knetete nervös ihre Hände. Noah wirkte, als würde er gleich in Tränen ausbrechen.

»Ich habe es gewusst«, gab er zu. Zum ersten Mal, seit Luca sich in sein Auto gesetzt hatte, sagte er ein Wort. Seine Stimme klang, als hätte er sie Jahre nicht benutzt.

»Du wusstest es die ganze Zeit«, wiederholte Luca. »Und du hast nie Interesse daran gezeigt, mein Bruder zu sein.«

»Es war kompliziert«, begann Noah.

Luca schüttelte heftig den Kopf. »Ich war dir egal. Ich war dir einfach egal. Genau wie unserem Vater.« Tränen lagen in seiner Stimme, doch noch weinte er nicht.

»Das stimmt nicht ganz«, flüsterte Lucille. Sie wurde mit jedem Wort leiser. »Noah wollte Kontakt zu dir. Ich habe es ihm verboten.«

Luca drehte sich hektisch zu seiner Mutter um. »Wieso?« Völliges Unverständnis war auf seinem Gesicht zu lesen.

»Ich war überfordert. Ich wollte nichts mehr mit den Baumgartners zu tun haben. Das war ein Fehler, und es tut mir leid.«

»Das war alles ein Fehler«, schrie Luca. Die anderen drei zuckten zusammen. »Ich war ein Fehler!«

»Hey«, flüsterte Mila leise und streckte langsam eine Hand nach ihm aus. Sie legte sie auf seine und drückte sanft. »Dass unsere Väter uns nicht wollten, sagt nichts über uns aus. Nur über sie.«

Luca umklammerte ihre Finger und schloss kurz die Augen. Dann nickte er.

»Woher weißt du es? Seit wann?«, fragte Lucille vorsichtig.

»Ich habe ein Foto von euch beiden in einer Schublade gefunden. Ihr saht glücklich aus«, sagte Luca. »Und dann bist du«, er sah Mila an, »beim Klassentreffen auf den Sportplatz gestolpert. Ich wollte sichergehen, dass es dir gut geht, und dann hast du etwas ausgegraben. Du hast das Gurkenglas liegen lassen, bist eingeschlafen, und ich war neugierig. Da habe ich Noahs Brief gefunden. Bis dahin dachte ich, dass er auch nichts wusste, dass wir beide im Dunkeln gelassen worden sind. Ich hatte die naive Vorstellung, dass ich, wenn ich schon keinen Vater hatte, vielleicht einen großen Bruder haben könnte. Tja, falsch gedacht.«

Mila hatte sich oft vorgestellt, wie es wäre, den Dieb zu überführen. In ihren Tagträumen hatte sie triumphiert und Erleichterung verspürt, dass sie der ganzen Stadt zeigen konnte, dass sie es nicht gewesen war und den Dieb sogar zur Strecke gebracht hatte. In keiner ihrer Vorstellungen hatte sie das Bedürfnis verspürt, ihn in den Arm zu nehmen und zu trösten. Und sie hatte es ihm ganz sicher nicht vergeben.

Aber gerade spürte sie, dass es nichts mehr zu vergeben gab. Sie hatte es längst getan. Denn obwohl ein schlaksiger Junge vor ihr hockte, kam es ihr ein bisschen so vor, als würde sie sich selbst gegenübersitzen. Der achtzehnjährigen Mila mit dem gebrochenen Herzen, aber noch intakten großen Träumen. Und dass er Noahs grüne Augen hatte, machte es ohnehin unmöglich, sauer auf ihn zu sein.

Nur Antworten wollte sie haben.

»Warum hast du die Briefe veröffentlicht?«

Als Luca sie jetzt ansah, lag so viel Schuld darin. »Ich hatte überlegt, ob ich deinen nicht veröffentliche. Ich wollte es nicht mehr tun. Weil du cool bist und ich dich mag. Aber ich hatte mir vorgenommen, wirklich alle zu posten. Und ich wollte nicht von meinem Plan abkommen.«

Mila runzelte fragend die Stirn.

»Ich wollte, dass alle aufhören zu lügen. Alle machen sich ständig was vor. Spielen, wie toll sie sind. Haben diese Fassade. Der geschätzte Bürgermeister mit dem dunklen Geheimnis.« Er schluckte schwer. »Ich wollte kein Geheimnis mehr sein. Ich wollte nicht mehr der Junge ohne Freunde sein, über den sich alle lustig machen, der nicht einmal weiß, wer sein Vater ist.«

»Sie machen sich in der Schule über dich lustig?« Lucille war kurz davor zu weinen. Sie alle waren es. Jetzt war nur noch offen, wer den Tränen als Erstes nachgab.

»Natürlich machen sie das«, sagte Luca heftig. »Ich wollte nicht mehr der vaterlose Junge sein. Aber ich wollte nicht der einzige Skandal in der ganzen Stadt sein, über den sich alle das Maul zerreißen. Ich dachte, wenn ich ganz viele Geheimnisse auf einmal rausbringe, dann ist meins nicht mehr so groß. Dann ist es raus, geht aber auch ein bisschen unter.«

»Aber du hast es noch nicht veröffentlicht«, stellte Noah fest.

»Nein«, gab Luca zu. Die Brüder sahen sich tief in die Augen, die einander so ähnelten. Es war das, was sie von ihrem Vater geerbt hatten, der sie auf ganz unterschiedliche Weisen enttäuscht hatte. »Ich hatte Angst.«

»Es tut mir so leid, Schatz«, sagte Lucille. »Ich dachte, es ist einfacher, wenn du gar nichts von ihm weißt. Dass er gestorben ist ... ich wollte dir die Trauer ersparen.«

»Ich bin kein Kind mehr.« Und während er das sagte, sah er auch nicht mehr wie eins aus. Sein Gesichtsausdruck war so bestimmt, dass er sogar über seine vom Stimmbruch gezeichnete Stimme hinwegtäuschte.

»Wie bist du in den Rathauskasten gekommen?«, fragte Mila, um die Stimmung ein bisschen aufzulockern.

»Ein Angestellter vom Rathaus hat sein Jackett hier zum Ändern hergebracht. Die Schlüssel waren in der Tasche und ich hab sie mir geborgt.«

»Geborgt?«, entfuhr es Lucille.

»Von wem hätte ich denn Ehrlichkeit lernen sollen? Von meinem mich verleugnenden Vater oder meiner mich belügenden Mutter?«

Wieder war es kurz sehr still. Bis Mila auflachte.

»Sorry«, stieß sie aus. »Aber hätte dir gar nicht zugetraut, dass du so ein Rebell bist.«

Luca lächelte vorsichtig, und auch ein bisschen stolz. »Es tut mir leid, Mila. Ich wollte dich nicht verletzen.«

»Ist schon okay«, sagte sie und meinte es auch so. Während sie mitten in der Nacht in der Änderungsschneiderei saßen und über das Geheimnis sprachen, das Karl Baumgartner mit in sein Grab genommen hatte, kam es ihr gar nicht mehr so schlimm vor, dass sie mal einen Brief mit Noahs Nachnamen unterschrieben und sich sehnlichst gewünscht hatte, ihn zu heiraten.

Sie war ein verliebtes Mädchen gewesen, das an eine schöne Zukunft geglaubt hat. Sollte sie sich dafür wirklich schämen? War das nicht eher eine Eigenschaft, der sie nachtrauern sollte, statt sie verstecken zu wollen?

Mila sah zu Noah hinüber. Er wirkte immer noch so, als würde er am liebsten fliehen. Aber sie wusste, dass er es nicht tun würde. Sie betrachtete ihn. Sie dachte daran, wie er sie von sich gestoßen hatte. Dass er sich auch Yara gegenüber nie richtig hatte öffnen können. Und nun erkannte sie, was der Grund für all das gewesen war. Dieses Geheimnis hatte sich wie eine Mauer um ihn herum aufgebaut und ihn vom Rest der Welt getrennt. Solange niemand die Wahrheit kannte, konnte niemand ihn erreichen. Nicht mehr richtig.

»Wieso hast du sein Geheimnis bewahrt, nachdem er tot

war?« Obwohl sie nur einen Satz sagte, kam es Mila so vor, als würde sie tausend weitere Fragen stellen.

Warum hast du mich verlassen?

Warum hast du mich nicht an dich herangelassen?

Warum hast du mir nicht vertraut?

Warum hast du das allein durchgemacht?

»Für meine Mutter«, brachte Noah nach einem kurzen Zögern hervor. »Es war auch ihr Geheimnis. Sie wollte nie, dass es jemand erfährt. Es hat sie verfolgt.«

»Ich habe sie mal besucht«, gab Luca kleinlaut zu. »Oder es zumindest versucht. Ich habe dann doch einen Rückzieher gemacht, aber sie hat mich gesehen und mich angestarrt, als wäre ich ein Geist.«

Mila erinnerte sich an ihren Besuch bei Noahs Mutter. Sie hatte von ihrem Albtraum geredet, von einem Jungen. Mila drückte beruhigend Lucas Hand. Er war kein Geist, der jemanden heimsuchte. Er war nur ein trauriger Junge, der nicht mehr belogen werden wollte.

Mila sah zu Noah. Er war vielleicht erwachsen, aber in diesem Moment war er auch nur ein überforderter Junge, der im Angesicht einer komplizierten Situation immer die falsche Entscheidung getroffen hatte.

Noah hatte sich in der Verantwortung für seine Eltern, in seinem Pflichtbewusstsein und seiner Selbstlosigkeit verloren. Er hatte sein eigenes Glück für andere geopfert.

Überraschenderweise spürte Mila kein Mitleid mit ihm, als ihr das klarwurde. Da war nur Wut.

Sie stand ruckartig auf. »Es ist schon spät. Ich sollte besser gehen.«

Die anderen musterten sie irritiert. Mila hatte den Zauber

gelöst, der sie alle an diesem Ort festgehalten hatte. Die anderen schienen sich auch nur langsam daran zu erinnern, dass außerhalb dieses schlecht beleuchteten Raumes noch eine ganze Welt existierte.

Mila wartete keine Reaktion ab, sie lief an Noah vorbei und eilte zum Ausgang. Doch sie hörte Schritte hinter sich. Sie musste sich nicht umdrehen, um zu wissen, wer es war.

Endlich lief er ihr nach und nicht vor ihr weg. Doch sie wusste nicht, ob das jetzt noch eine Rolle spielte.

»Mila, warte.«

Noah berührte sie nicht, aber seine Stimme reichte, um sie festzuhalten. Sie blieb vor der Ladentür stehen, starrte nur in die dunkle Spiegelung im Glas. Das erinnerte sie schmerzhaft an ihren Moment im Hotel. Es war gerade mal einen Tag her, aber sie schien seitdem so viele Leben geführt zu haben, dass er ihr gar nicht mehr real vorkam.

»Es tut mir leid«, sagte Noah.

»Was genau?« Sie konnte ihre Wut nicht verstecken, wollte sie auch gar nicht mehr.

»Alles.«

Mila schnaubte.

»Zu dir konnte ich immer ehrlich sein. Zu dir *wollte* ich immer ehrlich sein. Ich hätte dieses Geheimnis nicht vor dir bewahren können. Aber ich musste. Deshalb konnte ich dich nicht mehr an mich ranlassen.«

Mila fuhr zu ihm herum. »Dieses Märtyrer-Ding ist so alt. Niemand hat dich darum gebeten, dich auf dein beschissenes Schwert zu schmeißen. Niemand will, dass du unglücklich wirst, nur um andere glücklich zu machen. Das ist so ein verdammter Bullshit. Damit machst du es dir so verdammt leicht. Es stimmt nicht, dass du keine Wahl hattest. Du hättest das nicht tun müssen. Ich weiß, dass du deine Mutter liebst. Aber dass du für dieses Geheimnis dein Herz verschließt – das hätte sie nie gewollt.«

Noah atmete so heftig ein und aus, dass sie jeden Atemzug genau beobachten konnte.

»Ich wäre damals für dich da gewesen«, fügte sie wesentlich atemloser hinzu. Ich wollte dich heiraten, dachte sie, aber traute sich natürlich nicht, es laut auszusprechen.

»Das wollte ich nicht«, erwiderte Noah. »Ich wollte nicht, dass du für mich bleibst und deine Träume aufgibst. Hätte ich dir die Wahrheit gesagt und dir erklärt, warum ich nicht nach Hamburg gehen kann, dann wärst du hier bei mir geblieben. Das weiß ich. Und das hätte dich umgebracht. Du hast immer davon erzählt, dass du nicht wie deine Mutter enden wolltest. Durch einen Mann an diese Stadt gekettet. Das konnte ich dir einfach nicht antun.«

»Das war nicht deine Entscheidung, sondern meine«, schrie Mila. »Ich hätte sie selbst treffen sollen. Du hättest mir zutrauen müssen, dass ich dazu in der Lage bin!«

Noah nickte und senkte leicht den Kopf.

»Das tut mir auch leid.«

Seine ehrliche Reue ließ ihre Wut einfach verpuffen. Er hatte dem Raum ganz ohne Mühe den Sauerstoff entzogen und die Flamme erlosch.

»Ich bin nicht vor dir weggelaufen.«

»Was?«

»Auf dem Klassentreffen. Ich bin nicht vor dir weggelaufen, sondern vor Luca. Ich wusste nie, wie ich mit ihm umgehen soll, wenn ich ihm begegne.«

Sie hielt inne, dachte an die Erlebnisse der letzten Tage. Als sie die Mikrowelle kaputt gemacht hatte, hatte sie Noah in die Änderungsschneiderei gerufen. Die Stimmung war seltsam gewesen, doch sie hatte es sich anders erklärt. Nun verstand sie, was damals los gewesen war. Alle anderen Anwesenden hatten das Geheimnis gekannt, das zwischen ihnen stand. Nur Mila hatte keine Ahnung gehabt, was vor sich ging.

»Wegen dieses Geheimnisses hast du mit mir Schluss gemacht.« Mila hatte es schon zuvor erkannt, aber es auszusprechen, machte es erst greifbar. Und so viel schmerzhafter. Wie viel Zeit zusammen hatten sie vergeudet aus einem Grund, der eigentlich gar keiner war?

Noah nickte langsam. »Aber du wolltest einfach nicht mit dir Schluss machen lassen.« Sein Lächeln war so sanft, dass sie meinte, es als Streicheln auf ihrer Wange zu spüren. »Du warst zu stur. Du hast erkannt, dass ich dir etwas vorenthalte. Ich hätte fast nachgegeben. Also habe ich dir gesagt, dass ich nicht an deine Träume glaube, um dich von mir zu stoßen.« Jetzt lächelte er nicht mehr. »Das tut mir auch leid.«

Mila schüttelte den Kopf, als wollte sie alles loswerden, was in den letzten fünfzehn Jahren schiefgegangen war. Als könnte sie es so ungeschehen machen.

»Dass du nicht an mich geglaubt hast, hat mich verfolgt«, sagte sie. »Es hat mich nie ganz losgelassen.«

»Das tut mir auch leid. Es ist nicht wahr. Ich glaube an dich.«

Mila wusste, dass seine Worte ehrlich waren. Sie wusste nur noch nicht, ob das wirklich einen Unterschied machte.

»Dein Brief …«, setzte er an.

Sie schüttelte noch heftiger den Kopf. »Darüber wollten wir nicht sprechen. Das war der neue Deal.«

»Ich denke, heute Nacht gilt ganz vieles nicht mehr. Außerdem kennst du jetzt ja auch mein Geheimnis«, meinte Noah. Er fuhr fort, bevor sie noch einmal Einspruch erheben konnte. »Alles, was du dort beschrieben hast, wollte ich auch. *Alles.* Nur eine Sache nicht. Ich wollte nie Baumgartner heißen und hätte deinen Nachnamen angenommen.«

Obwohl sie nicht wollte, lachte Mila auf und brach gleich darauf in Tränen aus. Natürlich war sie die Erste, die ihnen nachgab.

»Ich muss noch etwas tun. Kannst du kurz mitkommen?«, fragte Noah.

Mila nickte. Sie wartete, während er den Laden verließ und kurz darauf mit der Zeitkapsel zurückkehrte. Dann folgte sie ihm zurück ins Hinterzimmer. Luca saß inzwischen direkt neben seiner Mutter und hatte den Kopf auf ihrer Schulter abgelegt. Sie streichelte ihm sanft durch die roten Haare, die ihn aussehen ließen wie ein gerupftes Hühnchen. Sie sprachen nicht. Luca hatte ihr bestimmt auch noch nicht alles vergeben. Aber er ließ zu, dass sie ihn tröstete. Das war doch schon mal ein guter erster Schritt.

An Lucilles Wangen klebten getrocknete Tränen, und Mila lächelte. Sie war also nicht die Einzige, die geweint hatte.

»Ich sollte die Instagram-Seite wohl löschen«, sagte Luca, als sie zurück in den Raum getreten waren.

»Noch nicht«, murmelte Noah. Ganz langsam, fast in Zeitlupe, drehte er das Gurkenglas auf und holte die Briefe heraus. Es raschelte. Bis er schließlich einen ganz bestimmten Brief gefunden hatte. Er faltete ihn auf. Noch einen Moment zögerte er. Dann sah er Mila an und reichte Luca den Brief. »Einen Post musst du noch machen.«

Luca starrte ihn ungläubig an.

»Du hast recht. Es sollten endlich alle die Wahrheit wissen. Und wenn du das nicht veröffentlichst, wäre doch der ganze Rest umsonst gewesen.«

Luca nahm den Zettel zögerlich entgegen, als würde er mit einem schlechten Scherz oder einer Falle rechnen.

»Sicher?«

Noah brauchte einen Moment. Es kostete ihn Überwindung. Aber er schaffte es trotzdem. »Sicher.«

Luca nickte, und Noah tat es ihm nach. Kurz wirkten die beiden wie richtige Brüder. Und während sie sich vorsichtig anlächelten, spürte Mila, dass sie das irgendwann auch sein konnten.

Noah fuhr sie nach Hause. Er war wieder ruhig genug, um sich hinters Lenkrad zu trauen. Es dämmerte bereits und Mila hatte sich in ihrem ganzen Leben noch nicht so erschöpft gefühlt. Zwei Nächte hatte sie fast nicht geschlafen. Zu viel war passiert, was sie erst noch verarbeiten musste. Sie schloss es nicht vollständig aus, dass sie auf dem Weg zur Eingangstür im Vorgarten einschlafen würde.

Noah hielt am Straßenrand und schaltete den Motor ab. Ungesagte Worte hingen mal wieder so deutlich sichtbar wie blinkende Leuchtreklame zwischen ihnen. Wenn noch mehr hinzukamen, würden sie sich irgendwann einfach nicht mehr sehen können.

»Was denkst du gerade?«, flüsterte Noah.

»Zu viel«, antwortete Mila.

»Geht mir auch so.«

Sie blieben still.

Noah holte sein Handy hervor, atmete schwer ein und aus.

»Er hat es gepostet.«

Seine Hände zitterten wieder leicht, doch es war nicht mehr so stark. Nur noch ein Nachbeben.

»Gut«, sagte Mila. Wenn Noah endlich frei sein wollte, musste dieses Geheimnis aufhören eins zu sein.

»Danke fürs Fahren«, sagte Mila und öffnete die Autotür. Sobald sie dieses Auto verließ, hatte sie keinen Grund mehr, wieder einzusteigen.

Sie hatten ihre Mission hinter sich gebracht, wenn auch ganz anders als geplant. Es gab nichts mehr zu tun. Die Geschichte war abgeschlossen. Das letzte Kapitel geschrieben. Das Buch zugeklappt. Der Abspann gelaufen. Die letzten Töne verklungen ...

Mila hätte diese Liste voller Metaphern in ihrem Kopf endlos weiterführen können, nur um nicht aussteigen zu müssen. Doch es hatte keinen Zweck. Sie atmete einmal tief durch. Sie musste weitermachen. Und nun, da alles raus war, glaubte sie auch daran, dass sie das konnte.

Und endlich sprach Noah wieder. »Wirst du mir jemals vergeben?«

Mila stieg aus. Kurz überlegte sie, das Zuschlagen der Tür als Antwort genügen zu lassen. Aber das schien ihr nicht fair. Also sagte sie nur »Keine Ahnung« und ging.

Kapitel 27

Mila schlief zwölf Stunden und als sie wieder aufwachte, fühlte sie sich wie ein ganz neuer Mensch.

Ihr Kissen hatte so tiefe Abdrücke an ihrer Wange hinterlassen, dass sie glaubte, sie nie wieder loszuwerden. Aber an diesem Tag konnte sie sich nicht mal darüber aufregen, wie geschwollen ihre Augen waren, dass getrockneter Sabber in ihrem Mundwinkel hing und dass ihre Haare wild von ihrem Kopf abstanden.

Sie duschte. Es war schon später Nachmittag. Unten im Esszimmer wartete eine erkaltete, angebrannte Pizza auf sie, die ihr trotzdem ausgezeichnet schmeckte.

Sie fühlte sich so leicht, dass es ihr ein bisschen gruselig vorkam. Da ihr klar war, dass sie sich nicht für immer so fühlen würde, wollte sie diesen Tag – oder den Rest, der noch von ihm übrig war – richtig nutzen. Sie nahm ihren Laptop mit und machte sich sofort auf den Weg in die Stadt. Schließlich hatte sie viel vor.

Als sie den Rathausplatz betrat, stellte sie beinahe erstaunt fest, dass die Stadt heute genauso aussah wie gestern. Alle Geheimnisse waren aufgedeckt, und doch hatte niemand das Rathaus in Brand gesteckt, und es stand auch keine Meute mit Mistgabeln davor. Das war ja fast schon enttäuschend.

Mila grinste, als sie Schneeweißchen und Rosenrot auf einer Bank entdeckte, in ihrer Mitte Herrn Kowalski, der sich nie eine Gelegenheit entgehen ließ, einen guten Plausch zu halten und seine Arbeit zu pausieren.

Einer spontanen Eingebung folgend lief Mila zu Frau Heinzes Blumenladen. Leon verließ das Geschäft vor ihr mit einem großen Strauß Rosen. Er grüßte nett, wurde aber auch ein bisschen rot. Mila hoffte inständig, dass die Blumen für Sofia waren.

Nachdem sie selbst bezahlt hatte, ging sie zielstrebig auf die Bank zu.

Die Damen und der Polizist verstummten, sobald sie sie entdeckten.

»Die kleine Ehlers«, sagte Herr Kowalski voller Zuneigung.

»Der ist für Sie.« Mila reichte ihm einen großen Blumenstrauß. Ein bisschen überrumpelt nahm er ihn entgegen.

»Wofür denn?«

»Der ist schon fünfzehn Jahre überfällig. Eigentlich hätten Sie gleich zwei verdient.«

Herr Kowalski roch an den Wildblumen und sah dann aus feuchten Augen zu Mila auf. »Danke.«

»Ich danke Ihnen«, sagte sie mit einem Zwinkern, das er verschwörerisch erwiderte.

»Und natürlich auch für die Damen.« Schneeweißchen gab sie eine weiße Rose und Rosenrot reichte sie eine rote. Die alten Damen lächelten.

»Ich hatte schon Angst, du hättest deine Manieren vergessen«, sagte Schneeweißchen streng, lächelte aber selig.

»Natürlich nicht.«

Mila verabschiedete sich und machte sich wieder auf den Weg. Ihre Schritte fühlten sich ein bisschen federnd an. Sie stellte sich vor, wenn sie nur mit genug Schwung auftrat, würde sie wie ein Astronaut auf dem Mond einen Meter nach oben hüpfen.

Auf dem Weg zur Lokalredaktion kam sie an Jessica und Yara vorbei, die Händchen haltend durch die Stadt flanierten. Als Jessica Mila entdeckte, blieb sie nicht stehen, aber verdrehte die Augen. Mila war sich bewusst, dass das ihre Art war, Zuneigung auszudrücken, also erwiderte sie es. Sie war zu weit weg, aber Mila war sich sicher, Jessicas Schnauben zu hören.

An einem Laternenpfahl vor der Lokalredaktion entdeckte Mila das erste Wahlplakat. Sofia lächelte ihr professionell in ihrem besten Hillary-Clinton-Outfit entgegen.

Die Glocke läutete überdeutlich über Milas Kopf, als sie die Tür aufstieß. Eine Redakteurin wollte sie fragen, was sie hier machte, doch Mila steuerte so selbstverständlich auf Emres Büro zu, dass niemand sie aufhielt.

Emre telefonierte gerade, beendete den Anruf aber schnell, als er Mila entdeckte.

»Hallo, wenn das nicht Frau Baumgartner ist«, neckte er sie.

Mila lachte tatsächlich. Vor einer Woche hätte sie noch mit dem nächstbesten Gegenstand nach seinem Kopf geworfen. Heute spürte sie das befreiende Gefühl von Erleichterung.

»Ich habe was dabei.« Sie kam direkt auf den Punkt. »Die Zeitschrift übers Klassentreffen.«

Emres Augenbrauen wanderten nach oben. Damit hatte er offensichtlich nicht gerechnet. Und Mila freute sich, dass er sie nun doch nicht so gut durchschaute, wie er immer geglaubt hatte.

»Ich hätte gern deine Meinung zu dem, was ich bisher zusammengestellt habe«, sagte Mila.

Emres Augenbrauen wanderten noch ein Stück hinauf. Wäre er dazu anatomisch in der Lage, wären sie bestimmt unter seinem Haaransatz verschwunden.

Er starrte sie noch einen Moment an, als sähe er sie zum ersten Mal. Dann lächelte er. Ehrlich und breit, und deutete auf den Stuhl vor seinem Schreibtisch. »Setz dich.«

Mila kam seiner Aufforderung nach und die nächste Stunde verbrachten sie über ihren Laptop gebeugt. Emre hatte viel zu kritisieren, aber er sagte auch, dass er das Konzept »nicht schlecht« fand, und Mila hielt das für ein großes Kompliment. Sie verabschiedete sich, nachdem Emres Telefon schon zum fünften Mal klingelte und er es nicht mehr ignorieren konnte. Er forderte sie auf, am nächsten Tag wiederzukommen, wenn sie die besprochenen Änderungen eingearbeitet hatte, und verabschiedete sich sogar mit einer kurzen Umarmung von Mila.

Sie trat auf die Straße. Der Abend war angebrochen. Tische standen vor den Restaurants auf der Straße und füllten sich allmählich mit Gästen. Die Sonne war sanft. Das Licht noch ein bisschen sanfter. Vor der Eisdiele machte sie

Helena, Tommy und ihre Tochter aus. Sie konnte nicht hören, was sie sprachen, aber Helena und Melanie teilten sich einen Spaghettieisbecher. So wütend konnte sie wohl nicht mehr auf ihre Mutter sein.

Mila verharrte einen Moment genau an dieser Stelle, sah sich um und erkannte, dass sie diese Stadt mit ganz anderen Augen wahrnahm als früher. Die Stadt hatte sich nicht verändert. Nicht viel. Aber sie selbst hatte es.

Sie fühlte sich ruhig, bis sie Noah sah. Er hatte sie bereits entdeckt und lief auf sie zu. Ihr Herz raste ein bisschen. Aber sie hielt das Gefühl aus.

Noah kam zwei Meter vor ihr zum Stehen. Seine Hände vergrub er in seinen Hosentaschen. Seine Schultern hatte er zusammengezogen, er wippte von den Fußballen zu den Fersen. Genauso unruhig wie sein Körper waren seine Augen, die über ihr Gesicht huschten und dann doch wieder auf seine Schuhe starrten.

»Hey«, sagte er.

»Hey.«

Wieder schwiegen sie. Die Leuchtreklamen zwischen ihnen blinkten im gleichen Takt wie Milas wildes Herz.

»Ich will dich etwas fragen«, setzte Noah an. »Es ist auch okay, wenn du nein sagst. Also natürlich ist es das. Das weißt du. Das muss ich dir ja nicht erklären. Was ich eigentlich damit sagen will …«

Milas Herz wurde langsamer, aber jedes Pochen intensiver. Sie erinnerte sich an einen Moment, in dem Noah genauso mit ihr gesprochen hatte. Damals war sie sechzehn Jahre alt gewesen. Während er unruhig plapperte, hatte sie ihn einfach nur erwartungsvoll angestarrt. Sie hatte sich nicht bewegt, aber ihr Körper hatte vor unterdrückter Energie förmlich vibriert. Sie hatten ihre Rollen für einen Moment getauscht und hatten beide nicht gewusst, wie sie damit umgehen sollten. Sie war ruhig gewesen und er laut.

Mila wagte sich nicht zu hoffen, dass er sie dasselbe fragte wie damals. Mit dieser Frage hatte ihre Geschichte begonnen. Würde er es wirklich wagen, dieses Buch noch mal auf der ersten Seite aufzuschlagen?

»Also, um auf den Punkt zu kommen.« Er atmete tief durch und sah auf einmal wieder aus wie damals. Er war nicht mehr der erwachsene Noah. Er war der jugendliche Noah. Mit den noch chaotischeren Haaren, noch unruhigeren Händen, mit den vollen, sonst so stillen Lippen, mit den blitzenden grünen Augen und dieser Unsicherheit. Und während sie ihn betrachtete, war sie auch wieder die jugendliche Mila. Die immer zu laut lachte, wenn sie nervös war. Die immer mehr erzählte, als sie eigentlich geplant hatte. Die immer Mist baute. Was aber immer in Ordnung gewesen war, weil Noah ihre Hand genommen hatte, bevor sie Hals über Kopf in das nächste Abenteuer sprang.

»Willst du mit mir ausgehen?«

Der Satz klang so altmodisch, aus der Zeit gefallen. Schon damals hatte Mila sich gefragt, ob seine Mutter ihn ihm souffliert hatte, weil man in ihrer Jugend so gesprochen hatte.

Und auch jetzt liebte sie die Formulierung und musste sich auf die Zunge beißen, um kein übermütiges Ja in die Welt hinauszuschreien.

Sie war immer noch ein bisschen wütend auf Noah. Sie wusste noch nicht, wann sie ihm vergeben würde. Es würde eine Weile dauern, bis sie wieder Vertrauen zu ihm würde fassen können. Aber wie sollte sie jetzt nein sagen, wenn sie das auch damals nicht gekonnt hatte? Sie wollte diesen ersten Schritt gehen und herausfinden, ob ihre Geschichte diesmal vielleicht ganz anders ausgehen konnte.

Vielleicht würde sie es in fünfzehn Jahren bereuen, diese Antwort gegeben zu haben. Aber bis dahin würde sie ihre Entscheidung genießen, in vollen Zügen.

»Sehr gerne.«

Epilog

Justin Timberlake starrte auf sie herab, während Mila ihren Lippenstift zum gefühlt hundertsten Mal nachzog. Sie übermalte immer auf der linken Seite. Und auch jetzt passierte es wieder. Sie fluchte. Ein Blick auf die Uhr verriet ihr, dass sie nicht mehr viel Ziel hatte.

»Nicht in meinem Haus«, sagte ihre Mutter, als sie eintrat.

Mila grinste. »Sorry, Mama.«

Die nickte zufrieden und schnappte sich Milas Lippenstift, bevor die den Hundertsten vergeblichen Versuch starten konnte. Sie legte liebevoll eine Hand unter Milas Kinn und trug sehr gekonnt den Lippenstift auf.

»Eine Verabredung?«, fragte sie kritisch.

»Vielleicht.«

»Mit Noah?«

»Vielleicht.«

Gilda verdrehte die Augen.

»Wirst du in Zukunft immer noch die Tür offenlassen?«, fragte Mila.

»Natürlich.« Gilda begutachtete Milas Gesicht und

nickte zufrieden. »Werdet ihr sie auch in Zukunft immer zuschlagen?«

»Natürlich«, sagte Mila grinsend zu ihrem Spiegelbild. Der Lippenstift sah perfekt aus. »Aber vielleicht sollte ich mir doch eine eigene Wohnung suchen.«

»In der Stadt?«

Mila nickte.

Gilda nickte ebenfalls, aber Mila konnte ihrer Mutter ansehen, wie glücklich es sie machte, dass sie nicht vorhatte, wieder wegzuziehen. Sie hatten sich beide verändert – und waren doch auch sehr gleich geblieben. Mila hatte gelernt, beides mehr schätzen zu lernen.

»Aber du kannst dir ja Zeit lassen«, sagte Gilda, und Mila wusste genau, dass sie sie am liebsten gebeten hätte, für immer bei ihr wohnen zu bleiben.

Mila gab ihr einen Kuss auf die Wange. Ein perfekter Lippenstiftabdruck blieb zurück.

»Jetzt muss ich nachziehen«, meinte Gilda tadelnd.

Sie schwiegen, während sie, ohne zu fragen, auch noch Eyeliner und Wimperntusche auftrug.

Es klingelte an der Tür, als Gilda gerade den Puder weglegte.

»Ich mache mal auf.«

»Sei nett zu ihm!«, rief Mila ihrer Mutter hinterher, aber die lief schon die Stufen ins Erdgeschoss hinunter.

Obwohl sie Noah vor ihrer Mutter bewahren wollte, ließ sie sich einen Moment Zeit, um sich in ihrem Kinderzimmer umzusehen.

Ihre Kindheit war noch immer zwischen diesen vier Wänden konserviert, aber auch die Erwachsene-Mila war inzwischen eingezogen. Auf ihrem Nachttisch stand ein neues Bild mit Helena und ihr, die Gesichter mit schlecht aufgetragener Schminke bemalt. Luca hatte ihr ein Foto von ihr an der Nähmaschine geschickt, das er in der Änderungsschneiderei gemacht hatte, ohne dass sie es gemerkt hatte. In seinem Paket waren auch Schokolade und ein Stück Papier gewesen, auf dem ganz oft »Es tut mir leid« geschrieben stand. Ab morgen würde sie wieder für Lucille arbeiten und seine Entschuldigung annehmen.

Auf dem Schreibtisch stand ein Stapel Stoffreste, den Gilda irgendwo aufgetrieben hatte. Im Schrank hingen zwei neue Sommerkleider, die Mila geschneidert hatte.

Und in der Ecke ruhte die Kommode, die Noah nur für sie gemacht hatte. Mila lächelte jedes Mal, wenn sie sie sah. Eines Tages würde er erkennen, wie toll die Möbel waren, die er herstellte und sie zum Verkauf anbieten. Davon war sie fest überzeugt.

Noch einmal drehte sich Mila in ihrem Zimmer im Kreis.

Dies war nicht länger ein Ort der Nostalgie. Es war der Ort, an dem Mila lebte.

»Mila!«, rief ihre Mutter hoch. Sie grinste und wandte sich mit schwitzigen Händen zur Tür. Gleich würde sie auf ihr zweites erstes Date mit Noah gehen und hatte keine Ahnung, wie das enden würde. Sie hatte keine Ahnung, wo sie wohnen würde. Sie hatte keine Ahnung, wie lange sie bei Lucille arbeiten würde. Ganz von allein wanderte ihr Blick zum an den Ecken zerknickten und leicht vergilbten Plakat.

Mila Ehlers wusste in diesem Moment ziemlich wenig. Aber eine Sache wusste sie: Justin Timberlake war definitiv nicht von ihr enttäuscht.

Marie Kronemann
Funkelnd wie Glück

Feli liebt ihre Arbeit als Goldschmiedin und fühlt sich am wohlsten in ihrer kleinen Werkstatt. Aber nun könnte sie den Familienbetrieb verlieren. Wie ein rettender Anker erscheint ihr das Retreat in der Toskana, in dem sie einen Sponsor für ihren Schmuck begeistern könnte. Tatsächlich schafft sie es nach Italien, jedoch als Küchenhilfe anstatt als Teilnehmerin. Für zusätzliche Komplikationen sorgt ihr Mitbewohner Leonardo, der ihre Gefühle gehörig durcheinander wirbelt …

352 Seiten, broschiert
978-3-596-70998-4